盐蒿花

一幅女性事业情感爱情家庭的人生画卷

张苏榕 著

中国文联出版社

图书在版编目（C I P）数据

盐蒿花 / 张苏榕著 . -- 北京 : 中国文联出版社 , 2024.2

ISBN 978-7-5190-5393-2

Ⅰ . ①盐… Ⅱ . ①张… Ⅲ . ①长篇小说－中国－当代 Ⅳ . ① I247.5

中国国家版本馆 CIP 数据核字 (2024) 第 033459 号

作　　者　张苏榕
责任编辑　周劲松　李小欧
责任校对　秀点校对
装帧设计　晶小帅

出版发行　中国文联出版社有限公司
社　　址　北京市朝阳区农展馆南里 10 号　邮编 100125
电　　话　010-85923025（发行部）010-85923091（总编室）
经　　销　全国新华书店等
印　　刷　天津和萱印刷有限公司

开　　本　710 毫米 × 1000 毫米　1/16
印　　张　18
字　　数　264 千字
版　　次　2024 年 2 月第 1 版第 1 次印刷
定　　价　48.00 元

丨代序丨

迎风绽放的盐蒿花

——张苏榕长篇小说《盐蒿花》浅析

凌震三

茫茫的沿海滩涂上，生长着一种极其普通、极不起眼的植物，它绝没有温室花房里的牡丹和杜鹃那样名贵，也没有玫瑰和君子兰那样娇嫩。它"每到春天就会开出黄色的小花，一朵一朵静静地在荒凉的草地上开放，在海风的吟唱中轻轻摇曳，到秋天再回到大地……盐碱地上别的草木难以生长，唯有它能在此艰苦的环境中顽强生存"。

——这种植物就是盐蒿草，那丛丛簇簇开放的花就是盐蒿花。

在茫茫的人海里，也生活着这样一群女性，她们就像沿海滩涂上的盐蒿花一样，既普通平凡、朴实无华又顽强坚韧、不惧风霜。她们生活在社会的基层，她们曾经用自己的艰辛奋斗换取了事业上的相对成功，但她们的精神世界、她们的情感历程、她们对爱情的追求，却各有酸楚，几多曲折和艰辛，几多隐痛和忧伤。

张苏榕女士的长篇小说《盐蒿花》向我们展示的正是这样一幅女性事业、情感、爱情、家庭的人生画卷。

一

《盐蒿花》是以出生于黄海之滨的三位女友王新眉、吴静和还茂霞为主轴，以她们的爱情、婚姻、家庭和事业为经纬线，既渐进有序又跌宕起伏地展开故事情节的。

女主人公王新眉出生在苏北普通的农村家庭，她依靠自己的奋斗，走出了贫瘠的黄土地，告别了面朝黄土背朝天的艰苦生活，考进大学，最终成为市区某大医院的骨干医生。按理说，她的面前应该是一条洒满阳光铺满鲜花的灿烂的人生道路。可是，她的情感世界、她的婚姻生活却又是如此的不尽如人意。“王新眉这辈子致命的弱点是忍受不了孤独和需要用新的感情生活去驱除旧情的创伤。因为孤独，她草率地嫁给了卢超群；因为孤独和情伤，她一下就跌落在叶知秋的怀抱中。”然而遗憾的是，在卢超群身上没有得到的爱情之花，同样在叶知秋处也没有含苞开放。

另一位女主人公吴静呢？虽出身于书香门第，具备大学教师的职业身份，但端庄隽秀的外表形象并没有给她带来情感上的滋润和婚姻上的幸福。她下嫁出身贫寒的丈夫常凯，满以为能换取情感上的平衡和婚姻上的满足，想不到她如此的委曲求全非但没有阻止丈夫的出轨，反而使他们在情感的道路上渐行渐远，“因为吴静的爱带着女王般的专制和居高临下的施舍，让你感到窒息，让你透不过气来！”更有甚者，横亘在她与她丈夫之间的小三竟是她长期不待见的与她身份地位相差甚远的弟妹，从而使这种令人无法接受的戏剧性的悲剧结果成了不可避免的现实。

还茂霞是王新眉她们三姐妹中的另类，她没有上过大学，没有文化，但却有一张漂亮的脸蛋，天生丽质，天然资本。她的人生道路也是一波三折、大起大落、坎坷不平。她曾是一位资产实力雄厚的富婆，但也破落过，沉沦为一位地摊女工。她的美貌，使她曾拥有过一段令人向往的爱情，但她的美貌最终也没能让她的情感历程花开四季，一路芬芳。

这些女性事业的成功，并没有给她们带来婚姻情感上的硕果，她们最终成了作者笔下情感世界里的带有悲剧色彩的人物。

我们知道，评判一部文学作品成功与否的一个重要标准就是看它是不是能紧跟时代、描绘时代、反映时代，换句话说，优秀的文学作品都应该是时代的反光镜。我们常说，笔墨当随时代，文学反映生活。及时、准确、深刻地反映现实生活中的人和事，通过这些人物和事件来折射出社会和时代的本质，是文学家义不容辞的使命和担当。马克思曾称赞巴尔扎克的《人间喜剧》是“用诗情画意的镜子反映了整整一个时代”；列宁也认为托尔斯泰的作品所描绘的俄国生活的图画和体现的全部观点，“恰恰表现了我国革命是农民资产阶级革命的特点”。

长篇小说《盐蒿花》的意义，首先在于作者能站在时代的前沿，敏锐地感应时代的脉搏，致力表现了王新眉、吴静、还茂霞等一系列当代妇女的生活情感历程，开掘她们的内心世界，描写她们与生活、与命运进行抗争，以及在婚姻的围城里奋力挣扎的过程，从而来折射新时代新女性的婚姻、家庭、爱情、生活的重大主题。更有甚者，作者将这一批知识女性事业、命运、爱情的经历，放在苏北沿海这座我们都非常熟悉的城市背景下来推进和演绎，这样的作品，让我们读后，在得到思考和启迪的同时，感到格外的亲切、自然、可信。

二

高尔基说过，“文学就是人学”。文学作品是通过塑造人物的形象来反映主题的。张苏榕女士毕业于南京大学，有着深厚的文学修养和丰富的生活阅历，有着娴熟的文字技巧和人物塑造的能力。难能可贵的是，作者并没有满足于用她的生花妙笔来对人物形象的栩栩如生的外在描画，而是通过白描的手法，在勾画王新眉与卢超群、叶知秋，吴静与常凯以及还茂霞与张卫东等一批人物之间的纠葛纷争之中，着力挖掘她们的内心世界，揭示在新的时代背景下，这些人物的情感与人性的本质，从而使一个个活灵活现各具特色的人物跃然纸上。

就女性而言，王新眉虽然穿上白衣大褂当上了医生，但她那带着乡音的“彩普”，以及她在诸多的场合下的一言一行，连她自己都觉得忘不了自己出身寒微、总也无法脱尽土气。王新眉对于丈夫卢超群对自己的背叛是那样的痛心疾首、切齿愤恨，充分表现出一位知识女性的尊严和对纯真爱情不容亵渎的固守，但当她得知卢超群身陷囹圄、遭遇大难时，她又不计前嫌，想方设法地帮他走出困境。中国妇女通情达理、善良大度的一面，生动地浮现在我们眼前。这是道德的理性的唤醒、是不泯的人性的闪光。

而身为大学副教授的吴静，腹有诗书，为人师表，身上始终保持着一种儒雅高贵的气质。她常把自己当作《战争与和平》《安娜 · 卡列尼娜》里的俄罗斯贵妇人，就连她与丈夫在情感场上刀光剑影、血肉撕杀之后，还不忘记自己的出淤泥而不染的身阶，“由他去吧！他们可以做得很低，我不能随着他们起舞！我有我的精神世界，在我自己的世界里我可以活得很充实，这不是他们可以伤害得了的”。这就是吴静，一个既高贵又普通，既柔弱又坚强的不同于其他的具有一定典型意义的女性。

还茂霞也应该是作者塑造得比较成功的一位女性文学形象。她颜值虽高，但短于没有接受过高等教育。她在商场奋斗，如鱼得水，尤其是失败后却能以超出常人的毅力从零开始，再获成功。她曾经激动地对她的好友王新眉、吴静说：“我知道以前你们觉得我水性杨花，顶多是桃花，下过雨的水沟里漂着。现在我也是一朵盐蒿花了！谢谢你们！”

再就男性而言，吴静的丈夫，虽出身寒微但通过多种努力，从而逆袭晋身为社会成功人士的常凯，“他出现在人们面前永远是西装革履系着领带，即使是夏天，从黄海上吹来的带着一丝咸腥味的热风也不能让他脱下正装”。但是，他与爱人的弟妹的有悖传统伦理的苟合又与他西装革履、正襟危坐的绅士外表形成巨大的反差。作者笔下的常凯是一个活生生的人物形象。这种形象，在生活中似曾相识，但又不定是具体的哪一位，因此，他在文学作品中更具有一定的典型意义。

说到常凯，这使笔者很自然地想起了 19 世纪法国批评现实主义作家司汤达的名著《红与黑》中的于连，这是一个典型的从社会底层的小人物通过奋斗跻身上流社会的人物。于连既自私贪婪又有奋斗追求；既投机钻营又不失正直善良，但最终成了一个可悲的杀人犯。司汤达的《红与黑》，之所以成为世界名著，正如高尔基所说：“司汤达的才能与力量在于，他把一件十分平凡的刑事案件提到对 19 世纪资产阶级社会制度进行历史的、哲学的研究的境界。”就《红与黑》的创作而言，可以说最难把握的是于连，而作者最成功的也是于连，这也因之为司汤达奠定了在世界文学史上的重要地位。当然，笔者这里无意将《盐蒿花》与《红与黑》相提并论，但不可否认，张苏榕女士笔下的常凯以及其他一系列主要人物形象的塑造是丰满的、是成功的。

如果把小说《盐蒿花》比作雕塑，无疑这是一组群雕。这里有王新眉与卢超群、叶知秋；有吴静与常凯、黄淑慧；有还茂霞与张卫东等。他们之间在事业情感和爱情家庭方面各自有着不同的矛盾、纠结、纷争，其中也不失为有相互交错之处。通读小说，我们不能不佩服作者驾驭长篇小说框架结构、把握故事情节发生发展的超常的能力。这众多的人物关系、纷繁的故事情节，作者无不交代得清晰通透、脉络分明，真的令人不得不叹服。

如果说王新眉、吴静、还茂霞是沿海滩涂上的三朵不屈的盐蒿花，那么，她们带有悲剧色彩的命运是足以令我们同情的、深思的。还茂霞的猝然离世，让我们悲悯、同情不已，主人公王新眉的爱情直到最后遇到荀晖才见到令人欣慰的曙光。可作者又为其设置了一个类似日本电影《生死恋》式的惊天地、泣鬼神般的结局，一朵深藏在悲壮中的真爱之花，最后还是冲破硝烟、冲破世俗绚丽绽放了——这就是迎风绽放的盐蒿花，让人讴歌赞美的普通而又倔强的盐蒿花。

苏格拉底曾经有过这样一段名言：“浪漫主义者买关于爱情的书；现实主义者买关于婚姻的书；乌托邦主义者则买爱情与婚姻的合订书。”张苏榕女士的长篇小说《盐蒿花》呢？笔者以为，应该是一本旨在揭示新的历史时期，人们的婚姻、爱情、家庭、道德、伦理方面问题本质的复合型教科书。

三

《盐蒿花》的语言风格与小说的标题似乎非常暗合。这语言初读感觉是平实的、朴素的，无华丽的修饰和矫揉的渲染。但你仔细地咀嚼品味后，无不赞叹其中的深沉和厚重，就如茫茫海滩上的盐蒿花，充满了强盛的生命力。“春天是绿色的世界，到了秋冬，盐蒿草的绿由翠绿变成深绿，再变为深红，海边又成为一片红色。盐蒿花春天开放，到夏末就会凋零，但总有那么几朵倔强的小花，在草丛间昂着不屈的头颅，迎着凌冽的海风，在做最后的抗争。”作者这是在描写盐蒿花，更是在描写像盐蒿花一样倔强的人。在优美抒情的文字中，我们能感受到力量的迸发、激情的溅射和生命的呐喊。

小说的语言应该说是既丰富而又具有个性特色的。王新眉眼中的吴静，“身边的这个女人颇似《红楼梦》中人，是那群大观园中的女儿们中的一个。与史湘云一样大气倜傥，也像林黛玉一样看上去孤高，其实是外冷内热”。而王新眉对自己的反省:“真正让她痛苦的是自己在世风的熏染下逐渐迷失了纯朴的本心。她已经不再是灌河边上那个纯洁善良朴实厚道的女孩，不再是那个把世间真情看得比生命还重的女学生，她已经变成了在世俗名利场中追名逐利的人。”又是那样的深刻凝重富有穿透力。

老舍说过:“小说，我们要记住了，是感情的记录，不是事实的重述。”作者的语言正是这样，时而在隽秀清纯中浸透着优雅的古典美，时而又在凝练庄重中折射出逻辑哲理的火花，让读者在轻松愉悦享受的同时，又能得到灵魂震荡的思考和启迪。

当然，《盐蒿花》也有一些需要商榷的不足之处。

首先，作者意在“通过描写几位女性的生活情感经历，反映时代变革中盐城的社会状况、发展和盐城人的心态，着重表现女性面对命运的抗争”。笔者以为，描写情感经历是实现了，但表现事业命运的抗争似有不足。

其次，小说表现的是几组人物的情感婚姻历程，但婚姻情感家庭中的矛盾冲突故事，差异性不大，略有雷同之感。

再次，王新眉最终与荀晖的悲壮结合，确实是感人肺腑，催人泪下的，理应成为整部小说的高峰和核心。但笔者以为，这情节铺陈得有些仓促粗糙，人物的内心情感尤其是爱的真情刻画，挖掘得不够，致使通篇小说节奏上略有欠缺，有头重脚轻之感。

总之，长篇小说《盐蒿花》是一部散发着沿海滩涂特有芳香的，既彰显时代特征又体现地方风情的优秀小说。这样的小说，在当今社会背景下，更能引起人们的共鸣，更能给人以警示，因而更具有现实意义和指导意义。

我们期望张苏榕女士更多的力作问世。

凌震三，江苏盐城人，中国书法家协会会员，曾任江苏省书法家协会理事，盐城市书法家协会主席，现为盐城市书法家协会名誉主席。曾在《人民日报》《新华日报》《羊城晚报》《书法报》《书法导报》《群众杂志》等发表文章近30万字。出版文艺随笔《永远的魅力》（中国文联出版社2001年版）。

目　录

第一章 001
第二章 005
第三章 010
第四章 014
第五章 017
第六章 019
第七章 022
第八章 026
第九章 029
第十章 033
第十一章 037
第十二章 040
第十三章 045
第十四章 050
第十五章 055
第十六章 060
第十七章 067

第十八章……073
第十九章……079
第二十章……086
第二十一章……093
第二十二章……098
第二十三章……103
第二十四章……107
第二十五章……112
第二十六章……118
第二十七章……122
第二十八章……126
第二十九章……131
第 三 十 章……134
第三十一章……139
第三十二章……147
第三十三章……151
第三十四章……156
第三十五章……161
第三十六章……164
第三十七章……169
第三十八章……174
第三十九章……179
第 四 十 章……183
第四十一章……187

第四十二章……191
第四十三章……195
第四十四章……200
第四十五章……204
第四十六章……209
第四十七章……213
第四十八章……218
第四十九章……222
第 五 十 章……227
第五十一章……231
第五十二章……235
第五十三章……239
第五十四章……243
第五十五章……247
第五十六章……252
第五十七章……256
第五十八章……260
第五十九章……264
第 六 十 章……269

第一章

盐渎的春天一向很短，短得好似冬夏跳过春天无缝对接。前两天下了一场阴冷的雨，今天气温陡升，闷热，估计明天还有一场雨，那场雨下过以后，就正式进入夏天了。

2010 年，后来贯穿城市的高架桥还没有建设，十年以后的城南新城区地标建筑新弄里、中南世纪城都还刚刚动工，甚至位于城市中部城中最大的人工湖——聚龙湖还正在挖掘。城南、城西南、东部大片住宅区还没有形成，盐渎人还主要聚居在城市中北部的老城区。整座城市以老城区的建军路与解放路为主干道，两条道路交叉点矗立着一座新四军战士骑在高头大马上的高大铜像。年轻的新四军战士手举大刀，神情坚毅，目光炯炯，昂首挺胸地看向远方。这座盐渎人称作“大铜马”的雕像是盐渎城的光荣历史和精神的象征，也是散居四方的盐渎游子寄托故乡情感之所在，在盐渎人心中具有不寻常的地位。但是今天，2010 年暮春的一天，这里再一次发生拥堵。

拥堵是盐渎上下班时的常态。这两年私家车已逐渐进入盐渎寻常百姓家，车辆迅猛增加，城市交通建设却没有及时跟进。建军路虽然拥有蕴含厚重历史的路名，但是，它的交通承载力显然与其名字不相匹配。作为城市主干道，它只有两个车道。每天的上下班时间段，它就像患了肠梗阻的病人，痛苦地呻吟。

今天偏偏红绿灯又坏了，四五个交警或者是辅警正围着“大铜马”绕着圈子跑来跑去疏导交通。等得不耐烦的司机努力寻找可以加塞的地方，没能加塞成功，又被后面的车堵住了退路，于是好几辆汽车无序地挤作一团。两辆车似乎发生了刮擦，只是很轻微的擦碰，但男司机应该是太疼惜自己的爱车了，只见他摇下车窗，从车内探出头，圆瞪豹眼，用食指指着左后方车子的司机，飙出具有浓郁盐渎特色的“地骂”:“你脑子里头有屎呢！抢着去投胎呢！”对方是个女司机，用高八度的嗓门尖声回道:“你是满嘴大粪，你还像个男子汉呀！”男司机推门下车，气势汹汹地冲向女司机，女司机正欲下车应战，满头大汗的交警跑了过来，双方遂偃旗息鼓，迅疾回到车里，在交警的指挥下，车辆缓缓地前行。

王新眉开着新买的轿车，在两辆车后面，目睹了这场屎尿横飞的微型战争始终，庆幸自己不是那个女司机，她想，如果挨骂的是自己，大概率想不出什么有杀伤力的回击语言。她这半辈子与人发生冲突一般都是忍让为先。她的车不等上十几分钟是过不去十字路口的。在等待的时间里，王新眉习惯性地透过车窗看天上的云。从很小的时候，王新眉就有看云的癖好，特别是忧伤孤独或烦躁不安的时候。

她喜欢独自到空旷的地方追着云朵走，观察云朵的变幻，很多时候，看得出神就忘了心里的伤痛。此刻她抬头看天空，看到远处天边傍晚的云朵全都镶着一道金边。有一大片云堆积在一起，像闪着金光的万丈楼宇；有两片云像两只巨大的全身长着卷毛的泰迪犬在对吠；有一大片像一群奔腾的战马，还有两片相邻的云像两个入定的老僧，又像正在对弈的棋客，旁边一朵云则是侍立在侧的小沙弥或是观棋不语的看客；还有两片云在飞跑，前面一片像希腊神话中即将变为月桂树的达芙妮，后面紧追着的云则如手指已经触到心爱姑娘身体的阿波罗。抬头看云朵，让王新眉暂时忘记自己身在何处，忘记扑面而来的烦恼、无处不在的忧伤和猝不及防的挫折。

今天她要去见一个人，这个人不是寻常的朋友，或者说根本不是朋友。这个人是她前夫卢超群的现妻陈静雅。在此之前，她们从没正式见过面，即使是在她得知这个叫陈静雅的女人介入了她的家庭，在意识到丈夫的心因为这个女人而离她越来越远时，她也没有与这个女人正面交锋过。

但是，在她与卢超群婚姻破裂的十年以后，陈静雅今天突然打电话约她在新岛咖啡馆见面，说有要事相商。

会是什么事情让陈静雅这个注定不会成为朋友的女人要与她见面商量？王新眉本能地意识到一定是前夫卢超群遇到了大事，那么会是什么事情呢？王新眉直觉感到肯定是坏事，但她不敢往深处想。带着疑虑和惶恐，她一俟下班时间到就丢下手上的工作，急急忙忙赶往约定的解放南路上的新岛咖啡馆。虽然心里焦急，下班高峰车辆人流的拥堵逼着她只能在长长的车河里耐着性子缓缓地挪动，不过这样也让她有时间和有心情抬头看云，看云彩的神秘莫测、亦幻亦真。此刻，云彩的后面金光万丈，天边变得通红，那是今天最后的晚霞。

王新眉穿着款式简单的藏蓝色真丝连衣裙，朴素大方，很符合她作为中年知识女性的身份。在下一个红灯时，她把车里的后视镜扳低一些当成临时化妆镜。她往脸上涂抹粉底霜，尽可能遮盖住暗黄的脸色、眼角额头的皱纹以及黄褐斑，最后再涂上唇色口红。一番修饰之后，她自信应该是能显得风韵犹存。她已经45岁了，但看上去还是不太显出真实年龄，且有一种经由岁月和经历沉淀而形成的从容气质。王新眉平时是个大大咧咧的人，常常素面朝天就出门上班，可今天她觉得必须修饰一下，要尽量使自己看上去端庄大方、优雅得体。她与卢超群的现妻陈静雅从没正式见过面，只是在离婚后不久，在大街上，远远地看见陈静雅腆着大肚子与卢超群亲昵地坐在路边烧烤摊上吃烧烤。当时有那么一瞬间，她感到被一根大木棍狠狠地重击了一下。许多年过去，她依旧能感觉到当时内心的痛楚。

离婚十年，她从未与前夫有过交往，更何况前夫的现妻！然而今天下午下班之前，陈静雅给她打来电话。电话里陈静雅以沙哑的声音带着哭腔向王新眉道歉，然后是求见。听到电话里陈静雅近乎卑微的哀求，王新眉一时忘记了十年来积压于心的怨恨和伤痛，立即答应见面。王新眉约她在自己常去的新岛咖啡馆见面。

作为一名医生她是成功的，在她供职的盐渎医院，她以精湛的医术和责任心得到同事与病患的尊重和美誉。作为一个女人，在个人感情上，她自认为败得不可收拾。每一段感情给她留下的都是难以愈合的创伤，即使过去了 20 年，深深的隐痛始终还在，从未减轻。如果不是为了摆脱无法忍受的孤独，她就不会仓促地与卢超群结婚；如果没有与卢超群离婚，她就不会在最脆弱凄惶的时候与叶知秋再婚，就不会有现在家庭生活的一地鸡毛。她恨自己，恨自己既老实巴交又没有定力，每一场情事都是为了驱除上一段留下的伤痛，结果不仅未能彻底疗伤，反而旧伤之上又添新伤。

在缓慢如蜗牛爬行般的行途中，前尘往事像天空的乱云一样纷至沓来。

第二章

王新眉的家乡，闭塞的苏北小县城，灌河北岸的灌口，从前学校里分男女界限，男生女生之间从不说话。到了大学，王新眉在班上属于默默无闻的女孩，不要说与男生交往，就是大声说话都不敢。在压抑、灰暗的大学生活里，王新眉是痛苦无助的。孤独感和挥之不去的抑郁像一口大锅罩在她的头上，眼前一片黑暗，看不见前路。她暗恋过班上的大才子，可人家一直在追求班上最美的女生，根本没注意过角落里王新眉幽怨的眼神。她的爱像旷野上一团火焰燃烧然后静悄悄地熄灭化为灰烬，没有人知道。只有她自己能感受到自己的心是过火后的草地，一片枯黑荒芜。她更加抑郁，失眠越来越严重，记忆力衰退，不合群，更加孤独。她是学医的，她以医学生的专业知识敏感地察觉到自己有抑郁症。

王新眉的父亲在中年躁郁症发作，从那以后一直疯疯癫癫，再后来中风瘫痪，直到王新眉大学毕业那年去世。疯癫了半辈子的父亲，死前头脑异常清醒，流着泪不舍地看着闻讯赶回家的王新眉，说不出话来。而她的祖母在她出生前十年死于上吊自杀。王新眉学医后，以其医学知识推断祖母死于精神病发作。精神病就像达摩克利斯剑悬挂在王新眉头顶，她害怕那把剑随时落下，砍下她的头颅。当她意识到自己也有抑郁症，惶恐的同时有深深的宿命般的绝望感。1985 年，那时候大学毕业生国家包分配。年级成绩排名 80 之前的学生才有资格留在省城，而王新眉的排名在 80 名之后，再加上来自苏北，毕业时就毫无悬念地被分配回苏北家乡。当时的盐渎刚刚由专区成为地级市，百废待兴，人才奇缺。王新眉作为医学本科毕业生，在没有任何人脉的情况下，幸运地进入盐渎最大的医院，成为内科住院医师。

说起来盐渎是家乡，但实际上她的家离盐渎有 150 里之远，只是下辖的小县城灌口，之前她从未来过盐渎，小时候的一个梦想就是能到盐渎城去玩一趟，可是她在上大学之前也没能实现。当她一脚踏进盐渎这个人生地疏的地方，举目无亲的孤独感、初入职场的惶恐与焦虑，一起汇成一个黑洞，几乎要将她吞噬。父亲去世了，母亲已经在多年照顾神志不清丈夫的日子里，承受了精神与体力双重煎熬，身上添了多种疾病，只好到儿子家轮住。王新眉觉得自己已经没有家，回乡探亲只能挤在母亲那张窄窄的小床上，还要小心翼翼地看嫂子的脸色。她不愿意回家，在 20 世纪 80 年代，150 里是一个很远的距离，每次回乡需要在破旧的长途汽车上颠簸四小时。所以，毕业后她极少回乡，周末假期只能窝在拥挤的住院医师集体宿舍里。于是，拥有一个属于自己的避风挡雨的家成为难以遏制的渴望。

王新眉长得不难看，但绝没到漂亮的程度，属于那种喜欢她的人认为她相貌清秀端正，高矮适中，有一种读书女子的书卷气；不喜欢她的人能一眼看出她来自小县城或农村，有一股不是打扮就能消除的土气。她原以为自己相貌还行，又是省内最著名的医科大学本科毕业，在盐渎有名的公立医院做医生，会有很多人追求她，但来到盐渎一年多了，却很少有人给她介绍对象。学历低的不敢追求她，学历相当外加有几分帅的小伙子，在那个时代是稀缺产品，很快就被人围追阻截抢走了。有几次同事为她张罗相亲，也没对上眼。一次是她嫌弃人家个子矮；一次是介绍了一位退役射击运动员，小伙子长得可精神呢，又见过些世面，很能侃，王新眉看上对方相貌，只是感觉小伙子谈吐里缺少些文化内涵，正犹豫要不要再见面，结果人家干脆没给回音，原因不明，想必也没看上她；第三次是人家嫌她长得没达到心目中女神的理想。特别是第三次相亲，男方相貌端正，大学毕业，在市直机关工作，是个仕途看好的青年才俊。王新眉倒是有意，男方则不仅没看上她，还郑重其事地写了一封信给她，告知双方不合适，因为觉得她穿着比较土气，而且是单眼皮，脸上还有雀斑。这让王新眉大跌眼镜和倒吸一口凉气，感觉自己像是被拉到骡马集市，被人强行掰开嘴看看牙口好不好。

这件事对她的自尊心和自信心打击很大。她怀疑自己可能要孤独终老了，孤独、焦虑折磨得她整日心绪不宁。那是深秋的一个下午，王新眉作为年轻的住院医师正在病区整理病历，护士小姐妹突然推门探头进来对着王新眉神秘兮兮地一笑，说:“王医师，有人找你！”“是哪张床的病人？”小姐妹回道:“刚才那人在护士台那儿打听你呢，说是你的中学同学！”“这会是谁呢？”带着纳闷，王新眉赶紧起身走出办公室，卢超群迎面走来。下午四点多，阳光从西边的窗户斜照进来，夕阳的光芒是柔和的、温暖的金色，卢超群就从那一片暖阳中带着光向她走来。他看见她咧开嘴笑了一下，他笑起来两眼眯成一条缝，很开怀的样子，让人觉得这人很憨厚。这个笑让王新眉一下子就认出了他，这是她从小学到高中的同班同学，是那个小学时上学路上总在她身后悄悄地、远远地跟着，当王新眉发觉回头瞪他时，他会立刻掉头看向别处，装出一副若无其事样子的小男生。上了中学，坐在教室里上课时，王新眉眼睛余光总是能捕捉到她的斜后方有一双看着她的眼睛，她知道那是卢超群。后来他们在不同的城市上大学。说来奇怪，中学同学之间会保持通信联系，可他们却没有通过信，他们就这样逐渐淡出了彼此的世界，王新眉差不多快要把他忘了。

卢超群大学学食品化工专业，被分配在盐渎最大的酒厂做技术员。他是从别的同学那里打听到王新眉也到了盐渎。后来，卢超群告诉王新眉，当他得到这个消息时，激动得心跳加快，快得简直要冲出胸膛。他说他 10 岁时就喜欢她，15 岁时就意识到自己爱上她，有一次王新眉生病请假没去上课，他魂不守舍、听不进老师说的任何话，数学老师让他回答问题，平时数学成绩突出的他竟然根本没弄清老师的问题，气得那老头儿罚他站到下课。寒暑假是卢超群难熬的时光，那段时间他不能常常看见王新眉了。有几次他悄悄来到王新眉家屋后，呆呆地看着她家的灯光。后来他发现在王新眉家几十米外有一个公共厕所，厕所对着王新眉家的那面墙上有一个砖头砌的雕花镂空的窗子，他有一次假装上厕所，忍受着旱厕刺鼻的臭味，透过砖窗观察王新眉家的动态，就是为了看一眼王新眉。后来一位大爷来上厕所，看到他正踮着脚尖鬼鬼祟祟地向外张望，就一脚踹在他屁股上，吓得他狼狈逃窜，再也不敢了。但是他始终没有勇气向她表白。

王新眉家住工业局家属区，卢超群是镇上的孩子。虽然王新眉家无权无势，但在卢超群眼里，王新眉是住在公家的房子里，这很让他羡慕。王新眉的父亲世代务农，在离灌河入海口不远的盐碱地上农忙时种地，青黄不接时祖母带着全家四处乞讨为生。抗战时期，八路军在这里建立了红色根据地。18 岁的父亲入了党，成了八路军地方工作队交通员，1948 年冬正式参军。参军一个月后，他参加了在盐渎南郊的与国民党部队的那场战事，那场战事后来被称为"盐南战役"。一战下来，同村一起参军的五个发小全部战死，唯他独存。国民党军队一个炮弹打在他们中间，掀掉父亲身旁发小的天灵盖，脑浆糊满父亲的头，炮弹削去了他半个脚后跟。

在后方医院养伤时，父亲的精神出现异常，一见豆腐渣就浑身发抖，说那是人脑浆，经过治疗后病情缓解。父亲渡江战役后又随军南下到福建南平，在部队里做到了军分区招待所所长。他让人用招待所食堂的泔水养了一头猪，猪养大后卖的钱大家伙聚餐吃掉了。"三反五反"时，因为这件事他被人检举揭发，说他私吞公款，他觉得冤屈，就冲着审查的人大吵大闹，结果被关了一个月禁闭。关进去半个月后父亲精神又一次失常了。关禁闭的人裤带是要被没收的，他就每天提着裤子哭，后来就提着裤子笑。

从禁闭室出来，他被直接送到精神病院，治疗一阵子勉强算是正常了，回来后转业到地方断断续续地工作，"文化大革命"开始后，他旧病复发，只能回乡，被安置在工业局人事科拿工资不工作，长期病休在家闲居。王新眉的家虽然住着公房，父亲拿着十九级干部的工资，在 20 世纪六七十年代很多人家吃不饱饭，农村更是贫穷至极，王新眉家顿顿能吃饱，算是很幸运了。但父亲患有精神病，这使得王新眉从小就有深深的自卑感，性格内向，敏感，在别人眼里有些孤僻。

那个年代，小县城里机关单位干部的孩子在镇上市民孩子的眼中是高人一等的“贵族”，王新眉家算是干部家庭，所以得以被“贵族女孩”群体接纳，但父亲的疯癫让王新眉在这群傲气的女孩中遭受歧视，沦为被集体嘲笑欺负的对象。无论是与哪个女孩发生矛盾，对方都会抛出杀伤性最强的武器，就是指着她说：“你爸是神经病！”王新眉立刻哑口无言，颓然败阵。“孩子王”是人武部长的女儿，只要她一声令下，不准跟谁谁说话，令行禁止，那孩子立马被彻底孤立。王新眉就是被孤立次数最多的孩子。

有一次，孩子们一起排练舞蹈《北京的金山上》，恰好多一人，所有女孩瞬间达成共识，要她立刻离开。王新眉难堪地从队伍中退出，装着轻松的样子笑着离开。后来，其中一个女孩向她道歉了，是还茂霞。还茂霞送给她一块绿格子手绢，那手绢是用浆刮过的，硬硬的，被叠得方方正正。还茂霞拉了拉她的手，说：“对不起！”王新眉突然失控，眼泪像断线珍珠似的掉下来。那以后，她们成为终身的好友。少年时被人欺辱的经历给她留下了很深的阴影，造成她隐忍又坚韧的性格。这种形成于少年时代的心灵创伤和性格深刻地影响了她往后的人生。

第三章

卢超群的父亲原先在灌口县下属海边小岛陈家港渔场上班，1967 年厂里分成两派发生武斗，他父亲被对方用渔叉捅死，那年父亲 31 岁。母亲在早点店炸油条辛苦拉扯他和两个弟弟，实在是穷。后来他妈妈就找了个相好，那男人是镇上的裁缝，手艺好，镇上一半人的衣服都是他做的。

裁缝手头比一般人宽松些，能时常补贴他家一些，娘儿几个这才勉强度日。他妈妈与裁缝的事被裁缝老婆知道了，那女人带着亲戚到他家里捉奸。半夜里，裁缝老婆与哥嫂堵住前门，裁缝穿着裤衩光着上身试图从后窗逃走，被蹲守在后窗下的妻弟和连襟捉个正着。亲戚们把通奸的男女扭着胳膊，踹跪在地上，在卢超群家门口，让裁缝的老婆脱下鞋子，用鞋底抽了卢超群他妈妈的脸。裁缝的老婆边抽边骂:“你个破鞋！你个破鞋！”尖利的骂声在深夜传得很远。

那时大家都住平房，不管哪家有点动静四邻都知晓，更何况捉奸这种事。四邻很快披衣靸鞋赶过来。国人历来有荡妇羞辱的传统，更何况 20 世纪 70 年代苏北小县城的市井小民。已是初冬的下半夜，可为了看捉奸，人们还是不畏夜寒赶来看这场能让他们兴奋很多天的好戏。

那年卢超群九岁，两个弟弟分别是七岁和五岁，兄弟三个缩在床上瑟瑟发抖。卢超群已经初懂人事，知道自己母亲挨打受辱的原因，伤心的同时又觉得很丢人，但当他看到裁缝老婆对着他妈妈的脸用鞋底抽时，他号哭着跳下床冲出屋子，用小小的身板挡在妈妈前面，冲着裁缝老婆大喊:

“不要打我妈妈！不要打我妈妈！”两个弟弟也跌跌撞撞地爬到妈妈身边。原本控制着淫妇的人不由地松开了手，母子四人抱在一起放声大哭。

裁缝老婆及亲戚看到这一幕，似乎意识到自己做得过分了，遂丢下淫妇，押着奸夫骂骂咧咧地离开了。不到一天工夫，卢超群妈妈的丑事就传得小县城人人皆知，卢超群觉得抬不起头来。有一次，卢超群放学走在路上，一个黑脸丑女人在身后指着他悄悄地对同伴说：“那小揪就是南街上那个偷人的女的家的。”王新眉家乡灌河两岸都称小孩子叫“小揪”。卢超群感到太羞耻了，他装作没听见，飞快地跑开了。很多年以后，他都后悔当时没有冲上去揍那个丑女人；很多年以后，他都在为自己的怯懦而羞愧，这种羞愧和悔恨他从没对别人说过，包括王新眉，这是他深埋在心底的伤痛。倒是他妈妈，照样上班下班，出门前总是穿得干干净净，搽上紧俏的“雅霜”牌雪花膏。后来裁缝又偷偷来了，正好卢超群放学回家，他像发怒的小雄狮一样冲着男人大吼，让他滚出去。他妈妈上来给了卢超群一耳光，卢超群对着他妈妈哭着大吼“你知道外面人说你什么吗？”他妈妈瞪着大眼昂着头回他：“你妈我不在乎！你妈我晓得自己名声顶风臭十里，但你妈一人养不活三个小揪，你妈不拄根拐棍，养不活你个死小揪！”

“死小揪”卢超群愣在那儿，不再吼了。裁缝再也没来过，卢超群再也没跟他妈妈顶嘴了，他知道妈妈的难处。在学校里上学，有同学嘲笑王新眉他爸是神经病，每次被人奚落，王新眉都会低头红脸，窘迫得说不出话来，但卢超群从不嘲笑她，因为他尝过被人嘲笑的滋味。

王新眉小学时成绩普通，到初中突然开窍，尤其是数学成绩突飞猛进，因为成绩好了，原先欺负她的那些孩子开始尊重她了。王新眉尝到了被人尊重的滋味，更加爱学习。整个高中时代，在家乡灌口那个教育落后的苏北小县城，王新眉的学习成绩算是“矮子里面的大将军”。但是卢超群的成绩除了数学好些，其他学科总是混在中间随大流。整个高中时代，卢超群都在仰望她。在其他同学眼里，王新眉古怪、不合群，但他觉得自己能理解王新眉，晓得她是因为有那样的父亲而感到自卑，他因为母亲名声不好感到自卑，他能感受到王新眉的痛苦。

那时候，他胆子太小了，根本不敢接近王新眉。他营养不良，个子不高，后来上大学吃食堂，很多同学觉得食堂饭难吃，可他特别满足，因为饭的分量大，让他能吃饱，于是他出现第二次发育，突然又蹿出了几公分，从一米六五变成一米七二，算是中等身材。小时候的卢超群就是个黄巴巴的矮个子，这一点也更增添了一层他在王新眉面前的不自信。

上大学了，王新眉执意要读医科大学并如愿以偿考取省城一所著名医科大学，而他考取盐渎本地的工业专科学校。出于自卑，他没有主动联系王新眉，王新眉似乎已经把这个男生忘了。他们失去了联系，他以为她已经消失在茫茫人海中了。现在，没想到他们居然又能在同一个城市工作。当中学同学说起王新眉也在盐渎工作时，卢超群瞬间有点恍惚，以为听错了，他觉得一定是冥冥之中有一只命运的手把王新眉送到盐渎，这回他发誓要鼓足勇气去接近王新眉。他想:“就算王新眉依旧瞧不上我，至少我努力过了，此生无憾了！”

王新眉几乎在重逢的那一刻起就爱上了卢超群，与其说爱上他，不如说她太孤独了，他的出现好比黑暗中的一束光，让生活突然明亮而温暖。两个月以后，他们就在卢超群酒厂分的简陋平房宿舍里结婚了，那会儿还没有“闪婚”这个词。他们没有举办婚礼，因为两家都没有钱。两个穷人把仅有的家当拼在一起，再力所能及添置些生活用品，就算成了家。

结婚那天，王新眉在新房里做了一碗红烧肉，肉香味弥漫在小屋里，卢超群才发现自己不仅幸运地娶到了少年时就爱恋的女孩，而且还得了一个天才大厨。王新眉做饭时，他四仰八叉地躺在唯一的新家具布沙发上，望着天花板出神。那时候对于这个来自穷乡的穷小子，一切都刚刚好，等着他的是幸福美好的未来。

第二年，他们的儿子出生了。当护士把粉嘟嘟的儿子放在疲惫不堪的王新眉怀里，趴在病床旁边的卢超群一会儿看看儿子，一会儿看看劳苦功高的妻子，高兴得咧开大嘴只顾上笑。他眯着眼睛咧嘴大笑的样子对王新眉具有神秘的杀伤力，让她无怨无悔地在忙碌紧张的工作之后待在厨房里继续忙碌。卢超群小时候肚子空，成年后最大的兴趣就是吃。

王新眉不仅会烧红烧肉，还有拿手一绝——“王记烧龙虾”。盐渎人烧龙虾不像现在的头尾齐全加入大量香料弄出一大锅，王新眉的龙虾是去掉头部脏东西却能留下虾头里的虾黄，去掉虾线却能保持虾尾完整，出锅前放入些青椒，烧出来的龙虾美味而清爽，色香味俱佳。除了小龙虾，盐渎这地方还有远近闻名的地方土菜“八大碗”，就是八样特色菜。“八大碗”里王新眉至少能做出“四大碗”。

卢超群曾经是那么爱这个家，爱她和儿子。母亲在他上大专那年患癌症去世了，他是靠学校发放的一个月 20 元的助学金熬过来的。母亲走后两个弟弟早早辍学到苏南打工，家没了。王新眉给了他一个新的家，一个有笑声有热饭菜的家。酒足饭饱后卢超群总是带着微醺的迷离神情望着妻子憨笑，仿佛看见母亲的影子。王新眉很幸福，曾折磨她的抑郁症不知不觉中痊愈了。两个没有家的人一起建立了属于自己的家。她对自己的婚姻很自信，会对密友们开玩笑说：“我家卢超群好吃但不好色！他对外面的女人没兴趣的，他只对我家‘四大碗’有兴趣！”王新眉完全没有意识到自己的婚姻里居然危机暗伏。

第四章

卢超群所在的酒厂是老牌国有制大厂，曾经是盐渎重要支柱产业。在计划经济时代，酒厂酿造的大麦酒“盐渎大曲”知名度一度几乎比肩“洋河大曲”，是盐渎人引以为豪的家乡酒。然而到了20世纪90年代初，在激烈的行业竞争中，“盐渎大曲”逐渐沉沦，酒厂面临倒闭，卢超群虽然是工程师，厂里技术骨干，但很长时间也只能领到基本工资，或者领些抵充工资的自己厂生产的酒回家。

在从前，盐渎人家婚丧嫁娶红白事拿出“八大碗”加“盐渎大曲”就算有面子了，随着人们腰包渐渐鼓起来，酒席上满是山珍海味，“盐渎大曲”也早就拿不出手了。酒厂处于半停工状态，卢超群不知道下一步该怎么走，苦闷彷徨，半失业状态的卢超群有事没事就喝上两杯厂里卖不出去抵充工资的白酒，常常没喝两口就醉了，后来一帮没事做的同事拉他打牌，他就迷上了，打起来深更半夜不回家。而王新眉则与他相反，她在事业上逐渐显出实力和后劲，不到十年的时间，从住院医师到主治医师，再到副主任医师，一路攀升，成为本城颇有口碑的医生。她专攻肝胆内科，不仅医术好，还写了好多篇核心期刊医学论文，在医院里是公认的业务尖子。她发现单位越来越强调高学历，于是她在35岁时报考在职研究生，每天白天在门诊、病区连轴转，晚上熬夜复习迎考，忙得像上紧了发条的机器。

儿子马上就要考初中了，接送孩子、督促功课就落在卢超群身上了。

接送孩子卢超群不敢耽搁，但对于陪儿子学习，卢超群常常心不在焉。有时候牌友一个电话，卢超群就找个理由“哧溜”一下就溜出了家门，比如出去散散步或出去买包烟，诸如此类。对卢超群的谎话王新眉一般不予戳穿，只要他不过分就行。有时候卢超群一去如黄鹤般无踪影，这让王新眉很烦躁。于是她找到卢超群牌友家，进门之后摆出冷若冰霜的脸色，也不与人打招呼，径直地站到卢超群的身后，一言不发地看着卢超群出牌，卢超群犹如芒刺在背，额头开始冒汗，出牌频频出错，牌友们大气不敢出，牌场进入了没有人迹、没有树木和阳光的冰河时代，大家兴味索然，草草结束。王新眉礼貌地告辞，女王般昂头离去，卢超群低着脑袋颓丧地跟在后面走。

卢超群觉得丢面子，有点生气，但气两天就算了。有时候，卢超群会觉得王新眉有点陌生，会在心里发出疑问：“这头昂高高的女人，王医师、王主任、王教授，还是我熟悉的小时候扎着两个小麻花辫的小姑娘吗？”王新眉对卢超群的不满也在心里慢慢堆积，有时候她觉得自己下嫁了，凭自己的条件当初完全可以找一个比卢超群好得多的丈夫，怪只怪自己耐不住寂寞，忍受不了孤独，与卢超群草率成婚。而在卢超群心里，觉得自己如今的落魄憋屈是大环境造成的，不是我卢超群无能！谁让自己当初进了企业呢，谁又能想到这几十年的国营大厂说不行就不行了呢！

话说回来，连全国人民都只知晓的那什么莺莺燕燕牌的录音机生产厂都倒了，无线电厂神气自豪的工人好多都在夜市摆摊，更何况他们这只有本地人爱喝的“盐渎大曲”生产厂呢！卢超群上工业专科学校时同班刘晨光成绩数他最差，但因为有个做官的父亲，毕业后被分配在市工业局，没几年升为科长，专管他们地方食品工业。酒厂倒闭之前，刘晨光每次到厂里来检查工作，卢超群这个当年的班长都得点头哈腰地奉承着上学时没少挨他骂的逃课惯犯。

这刘晨光也是个有趣的人，人很聪明但从小顽皮不爱念书，成绩永远是倒数。除了考大学前发了一回愤，创造了他个人历史上的奇迹，居然考取了大专。他后来在小学同学聚会时，发小常会提起他小时候的逸事，说他上小学三年级时，有一回课堂上语文老师让人到黑板上默写“晨光”两个字，他第一个举手要求上去默写。只见他神气活现地摇晃着脑袋穿过教室走到黑板跟前，潇洒地写出他再熟悉不过的两个字，然后带着得意的坏笑“凯旋”，老师无奈地看着他，狠狠地挖苦道：“这回让你讨了巧了！”全班顿时哄堂大笑。

上了盐渎工专后，刘晨光爱逃课，他爸逼他住校，说这样让他受受规矩，而上午的课他正常是旷课，因为实在起不来。起床后总是找不到袜子，全宿舍同学的袜子他逮到谁的穿谁的。同学生气了，他就请吃饭。他爸的驾驶员每星期来宿舍帮他整理一次床铺，把塞在枕头垫被下的脏袜子内衣拿回家清洗。他有时会带宿舍同学到他家里去玩，好吃好喝地招待。刘晨光的家独门独院，院里长满了花草，屋里是水磨石地，还有满堂实木家具，这让小时候家徒四壁的卢超群开了眼界，忍不住爆粗口：“妈的！这个混世魔王真会投胎！”

刘晨光在盐渎官场上仗着父荫和处事活络，混得风生水起。平时除了官场应酬，就爱与老同学凑一块，大概官场上的交往热闹是热闹，但不交心，累人，跟老同学在一起，知根知底不用装。自己当官了，原先的班长混得不好，在他面前也不拿自己当班长了。时间长了，两个老同学竟成为常在一起喝酒的密友。

酒厂终于迎来了关门的这一天，厂里的职工买断工龄，得了一笔遣散费另谋出路。刘晨光鼓励卢超群自己开店当老板，他拍着胸脯保证他能帮老班长拉到一批单位在他这里长期买公务用酒，当然也暗示利润得有他一份。卢超群在酒厂做了多年销售经理，在业内也颇多人脉，于是他成立了一家酒行，成为国内名酒的代理商，有刘晨光的帮忙，再加上自己的本事，生意做得风生水起。为了儿子几年以后就读百年名校盐渎中学，他全款买下盐渎中学附近的两室一厅的商品房。寒门子弟卢超群终于凭自己的奋斗让妻儿过上了舒适体面的生活。买家具的时候，王新眉建议请木工打家具，可卢超群坚决不同意，一定坚持要买全套实木家具，多年前刘晨光家里那满堂明晃晃的实木家具实在太刺激人了。

第五章

事业上的成功给了卢超群自信心和自负感。同时，酒水行业竞争异常激烈，他压力巨大。为了生意他的应酬越来越多，朋友越来越杂，回家的时间越来越迟，常常在半夜里醉醺醺地回家倒头昏睡。那时候他还是开着他心爱的大摩托，有一次把摩托车推进车库，然后就蜷曲在车库的角落里酣睡，让王新眉一夜心焦如焚，还有一次撞到大树差点没了命。有一次卢超群晚归王新眉把家门反锁不让他进门，这让卢超群不能忍受，他打了110叫来了警察，在警察的干预下才进了家门。

这一回卢超群失控了，警察走后他布满血丝的眼睛狠狠地瞪着王新眉，把拳头捏得“嘎嘣嘎嘣”响，然后，“啪”的一声耳光响起，王新眉本能地闭眼扭头躲避，但耳光并没有落在王新眉的脸上，而是卢超群打了他自己一记耳光。这让王新眉很错愕，不知所措，怔怔地呆立。卢超群打完自己，像在战场上留下最后一颗子弹自戕成仁的败军之将，悲壮地倒下。他倒在沙发上，沉沉地睡去。王新眉明明知道卢超群今晚不会再从沙发上起来，但为了表示自己的态度还是反锁了卧室的门。双方冷战了半个月，谁也不愿意先道歉。

半个月里，他们正常过日子，一起商讨孩子的学习情况，各自都把内心封闭起来，没有争吵，空气好似凝固，不再对流。直到半个月后的夜里，卢超群起夜时尝试着转动卧室门的把手，发现不知什么时候，王新眉已经不再锁门了，他受到了鼓励，进门钻进被窝揽过妻子，这时他发现王新眉在默默啜泣，他轻轻拭去妻子委屈的泪水，不停地吻她，抚摸她的身子，这个在他孩提时代就爱慕的女人在这温柔的良夜卸下盔甲，露出她柔弱的一面。那个夜晚他们的周公之礼行得特别隆重，三跪九拜、彩旗飞舞、锣鼓喧天。

他和她都以为他们会白头偕老，隔阂矛盾只是暂时的，他们是深爱着对方的，他们的爱情是由发小感情积累起来的，是两个被人嘲笑着长大的穷孩子互舔伤口舔出来的感情。对王新眉来说，她对卢超群的爱里有感激，小时候自己被人欺凌，而卢超群从不欺负她，这份感激她始终放在心里。对卢超群来说，小时候母亲名声不好，而王新眉从来没有嫌弃过他是“破鞋”的儿子，婚前婚后从来没有对他已经过世的母亲有过半句不敬的话。每次回乡为父母扫墓，王新眉都比他还积极，还要虔诚。

母亲临终前出于她不愿说出口的原因不愿与父亲合葬，而当时卢超群只有 19 岁，就由家族里远房伯父做主把母亲的骨灰撒到灌河里去了，说是叫“水葬”。后来卢超群明白过来大伯把弟媳“水葬”的真正用意，那是要用灌河水把这个不守规矩的风流女人给老卢家带来的羞辱给洗干净！王新眉与卢超群婚后，得知婆婆在这个世上连骨灰都没有保存，问卢超群有没有保存妈妈的遗物，卢超群说有一把妈妈生前用的梳子，一直带在身边。王新眉就做主在婚后的第一个清明节把婆婆的遗物放在空骨灰盒里与公公合葬。逢年过节两个弟弟都会到他家来团聚，王新眉总是热情地招待，颇有长嫂如母的样子。每想到王新眉做的这些，卢超群就充满感激。他虽然经常感到无法忍受王新眉的强势，但是，他不能想象自己有一天会离开她，因为与王新眉结婚前他是个没有家的人，有王新眉就意味着他有了家。

然而，在结婚第十年，卢超群遇到了应聘到他公司做推销员的小姑娘陈静雅。

第六章

陈静雅来自盐渎郊区的“萝卜之乡”，家里是种蔬菜的，陈静雅长得水灵，像她家里长的水萝卜，白白的带点粉红，爱笑，笑声像她妈妈挂在蔬菜大棚门帘上的风铃声，清脆悦耳，陈静雅的笑让卢超群忘记一切烦恼。陈静雅只有初中毕业，粗通文墨，对卢超群无限崇拜，他说什么她都只会点头，这一点大大地满足了卢超群作为男人的自尊心。

一想到陈静雅的娇弱可爱，总是像受惊的小鹿一样胆怯，卢超群心生爱怜，这是与王新眉在一起从没有过的感觉。王新眉能干、聪慧、有学识、有才华，在外是受人尊重的医生，在家是能干的主妇。她是那么成功的大女人，他说什么她都懂，他不懂的她也懂，她不需要他的保护，她已经把自己照顾得很好了！而他呢，在外面算是个成功的商人，但是到了家里，是没有话语权的好好先生。从小学开始他就仰视她，现在仍然如此。没有钱时在王新眉跟前说话没底气，有钱了还是没底气。他早就感到王新眉当初嫁给他就不是爱他，而是要一个家。这种感觉一直萦绕在他的心间，挥之不去，让他不痛快。

为了销售酒，他必须弯下腰与各色人等打交道。为了让一些机关单位长期在他的酒行买公务宴请用酒，他得给权势人物送名酒，送钱。王新眉不关心他的生意，不理解他在商场上承受的压力和屈辱。刚开始的两年，卢超群还忍不住抱怨。每次抱怨，王新眉就会三言两语把他戗回去，讽刺他一个男人像个女人一样玻璃心。不仅如此，卢超群的抱怨还会引来王新眉的抱怨，抱怨他不理解自己的工作有多繁重，说卢超群的问题是赚多赚少，她的问题是人命关天！时间长了，他不再抱怨，变得越来越沉默。

陈静雅看卢超群的眼神里尽是崇拜。在陈静雅的眼里，卢超群成熟、睿智，是她不熟悉的、遥远的、向往的那一类人。面对水灵灵的小美女，卢超群忘了自己年少时的窘迫；忘了母亲为养家头顶的恶臭名声；忘了曾经受的屈辱。在陈静雅面前他愿意讲自己的烦恼，先是说生意上的烦恼，渐渐地就开始说家庭生活的烦恼。陈静雅看他的眼神中又多了柔情和爱怜。为了帮卢超群推销酒，她可以到饭店的包间堆着一脸卑微的笑讨好客人。有油腻的客人提出只要她把一大杯白酒喝下去就买她的酒。为了把酒卖出去，本不善饮酒的她硬是端起酒杯仰着头一口气把酒灌进喉咙。那天晚上，卢超群第一次将醉得瘫软如泥的陈静雅搂入怀中，陈静雅在他的怀中嘤嘤低泣，卢超群紧紧地抱着她，抚摸着她的秀发，一遍遍拭去她的泪水。他惊讶地发现原来女子的身体可以这般柔弱。在陈静雅的耳边，他一遍遍地告诉她他是多么爱她，陈静雅把头深深地埋进卢超群的怀抱里，激动得全身颤抖。

卢超群没有提离婚，即使他身陷陈静雅的温柔乡里不能自拔，但一想到与王新眉离婚，他就会打寒战，他在心里对自己说："不可能！"在他的心中，王新眉是不可替代的，他爱王新眉是从十岁就深嵌在心头的执念。在王新眉面前他感到羞愧，羞愧到不敢直视她。为了弥补这份对发妻的亏欠，他会在床上尽可能地想有好的表现，可是好像有点力不从心。开始并不知情的王新眉会嘲笑他，笑话他老了，是个糠心萝卜。只有他自己心中明白，他把所有的热情和爱意都给了那个娇弱的青春逼人的小女孩。

半年前，丈夫卢超群开始每周总有两天很晚才回家，刚开始卢超群总是告诉她要接待大客户，他会带着几分责怪说："不应酬的话，生意会从天上掉下来吗？"在王新眉的心中，卢超群是个老实人，说话没有虚头，所以从不怀疑他是在撒谎。随着时间的推移，卢超群晚归的频率越来越高，后来常常彻夜不归，这让王新眉起了疑心。她开始逼问卢超群，问他是不是外面有女人了，卢超群先是矢口否认，不仅否认，还嘲笑她脑子坏了，神经病发作！

王新眉平生最厌恶别人说她脑子有毛病，你可以嘲笑她不会打扮，穿着土气，嘲笑她出身穷乡，是鸡窝里飞出的金凤凰，飞得再高身上都有一股鸡屎味，可以笑话她的腰近几年壮得快赶上柴油桶。但是你不能说她脑子不好，因为她确信自己脑子不好，她祖祖辈辈脑子不好，所以这么当面说她不仅是戳她的痛处，而且是羞辱她的祖祖辈辈！卢超群与王新眉12年的夫妻、30年的同学，他早就了解她的忌讳，平时都避开这个话题，如果不是逼急了，他是不会说她脑子有病的。

卢超群斥责她胡思乱想，是痴病犯了。当卢超群骂出“你这个祖传的神经病”，王新眉脱口而出：“你祖传的乱搞男女关系，你妈就是！你也是！”一语既出，覆水难收。王新眉惊愕地看着丈夫，不知所措。卢超群默默地转身开门离家，当晚他没有回来，一连多天都没有回来。很多年以后，王新眉还会想起卢超群转身时对她那夹杂着屈辱、怨恨的一瞥。王新眉从卢超群大学同学刘晨光那里打听到卢超群与公司酒品推销员陈静雅在外租房同居，刘晨光对王新眉一向敬重，对卢超群背叛王新眉的行为颇为看不惯，尽管他自己也好不到哪里去，眼下正与单位一大龄剩女眉来眼去，但在这件事上他很为王新眉打抱不平。他建议王新眉去捉奸，他甚至提出可以出场帮王新眉助威，但是王新眉要强，不愿意打上门去哭闹，她觉得那样太丢她的身份。她以更大的热情投入工作，她最害怕的是别人同情的目光，她想向周围人证明她是一个自尊自立的女人，而不是躲在男人臂弯里的弱女子。只是在儿子面前她显得很无能，儿子已经12岁了，他知道爸爸离家了，变得沉默寡言。她找不到合适的语言安慰儿子，这让她心痛至极。

第七章

这种打击和折磨令王新眉一天天地日渐憔悴，脸上本来就有些雀斑，这下子雀斑之上又添了黄褐斑，一夜一夜地失眠。前两天刚收进来一位年轻的病人，只有 29 岁，是个刚入职的中学老师，已经确诊晚期肝癌，失去了手术时机，是从上海医院转回来的。妻子已经怀孕六个月，不知为了何事一早与婆婆起了口角，冲动之下说要去把孩子拿掉，说自己不能承担今后独自养育孩子的责任。她的话吓坏了公婆。婆婆当即跪在媳妇面前哀求媳妇改变想法，病入膏肓的中学老师空洞的眼神无助地看着苍老的母亲卑微地跪伏在地，看着妻子双手捂着脸痛哭，泪水从手指间流下，滴在隆起的肚子上。看到王新眉走进病房，婆婆挪过身来跪在王新眉的脚下，两只手抓着王新眉的手，向王新眉哀求道："王医师，求求您帮我劝劝我家媳妇，不要去流产，为我家留个后代根呀！"以王新眉的善良秉性，她此刻一定会一把拉起这位婆婆，向她保证帮她劝说媳妇。可是今天，面对跪在地上痛苦绝望的老妇和一旁同样痛苦不堪的年轻孕妇，王新眉却很麻木。有好几分钟，她怔怔地看着她们，再看向病床上垂死的病人，她似乎灵魂出窍，目光茫然，神情淡漠。她甩开老妇的手，转身离开病房，在走廊里停下，面对着墙壁自言自语："人生这么苦，不到这个世上来，就不会有痛苦！"

她最担心的事情还是出现了：自言自语，脑子里常常分离出另一个自己，自己与自己对话。有时候会说很长的话。她小时候总是看见父亲自言自语，无端地哭笑，那种状况随着父亲处境和心境的好坏而时轻时重。这是埋在她身体里的定时炸弹，她害怕重蹈父亲的覆辙。

医院里又出大事了，眼科的一位女医生因为给病人做手术留下了后遗症，患者与家属不停地到医院闹事，医院赔了钱但没有患者想要的那么多，就在女医生上班的路上堵她骂她，还作势要打她。她深受刺激，患上了抑郁症，在两天前趁丈夫一时疏忽跑出家门跳河自尽了。这个悲剧性事件在医院内外传得沸沸扬扬，认识不认识这位女医生的都感慨唏嘘，非常惋惜。王新眉刻意地回避这件事，同事们扎堆谈论此事时，她马上走远。实际上同事的死对她刺激很大，因为她知道自己有过抑郁症。她担心自己抑郁症复发做出不能自控的事!

冬天到了，卢超群回来拿换季的衣服。那天傍晚时分，她刚下班回到家里，她惊讶地发现卢超群是开着轿车来的。她作为妻子连丈夫买车这样不算小的事都不知道！之前卢超群一直开着他心爱的大摩托，总是念叨要买车。现在，在王新眉不知情的情况下，他果然买了车。车停在院子里，是香槟色的，从三楼窗子远远地看，王新眉看不清是什么牌子的汽车，而且她对汽车品牌也没有概念。反正，她看见卢超群赫然从香槟色的亮闪闪轿车里下来，夹着包，向家所在的单元门走来。

看到多日不见已经有些陌生的丈夫，看到丈夫的眼中只有冷漠，王新眉忍住痛苦，默默地帮他收拾衣物。当卢超群转动门把手开门离家的瞬间，王新眉突然失控冲上去从身后抱着他的腰，卢超群没有回头，先是用力想掰开妻子紧紧箍在他腰间的手臂，但他的举动导致王新眉抱得更紧，夫妻俩就这样僵持着。片刻，卢超群松开了手，泪流满面，王新眉能强烈地感受到他的身体因压抑的哭泣而微微颤抖。卢超群的泪水给了她致命的打击。她松开了手臂，默默地帮卢超群开门，然后推到门旁，等待丈夫离开。卢超群向门外走了两步又停了下来，站在原地僵在那儿。就这样，丈夫背对着家门站在门外，妻子倚在门上无助凄惶地看着丈夫，谁都没有开口说话。不知过了多长时间，丈夫转过身来，向前一步揽过妻子的肩膀，长叹一声，低声说:

“我不走了，再也不走了！”

……

一瞬间，王新眉以为听错了，当她确信丈夫真的回家了，不再离开她了，激动的泪水再次夺眶而出。她伏在丈夫的肩头痛哭起来，这么多天的痛苦与绝望仿佛如洪水冲破堤坝，一下倾泻出来。

那天晚上，王新眉专门去超市买了新鲜的食材，做了她最拿手的招牌菜“四大碗”：红烧肉、红烧鱼、烧肉皮、红烧刀子鱼。满满的一桌菜，无论卢超群还是王新眉都已经久违了。陈静雅温柔似水，但做出来的菜却每一样都硬邦邦、黑乎乎的。吃着王新眉做的色味俱佳的红烧肉、绵软黏糯的肉皮，卢超群露出标志性的笑容，那咧着大嘴、两眼眯成一条缝的笑。

卢超群的老同学刘晨光告诉王新眉，说卢超群真的与陈静雅断了，陈静雅已经离开盐渎到南京一家超市打工了。就这样，卢超群暂时回归家庭了。他们从不谈论卢超群离家出走的那段日子，从不提及陈静雅，仿佛这个女人从来没有出现过。卢超群不仅会帮着王新眉做家务，还经常用车送儿子上学。在外人看来这个家和睦温馨，可是王新眉发现，实际上他们再也回不去了。

陈静雅离开了盐渎，但王新眉无奈地接受残酷的事实——陈静雅从未退出这个家。卢超群回家以后总是沉默着，总是在书房里玩电脑。他的业务依旧繁忙，越来越晚归。再后来卢超群借口回家太晚怕吵着王新眉，在书房里放了个可折叠沙发，晚上就在那沙发上蜷着腿睡了，从那以后他们不再有肌肤之亲，客气而疏远。王新眉明白他们的婚姻走到头了，尽管她一再隐忍，但卢超群人回来了，他的心已经不在这个家里了。她最纯洁的爱情与她最美好的年华已一起如窗外空中翻转的黄叶飘散在寒风中！

一天，卢超群再次晚归，烦闷中她到楼下便利店平生第一次买了一包烟，她学会了抽烟。那天夜里，她坐在客厅沙发上笨拙地抽着烟，因为没舍得买名牌烟，烟的质量够呛再加上抽烟技术不得要领，她不停地咳嗽。烟雾缭绕中，她找出一张辛晓琪的唱片，用随身听一遍一遍地听辛晓琪泣诉般的吟唱：

这何尝不是一种领悟，
让我把自己看清楚。
虽然那无爱的痛苦，
将日日夜夜，
在我灵魂最深处。
我以为我会报复，
但是我没有！
当我看到我深爱过的男人竟然像孩子一样无助，
……

是卢超群转动门钥匙的声音，王新眉没有抬头看，也没有熄灭手上的香烟，卢超群站在门口停顿了一下，想必他看到妻子正在吞云吐雾。他径直从妻子面前走过，仿佛王新眉根本不存在。他简单地洗漱回到书房，这一次，他把书房门关上了。

刘晨光打电话吞吞吐吐地告诉王新眉，陈静雅克制不住对卢超群的思念，又从南京回到盐渎了。卢超群已经为陈静雅接过风了，接风宴他参加了，饭后他们还一起去唱卡拉 OK 了。陈静雅唱了孟庭苇的《你究竟有几个好妹妹》，陈静雅边唱边哭，卢超群抱着陈静雅哭。

今晚是刘晨光做东在盐渎饭店请卢超群和陈静雅吃饭。关于陈静雅，卢超群从不在刘晨光面前隐瞒，不仅不隐瞒，还有意无意地在刘晨光面前炫耀。刘晨光，这个提前发福的中年油腻男，没心没肺的同时还有一点良心未泯，他那厢与卢超群厮混，这厢打电话提醒王新眉厉兵秣马，准备打响婚姻保卫战。王新眉接到刘晨光的电话时正在门诊上接诊，她努力克制内心的痛苦，在病患面前不至于失态，只是放下电话后她的脸色变得特别苍白。

傍晚下班后，她开着电动车恍恍惚惚地踏上回家的路。可是不知不觉中，她改变了行程，驶往与家相反的盐渎饭店方向。

第八章

那时，汽车刚刚进入寻常百姓家，马路上汽车仿佛在一夜之间多出了好多。到了晚上，饭店门口的停车场上停满了轿车。街道两旁大大小小的酒店门口，饭局散场的人们正在寒暄道别。那一年酒驾还没入刑，微醺的车主酒足饭饱之后把发重下沉的肉身塞进驾驶座，在众人的担心声中，拍着胸脯打包票，说一定没问题，酒友大声叮嘱:“到家后发个短信报个平安呀！”

那时微信还没出现。

盐渎饭店名字听起来很普通，在本地实际上是有客房和大型餐厅的四星级宾馆。这几天宾馆正在举行盐渎美食节，宾馆沿马路一面竖起长长高高的展板，用大大的图片展示经过改良提升的盐渎大菜，一个老年流浪汉背着装着捡来的饮料瓶的编织袋，把头伸长，凑在展板前，一张一张图地看，一道一道菜地看。诱人的美食与衣衫褴褛的流浪汉形成的反差，给站在马路对面的王新眉留下了深刻印象，许多年都不能忘记。

饭店里的食客一波一波地走出店门，钻进私家车或私用的公车离开了。快十点的时候，油光发亮大背头、大腹便便的刘晨光出来了，站在饭店门厅里一边剔牙一边打电话，大概是叫驾驶员来接他。接着出现的是卢超群，卢超群身边依偎着一个年轻女子，想必就是陈静雅！卢超群看上去很兴奋，他肯定是喝得比较足，王新眉站在马路对面都能看到自己丈夫的脸是红红的。卢超群说话的声音大而不利索，他与那几位酒朋拉拉扯扯一番难分难舍之后，牵着陈静雅的手钻进自己的车里，沿着人民北路开走了。

王新眉在饭店马路对面的大树底下已经站了两小时，她要等到卢超群出饭店，看看他与陈静雅在一起的样子！当卢超群的车开动起来后，她扭头跑向自己放在路边的电动车，开足马力追在卢超群汽车的屁股后面，她知道自己是徒劳的，但不知道是哪来的一股力量在支撑着她，让她在这寒冷的夜晚，迎着寒风，奋不顾身地跟在丈夫的轿车后面追。

盐渎近海，东去50里即黄海，所以，盐渎的冷是夹着海风潮湿的冷，是如尖锥子头刺人骨缝的阴飕飕的冷。在没有月亮的深夜，夜寒尤其阴森凛冽。在这寒冷的夜晚，王新眉开着电动车在马路上尾随丈夫的轿车，绝望地看着那车越来越远，在她的视野里越来越小。不知不觉她的电动车车速更快了，眼看着前面就要到一个十字路口。担心卢超群的车在一个拐弯的地方消失，一不留神，她直接撞上了马路牙子。电动车在猛烈的撞击下飞起蹿出数米摔在路边，而她在瞬间被甩出重重地落在地上。

离她躺着的地方不到一米远就是砖头水泥砌成的花坛，真是万幸，她如果是撞到花坛而不是落在草地上，后果不堪设想。尽管草地相对柔软，但落地的一刹那，她依旧短暂地失去知觉，然后就是后脑勺剧烈地疼。过了好几分钟才缓过一口气来。她闭着眼抬抬胳膊，虽然肩关节和肘关节都很痛，但胳膊还能自如地活动，她又抬了抬腿，腿也能动。于是，她咬牙撑着手从地上坐起，挪了挪身子，倚靠着花坛，茫然地看着空旷无人的马路；看着路灯下北风卷起在空中飞舞的塑料袋；看着马路对面几间拉下卷闸门的店铺大门上方的店招，一时几乎忘了自己身在何处。

夜已经很深了，路上少有行人，一个中年男人经过她身旁，停下脚步问她要不要帮忙，她摇摇头，那人迟疑了一下又走了。一只无家可归的流浪狗经过，好奇地对她张望，她动了一下，流浪狗吓得踉踉跄跄地跑远了。那只流浪狗以前应该有家的，是被人遗弃的，因为它的脖子上还系着一根绳子。现在因为没人照顾，狗身上的毛长成了拖把一样。长毛遮住了眼睛，它只能在结成条块状的毛的缝隙间艰难地看世界。它原先应该是白色的，现在在昏暗的路灯下已经看不清是什么颜色。看着肮脏又可怜的拖把狗，王新眉突然痛彻心扉地感觉到自己的落魄与卑微。

“我多像这条丧家犬呀！我怎么会这样？”

她抬头四处寻找她的包，那包很凑巧就在不远处，她艰难地挪挪身子，费力地把包拽过来，打开拉链，取出香烟和打火机，点上一支烟猛吸了几口。夜色中，她吐出的烟圈不断升腾，升得好高，于是，她来了兴致，仰着头，噘圆嘴唇，把一个一个的烟圈认真地、精心地吐出，欣赏着它们在空中飘舞散去。在寒冷的冬夜，在冰冷刺骨的寒风里坐在马路边一个一个吐烟圈时，她决定离婚！

不远处的建筑工地上灯火通明，建筑工人正在连夜加班赶工程。那片工地原先是盐渎市政府办公地，现在盐渎市政府机关整体搬迁到城市南面，一座巍峨的政府大厦已然在城南立起。那里将成为盐渎的新城区，将成为盐渎新的城市中心。原先的市政府大楼已被夷为平地，在这片土地上将要建成规模庞大的商贸中心。盐渎，这个一直以来远远落后于苏南地区的苏北穷市，将要迎来大发展的明天。

王新眉想起以前流行在盐渎人口中的自我调侃的话："一条大街两座楼，一个警察管两头，一个公园两只猴。"说的是改革开放之前，盐渎城市建设远远落后于苏南地区，一眼望去都是低矮的平房，只有市政府大楼与邮电大楼隔着唯一的一条市区马路建军路遥遥相对；市区很小，一个警察站在登瀛桥上就可以管住东西两边的交通秩序；全市人民周末能去的游玩场所只有唯一的一个公园——人民公园，而且公园里也没啥动物，只有两只老猴晒太阳。可是，改革开放短短的 20 年，盐渎城的市容市貌已经发生了翻天覆地的变化。

望着远处工地的热闹景象，王新眉有一种沧海桑田的感觉。曾几何时，那片政府机关楼群是那么庄严和高不可攀，她从没想到过它们竟然会变成随意去留的商场。"连政府大楼都可以推倒重建，何况我王新眉一小民的婚姻呢！只要活着就可以重头再来！没有家了，但至少我还有事业！只要还能做医生，我就能重新站起来！"王新眉的眼前好似闪过许多身影，那都是她曾经救治过的病人，那些人的眼神里有着对她的信赖和期盼。想到这，她突然如释重负。

那年是 2000 年，新世纪开始了，王新眉的人生也翻开新的一页。

第九章

她匆匆地推开门走进咖啡馆，看到陈静雅站起来向她点头示意。陈静雅虽然已经30出头，但看上去只有二十五六岁的样子，高挑纤细，身材保持得很好，看来这个与卢超群结婚以后再没出去工作的全职太太平时是很注重形体管理的，20岁时的陈静雅清秀明媚，令卢超群沉醉痴迷，乐而忘返。一晃十年过去了，30岁的陈静雅依旧是清秀的，但眼神有明显的疲惫和忧伤，脸色苍白，尽管努力在丈夫前妻面前保持一份矜持，但依旧掩不住憔悴和萎靡。

没有寒暄、客套，两个女人尽管之前从来没有正式见过面，但由于命运的作弄，十年来，她们的身影却在对方的生活里无处不在，尤其是对于陈静雅来说，王新眉的存在是她无法卸去的巨大压力，按照常理她是胜利者，但对于王新眉，她却有一种拂去还来的嫉妒。她曾经独自去盐渎医院内科门诊悄悄地站在门诊室门口看王新眉问诊、开处方，看到病人围在王新眉的身边求医。

那是个春日的上午，王新眉刚从病区查房后开始到门诊接诊，春天明媚的阳光洒在身穿白色工作服的王新眉的身上，沐浴在阳光里的王医师神清气爽，一头短发干净利落，她时而侧脸面对病人询问病情，时而低头凝神思考，然后开出处方。病人手上攥着处方，看那神情像是攥住了生活的希望。

那一次，陈静雅是那么强烈地意识到王新眉与自己的巨大差异。她的生活里只有丈夫与家庭，而王新眉还有更大的世界。那个世界对她来说是陌生且难以企及的。最让她痛苦的是，常常在夜半更深时，卢超群会在睡梦里呼唤:“新眉！新眉！”这一声声梦语在提醒陈静雅，虽然她拥有了卢超群，占据了曾经属于王新眉的家，但永远无法抹去丈夫对前妻的那份内疚与留恋。

现在，这个女人站在她面前，用柔和的目光注视着她。王新眉已经不再年轻了，眼角已经有了深深的鱼尾纹，齐耳短发、薄施粉黛、温文尔雅，但在陈静雅的眼里，却在举手投足间散发出一种迫人的气势。这气势让陈静雅在瞬间想逃离。陈静雅禁不住深深地叹了一口气，此刻她想:“如果不是迫不得已，我绝不会向她求援！”陈静雅很快说明请王新眉见面的原因，因为她的天快塌了。说来话长，陈静雅缓缓地道出了原因。

卢超群这些年一直在做酒生意，不仅做国内名酒的代理商，而且开拓了红酒生意，成为法国一家几百年历史著名品牌的代理商。没想到近年来由于国家大力反腐倡廉、狠杀公款吃喝风、整顿干部纪律，使得向来以公款用酒为主要销售渠道的名酒生意真正举步维艰。本来还有老同学刘晨光利用自己官场上的人脉为他拉生意，哪知道，因为国家反腐力度加大，刘晨光在副局长的任上栽了。

没有老同学奥援的卢超群这两年日子很不好过。一直以来卢超群在生意场上相当守信用，与生意来往的商户都是多少年的老客户，但是因为去年在法国红酒生意上亏损严重，卢超群的资金链已经基本断裂，手上没有钱，为了把生意支撑下去，他只得拆东墙补西墙，从客户手里套来货款投入生意运营。很多给了货款的老客户虽然没有及时收到酒，但基于多年来卢超群的信用，对卢超群还是给予 了信任和耐心，但还是有客户把他告上了法庭。

一周前卢超群因涉嫌经济诈骗被刑事拘留了，现在被拘押在盐渎看守所。事态严重，事发突然，陈静雅这么多年一直生活在丈夫的庇护之下，卢超群把本来就没什么能力的小爱妻宠成了一朵娇弱的花朵，根本经不起风雨。这事一出，陈静雅彻底蒙了，不知道该怎么办，卢超群的父母都过世了，俩弟弟在苏南打工的打工，做小生意的做小生意，家族里无人可出援手，刘晨光在服刑，其他朋友早已无影无踪，自己娘家亦无可托之人。思来想去，只能求助王新眉。她虽然对王新眉怀有敌意，但在内心深处她信任王新眉。

听了陈静雅断断续续的叙述，王新眉惊呆了！在来见面的路上，她猜想到底什么特殊的事会让陈静雅不顾一切地要见她，她想到了卢超群酒驾或干脆是醉驾，出了车祸，撞到人了！她没有想到卢超群会因为生意失败锒铛入狱！王新眉觉得大脑“嗡”的一下涨大，惊叫一声，忙对陈静雅说:“找律师了吗？当务之急是找一个有水平的律师帮着打官司，该赔偿客户的钱尽可能地赔，这样兴许能快点出来！”

陈静雅露出有点尴尬的神情，叹息了一声，迟疑地、声音小得几乎听不见、怯怯地说:“现在，不要说赔人家的钱，我连律师费也出不起的。”王新眉愣了几分钟，意识到陈静雅找她的真正目的是想请她出钱。“你们不是有房有车吗？都什么时候了？赶紧卖了赔给人家！”王新眉一着急，连珠炮似的发问。陈静雅回道:“车虽是宝马的，但好多年了，旧车卖不出价钱来；房子一时半会儿出不了手，再说房子卖了我娘儿俩住哪儿啊！”两个女人一时陷入了沉默，气氛尴尬。

还是陈静雅打破了沉默，她把头低得更低了，弱弱地说:“我实在是拿不出钱来，厚着脸皮来请姐姐救命的！”陈静雅在约见丈夫前妻之前已经完成了她的心理建设。她十来岁放学后帮着父母卖菜，她妈把装着萝卜、豆角的三轮车停在路边上卖，她不好意思像她妈那样大声吆喝招徕顾客，就那么带点害羞地静静地站在车后，路过的行人看着小女孩一副楚楚可怜的样子，会停下脚步有心照顾她们母女的生意。有的一边买菜一边问她:“小姑娘，上几年级了？”有的顾客会夸她:“这么小就帮家里做生意，孩子懂事！”

十来岁的时候她就发现大多数人都会同情弱者，长大后，她更坚信柔能克刚，她从王新眉身边夺走卢超群靠的就是柔弱似水这个秘密武器，而这恰恰是王新眉这个大女子所缺少的。所以，她来之前就决定要以示弱来争取王新眉的同情。她又一次成功了。此刻，王新眉忘记了这么多年来对卢超群的怨恨；忘记了因为卢超群的负心给她造成的伤痛；忘记了她的人生因为陈静雅的闯入和自己决绝离开所带来的坎坷和困苦。她只想着那是她曾经刻骨铭心爱过的男人，那是她最孤独时来到她身边陪伴她的一脸憨笑的发小，那是她儿子的父亲！

“请律师的钱也拿不出来吗？”“是的！……我以后卖了房子和车会还给你的。”陈静雅头低得让王新眉看不见她的眼睛，只能看到她的头顶。王新眉惊讶地发现对面这个只有30岁的少妇居然有了一小撮白发，这撮刺眼的白发最终让王新眉放下了多年的怨恨，决定与陈静雅一起救卢超群。她工作20多年，有一些积蓄，但不在她的手中，而是在她现在的丈夫叶知秋的手中，叶知秋把几乎所有的积蓄都投入股市里。她对自己说：“我让叶知秋把钱从股市上拿回来，拿回来救卢超群！”但是，叶知秋会同意自己的妻子把家里的钱拿去救前夫吗？王新眉心中没底。

第十章

叶知秋大王新眉12岁，是她与卢超群离婚后经人介绍认识的，依旧是闪婚。

王新眉这辈子致命的弱点是忍受不了孤独和需要用新的感情生活去驱除旧情的创伤。因为孤独，她草率地嫁给了卢超群；因为孤独和情伤，她一下就跌落在叶知秋的怀抱中。与卢超群离婚时，王新眉36岁，同年年底她就与叶知秋再婚了，叶知秋那年48岁。

叶知秋是盐渎下辖一个区法院分管后勤的副院长，妻子癌症亡故半年了，儿子已经长大自立。同事介绍的，王新眉觉得条件挺好的，没有负担，只是年龄太大了，他们是一个属相，叶知秋整整大她一轮。刚开始王新眉不想见面，但实在是太孤独了。离婚时，王新眉硬气地把房子留给了卢超群，条件是带走儿子。卢超群因他有错在先，离婚时钱财上颇大度，就是儿子归属问题毫无商量的余地，儿子不允许带走，必须跟他，儿子是老卢家的后代根子。他可以休妻再娶，但不可让前妻带走儿子，这一点上没有商量的余地。

为了尽快离婚，王新眉违心地同意放弃儿子的抚养权。离婚后，她租了一个一室一厅的小房子，她把房子布置得雅致清爽，收拾得纤尘不染，但终究缺少烟火气，只有周末儿子到来时，小屋子里才有了生气。她的眼前总是出现那只拖把狗，特别是拖把狗那双胆怯的、充满恐惧和忧伤的眼睛，她觉得自己就是那只无家的被人嫌弃的野狗。痛苦与无助让她失眠，一夜一夜的失眠折磨得她苦痛不堪，大把大把地掉头发，面色暗沉、神情憔悴，整个人萎顿下去。

同病区的护士长李爱琴看了不忍，就帮她介绍了自己老公的昔日战友叶知秋。李爱琴长王新眉几岁，平日里总以大姐自居，是个热心肠的快嘴婆娘。她知道王新眉嫌对方年纪大，就劝她：

“只是去坐坐，又没要你一定嫁给他！二婚的女人在年龄上不能太挑剔！”王新眉半情半愿地勉强去了。

相亲是在一个深秋雨后的傍晚，李爱琴两口子把他们约在一个茶舍里见面，介绍了一下，再寒暄几句就退了，留下两人对坐。像叶知秋这个年龄段的男人常见的头发不再茂密，相貌端正，面色发黄，穿着浅咖啡色厚西装，系着藏蓝色领带。那西装最下面的纽扣晃晃荡荡地吊在上面，看上去随时都会脱落。

据李爱琴介绍说他年轻时当过兵，但军人经历并没有在他身上留下什么印记，举手投足间有一种倦怠、慵懒的气息，尽管他为了给女方一个美好印象努力挺直腰杆，但让人感觉他在硬撑着，随时都会垮塌下来。叶知秋谈到他妻子，谈他妻子的病和最后的去世，谈他中年失伴的伤痛和对亡妻的思念，说着说着他就哭起来了。

他哭的时候不停地擤鼻子，声音大得像拉风箱，这让王新眉颇为难堪，她偷看周围其他茶客的反应，果然有两人频频转头看他。王新眉赶紧抽出桌上的抽纸递给他，轻声安慰他，说一切都会过去，一切都会好起来！他也意识到自己的失态，忙向她道歉。他想把系得太紧的领带往下拽得松些，但不得要领，急得直摇头，干脆就把领带取了下来。他尴尬地解释道：“平时不爱穿西装，今天难得！”她笑着说：“理解！理解！我也不爱穿得太正式。”

经历了这么一个小插曲，两人不再像刚见面时那么拘谨，好像认识很久了。聊着聊着，叶知秋从西装口袋里掏出半包烟，捏出一支，很熟练地抽了起来。他根本不知道他面前这个端庄优雅的女医生也会抽烟，他也没想到礼貌的做法应该是，抽烟之前要征求女士的同意。王新眉自己虽然只是偶尔抽烟，但她对男人抽烟不反感。她觉得他有些粗鲁，像是读书不多，他主动告诉她，他是初中毕业去当兵，一直在部队摸爬滚打过来的。在部队当到副团职，转业时正赶上公检法缺人，大批转业军人被充实到政法部门，他被分配到区法院做了分管后勤的副院长。

他告诉王新眉，像他这种县区级单位干部，52岁一刀切退居二线，他还有四年就退居二线做调研员了，现在已经处于半退休状态，也就是说，在仕途上他已经到顶了。说这些的时候，叶知秋带着无奈地自嘲苦笑。王新眉觉得他是个坦荡实在的人，但是好像与她心中的理想伴侣要差一大截。在经历了前段婚姻巨大打击之后，王新眉太需要藏到一个温暖的怀抱里慢慢地舔舐伤口，她需要一棵枝繁叶茂的大树，让她在浓荫下躲避风雨和烈日的灼伤。但是叶知秋就像是一棵被霜打过的秋槐，片片黄叶簌簌落下。

王新眉礼貌地告别，双方互留了电话号码。虽然留下了电话，但王新眉心里并不想再交往，当叶知秋说下次再联系时，她只是微微笑了一下，算是礼貌的敷衍。回家的路上，她心里倍觉凄凉，慢悠悠地开着电动车向路边张望。路边的烧烤摊，年轻的摊主夫妇正忙着，丈夫低头烤串，妻子一边往旁边小桌子上送烤好了的羊肉串和鱿鱼串，一边抬头紧张地向远处张望，大概是防着城管的突然袭击。

看着这一幕，王新眉暗暗感叹：“就这样的男耕女织的日子多好呀！”突然，她愣住了，她居然看到前夫卢超群和他的新妻陈静雅正坐在旁边的小桌子那儿吃烧烤。陈静雅显然已经怀孕，肚子很是显怀。卢超群比数月前王新眉最后一次见到他时胖了一圈，腆着的啤酒肚正对着陈静雅的孕肚，从桌子底下看，像两个怀孕的妇人对坐。他吃得特别投入，一如既往地能吃，瞬间一根羊肉串就下肚了，嘴巴油汪汪的在路灯下闪光。

陈静雅对丈夫的好胃口显然很欣赏，她爱怜地伸手拨弄了一下丈夫的头发。王新眉一阵心酸，眼泪涌了上来。她赶紧开车飞快地逃离，任凭眼泪默默地流下。到家以后，王新眉给介绍人李爱琴发了个短信，表示愿意与叶知秋继续交往。她知道自己没有爱上叶知秋，但她需要一个男人，哪怕不爱，只要有人陪伴！她想在麻木中忘却离婚的伤痛，因为麻木总比清醒的疼痛要好过一些。他们很快就结婚了。

因为是二婚，婚礼相当低调，只是在一家普普通通的酒店办了五桌，来客主要是叶知秋的几个战友和双方同事。婚礼那天，王新眉甚至没有请婚假，一直在病房忙碌，连介绍人护士长李爱琴都看不下去了，几次催她早些下班赶到酒店招呼客人。王新眉在医生值班室换上先前买好的紫红色天鹅绒连衣裙和红色高跟皮鞋，算是把自己打扮成新娘子了。她骑着电动车到酒店门口，正遇到来参加婚宴的一拨客人。其中一位是叶知秋的战友，曾在王新眉门诊看过病，对王医师印象深刻，但王新眉对他并无印象。客人看到王新眉，高兴地主动上前打招呼说:“王医师，您也来吃喜酒？”王新眉尴尬地笑着回答:“我是来做新娘子的！”客人瞬间仿佛石化，张着嘴瞪着眼说不出话来。客人本是熟稔世故的人，很快缓过神来浮出符合礼仪的笑脸，但王新眉还是敏锐地捕捉到客人杂糅着惊讶、不解、惋惜的复杂神情。那个转瞬即逝的眼神许多年后依旧留在她的记忆深处。

第十一章

婚后的日子平淡而庸常，最初在庸常的日子里有许多细密的喜悦。叶知秋虽然有些暮气，还没多少学问，像样的学历都没有，但他风趣，会揣摩女人心。他中年丧妻，受过沉重打击，两个遍体鳞伤的人相互舔舐伤口，抱团取暖。叶知秋很会做饭和做家务。王新眉一再向他表示感激，说按说家务事应该是她多做，结果让丈夫受累了。这时候他就会大声地开些暗含性元素的荤玩笑，比如他说他白天还好，晚上更累；“白天你吃我做的菜，晚上我吃你”。每次说完，叶知秋的眼中就闪着光，脸上现出狡黠的坏笑，等待王新眉会心的笑。

叶知秋会翻着花样做菜，红烧肉本是王新眉的拿手好菜，结婚后才发现叶知秋才是做红烧肉的“大师”，王新眉号称“王四碗”，叶知秋对盐渎“八大碗”碗碗都能推陈出新，是当之无愧的“叶八碗”。他们吃得到一块去，床上也玩得很花，都有成熟的肉体，都在某一个特殊阶段突然被迫叫停，像是一座年久失修的房子在太阳的炙烤下快散架了，有一好事者从旁经过扔了一个烟头，火苗儿“腾”的一下蹿了起来，顷刻间熊熊大火燎了原。可是即使在最热烈最痴缠的时候，王新眉的心是空的，她知道自己没有爱上他。这个男人并没有点燃她心灵深处的激情，即使在床上能够让她满足，可那仅仅是肉体的欢愉，她依旧觉得心中空落落的。

他太平庸了，在法院这种专业型官员扎堆的地方，叶知秋这种没有司法专业背景的万金油型干部从开始就是边缘化的，这让叶知秋刚开始在单位里那些法官面前觉得有些自卑，但他很快就获得了心理平衡，因为他分管的后勤虽然看起来不属于核心部门，但其实相当实惠。院里的政策研究室是个清水衙门，研究室主任也是团职军官转业，但比叶知秋晚两年转业，正好那年军人安置职位紧张，研究室主任没能安置到副院长的职位上。他对叶知秋既羡慕又嫉妒，觊觎他的职位。叶知秋就铆足了劲儿与政策研究室主任斗智斗勇，斗得不亦乐乎。

某天他发现研究室主任公车私用，让院里司机载着他回老家出人情了，他就跑到正院长那告了一状，研究室主任为这事挨了好一顿批，弄得灰头土脸，而叶知秋为这事得意了好多天。过了几日，叶知秋正接受老家到法院打官司的同乡宴请，正寻思着复仇的研究室主任派小兄弟躲在饭店包间门外，趁着服务员上菜的机会，把包间里觥筹交错的情景拍了照报到院纪委那里，叶知秋被全院通报批评，差点丢了官，吓得他头发掉了一大把，并从此开启了谢顶的进程。叶知秋恨研究室主任恨得咬牙切齿，恨不得拿枪崩了他。

每天下班回家他就会向王新眉絮叨单位里这些复杂的人际关系和争斗，而王新眉听的时候总是心不在焉，也不能给他出得力的主意，这让叶知秋暗暗失望，觉得无趣，觉得夫妻不能心灵相通。除了官场暗战，叶知秋最大的爱好是炒股与打牌，把自己的钱和王新眉的钱都投进股市了，叶知秋觉得这样的生活很充实，可王新眉觉得这不是她想要的生活。她到底需要什么样的婚姻，她自己也说不清。

四年以后，叶知秋退居二线了。那个研究室主任前后脚也退下来了，没几天脑溢血中风偏瘫，叶知秋为此幸灾乐祸了好一阵子，后来政策研究室主任顽强地重新站起来，拖着一条残腿风雨无阻每天清晨在大路上疾走锻炼，叶知秋对他的毅力很佩服，发现过去在职的时候为了芝麻绿豆大的职权斗得你死我活，如今看来好没意思。人想开了性情也就平和多了，见人也客气多了，不像以前老是端着架子。但是就是日子难以打发，没了权位，没人搭理了，也没人陪叶知秋钩心斗角了，颇觉空虚。他是个不服输的人，他想方设法地去适应退休生活，很快找到了一条有自己特色的生活方式。

白天电脑上研究股市和与小区里几个邻居打牌，晚上看电视剧，或是在 QQ 里与网友聊天，周末参加老年大学歌友会唱红歌。他看电视剧很容易进入剧情情境，跟着剧情时喜时悲。十点多钟就上床，或直接睡觉或在床上等她，有时先谈谈刚才的电视剧和段子然后做爱，有时直接做事。刚开始他勇猛而有技巧，几年以后渐呈颓势，技巧有余而勇锐不足，总之乏善可陈。叶知秋的面色比前些年更黄了，是那种抽烟过度的暗黄，有着保养不好的老男人所有的肚囊，不仅发际线严重后退，头顶还出现“地中海”。

为掩饰头顶的荒凉，叶知秋把额前那一小片头发留长，在发蜡的助力下向后梳，越过“地中海”，一直到后脑与后脑勺残留的头发汇合。尽管那片额发其实并不足以盖住暴露的头皮，但他已经尽力了。他的相貌不符合王新眉对年长男人的想象。她想象中的魅力老男人应该有着一头茂密的灰发。叶知秋嗜烟如命却滴酒不沾，她尽管自己不时地抽几支烟，但她不喜欢拿抽烟当饭吃的男人，这种男人必然有一口满是污垢的黄牙和烟草在口腔中发酵过释放出的酸腐味的口气，叶知秋恰恰如此；她也不喜欢不喝酒的男人，觉得不喝酒的男人做人没有豪气。

叶知秋不好酒而且做人一样与豪气不沾边。他在钱财上精于算计，而王新眉恰好是个“马大哈”，家里的钱都由叶知秋管着，他除了每月往床头柜里放些过日子的钱，家里的积蓄他都买成股票和理财产品。他最大的爱好是算钱，算股市上的收益或亏损。家里的氛围是与股市行情成正比的。赚钱了的话，叶知秋会开心得一天都说个不停，黄段子一段一段地往外冒；股市下行的话，他就耷拉着脑袋黑着脸神情萎靡，夫妻俩能一天都不说话。

第十二章

王新眉所供职的盐渎医院近些年来对医生的学历要求越来越高，新进来的医生都是博士。她已经40岁出头，虽然已经在职读完了研究生，但是，要想在事业上走得更远，必须取得博士学位，否则，在她这个年龄段，以她的在职研究生学历很难晋升主任医师。在巨大的职场压力下，人到中年的王新眉下决心报考母校的在职博士生。她每天下班后就把自己关在书房里复习，英语已经扔了很久，好在考在职研究生时啃过一阵子，厚厚的底子还在，再拿起来很快就上道了。

看到自己老婆在考博士，叶知秋打心眼里高兴。他觉得自己找了个高学历老婆脸上有光，祖坟冒青烟。为了让王新眉集中精力复习，叶知秋做家务更加尽力，变着花样做菜。皇天不负有心人，王新眉终于在42岁的年龄，考取了母校博士。拿到录取通知那天，他要王新眉陪他一起回乡到父母坟上磕头行礼、烧纸钱，说:“没想到老叶家祖坟上还长着这棵蒿子！感谢祖先保佑！”他的这些反应让王新眉很诧异，感觉叶知秋的认知逻辑很奇怪，好像自己经历千般辛苦换来的成就都是这个老男人的功绩。几天后，叶知秋又一个人悄悄到前妻俞素芸墓上去了一趟，他慢慢地抚摸墓碑上亡人的名字，咬着后槽牙一字一顿地告诉她:“老子新娶的妻子比你强！”而此行他对王新眉保密。

不知从什么时候开始，王新眉看叶知秋，觉得他的脸自打退休以后胖了许多，胖得像是浮肿，黄得像得什么病似的，还留心到他脸上已经长出了不少老人斑。她忽然发现自己好久没有亲吻过这张胖脸了，白天早就没这个雅兴了，夜里即使在叶知秋最卖力的时候她也不吻他。她总会想起前夫卢超群白里透红的脸；想起与卢超群初婚时的如胶似漆；想起年轻的身体缠绕在一起时的心醉神迷。

上一段婚姻的破裂留给王新眉最深的痛是儿子，儿子卢苇太无辜了，他那么小，没人真正地在乎他的感受，他阻止不了家的破灭。他到哪个家里都不再像从前那般无拘无束满地打滚。儿子最初是给了卢超群，卢超群的新妻陈静雅待前妻之子不坏，但照顾孩子上到底不够尽心，且不善厨艺。卢超群注意力集中于新得的儿子身上，照顾大儿子也多有疏忽。卢苇常常自己跑到妈妈家来跟王新眉说阿姨做饭不好吃，经常没有早饭吃。王新眉心疼不已，遂与卢超群协商把孩子暂时接过来在她这生活一段时间。

卢超群自顾不暇也就同意了，谁知叶知秋不认账了。天天在背后叽咕，威胁王新眉说要找卢超群谈谈，要当面质问卢超群为什么把自己的儿子放他这儿养，甚至还说出："早知道你有拖油瓶的儿子，我就不会与你结婚"，并且一再表示，"早晓得是这样的情况，我不如找嫁不出去的大龄剩女结婚，人家没孩子拖累，就凭这一点就比找你强！"这话王新眉听了忒伤心了。她斯文扫地地朝他吼："我王新眉就是拖着个油瓶，也配得上你！"话虽说得硬，但为了息事宁人，她还是委屈儿子，借口说住校有利于学习，哄儿子住校去了，家里这才消停下来。这件事如同一根芒刺插在王新眉的心头，深深地影响了她对叶知秋的感觉。但上一次离婚的痛苦太深了，她实在不敢想再一次婚姻破裂，她觉得自己实在折腾不起了。

如果没有卢超群的生意失败，如果王新眉没有突然需要拿出一笔大钱来救卢超群这个前世冤家，他们的婚姻很可能会云淡风轻、波澜不惊地继续下去，直至携手终老。然而，这个意外毕竟真真实实地发生了。当王新眉向叶知秋提出把股市上的钱抽出来给卢超群救急时，叶知秋的脸色已经不是平日的枯黄，而是黑青的。他从开始时的疑惑，以为听错了，然后是突然的暴怒，真正的勃然大怒，他的脸因为暴怒而变得狰狞，王新眉从没见过他这副面目，吓得往后退，退到墙角，把身子侧过去，不敢看他，也不愿意让叶知秋看到自己的惶恐。

他指着窗外，对王新眉低声吼道：“他是怎么对待你的？你现在竟然为了他回家拿钱救他？你是谁的老婆？你简直是犯贱！”随着叶知秋的斥骂声，“咣当”一声巨响，王新眉没敢回头，在瞬间本能地紧闭眼睛忍受物件被砸碎在地板砖上的尖锐、刺耳声音的冲击。这个声音似乎就在她头顶上，像惊雷一样炸裂。大约五分钟后，她才鼓足勇气扭头看地上的残迹，叶知秋把他的玻璃烟灰缸给砸碎了！满地的玻璃碎片，一片狼藉。叶知秋也被自己的暴怒给惊住了，不复刚才的盛气，颓丧地坐在客厅沙发上仰面头枕沙发背，闭着眼睛默不作声。

王新眉默默地清扫地面，在客厅的犄角旮旯儿寻觅着可能遗落的玻璃碎渣。当她扫到沙发边上时，叶知秋识趣地抬起双脚，让王新眉把沙发下面也清扫干净。王新眉蹲在地上，把扫把伸到沙发下面，叶知秋顺势抱住了王新眉，用颤抖的声音道：“抱歉！对不起，新眉！但是你应该理解我，理解我作为丈夫的感受！”王新眉伏在叶知秋怀中，许久，缓缓回道：“我能理解你！我也恨他，但是，他是我儿子的父亲！不是他坐牢，是我儿子的爸爸坐牢呀！因为儿子，我们永远是牵连着的！”

也许是“我们”这个措辞刺激了叶知秋，他猛的一下推开王新眉，起身径直走向卧室，关上门，没有开灯。不一会儿，卧室里传来叶知秋的咳嗽声、吐痰声。他又在床上抽烟了。王新眉走到窗前呆呆地看着窗外，他们的住房在小区的边上，靠近马路。马路对面是盐渎最大的城中村，里面租住着很多在夜场讨生活的年轻男女。夜深了，寻常人家已经进入梦乡，那里的年轻女孩开始陆陆续续地下班回出租屋。不时有车在路口停靠，车顶灯一闪一闪的。路口的小夜市热气腾腾，摊主忙碌地招呼着夜归的女孩。

隔着 100 米的距离，王新眉似乎都能看清做鸡蛋饼的阿姨瞪着那双铜铃一般的大眼睛扫射每一个潜在的客户。“所有人都活得很辛苦！”王新眉重重地叹了一口气，枯坐在沙发上，默默地流泪。她有些茫然，不知道是不是自己做错了。在一般人眼里，王新眉是个有身份的人。她作为女人，毕竟做着一份受人尊重的职业。可是，在这个夜晚，王新眉的内心充满了沮丧，她发现其实自己并不比那些夜归的女孩过得好。

与卢超群在一起的时候，她每天围着卢超群转，忍受着卢超群事业失意时的愤激、乖张和时来运转后的得意忘形。与叶知秋在一起，则忍受着他的平庸、懈怠和吝啬。如今，她所有的积蓄都在叶知秋的掌控之中，没有叶知秋的同意，她根本没有办法动用自己辛苦积攒下来的钱。是就此屈服于叶知秋吗？“可我并不想用他的钱，我只想抽出我自己的钱！”王新眉痛苦地自言自语。每到情绪激动的时候，她就会无法自控地自言自语。这种情况已经很久没有出现，但今晚又出现了。为了缓解自己的情绪，她决定走出家门在附近散散步，尽管夜已经深了。

出了小区的大门，马路对面路边大排档弥漫着热气腾腾的人间烟火，完全没有深夜的静谧。一辆出租车在大排档前停下，车门打开的瞬间，从车内冲出一个衣着暴露的年轻女子，接着一个年轻男人从车内冲出来。那年轻男人从后面一把抓住年轻女子的长头发，把女子的长发绕在手上往下狠拽，女子疼得大声惨叫。因为头发被人往下拽，她被迫昂着头，远远看去，像是一副很不屈的样子。男子一手拽着女子的头发，一手给了女子一记耳光，女子瘫在地上痛哭起来，凄惶的哭声在夜空里回荡，传得很远。王新眉本能地快步穿过马路，走近女子。此时，女子身边已经被人围成一圈。有男人上前一把推开打人男子，有人厉声叱道：“有话好好说，怎么可以打人！”

打人男子在众人的怒斥中悻悻然离去。女子见状默默起身，梳拢几下散乱的头发，找回扔在地上的小包，低着头，在众人复杂的目光注视下跟在男人后面离开了。待那对男女离开后，摊鸡蛋饼的大眼睛大妈重重地叹口气，低声地对王新眉说：“造孽呀！这女的是在浴城卖的，男的是她男朋友，家里有老婆孩子。”王新眉好奇地问：“这男的有家有室，这女的怎么会跟他在一起，还被他打？”做鸡蛋饼的大妈一边麻利地摊鸡蛋饼招呼生意，一边叹口气地回答：“这丫头不争气，不学好，念不上书，早早就出来做这一行了！也不晓得在哪块认识这个男的，这男的没工作，社会人。两人租房子在一块，男的每天送她去卖，结束再接回来。这几天这男的老是打她骂她，听说是男的家里老婆找来了，骂这女的，这个女的回骂这男的老婆，这男的生气了，怪这丫头下贱，破坏他家庭！已经打过好几回了！”

王新眉一时发蒙语塞，她呆呆地看着那对男女走进那条深巷，巷子很长，巷子的深处漆黑一片，已经完全看不到那对男女的身影。望着幽深的小巷，王新眉自语一般地感叹道：“世上还有这么傻的女人，这么坏的男人！”摊鸡蛋饼的大妈（盐渎人对女性的统称）停下手中的活儿，瞪着大眼睛，接着王新眉的话说道：“一个女人要是软成一摊面糊，就只能由着男人拨弄了！”王新眉愣了一下，回头看向饼摊女摊主。她发现自己尽管每天都看见这个女人在这里劳作，但却从来没有认真地去了解她。没想到这个朴素的劳动妇女居然能说出这么深刻的人生道理。她不由地仔细地观察面前的这个终日辛劳讨生活的女人。

她看到女摊主大大的眼中布满血丝，双眼下还有两个硕大的眼袋，那是常年睡眠不足造成的。尽管路灯昏暗，但仍然能看出她皮肤黝黑发亮，那是终日风吹日晒的结果。这是一个典型的市井阶层的女人，但她靠自己的吃苦耐劳，不仅养活自己，还能维持家庭的日常开销。她做的鸡蛋饼必备的芝麻酱是她自己熬制的，干净味道正。不大的巷口一字排开三个鸡蛋饼摊，就数她生意好。从她的脸上，看不到招徕生意的媚态，反而是一副你不买你就吃亏了，带着傲慢不屑的神情。

王新眉突然发现自己活得远没有面前这个没有什么文化的女人有底气和通透。夜更深了，路边的大排档开始收摊了。摊鸡蛋饼的大妈边收摊子边提醒王新眉：“大姑，快到下半夜了，你怎么不回家睡觉呀！”王新眉点点头回答：“马上就回去！谢谢大姑！”可是，今夜，她毫无困意，或者说，其实她不想回那个没有温情的家。摊主与食客渐渐散去，四周开始变得寂静，她坐在路边人行道口挡机动车的石桩上，茫然地看着偶尔从面前经过的汽车，看着一片乌云像个赶夜路的旅人穿过月亮继续奔着前程，又过了一会儿，弯月渐渐变淡，几颗星星依然高挂苍穹。

第十三章

第二天，王新眉强打起精神上班。王新眉负责的10号床位的病人是位年仅19岁的高中生，肝癌晚期已经相当危重，她急急忙忙地到班参加科室早会，然后是查房。男同事林振宇是比她早一年毕业的大学校友，因为校友的缘故，他们平日比一般同事亲近信任。林振宇是当夜值班医生，他本该与床位责任医生王新眉对接之后就下班回去休息，但是他发现王新眉整个人似乎精神不振，就主动留下来帮助王新眉一起抢救病人。王新眉一时竟不知说什么好，只得感激地向师兄点点头。病人父母泪眼婆娑地站在抢救室外，王新眉一出来就扯着她的工作服袖子，忐忑不安地询问病情。王新眉明知道病人的死亡只是时间问题，但不忍心看到病人父母的绝望，还是宽慰他们。王新眉有些内疚，觉得自己肩上的工作担子这么重，身系着病人的生命，但从昨天傍晚去见陈静雅到昨晚与叶知秋发生严重冲突，一直到今天上午，她的心里都装着自己的事，几乎把病人忘了。她几乎忘了自己还是个医生！她很自责，暗自庆幸这个病人被从鬼门关拽回来了！

王新眉整个上午都在忙碌中，中午到医院食堂吃饭。手机响了，是她的小学同学还茂霞打来的，约她晚上小聚。还茂霞的丈夫张卫东，一个精明过人的地产商，他成功拍下了盐渎城南新城区聚龙湖边的一块地。于是，还茂霞两年前从家乡灌口举家搬到盐渎生活。这之前十几年她们聚少离多，现在突然又聚到了一起，非常兴奋，沉睡的发小感情立马重新活跃起来。定期小聚成了这两个女人固定的交友方式。

电话里还茂霞的声音一如既往地好听，哪怕是对着她这个几十年的老同学也还是抹不去惯常的娇媚。还茂霞有些高兴，她有一肚子的话想对这个从小一起长大的发小说。不用多想，王新眉都能猜出是什么事，肯定是还茂霞两口子又闹上了！为还茂霞两口子的事，王新眉没少费时间、费精力。还茂霞长得真的是好看，皮肤白皙，身材高挑，虽是单眼皮，弯眉细目，但开心起来整个眼睛都在笑。

她祖上在民国时是盐渎城里开五洋店的，五洋就是洋烟、洋火、洋油、洋布、洋钉，五洋店就是个杂货店。祖母是家里独生女，美貌又多金，到30岁才招倒插门女婿上门。祖父勤勤恳恳地做生意，祖母一辈子不出大门，就负责每天晚上盘点收银和打扮自己。公私合营的时候，五洋店合并成镇上的供销社，祖父一时想不开，就丢下一家子投河自尽了。祖母在家难临头时放下五洋店大小姐的身段，走出家门到街道塑料制品厂做了工人，靠微薄的工资把几个孩子养大成人。

大儿子读了盐渎师范，因为成分不好，不能留在盐渎，被分到灌口小学做老师，娶了灌口当地的同事为妻，生了还茂霞姐弟。还茂霞小时候跟着祖母在盐渎生活，直到九岁时祖母去世才回到灌口父母身边。也正是她回到父母身边，才认识了同班同学王新眉，两个发小在以后几十年中不离不弃，命运相依。祖母70岁去世，到死都保持着干净、清爽、体面的生活习性。

还茂霞继承了祖母的美貌和气质，继承了祖母会算账的本领，数学成绩好，但高考却发挥失常落榜了。落榜对心高气傲的还茂霞打击很大，她拒绝再复习高考，进了一家棉麻公司做会计，后来厂里来了能说会道心思活络的大学生张卫东，张卫东一下子就被还茂霞迷上了。还茂霞觉得虽然自己没能上大学，但找一个大学毕业的丈夫也算是个弥补，于是郎才女貌好上了，很快就结婚过起日子来了。

还茂霞生下漂亮女儿后，正赶上下岗潮，棉麻公司改制成股份制了。还茂霞下岗后干脆过起全职太太的日子，而张卫东则成了小股东。张卫东精明能干能吃苦，收棉花时远赴山东深入农户地头现场收购，收价低卖价高，生意越做越大，第一桶金赚得盆满钵满。进入新世纪，农民种棉花成本提高，棉花生意利润空间越来越小，而房地产遍地开花，房价一路攀升，地产商赚大了。张卫东与时俱进，与原先合伙倒腾棉花的几个朋友合伙开发房地产，摇身一变成为地产商。

还茂霞会算计，有心计，不像王新眉那么缺心眼。尽管不做事，但还茂霞牢牢地抓紧家里的钱袋子。随着生意越来越红火，老公的心思越来越活络，售楼小姐长得不比还茂霞漂亮，但青春无敌。随着美人渐渐地有些迟暮，老公心思不在家里了。还茂霞打小都是众人捧着过来的，在学校里是男生爱死女生妒煞的校花，没受过委屈，她哪里能咽得下这口气？可每次还茂霞哭闹着要离婚，丈夫都是陪不尽的小心、道不完的歉、表不够的洗心革面之决心，只是这种忏悔管不了半年。

后来还茂霞不再闹了，她发现对这个男人最好的报复就是永不离婚，花他的钱、占他的名分、用他的身子！为什么要离婚，傻子才离婚呢！于是还茂霞再也不闹了，也再不提离婚的事了。她早晚都到盐渎公园参加淮剧爱好者活动，她小时候是在盐渎城里跟着祖母过，祖母最大的爱好就是听淮剧，还茂霞耳濡目染从小就爱听淮剧。她会唱《赵五娘》中“书房相会”里赵五娘全部的唱段，能与唱蔡伯喈的老任配合得很好，每次开唱，公园里遛弯儿的人都围成一圈听唱，她从中找到了满足感。

这几天盐渎城里传得沸沸扬扬的事，是市教育局公布了小学施教区的划分方案。张卫东开发的楼盘“十里春风”正处在盐渎中学与盐渎小学施教区范围里，“双学区”房身价立马翻倍，盐渎人习惯于恐慌性消费，再贵的房子，为了孩子能上到好学校，不知多少人家砸锅卖铁也要买。这不嘛，“十里春风”销售额直线上升，赚大发了！财大气粗的张卫东最近连应付还茂霞的兴趣也没有。听说自家“十里春风”楼盘大卖，在家闲着也是闲着，她就到楼盘去“巡视”一番，刚来两个月的售楼小姐腰细得像从不吃饭似的，可那双峰却像是水蜜桃熟得快要炸了似的。

姑娘看见老板娘来了，热情有礼地上前打招呼，满脸是笑。可还茂霞能看出她眼中流露出的紧张与慌乱，那双眼总是在躲闪着，不敢正面坦然地与还茂霞对视。还茂霞几乎能断定售楼小姐与自己老公不是一般关系。然而，她惊讶地发现，她已经不生气了，甚至见到丈夫都没兴趣提起那个小妖精，只是冷冷地带着嘲讽意味地看着丈夫因她突然驾到而慌张失措。她觉得这大概就是所谓的“哀莫大于心死”吧！

不时与老友王新眉小聚是还茂霞生活的重要内容。从小到大，她们互为对方的“垃圾桶”，所有的牢骚、痛苦都要向对方倾吐，她们相互需要有时又相互厌恶。她还是熬不住，着急要告诉王新眉她在丈夫公司里发现了一个新的狐狸精。她哪里知道，王新眉自己也焦头烂额。还有，王新眉急切地要告诉还茂霞，她的老同学卢超群吃官司了。他们仨打小就认识。王新眉想征求还茂霞的意见，在卢超群的事情上，她该怎么做。

依然是新岛咖啡，这家咖啡馆很符合三线城市人们的生活习性，土洋结合，既有西餐也有中餐，是王新眉与还茂霞近两年常来的地方。二人到了之后，点了几样平常喜欢吃的盐渎土菜，边吃边聊开了。

还茂霞直接劝她：“你忘了当初卢超群是怎么伤你的了？听我的没错，他这是无底洞！现在是要你掏钱找律师，下面是掏钱赔客户货款。你们已经离婚很多年了，你没有这个义务！他死他活与你没有一毛钱的关系！你这是犯贱！这是好了伤疤忘了疼！”前两句王新眉还听得进去，后面还茂霞的话有些冲，王新眉没好气地回了一句：“别说得这么难听嘛，我是犯贱，你就不犯贱？你跟那个任什么武的到底唱的是哪出戏呀！小心别把戏唱砸了！”

王新眉的话戳到了还茂霞的痛处，还茂霞一下子脸色阴下来，不再说话，并从包里掏出烟来点上，深吸一口，再慢慢地吐出，低着头欣赏悠悠飘散开来的烟云。两人看着窗外，沉默许久。还是王新眉为了缓和气氛，伸手从还茂霞的烟盒里抽出一根点上，也抽了起来。边抽边说：“说点高兴的吧，还茂霞，你女儿还有两个月就高考了吧！你上回说成绩比以前提高了？”说到女儿，还茂霞这才缓和，向王新眉道歉：“是我先骂你的，抱歉啊！”王新眉苦笑着说：“咱俩都贱，好吧！”两个发小相对苦笑，一时不知说什么好！过了一会儿，还茂霞很认真地说：“需要多少钱？我先拿给你，钱这种东西，我还有点！”听到还茂霞主动要借钱给自己，王新眉有些感动，她动容地说：“我会尽快还你！”还茂霞问：“要多少？”王新眉忐忑答道：“一百万！”还茂霞虽说是有钱阔太，听到王新眉向她开口借一百万，还是吓得脸变了色：“这么多！如果说十万二十万，我还能帮你救个急，这么多，不要说张卫东不答应，就是想借，公司里也一下子拿不出这些现钱呀！”王新眉无奈地苦笑着把话收回：“就当我没说吧。我再到别处想想办法。”

还茂霞有点内疚，又有些疑惑，觉得王新眉不至于这么穷：“你前些年存的钱呢，还有与卢超群离婚时他给的‘遣散费’呢？还有听说你们做医生的都吃药品回扣的，这些年你就是回扣也应该有不少了吧！”王新眉心想大概是从还茂霞这里借不到钱的，因此懒得回答她。

王新眉这人特别直，她总是记住参加工作时母亲对她的嘱咐，母亲说：“丫头呀，你要记住一句话，你祖上是讨饭的，朝里没人，做人做事一定要夹紧尾巴，因为出了事没人帮你！”这么多年来，她谨记母训，工作上兢兢业业，做人上规规矩矩。她平常看不惯有些医生收回扣，自己更是从不收回扣。前些天一位总是在门诊病区转来转去的医药代表把塞着一沓钱的信封放到她办公桌抽屉，她发现后找到那“药代”，一句话没说，把信封原封不动地甩给他。大概那年轻“药代”被王新眉带着威慑性压迫感的目光给震住了，竟也是一句话都没说出口，呆呆地望着王新眉昂着头扬长而去。

此刻，王新眉扭头看着窗外，沉默了许久，语气严肃地回答还茂霞：“我如果昧着良心收回扣，我就不会窘迫到要向你借钱了！”

第十四章

叶知秋几天来一直阴沉着脸，他下决心不主动与王新眉求和。他自信地认为那天晚上自己的一场大火一定已经把王新眉镇住了。的确，王新眉这几日再也没有向他提出拿钱帮卢超群解困的事了，在家里也主动做家务，说话细声细气的。叶知秋认为王新眉是在自我反省，是在悔恨自己的幼稚，他甚至已经在等待王新眉向他道歉，他暗暗地想："只要她认识到自己的错误，我就原谅她，谁让我这么爱她呢！"但是，他一直没有等到王新眉的求和信息。她下班回家的时间比以前更晚了，问她，她总是回说："加班呢！"或者说是与朋友闺密聚餐。晚上不再与他睡一张床，总在次卧睡，还反锁门。他知道，他的家庭冷战开始了。叶知秋似乎又闻到了那熟悉的气味。

叶知秋这辈子就喜欢事业上很强、有才的女人。他前妻俞素芸是中学的数学老师。中学升学率压力大，俞素芸工作压力大，每天起早摸黑扑在教学上。俞素芸课余时间还在家里帮学生补课，虽然赚钱不少，但超负荷的工作压垮了她的身体。弥留的时候，俞素芸一直盯着叶知秋。叶知秋以为是儿子孙子还没赶到家，就抚摸着她的脸颊，安慰她："快到了！快到了！"但是，儿孙赶回来后，俞素芸依然睁着眼睛，直到停止呼吸也没有闭眼。叶知秋把俞素芸的双眼慢慢地合上，肝肠寸断。他知道她多么留恋这个世界，多么不想走呀。

他实际上是按照俞素芸的模子来寻找后妻的。王新眉与俞素芸太像了，他爱王新眉，就像当初爱俞素芸一样。但是他也深知王新眉就像当年俞素芸一样，不爱他。他从没走进过俞素芸的心，那里从未真正向他敞开。叶知秋在与俞素芸结婚后不久曾偷偷看过俞素芸的日记，从日记中了解了俞素芸藏在心底的秘密。俞素芸大学里曾经与一男同学相爱，从日记里看得出来，俞素芸很爱那个男生。但是，毕业时，俞素芸按照当年本省的师范类大学生分配政策，来自苏北的学生毕业必须回到家乡工作。俞素芸无可奈何地回到了家乡盐渎，而那男生则因为是省城人，被分到省属机关工作。三个月后，男生写来了断交信。

俞素芸带着满心的伤痛经人介绍与当时还在部队服役的青年军官叶知秋相识。在叶知秋眼里，俞素芸省城师范大学毕业，相貌清秀，家世优良，能看上他这个只有初中学历来自农村的当兵的，真是有些意外和受宠若惊，洞房花烛时，他发现俞素芸没有把第一次给他，他气愤、懊悔，似乎明白俞素芸下嫁于他的原因。他当即质问俞素芸，俞素芸对自己的过往坚决不开口，只是说："如果不能接受，可以离婚，但是，请在一年后再离，以性格不合的名义离婚。"

叶知秋痛苦地摇头，无奈地说："我不会离婚的，我老叶家祖祖辈辈没人离婚，我不做第一个。你嫁给我了，就是我叶家人，你以后一定要规矩！"俞素芸抱着他说对不起，谢谢他娶她，但他还听出了另一层含义，就是她深爱的不是他！他永不原谅她，不原谅俞素芸婚前失身于人，不原谅俞素芸不爱他却要与他结婚！他为自己作为男人却没能得到妻子的处女之身而沮丧、痛苦，这种痛苦到了走火入魔、病入膏肓的地步，买个牙膏怎么挤都挤不出来，再仔细看看原来出口处有一层透明的塑料膜，他找了根牙签去捅那膜，那膜看上去薄薄的，却很结实，捅了好几下才捅开，他脑子里突然闪现传说中的处女膜。俞素芸晚上上床后喜欢在脸上敷上一张面膜，他看着敷着膜的俞素芸的脸，真想一爪子上去把那张脸抓花，他气的是脸上有膜有啥用？那张本该由他来揭的膜哪去了？为了发泄这种失落感，他不止一次地殴打过俞素芸。

最初，他们住在法院分配的平房，周围邻居都是单位同事，为防止邻居们听到他殴妻的动静，他总是把俞素芸的头蒙在被子里，然后对着头打，俞素芸每次挨打都不哭出声来，开始时还流泪，后来泪水也没有，就是咬着牙，默不作声地忍受，每次对俞素芸家暴之后，叶知秋都会抱着俞素芸痛哭，求俞素芸原谅他，发誓以后再也不会了。而每次俞素芸都是推开他，把脸洗干净，换上整洁的衣服，看都不看他一眼，默默地出门到学校去。后来他不再对俞素芸动手，因为他每次动手家暴都能感受到妻子对他的鄙夷，能让他清醒地意识到他能征服俞素芸的肉体，甚至凌辱她，但不能征服俞素芸的心，相反只会让俞素芸看不起他。他不再对俞素芸动手。

以后的婚姻生活里始终弥漫着冷空气，不打不吵，就是彻骨的冷！那个男生很快就娶了有权有势人家的女儿，再后来官场一路升迁，一直做到了厅官，打开电视一不小心拧到省台，那个春风得意的男人会在前呼后拥中突如其来地出现在叶知秋夫妇的面前。随着那个男人事业的飞黄腾达，俞素芸的抑郁越来越严重，她总是沉默着，疯狂地工作，爱学生，也爱钱。他们的儿子从小生活在这样的家庭里，表面上父母工作体面，家庭和谐，实际上他目睹了父母常年冷战，形成了内向、孤僻的性格。大学毕业后找不到满意的工作，女朋友也分手了，苦闷中迷上游戏，没日没夜地宅在家里打游戏，叶知秋看不过就责备他，儿子就闹自杀，叶知秋也不敢多管，一段时间，儿子的问题成了两口子的心病。

叶知秋也就是在那段时间里烟抽得更加厉害了。有了 QQ 群，俞素芸被拉进了同学群。在 QQ 群里，俞素芸与前男友重新相遇了。那个男同学主动加了俞素芸 QQ，中断了 20 多年的联系重新续上了。俞素芸从不让叶知秋看她的 QQ 和短信，但叶知秋敏感地察觉到俞素芸与男同学有了联系。因为那段时间俞素芸的情绪明显有些亢奋，尽管她努力显得平静如常，但叶知秋能从她的眼神里看出与以往的不同，她的眼中以往的忧郁少了，有了神采。叶知秋不愿意承认自己对俞素芸与前男友恢复联系是默许，甚至是放任的，他需要利用俞素芸与这位手握重权高官的旧情为他的儿子谋一条出路。尽管作为男人的自尊心又一次被刺痛，但为了儿子的前途未来，他宁愿隐忍。

没过多久，儿子就被一家在省城的著名合资企业录用，并很快就被提升为高管，在省城买了房，结婚生子，有房有车。叶知秋不仅卸掉了心头重压，而且在外人面前说起儿子颇为扬眉吐气。他心里对俞素芸的感觉是复杂和矛盾的。一方面感激她，他深知，没有俞素芸，儿子不会有如此光明的前途；另一方面，他恨俞素芸，因为这件事如此鲜明而强烈地证明自己作为男人的无能，这让他感觉很差；再一方面，他甚至有些轻贱俞素芸，觉得俞素芸面对当年抛弃自己的男人，屈服于对方的权势，接受对方的恩惠，作为女人不够自尊。

在诸多像乱麻一样绞在一起的情绪作用下，他们夫妇的关系更差了。从俞素芸不经意的眼神里他读懂了很多东西，那里面有冷漠，更有对他的不屑。俞素芸对他的冷漠，他尚能以冷漠还之，俞素芸对他的不屑，深深地刺痛了他，因为他无法证明给她看。俞素芸名牌大学毕业，是知识分子家庭出身，父亲退休前是盐渎一所师范学院的教授。而他叶知秋呢，出身农村，只有初中毕业，只是因为当兵，靠着国家政策转业时被分到区法院。因为文化不高，他没能学习深造转型成法官，说起来是副院长，实际上就是个打杂的，还总受那个年纪比他小一截的同僚欺负。他始终认为政策研究室主任是个庸人，仅仅是有个区委副书记岳父当靠山而已。俞素芸看不起他身上的粗人气质，看不起他的农村父母和亲戚，结婚20多年，从不到他农村老家去，老家亲戚上门也没有好脸色，单位里发的福利米和油，吃不完变质了，俞素芸都舍不得送一点给叶知秋老家的弟妹，叶知秋父母到死也没在他家住过。

不仅俞素芸看不起他，实际上俞素芸的父母也从没从心里真正接受叶知秋。俞素芸父亲是为人端严、治学严谨的老派读书人，他痛心于当年女儿任性，不听他的话，一定要与那骄狂才子同学恋爱，结果遭到始乱终弃；他对女儿下嫁一个初中学历的叶知秋痛苦而无奈，但他出于涵养与内敛的性格，在叶知秋的面前从不表露，只是与这个女婿不亲近。岳母退休前是岳父所在学校校办工厂的会计，已近暮年仍然能看出她年轻时的美貌。

俞素芸外公是在上海开纱厂的苏州籍资本家，有几房太太，而俞素芸母亲是最小的最漂亮的姨太太所生。俞素芸母亲继承了资本家姨太太的美貌和势利。江苏以长江为界地分南北，苏南自古便为繁华富庶之乡，苏北则贫穷落后，故南北地域歧视由来已久，世所共知，有所谓“宁往南一尺，不往北一丈”之说。而在地处苏北的盐渎又有小一号的地域歧视，因为相对而言，盐渎周边的区县比较富裕，教育整体水平高，而北面三个县则比较穷。偏偏俞素芸父母是20世纪50年代国家支援苏北政策情况下从苏南来到此地，他们自认为血统比较高贵，颇瞧不起苏北下里巴人。而叶知秋家乡是紧挨着王新眉家乡灌口的“北三县”之一滨海。俞老爷自知叶知秋待俞素芸不好，内心很厌恶叶知秋，但他不会轻易流露出来。而美丽强势的岳母则为了出心中恶气，见到叶知秋，总要没话找话刺激他几下。

婚后第三年春节后，叶知秋陪俞素芸回家看望父母。俞老太太喝了两杯酒，借着酒劲，就当面嘲讽叶知秋说：“听说你们北面人家舅舅来了山芋干粥招待，舅舅吃不完就给猪吃！”叶知秋听了非常反感，也借着酒劲干脆撒起了酒疯，吐得岳母家满地污秽。更过分的是他还疯言疯语，满嘴胡话，竟然对岳母说：“我听人家说，有些大学教授，白天是教授，晚上是禽兽！”坐在沙发上一直冷眼旁观的岳父顿时变了脸色，没有说话，只是站起来拍了拍他的肩膀，手指着大门，示意他滚蛋！

此后，岳父母拒绝叶知秋登门，而叶知秋认为自己在俞素芸家里遭受地域歧视和阶级压迫双重迫害。这些点点滴滴，琐琐碎碎都像刺一样嵌在叶知秋的肉里。

第十五章

尹翠菊与叶知秋是一个村子的人，尹翠菊的哥哥是叶知秋的小学同学，尹翠菊比他小十来岁，长得眉目清秀，不高不矮，稍稍有些胖，但胖得不难看。尹翠菊高中毕业后嫁给同乡，夫妻一起在苏南打工多年。丈夫替人开货车，前不久与一个湖南籍打工妹好上，丢下尹翠菊，跟着湘妹子去了长沙。俩孩子在老家跟着公公婆婆生活，都在上小学。尹翠菊从苏南到盐渎，离家近，方便经常回老家看望照顾老人孩子。

尹翠菊一个没有什么学历的30多岁妇女，在人地生疏的盐渎很难找到满意的工作，在餐馆里当服务员，工资每月两千多元，还要租房子，每月所剩无几。她哥哥想起了小学同学、家乡出来的当官的叶知秋，就打电话请叶知秋帮忙找一个收入高些的工作。叶知秋看在老同学又是发小的情分上答应帮助，但一时还没着落。一天，尹翠菊打电话，约他到她租住的地方见面，说有事情想找他谈谈。叶知秋作为一个40岁的成熟的男人，立马就嗅到了其中隐秘的意味。他先是对自己说：

“人家是个良家妇女，又是发小的妹妹，就等于是我自己的妹妹，我不能有非分之想！”心里的确是这样想的，但是他还是去了。七拐八拐，好不容易找到尹翠菊住的出租屋，推开虚掩的房门，先看到一个用铁丝串起来悬挂着的布帘。隔着布帘叶知秋能感觉到尹翠菊正躺在床上。一进门是一个双人布沙发，沙发上放着几件衣服，叶知秋瞥一眼看到衣服里有胸罩。瞬间感到热血往上冲，但脚还是定在那，也没有伸手掀布帘。

后来很长一段时间，叶知秋都自我感动得很，觉得自己真是个正人君子，尽管第二次他们睡了，但第一次，他真的没动她。他坐在沙发上，挺直腰板，当过兵的人腰板挺直了，比一般人直。他算是正襟危坐，然后冷着脸训斥尹翠菊："翠菊，起来吧！你就像我的妹妹，你找工作的事我会帮忙，但你不要以为我有其他想法。"布帘里面传出窸窸窣窣的声音，尹翠菊裹着被子坐起身来。叶知秋慌不择路地冲出门，他一路小跑冲到巷口，才来得及喘口气。那以后他费心费力，请托朋友帮尹翠菊入职本地著名的房产公司做销售。

尹翠菊入职后，很快适应了新工作，她相貌可人，能说会道，销售业绩好，基本工资加提成收入大几千，日子一下子就有了起色。她哥哥专程到盐渎来感谢叶知秋，说要请叶知秋夫妻俩吃顿饭。叶知秋说什么也不让种地的老同学请客，反倒是自己请尹家兄妹吃了一顿正宗盐渎本帮菜。叶知秋的饭局，俞素芸向来不屑参加，就叶知秋一人做东，席间老哥儿俩都喝高了，连尹翠菊也喝了两小杯。那时候叶知秋还没有车，叶知秋叫了一辆出租车，送尹家兄妹回尹翠菊租住的小屋。老尹这是喝多了，走路都不太稳，话也特别多，重复无数遍的"感谢"，让叶知秋都听烦了。

到了尹翠菊的出租屋巷口，叶知秋下车让出租车先走，自己与尹翠菊一左一右搀扶老尹到出租屋，帮着把老尹弄到床上，老尹不及与老同学话别就沉沉睡去。尹翠菊说："我送您到巷口等出租车吧！"叶知秋没有反对。叶知秋也喝高了，脚也有些软，尹翠菊扶着他的臂膀，用身子抵住他，以防他往下瘫。尹翠菊的身子软软的，每走一步，软软的胸就与叶知秋的肩膀发生一次撞击，这让叶知秋无法承受，离巷口不远有一拐角，路灯的光只能折射过来，叶知秋回身抱住尹翠菊，把她抵到墙根，以高难度动作完成了原始的交媾。

他们的关系保持了一年时间，总是在尹翠菊的出租屋幽会。每次叶知秋来，尹翠菊都早早做好几样可口的菜等他，让他感觉自己像是皇上进了妃子的寝宫，这种感觉在俞素芸那里是永远不会有的。他深深地陷进了尹翠菊的温柔乡。但是他也清醒地意识到自己不会为尹翠菊离婚，尽管他喜欢尹翠菊的温柔顺从，但他不会为她放弃现在的家，哪怕那个家是冷冰冰的。他知道自己这么想不是因为自己多么地不舍俞素芸，而是不想承担离婚再娶所造成的负面影响，因为这种负面的舆论肯定会影响他的仕途发展，而这是他最不能接受的。

他觉得尹翠菊爱他是因为他的身份。尽管他只是单位边缘化的人物，但对于尹翠菊已经具有足够的魔力。他们的关系结束，原因是没有新意，尹翠菊想要与他结婚，他不肯。尹翠菊不再像开始时那样殷勤温柔，总是哭闹，让他心烦，时间久了他就怕往她的出租屋跑，怕听她的絮叨，怕面对她的逼迫。后来尹翠菊前夫与女友闹掰了，到盐渎来找她，尹翠菊看到叶知秋从开始就没有给她名分的念头，也心灰意冷，就与前夫复合了。

听到尹翠菊与前夫复合一起回苏南打工了，叶知秋高兴得在客厅里转了三圈，像是进城卖西瓜的瓜农遇上下雨天一车瓜差点砸手里，突然时来运转有人愿意出价整车买下，一车瓜终于出手了，长吁了一口气。虽然偶有失落，每次经过那个巷口，总是会想起那个疯狂的夜晚，想起尹翠菊在他吻她时主动伸出来的热辣辣的舌头，但大多数时间还是为能摆脱一件可能让他身败名裂的糟糕事而庆幸。

他不觉得自己对不起俞素芸，甚至有强烈的报复过后的快感。他把自己与尹翠菊的私情告知俞素芸，怀着十足的恶意准备欣赏俞素芸的痛苦，但是，俞素芸竟然没有任何通常妻子遭遇丈夫背叛的痛苦与愤怒，而是冷冷地看了他一眼，嘴角掠过一丝不屑的意味，这让他感到相当失落和挫败。他觉得自己有受虐倾向，习惯了俞素芸的冷漠与孤傲，习惯了自己对俞素芸的爱而不得。俞素芸的拒绝激发了他的斗志，他爱她，得不到她的心，所以他用同样的冷漠来折磨她。在床上，他折腾她，把从黄色网站上学来的技巧用在俞素芸身上，直到有一次俞素芸把一把锋利的水果刀抵在他的胸口，离开了床，他绝不碰她，一个手指头都不碰到她的身上。

随着国家反腐力度加大，俞素芸的前男友因贪腐落马，这个新闻成为一时之谈资。人们对那个人在法庭开庭时的样子品头论足，说原先总是看他一头乌黑锃亮的头发，成为阶下囚后一头乌发已然全白，都说原先是染的。坊间在传谈他有多个情妇，谈论这位落马官员私生活时人们眼中闪着兴奋的光，但俞素芸的眼神像炉火灭失了最后的星火，还剩下一摊灰烬。关于那个人的荣辱在叶知秋的家中是个禁忌话题，夫妇俩默契地回避关于这件事的所有话语。俞素芸更加沉默，工作更加投入，已经40大几的人，主动要求担任班主任，每天早上早早赶到学校检查学生早读，晚上很晚才回家，直到有一天病倒在讲台上。

在医院刚拿到CT检测报告时，叶知秋的手克制不住地抖，心也在抖，喘不过气来，走出医院大门，看见坐在车里等他的俞素芸时，他抬头望望天，感觉天就要整个地压下来，把他、把她、把所有的一切全都埋葬。那以后，他带着妻子到上海中国最著名的肝胆专科医院，回天无力。半年以后，俞素芸去世。去世前一晚，俞素芸说话已经很困难了，她吃力地向他道谢，他记得新婚之夜，俞素芸也对他说“谢谢你娶我！”临终时，这个女人依旧只是感谢他，他始终没有听到她对他说“我爱你！”然后，他遇到了王新眉，他以为遇到了真爱，他爱得痴缠、爱得疯狂！他娶王新眉，在潜意识里是在告诉俞素芸的亡魂：“看吧！我可以娶到比你能干、比你年轻、比你美貌的女人！”所以，从与王新眉结婚那时起，他心里就暗暗下决心：“一定要把日子过好！别让俞素芸笑话！”

俞素芸虽然已经死了，但多少年来，在叶知秋看来，她的亡魂如影随形地跟着他，有时候亡魂会飞升，吸在他家天花板上，就那么冷冷地看着他与王新眉过日子。他看不见她，但他能肯定她就在，一直在，所以他不能让俞素芸看笑话。叶知秋满心愿意与王新眉过下去，但是，让他掏钱去搭救妻子的前夫，这是他无论如何都无法接受的。想到妻子与自己结婚这么多年了，心里还惦记着前夫，还在为前夫的事奔走，叶知秋的心里像是翻了醋坛子，酸得五脏六腑都要翻个个儿。他决不答应，哪怕这笔钱本来就是王新眉自己挣的。但是这是婚后财产，有他叶知秋的一半，他决不同意王新眉胡来。

他对王新眉说：“你看你闺密还茂霞从来不事生产，就一家庭主妇，但张卫东哪怕赚一块钱也有还茂霞五毛！我们也是一个道理！”王新眉无言以对。所以，当王新眉开始与他展开冷战时，他比王新眉还要冷。反正与俞素芸过日子的时候，他已经习惯了冷战。他认为这是自己本身没什么文化却偏偏喜欢娶知识女性所付出的代价。他心里想：“别以为你王新眉冲着我横眉冷对，我就会屈服，我也是当过兵扛过枪的人，什么样的事没经历过？”当年在部队里正赶上老山战役，在猫耳洞里他一蹲就是三个月，身上被湿气侵蚀奇痒无比，挠得一块块皮和着脓水，那以后几十年，他不怕疼，就怕痒，夏天蚊子咬一口就能让他一晚上睡不着，就是不停地挠。他知道很多经历过战争的人一生都走不出战争带来的创伤，他没想到自己的战争症候居然是对痒的恐惧。

1960 年闹饥荒，那年他不到十岁，三天没有一粒粮食入腹，躺在床上熬着，没有力气睁眼，恍恍惚惚中，他好像看到一个穿花衣服的人影走进来，手里拿着白面馒头，那是大队书记家的闺女，平时都没正眼看他的漂亮小姑娘。他用最后的力气睁开眼，空荡荡根本没有人。多年以后他意识到那是饿得快死的人的幻觉。半辈子吃过多少苦哇，还斗不过你个王新眉？叶知秋在心里暗暗下狠。叶知秋的强硬，王新眉看在眼里急在心头。陈静雅那边电话里说，律师告诉她，如果能积极赔偿原告损失，可以轻判缓刑甚至免于起诉。陈静雅打电话过来抽泣着催王新眉想办法。

王新眉在电话里把对卢超群、陈静雅的怨恨像开了闸门一样倾泻出来，她大声地斥责陈静雅：“当初你介入我的家庭时，你有没有想过你还会有今天？你现在这一副可怜相，你有没有想过当年我的可怜，你们有没有同情过我？你有本事做小三，就应该守护住你抢来的男人！你们这一对可怜虫！我恨你们！”一番怒骂，骂得电话对面只有哭声和道歉声，不敢大声言语。发泄过后王新眉似乎轻松了些许。看来想从叶知秋这里撬钱已经不可能了，王新眉想只能再次开口向还茂霞借钱，她明白还茂霞不可能借给她一百万的，那就先借个一二十万再说！王新眉重重地叹了一口气。

第十六章

还茂霞正在为自己的事烦恼着呢。丈夫张卫东最近与售楼小姐打得火热，还茂霞说不在乎是假的，心里酸楚得不行了。好在她已经麻木了，张卫东在公司里的任何混账事她都不觉得意外。只是怪自己这么多年来安心做全职太太，对丈夫从事业到人都大撒把，现在弄得公司的业务她插不进手，人也失控抓不牢靠。她从镜子里看着鱼尾纹已经爬上了眼角，皮肤不再像年轻时那样紧绷，两颊的肉开始往下垂，连眼神也没有年轻时明亮，出门得靠浓妆才能把门脸撑起来。尽管在别人眼里，她依旧是很有风情的熟女，可在张卫东那儿，她早已是一张看腻了的美人画。想到这些，还茂霞的心中一阵阵悲凉。女儿学习成绩不好，走常规的高考路线，肯定上不了大学，张卫东做主把女儿送到英国去读大学。四室两厅的大房子，整天就她一个人，实在是太空旷了。

好在这两年她结识了一批淮剧票友，跟在他们后面一块儿玩，算是富足而寂寞的生活里有了新的精神寄托。淮剧即使在它的发源地盐渎也是观众日益减少，年轻人很少有爱听淮剧的。在年轻人的眼里，淮剧不仅与所有传统戏剧一样节奏慢得让人无法忍受，而且它还土得掉渣，特别是淮剧以“哭腔”驰名，在年轻人听来尤其难以受用。痴迷淮剧的大多数是上了年纪的，还茂霞在这群盐渎城最后的淮剧发烧友里算是年轻的，再加上貌美，所以在里面相当受欢迎，自从她进入这个群体，任兴武的目光总是跟随着她。

任兴武比还茂霞大上五六岁，是一位离开舞台很多年的前淮剧演员，现在在市里统战部门做与党外人士及社会贤达联系工作。任兴武方脸，浓眉长目，瘦高窄胯，然而肩膀却很宽，扮上戏妆当是很有看头，年轻时在《赵五娘》《六月雪》等淮剧名剧中担任男主角的B角，那时候每场演出，他总是站在舞台边上，看着演蔡伯喈的名演员一段“书房相会”唱段之后观众席上响起长长的掌声和喝彩声，名角儿停下表演面对观众行礼致谢。任兴武特别羡慕，幻想着有一天自己也能出名成角儿，也等待着名演员哪天生病，拉肚子或者犯胃病，上不了场，让他这个B角上场过把瘾。

可是那名演员身体特别棒，每天都精气神足足的。任兴武始终没有亮相的机会，只能在剧中跑龙套。后来，名演员终于生病了，而且不是拉肚子或者犯胃病这样的小病，是肝癌，不到60岁就死了，死前人瘦成一把骨头。弥留时留下话，说他唱戏没唱够，要穿着戏服去火葬场，这样到那世还能唱戏。任兴武去殡仪馆送他最后一程。看着他的偶像身上套着松松垮垮的蔡伯喈的大红状元袍，眼睛闭得紧紧，两腮还涂着腮红，涂着口红的嘴没有闭上，露出发黄的牙齿，样子恐怖又有些滑稽。突然，告别厅的音箱传来了逝者生前红遍盐阜三泰地区的《赵五娘》中“书房相会”的唱段，那华丽优美的唱腔、宽广的音域，细腻多变的唱腔处理，让人瞬间忘了自己身在殡仪馆，唱戏的这个人已经是一具冰冷的尸体，这个人马上就要和他心爱的戏服一起化为青烟。他不觉打了个寒颤，内心感到异常凄恻，泪流满面。同来送别的人以为他是为逝者而哭，他明白他是在为自己哭，这里他心里想:“他演了半辈子蔡伯喈，已经人戏不分了。穿着蔡伯喈的衣服走，也算是值了，可是自己呢，若干年后离开这个世界时，有没有资格穿着这身红袍上路呢！”

他终于演到A角，然而看淮剧的人越来越少了，剧团一年也难得排上一出大戏，就是名演员也难得登一次大舞台，更别说他这样还没成名的演员。最不济的时候，剧团把演员分成若干小组，在过年的时候送戏下乡。有一年正赶上下大雪，他们为了完成任务，顶着漫天大雪在村头的土台上演戏，台下没有一个观众，只有两条在雪地里撒欢的土狗远远地看着他们。他和搭档咬着牙把戏唱了下来。只有演出了，才能领到上面发放的送戏下乡的政策性补贴。那一次他特别心酸。回城的路上，他裹着黄大衣挤在拖道具卡车的驾驶室里，默默地问自己："任兴武，这就是你热爱的准备为之奉献一生的艺术吗？都说戏大如天，可是根本没人看的戏谈什么天？等于一块踩在脚下的狗屎！"

这种情况下，除了那些真心热爱传统戏剧而且有观众缘的名演员，大多数普通演员年纪大了就被迫改行。他还是幸运的，被安置在统战部门工作，后来做到了科级干部。妻子袁媛原来是国企无线电厂工人，那个无线电厂在20世纪80年代曾经红火过一阵子，厂里花巨资在中央电视台播了一则广告，广告里"一曲歌来一片情"的歌传遍全国，盐渎这个偏僻的苏北小城也随着广告歌为国人所知。后来无线电厂在激烈的竞争中逐渐被淘汰，兴盛一时的国企大厂倒闭了。袁媛和大家一样拿了一笔一次性结算的下岗工资回家，她不甘心就这样待在家里，就到保险公司做保险员，拉保险提成，绩效挺好。儿子大学毕业后进了盐渎的支柱型国企汽车集团做销售。一家子虽不富裕但衣食无忧，算是小康之家。

他快50了，科级干部已经到顶了，或者说也没啥奔头了，本来他这个没有实权的职位也是个清水衙门，平时也没啥事，只是逢年过节操办几次联谊会，说起来是官场中人，实际上就是个混日子的闲差，因此于仕途他早就没有什么大的指望。于是他唱淮剧的故技就痒了，没有舞台给他唱，他就到公园里来找同好之人。久而久之，他就成了票友圈里的名人。在这里，他遇到了还茂霞。还茂霞每天都到公园里来，他也是。还茂霞一个早上不来，他像丢了魂。前两天还茂霞感冒了没能到公园来，他连续两天唱《赵匡胤千里送京娘》忘词。

这段唱本来是他与还茂霞的拿手好戏，二人配合相当默契。但是，这两天他唱到"赵匡胤跌跪在庙中"以后，换了满脸皱纹的刘姐唱"三齐王爷爷听从容"，他心中怅惘，开口居然唱成"赵匡胤今年三十单八岁"，把赵匡胤整整弄大了十岁。刘姐唱"赵京娘过了二九十八冬"，他愣是没接得上词。刘姐不高兴，觉得他心不在焉，没好气地抢白他："任主任，'我为兄来你为妹’呢，你是因为你还妹妹没来就提不起精神吧。”说完，刘姐收拾收拾先回家去了。他有点下不来台，给他们拉胡琴的老严意味深长地看着他不说话。大家都觉得有些扫兴，早早就散了。负责保管音响的老黄临走时说了句:“还茂霞明天早上来！”任兴武没做声，但他知道老黄是刻意说给他听的。果然，听了这话后，他心情好多了。

骑着自行车一路上哼着刚才忘掉的词:“我为兄来你为妹，赛如同爷又同宗。”他不愿意承认，他对她动心了！ 25岁时任兴武与袁媛结婚。袁媛是他的戏迷，他有限的几次做主角演的戏她都看过，介绍人把任兴武介绍给她，她没正式见面就在心里已经同意了。袁媛当时的工资比任兴武高好几十块钱，人长得清爽说话轻声慢语，父母都是老工人，比他这个来自农村的强多了。更重要的是，袁媛欣赏他的才华，甚至可以说崇拜他，这让他感觉特别好。一切都顺理成章，他们很快就结婚了，也很快就有了孩子。是男孩，有个儿子任兴武特别高兴，他从农村来，他爸妈生了五个姐姐才有了他。虽是农家子，但从小爹妈惯着他，姐姐们都宠着他。他不爱干农活就爱唱戏，爹妈姐姐们省吃俭用供他上戏校。他有根深蒂固的传宗接代的观念，所以生了个儿子他特别满足。后来虽然他唱不成戏，成不了名演员，心里一直憋屈，感觉人生不得意，但是家庭生活一直风平浪静。25年来，袁媛什么都依着他，他饭来张口，衣来伸手，做着甩手掌柜。

他早已习惯妻子对自己无微不至的照顾。他18岁上戏校学淮剧，养成了早起练嗓子的习惯，后来没有戏唱了，但生物钟改不过来，几十年来早上五点肯定要起身，而只要他起身，妻子必定跟着起床，他洗嗽上厕所，妻子就为他忙早饭。他爱喝豆浆，妻子总是前一天晚上把豆子泡上，第二天一起床就开始磨豆浆，包子馒头热起来。他吃了早饭就上公园唱淮剧，妻子在家整理家务、洗衣服、拖地，每天晚饭后两夫妇一起看电视，一起就寝。妻子个子不高，别的女人年年忙着减肥，可袁媛不仅怎么吃都不胖，而且稍稍辛苦些就会瘦，年轻时看上去很清秀，46岁的女人，身上没有肉，脸上少了胶原蛋白，就显得清汤寡水的。可能身体过于清瘦，袁媛说话也是中气不足，总是轻轻柔柔的。

恋爱时，任兴武很喜欢袁媛细细的小豆沙嗓，轻声慢语，像夏天里的晚风从耳际拂过。细水长流的日子里，不知不觉地，妻子的轻声慢语任兴武听得有些厌烦，觉得妻子像一碗温吞水没有热气。可是袁媛爱他、忠诚于他、奉献于他，作为妻子贤良淑德，挑不出毛病，他对自己的家庭生活，实在该满足的。他有时会这样宽解自己。可是他克制不住地想女人有肉的胴体，看到前凸后翘的女人，他总要忍不住看几眼，脑子里会在瞬间闪过那性感女人衣服包裹着的白肉。他自己知道在他的内心最隐秘的地方住着一个魔鬼，那魔鬼之前一直在沉睡，一旦醒来便会冲破所有的束缚，露出獠牙，伸出尖锐的魔爪，发出呼啸般的叫声，把他的世界砸烂，再放上一把火，烧成灰烬！

现在他隐约地听到魔鬼在身体里挣扎的声音，他极力地阻止魔鬼出来，可是面对魔鬼他感到无能为力。还茂霞肆无忌惮的大笑、唱戏时挺直胸乳房快要跳出来的样子如闪电击穿了他。他要做对不起妻子对不起家的事了！魔鬼出来了！他的世界轰然倒塌！对任兴武投过来的炽热目光，还茂霞敏感地意识到了。想到张卫东这么多年来对她情感上的伤害，她突然有一种恶作剧的感觉。这么多年，只有张卫东出轨道歉，再出轨再道歉，像一出唱了五百年的老戏，一切都已经是程式化的，秦香莲一抬手，观众就知道她要撩帘子跨门槛了，包龙图脸一沉，龙头铡刀抬上场，没啥新意。而她却守着残破的婚姻舔舐伤口，像一个守着空无一人的破剧院的看门人。

不知不觉，每天清晨到盐渎公园唱戏的一小时成为一天中最让她兴奋和充实、有成就感的时间。每天清晨，沐浴着晨曦，呼吸着清新的甚至有些香甜的空气，有人为她鼓掌，有热切的、柔情的目光注视自己，有人介意自己的喜怒哀乐。任兴武的出现也许是上天对自己的补偿吧。还茂霞这样宽慰自己，或者说是在鼓励自己。这些天，她想了很多，唯独没想到自己如果与任兴武好了会对不起张卫东，不仅没想到可能的出轨对不起丈夫，甚至想到这样就可以狠狠地报复一把，出一口多年的怨气。

还茂霞最喜欢唱《赵五娘》里赵五娘唱的“数家乡，自从那年上京邦”，蔡伯喈去京城赶考一去不回，赵五娘在家受苦受穷，一路弹琵琶找到京城，丈夫早已是牛丞相的乘龙快婿。赵五娘满腹哀怨地唱：“蔡状元你有福人你又白又胖，赵五娘乱发蓬松又瘦又黄；有福人顶冠束带穿蟒袍，苦命人浑身穿的坏衣裳；有福人住的高楼大瓦房，苦命人住的是破草房；有福人吃的山珍和海味，苦命人树皮草根度饥荒。伯喈啊，你再抬头望一望！我满头青丝稻草一样，三年之久，两鬓添霜；满脸皱纹，苦难饱尝，狠心夫难道你不想家乡。”

每次唱这段戏，还茂霞脑子里总是浮现出张卫东那又白又胖的样子。每次唱着唱着，眼泪就要往外涌，感觉自己其实就是赵五娘，丈夫早已别恋，自己还拿他当丈夫。还茂霞集聚多年的怨气终于要爆炸了，她要替赵五娘报复蔡伯喈了！还茂霞嘴角上扬，得意地笑了起来。她的笑很有特点，是那种张扬的、旁若无人的哈哈大笑。她一个人开着她心爱的豪车，放声大笑，笑声在宽敞的车厢里回荡。她约了王新眉，要把自己的报复计划告诉盐渎城里仅有的闺密。尽管前几日她刚拒绝借钱，但她相信王新眉不是小心眼的人，她们的友谊牢不可破。

王新眉喝着还茂霞点的咖啡，发出“吱吱”的声音，还茂霞忍不住皱起了眉头，没好气地说：“还上过大学，怎么喝个咖啡像喝鸡汤一样？”王新眉自我解嘲地回道：“这咖啡可比鸡汤贵多了！二十几块钱就买这么一小杯，这钱都能买只鸡了！”“是！是！都能买袋大米了！”还茂霞继续挖苦王新眉，王新眉心里有些不忿，回击她道：“好像你出身有多高贵似的，还不是和我一样小镇上的姑娘。不就有俩臭钱吗！”“我可不是小镇姑娘，我从小在盐渎城里生活的，九岁才到你们灌口去！我祖母活着时再穷每天早上都喝茶叶茶的！”“是的是的！还吃茶叶蛋呢！怎么不再到登瀛桥头点心店来碗鱼汤面呀？”王新眉听了有些反感，抢白道。

想到自己今天准备再次开口借钱，便不再作声。这次王新眉开口借二十万，还茂霞没有拒绝。还茂霞爽快地从手机银行把二十万转给了王新眉，王新眉当下写下借条，保证尽快还款。尽管离心中一百万的数还有很大距离，但王新眉已经很感激了。受了还茂霞如此大德，听还茂霞絮絮叨叨地说任兴武就成了王新眉的义务。她不能反对还茂霞的恋情，她也的确不同情张卫东。但是，她替闺密捏着一把汗，觉得他俩这种见不得光的不伦之恋有可能在两个家庭掀起惊涛骇浪。后来的事实证明，王新眉的预感非常准确。

第十七章

还茂霞借给王新眉的二十万的确解了燃眉之急。有了这笔钱，陈静雅请到了城中资深的名律师常凯帮她打官司。但是还差一大笔钱呢！王新眉心里烦，还茂霞心里也烦，两个女人各怀心思，需要借酒浇愁，于是要了几瓶啤酒，喝得半醺，相互扶持着出了饭馆，还好，还记得酒后不能开车，2010 年的苏北三线城市盐渎还没有代驾，两个女人决定把车放在咖啡馆门前，自己一路走回去。还茂霞临走时还没忘记带走剩下的半瓶啤酒。她俩沿着聚龙湖边的人行道，依偎着一路走着说着各自的醉话，还茂霞兴奋地告诉王新眉她是想睡任兴武。王新眉嘲笑她是“女色狼”，还茂霞哈哈大笑，往嘴里灌下半瓶剩酒，指着湖对岸楼盘上霓虹灯打出的“十里春风”广告，大声喊道：

“‘十里春风’，我要在你楼顶上建一个大草坪，长满绿油油的草！NO！是呼伦贝尔大草原！一望无际的绿草！”

王新眉被还茂霞的欢快感染，也兴奋起来，抢过还茂霞手中的酒瓶，仰着头把最后一口酒倒入喉咙，对着天空大喊：

“我也想！”

路人侧目，低声嚷咕道：

“四院大门坏特了！围墙倒特了！”

只要是盐渎人，人人都晓得“四院”是指“盐渎市第四人民医院”，这家医院是盐渎唯一的精神病专科医院。

真的很晚了！打开家门，看到叶知秋正半倚在沙发上看电视。王新眉觉得应该关心他一下，就问：

“怎么这么晚还没睡？”

“等你呢！”叶知秋的回应中透出明显的怒气。王新眉听了心头一紧，但因为喝了些酒，酒壮人胆，也就不愿示弱，赶着回了一句：

“等我干什么？你睡你的呗！搞得好像有多恩爱似的！”

“你不想过日子就直接说，不要不把家当个家！”

“我就是不想把这个家当家，又怎么了？实话告诉你吧，我找男人约会去了！”

也许是这句话刺激到了叶知秋的痛处，也许是叶知秋这些天的忍耐到了爆发点，毫无征兆地，叶知秋突然从沙发上跃起，冲到王新眉面前，一记耳光打在了王新眉的脸颊上。耳光在空中带着风，呼啸着“啪”的一声落在脸上，伴着清脆的声音。王新眉与叶知秋同时愣住，呆立在沙发前。叶知秋迟疑地收回自己的手掌，收回的过程中下意识地看了看自己的手，仿佛在疑虑这手是不是自己的，这手掌怎么就能那么迅疾地打在了自己深爱的女人脸上。

他被自己的狂暴惊住了，手足无措地看着王新眉，看着面前女人的眼神由惊讶转为愤怒再变为鄙夷，王新眉从慌乱、羞愤到镇定，几乎只有三秒钟。她没有哭泣、吵闹，甚至没能让叶知秋看清她挨打后的狼狈，而是迅速用手梳拢了一下有些散乱的短发，向叶知秋投来一个深深鄙夷的眼神，然后转身进了书房，在书桌前坐定，开启电脑，点击文档。她的博士论文已经启动，眼下正在撰写开题报告。论文大纲已有雏形，但还很不成熟。她心中很焦虑。在这个节骨眼上，不仅遇到前夫卢超群吃官司的事，与现任丈夫叶知秋的关系又如此紧张，更别提单位里的烦心事。他们科室的老主任快到退休年龄了，几个中生代医生都铆足了劲儿竞争下一任科主任职位。原先一向关系很好的师兄林振宇这几天跟她说话总是话里有话，她意识到林振宇已经把她这个小师妹当成仕途上的假想敌了。王新眉本来想直接对他说，让他放心，如果两人形成竞争，她作为师妹一定不会与他争的。但看到林振宇对她那掩饰不住的敌意，王新眉倔劲儿上来了，心里想:“凭什么让他？我又不比他差！要竞争就放马过来吧！”她想如果能顺利拿到博士学位，那么自己在学历上就比林振宇占了上风，到时候鹿死谁手还不一定呢！坐在电脑前，盯着打开的开题报告，她一筹莫展，根本理不清思路，任凭思绪乱飞。有一小会儿时间，她甚至忘了自己刚刚挨了丈夫一记耳光。

夜很深了，四处特别安静，安静得能清晰地听到叶知秋在客厅里来回踱步的脚步声。叶知秋的脚步在书房前停下来，停了很久，然后离开，到了卧室。一声重物摔倒的响声，那是叶知秋颓丧地倒在床上发出的声音。周围复归于寂静，王新眉这才感觉到了右脸颊的痛。她想起了多年前卢超群的那记耳光，那记打在卢超群自己脸上的耳光！这次耳光确凿地打在了她的脸上。王新眉突然感到自己活得很窝囊、卑微。上次产生这种感觉还是与卢超群离婚前在寒冷的冬夜追逐卢超群车的时候。她被这种感觉刺激了，一下子哭了起来。她伏在书桌上，努力克制自己的悲伤，不让自己发出哭声。她的胸腔因为压抑的哭声而感到憋闷，哭声被憋成低低的抽泣，泪水不住地流，滴在键盘上。

窗外的远处，有个女人一遍一遍地呼唤着:

“花花！花花！”

王新眉知道一定是杨大姑的狗又跑没了。

王新眉想反正也睡不着，心情这么差，论文也写不下去，不如下楼去散散步，说不定能平复一下心绪。在夜深人静时下楼到小区对面的夜市散步成了王新眉排解抑郁情绪的习惯。今晚她注定无眠，正是初夏，屋外夏风习习，星河璀璨，家里却乌云密布，如三九寒冬，她实在不想待在这个屋里，于是当楼下再次传来杨大姑寻找母狗花花的呼唤声时，王新眉像逃难一样快步走出了家门。

夜市里摊主们都认识她，见了她都热情地与她打招呼，尽管她极少买他们的东西。大家都知道她是盐渎医院的医生，于是，她就成了为摊主们提供免费咨询的专家。摊主平常有病上医院就诊也都爱去找王医生，甚至摊主的朋友、朋友的朋友都会循着这条关系线找到她，王新眉也都尽力帮忙。所以王新眉在夜市很受欢迎。

王新眉与叶知秋结婚的时候，叶知秋把与俞素芸共有的房子卖了，拿出一半的钱给儿子在省城南京还房贷，然后与王新眉共同出资，一人一半，买下了现在住的房子。小区最北面有两栋楼是原先这块地上拆迁户集中居住的回迁房，里面的住户原先都是住在盐渎城边上的农民。这些年叶知秋从来不愿意与小区里的回迁户来往，觉得丢身份，尽管他自己也是农民出身。他与人交往主要看对方的社会地位，要么是与他一样的官员，要么是商人。王新眉虽平常也不爱与小区里的大妈们打交道，但唯独喜欢与杨大姑交往。

杨大姑本名杨秀兰，高中毕业后在家务农，后赶上国家出台子女顶替政策，她顶替她爸的工作，在国营饭店做服务员。十多年前国营饭店关门，她就下岗了。下岗后为了生计她做过商场保洁、钟点工。好不容易熬到 50 岁，达到退休年龄，按照国家政策终于拿到退休金了。每个月有两千多元退休金，加上她丈夫做水电工，女儿做幼儿园老师。一家子虽不富裕但过安稳日子是没问题的。但是，杨大姑是个特别有爱心的人，从十年前收养第一只流浪狗开始，她开始了救助流浪猫狗的善行。

这么多年来，她收养的猫狗越来越多，已经有 20 多只。她家住在一楼边户，有一个大院子，杨大姑在院子里搭起简易棚，那些猫狗白天在院子里活动，晚上就睡在棚子里。每天早晚，杨大姑都会带着她的狗狗们出来遛，浩浩荡荡，远近闻名。夜里狗狗会叫，只要有一只狗叫，其他狗就会跟着叫，变成大合唱。邻居非常厌恶，多次举报到城管部门。城管已经多次上门清理，要把狗送到动物收容所去，可每次城管来了，杨大姑总是寻死觅活，有两次披头散发躺在地上，有一次手持杀虫剂，威胁城管说:

“谁要带走我的毛孩子，我就当场死给他看！”

城管一时拿她无奈，事情就这样拖下来。毕竟狗太多，有时照看不周，狗就会从院子栅栏翻出来，跑远了很难找回来。

“今晚一定是那条白底黑花的母狗又跑丢了！”

那条叫花花的母狗本是小区东边居民点人家养的狗，去年东边居民点拆迁建万达广场，居民们全部搬走了。花花被原主人家遗弃，一直在万达广场建筑工地上流浪。杨大姑看它可怜，又担心工地上工人有心狠嘴馋的会把它杀了吃掉，就把它带回来。可花花在外面野惯了，总喜欢往外跑，让杨大姑操了不少心。王新眉一边想着杨大姑的狗，一边往小区外面走，心想说不定自己能帮着找找。

“花花！花花！”

杨大姑急切的呼唤声一声比一声高，她一边呼唤，一边在夜市摊位间来回张望，大概希望母狗花花是在这里等着吃摊主给的鸭屁股、鹅脖子、鸡蛋饼，但是找了几圈都没找到，杨大姑叹口气坐在大眼睛鸡蛋饼摊主的摊位旁凳子上用手撑着下巴，茫然地看着来来往往的行人，看得出她失望又疲惫。见到王新眉走近，杨大姑瞬间脸上露出欣喜的笑容，赶紧招呼王新眉一起坐下来。王新眉找了张塑料方凳坐在杨大姑身旁，

杨大姑看出王新眉半边脸有些红肿，关切地看着王新眉，不知说什么好。王新眉这才意识到刚才叶知秋的那一巴掌可能在她脸上留下了印记，一时有些后悔下楼，但已经来不及了，只好强作笑颜，谎称在家不小心摔了一跤，把脸磕到了。杨大姑伸出双手抱了抱王新眉，安慰一下好朋友，两个好久不见的朋友手拉手坐在路边，风吹在身上，朋友间温暖的情意如夏风拂在她的心上，心情好了许多。

她们虽然感情很好，但杨大姑从不到王新眉家去，有两次王新眉邀请她去喝茶，杨大姑说她身上有狗腥味，不愿去，王新眉说没关系，可杨大姑说：

“莫要让你家叶院长说话！”

也许正是杨大姑身上的这种善良、自尊、总为他人着想的品性，让王新眉发自内心地敬重。所以这两个在世俗社会价值观里地位相差极大的女性居然成为好朋友。

对着王新眉，杨大姑开始数落起找寻不得的母狗花花，她说：

“王医师呀，你看看这个花花太不叫人省心了，动不动就往外跑，

唉！弄不好又跟哪只公狗出去浪了！去年已经生过一胎了，一胎生五个，还不到一年呀，再怀上又要生几个，我养不起了！急人呢！”

听杨大姑数落花花的口气，活像一个含辛茹苦的老母亲面对家里不懂事的问题少女，王新眉听了有些想笑，又有些同情杨大姑。于是就好心问道：“怎么不给花花绝育？”

杨大姑叹口气，有点不好意思地说：

“王医生，我不好意思说，我一个月只有两千块钱退休工资，这么多狗要吃，还有人听说我收养流浪狗，半夜里把狗扔在我家门口，狗越来越多，哪里还有钱替狗子做绝育！母狗做要六百块，公狗要三百块。没有钱，但是看着母狗一胎一胎生，着急也没有办法。唉！”

正说着，有一过路的中年男人，朝杨大姑喊道：

“你是找你家的狗吗？我刚才过来的时候看到一只花狗跟一只黑狗在南边路边上呢！”

杨大姑听后急忙起身向南边跑去，不一会儿，只见她揪着花花的耳朵过来了。摊主们一看这架势，就明白了一定是花花又被哪只公狗给祸祸了，众人都笑了。卖萝卜端子的摊主笑着对有些狼狈的花花说：

“花花，又偷人了吧，挨抓了吧！”

卖水果的摊主马上纠正道：

“瞎说什么呀！人家花花偷的是狗好吧！”

众人顿时哄笑起来。王新眉被这种轻松的气氛感染了，随着大伙儿一起笑起来。花花在人类善意的笑声中夹着尾巴灰溜溜地跟在杨大姑身后回家了。王新眉发现难怪自己特别喜欢这个夜市，因为这里的人虽然都是升斗小民，但很纯朴、善良、乐观。一到这里，她就会忘记生活中的痛苦，忘记自己刚刚被丈夫扇了一记耳光，忘记博士论文，忘记医院复杂的职场关系，会沉浸在简单的快乐和纯粹的人与人的友善中。她也被杨大姑对小动物的关爱和无私奉献感动，特别是最近经历叶知秋的刻薄与蛮横，她更加敬重杨大姑。她想，自己应该为杨大姑做些什么，对，捐点钱吧，花花不能再生了！

第十八章

第二天早上，王新眉头疼得炸了似的，照照镜子，半边脸依然肿着，而且相较于昨天晚上，今天脸上的耳光留下的红印变成了乌青。看着自己的狼狈相，想着这副样子上班人人都会看出她的异样，这让她很窘迫。她想用热毛巾敷，但眼看着到上班的时间了，医院还有重病人等着呢，只得作罢。到了医院，王新眉像做贼似的总是撇着脸，躲着众人的目光。科里的同事们多多少少听闻了一些王新眉家里的事，也多少能猜出这个医术精湛的副主任医师大概被家暴了。大伙儿装着没看见，小心翼翼地维护着她的面子。王新眉与叶知秋的介绍人护士长李爱琴尤其感到不安，觉得王新眉今天的囧境自己负有很大的责任。她上前轻轻地按了按王新眉的肩膀，递上一只新口罩，含蓄地表示了自己的关切和歉意。王新眉戴上口罩低头写病历，没敢抬头，微微点了点头表达谢意。

今天有个特殊的病人要入院，是王新眉中学同学荀晖的妻子。前两天荀晖突然给她打电话，告诉王新眉他的妻子朱雯芳不幸罹患胰腺癌，已经到了晚期，原先在省肿瘤医院治疗，主治医师明确告知已经没有治疗价值，再住下去也只是无谓地烧钱，劝他们回家。朱雯芳想到女儿还在上大学，家里还有老人，舍不得本来就不多的积蓄像流水似的淌到无底洞里，以绝食来强迫丈夫带她回家。拗不过妻子的坚持，荀晖含泪忍痛把妻子带回了家。

高中时，荀晖是班长，他因为家里兄弟姊妹多太贫困差点失学，是自己捡废品卖钱凑够学费才得以报名上学，所以他比同班同学要大一些，也比较成熟，从小就做班长。高考失利他就去当兵了，几年后退伍，正赶上灌口化工厂招工，被招进厂做工人。因为是退伍军人，就被安排在关键岗位安全保卫科工作。那些年上广播电视大学很风行，他利用业余时间上了电大，取得了大专文凭，弥补了没能上大学的遗憾。荀晖小时候吃过苦，又当过兵，所以工作上特别能不辞辛苦，认真负责，再加上读了大专有了专业知识，在厂里很受领导信任，被提拔为副厂长。

前些年国营化工厂改制，原先的厂长成了大股东，董事长邀请他做了分管生产的副总，这一做就是十多年。在王新眉的那一拨中学同学里，荀晖虽然没考上正规大学，但靠着踏实勤奋闯出了自己的一片天地。当年上高中时，王新眉是班上年龄最小的，荀晖是最大的，又是班长。腼腆的王新眉一直怕与荀晖说话，觉得他不苟言笑像个小老师。那时候荀晖也不过十七八岁，可王新眉习惯叫他“老班长”。几十年过后，王新眉再次见到荀晖依旧脱口而出一声“老班长”。

荀晖进灌口化工厂后遇见同事朱雯芳。朱雯芳只有初中学历，相貌普通，但温柔贤惠，持家有道，孝顺公婆。荀晖弟妹多，改制前的工资收入很低，他还得挤出钱来帮衬弟弟妹妹上学成家。不管多难，朱雯芳从无怨言。后来，荀晖到私企做高管，孩子正上中学，下岗了的朱雯芳就在家里操持家务，照顾女儿读书，荀晖从心底里感激妻子，夫妻两相濡以沫一路走过20多年，孩子刚刚上大学，弟妹们也都成家立业，眼看着可以松口气，计划着过了年后明年开春两口子一起出去旅游。可是，朱雯芳突然倒下了。等妻子病倒后，荀晖细细回想，在女儿高考前夕，妻子已经有了病兆，经常没有食欲、消化不好、腹部隐痛，本来稍稍丰腴的身体日渐消瘦。

荀晖所在的化工公司在离灌口三十里外的海边小岛陈家港，平时他一个星期才能回来一次，忙起来半个月也不着家。家里全靠朱雯芳一人撑着。朱雯芳深知丈夫今天的成就来之不易，所以不愿意因为自己的身体让丈夫分心。这些年，陈家港新增了好几家化工企业，形成化工工业园区。

朱雯芳有时候会到陈家港去看看荀晖，顺便给他带些自己做的他爱吃的菜。每次去那里，她总是能闻到空气中有淡淡的酸味，有点刺鼻。她想：“这也许就是化工污染吧。”她想等女儿大学毕业工作了，家里负担轻了，就让丈夫辞职回家，虽不富裕，但一家人平平安安，身体健康就知足了！可是她没有等到那一天。

对身体的种种不适，朱雯芳一直瞒着丈夫与女儿硬扛着，直到女儿高考结束，考取名牌大学，这才告诉丈夫。荀晖急忙带着她到医院检查，结果已经是晚期，错过了手术的最佳时期，也错过了死里逃生的机会。想到自己平日里光顾着工作忽视了妻子的身体，荀晖痛苦、悔恨、内疚，他放下工作发疯一般带着妻子到上海、省城，求医院收治。省城大医院的高学历主治医师收了红包后真诚地劝他别乱花钱了，带着老婆回家吧。

朱雯芳看着丈夫日渐憔悴，疼惜不舍，也知道自己来日无多，就拼了命地要丈夫带她回家，她说她想在家里度过最后的时光。拗不过妻子的坚持，荀晖带着朱雯芳回到了灌口家里。他开着车，妻子躺坐在副驾座上。一路上，荀晖不时地问妻子的状况，担心妻子忍受不了路途的颠簸，妻子苦笑着宽慰他：“还好！还好！就是屁股上没有肉了，座位硌得骨头疼！”妻子一句漫不经心的话，说得荀晖顿时情绪失控，泪流满面。

他们回家三天，朱雯芳因为癌细胞已经转移，排泄困难，肚子胀得无法忍受，在床上痛苦挣扎。荀晖眼看着妻子受煎熬心中泣血般痛苦，又想不出别的办法。绝望中他想起了中学同学王新眉。他知道盐渎医院有一批专家研究中西医结合治疗晚期癌症有一定效果，他想求王新眉帮他在盐渎医院找中西医结合的名医救爱妻。王新眉一直也在研究用中西医结合的方法治疗癌症，以多年的临床经验深知朱雯芳已经病入膏肓回天无力。但是电话里她能感受到荀晖的痛苦和凄惶，她不忍心看着他绝望无助，于是就主动建议荀晖把妻子带到她这里来住院，她想用自己的医术尽可能地延长朱雯芳的生命和减轻她的痛苦。

王新眉已经五年没见到荀晖了，上次见面还是中学毕业20周年，她回家乡灌口参加同学聚会。荀晖关切地询问王新眉的生活和工作。说来很奇怪，王新眉很少与荀晖交往，但在荀晖面前，她从来都不需要有戒心，她可以坦然地向荀晖诉说自己的心事，包括事业和生活的各个方面。她也会自然地甚至是轻松地谈起卢超群。荀晖说他有时候出差到盐渎会与卢超群一起喝酒，了解卢超群的一些情况。从荀晖那里，她得知陈静雅早就不再做啤酒推销员了。前两年陈静雅开了个内衣店，但是生意清冷，商场租金又贵，没几个月就关门了，没赚钱而且还蚀了本。现在陈静雅在家做全职太太，好在小儿子聪明可爱，学习成绩很好，这是陈静雅最大的骄傲。

荀晖说着说着突然意识到自己话太多了，说了这么多卢超群新家庭的事，忘了考虑王新眉的感受，他连忙赔不是，连声道:“抱歉！抱歉！全当老哥哥喝高了！”王新眉嗔怪地瞪了他一眼，没好气地说:“你像个广播站，什么都要你通报！真是个话痨！”荀晖不好意思地憨笑，不再说话。荀晖平时是个很沉稳的人，话不多，但见了王新眉他会不知不觉地说很多话。王新眉羡慕朱雯芳有福气，找到这么踏实顾家特别有安全感的老公，也暗自感叹自己的择偶眼光差。人到中年了，老同学之间交往有一种特殊的舒服轻松的感觉，大概是在一起长大的发小面前，可以卸掉成年人面对社会的心理盔甲，就是用不着“装”，也“装”不起来。

多年的职场历练，荀晖已经在不知不觉中有了一种气定神闲的风度和气场，朱雯芳自己不爱打扮，穿着总是很朴素，但非常在意丈夫的衣着，总是把荀晖捯饬得清清爽爽，衣品与他的大企业高管身份相符。可是王新眉每次暗自赞叹朱雯芳会替丈夫打扮的同时，也会不经意地闪回到30年前，忆起荀晖深蓝色裤子屁股上那一块白布补丁，补丁的一角线头松了，在风里，那块补丁荡来荡去拍打着荀晖的屁股。这种感觉让王新眉觉得与荀晖虽然不常见面，可总有一种特别的亲切和踏实。想到朱雯芳的贤淑，王新眉感到有些惭愧，因为无论是卢超群，还是叶知秋，她都做不到在生活细节方面的关怀备至。她自我反思卢超群离开自己转身去娶陈静雅，可能也是与自己在婚姻中很强势有关。

荀晖半扶半抱着朱雯芳出现在王新眉的病区办公室门口，朱雯芳瘦得像纸片一样，面色蜡黄，肚子却大大的，荀晖胡子拉碴，看上去老了十岁，头发白了很多。王新眉从椅子上弹跳起来，两步跨到门口，把朱雯芳扶坐在座椅上。王新眉与荀晖目光相接时，看到这个以前那么乐观的汉子眼中布满忧伤，他想对着王新眉笑一笑，但没有成功，结果是泪水蓄满了眼眶，强忍着才没有落下。王新眉努力地用平和的语气安慰朱雯芳，对她说:“会好起来的，要有信心！”朱雯芳顺从地点头，想道声谢但已经没有足够的力气。看到老友夫妇的悲惨境遇，王新眉忘记了自己刚刚经历的不堪，忘记了半边脸的疼痛。只是荀晖注意到王新眉的右脸上还没退去的青紫色，他意识到自己夫妇投奔的救命的医生兼朋友可能又遭遇了什么痛苦的事情。

当他们再次目光相接，这一次荀晖眼中多了一份关切与疼惜，伤感的气氛笼罩在这间不大的办公室。这以后的一段时间，对于朱雯芳，王新眉既是医生也是陪伴者，尽自己的所能帮助着老同学夫妇。一天傍晚，下班的时间早已到了，可王新眉还在病区办公室里整理病历。朱雯芳睡着了，荀晖终于有了些许空闲，他坐在王新眉办公桌对面的椅子上，静静地看着王新眉低头伏案写病历。他终于开口询问王新眉那天脸上青瘀的缘由，忍了多天的王新眉终于哭了出声，伤痛、委屈、压力化作泪水如洪流决堤而出，一发而不可收拾。

听着王新眉哭诉，荀晖对眼前的老同学真是又是怜惜又是生气。这么多年，他从来没有对王新眉说过一句重话。在他的心中，她是那么聪明、能干、美丽、坚强，他总是远远地欣赏她，像欣赏上帝的杰作。在卢超群辜负、背叛她时，他替她惋惜，恨卢超群身在福中不知福。但是他从来没有意识到她竟然也如一般小女子一样脆弱。看到王新眉如此无助的样子，他的心像灌了铅一样往下沉，往下沉的心拽得他喘不过气来。他心疼地看着王新眉，一时竟找不出合适的话来安慰她。“我还有些积蓄，卢超群的事，还差多少钱？我可以先拿些应个急！”

此刻，荀晖感到安慰的话很空洞，唯有实实在在的帮助会能减轻些王新眉的压力。他是真诚的，尽管他知道自己因为妻子的病几乎花光了积蓄，虽然有医保，但他们就和绝大多数亲人身患绝症的家庭一样，听说靶向药有特效，就开始吃靶向药，虽然一部分靶向药被纳入医保，但医保只报销一部分，个人还是要自费承担很多，而胰腺癌俗称癌中之王，靶向药疗效甚微。后来他们听说连云港有一神医，专治癌症，收费甚巨，挂老神医的号要提前半个月，或者从黄牛手中买挂号，他没有办法自己亲自排队挂号，只能从黄牛手中买号，神医的药也没见奇效。各种花费让他们的积蓄迅速缩水。但是，在王新眉遇到这样的钱的困扰时，荀晖没有犹豫，他打算借钱给王新眉。

“无论如何，我都不会要你在这种时候借钱给我的，你正在用钱的时候，我不可能要的！”王新眉语气坚决，不容置否！“卢超群出来后他会翻身的，到时候他会还给我的！”荀晖语气也很坚定，他是真诚的。他的真诚和仗义让王新眉很感动，但是她还是坚决地拒绝了荀晖的好意。“老班长，只要你能听我诉苦，不嫌烦，我就很满足了！”荀晖无奈地点点头！“六床病人家属哪去了，挂水时间到了！”门外年轻的护士在走廊里大着嗓门叫着六床病人家属——荀晖。荀晖连忙跳起往妻子病房跑，急得甚至忘了与王新眉打招呼。王新眉看着老班长宽厚的背影，内心升腾起一种很温暖的感觉。

第十九章

炎热的夏天终于过去了，一场秋雨之后，人们开始感受到初凉。对于盐渎人来说，长长的秋天开始了。这个城市以前所未有的速度开始大规模的城市建设，原先以建军路为城市中心的格局已经不复存在，城市迅速地向南发展推进。傍晚下班后，王新眉接到还茂霞的电话，约她到新岛咖啡馆见面。因为老城区建军路堵车，她就绕道南面的青年路。到了青年路，她惊讶地发现这条东西走向的马路正在施工，中间车道被封闭，只留下最靠边的车道让车辆通过。她本意是想避开建军路的拥堵，没想到青年路上因为施工更加混乱。在等红灯的间隙，她摇下车窗，探头询问紧挨着她的车的电动车司机，问这是怎么回事，电动车司机告诉她：

“听说是要建高架桥！”“真是日新月异呀！”王新眉不由地感叹道。她在盐渎已经生活 20 多年了，不知不觉中已经完全融入这方天地，她的悲伤与欢欣、成功与挫折都与这片土地紧密相连。在她的心里，盐渎已经成为她深爱的第二故乡。每看到这座城市有新的进步，她都会发自内心的高兴。一想到过两年盐渎也会像上海与苏南那样有高架桥，因为道路拥堵造成的烦闷顷刻消散了。但是此刻她的心还是发紧，因为还茂霞在电话里语气很不正常，非常急切。王新眉猜测大概是他们夫妻又吵架了。

坐在面前的还茂霞与往日的精致明显出入很大，以往她都是盘头，脑后一个大髻，光洁的脑门露在外面。今天她的头发散开，顺着两颊下来披在肩上。当她撩开头发时，王新眉不禁“呀”的一声叫了起来。眼前还茂霞的一张脸两边明显不对称，右边脸是肿的，好看的眼睛因为眼泡发肿像是睁不开来，看样子她是挨了打，而且不是一记耳光就能有这样的成效。以王新眉对张卫东的了解，张卫东平日里大背头向脑后梳，架着个金丝边眼镜，生意场上与人交谈爱引经据典，生怕别人不知道他读过大学，肚里有二两墨水，一副斯文败类的样子，然而喝了酒就像神经错乱的武疯子。

以前还茂霞因为他在外面找小三缠着他闹，他被闹烦了，会仗着酒劲甩起来就给还茂霞一大耳光，还踢上好几脚。后来还茂霞不再与他纠缠那档子事，也就很久不听说他打老婆了。眼前还茂霞这副模样，一定是张卫东又酒后施暴了，而打她的原因，王新眉猜测一定不再是张卫东出轨，而是还茂霞出轨被张卫东发现了。然而还茂霞告诉王新眉，说并不是张卫东打的。还茂霞与任兴武不仅好上了，还在外面租了房子，定期定点幽会，结果没多长时间就被任兴武的妻子袁媛发现了。

从与还茂霞好上的第一个月，任兴武就找了个由头把工资卡从袁媛手上要了回来。任兴武爱还茂霞的美貌与性感，爱她热情外向、充满活力的性格，其实还有一个他自己不愿面对和承认的原因——爱她的钱。他出身盐渎农村，除了他之外全家种地，没有一个有钱人，妻子家父母老工人，退休金仅能维持温饱。自己虽说是个科级干部，但是清水衙门没有油水可捞；妻子做保险刚开始两年收入尚可，这几年保险业竞争激烈，客户越来越难发展，袁媛作为保险员提成也日益减少，有时候一个月也不开张。家里日子过得去全在袁媛精打细算会过。

50 年来，他的人生梦想经历了三次嬗变。20 多岁时梦想成为名角儿，梦里尽是穿着红袍或青衫，在舞台上演绎别人的故事，收获属于自己的掌声；30 多岁时做梦都跟升官相关，指望着做到处级官员，每次看到大官儿前呼后拥的排场，他仿佛看到陈州放粮的包龙图、衣锦还乡的朱买臣、八府巡按窦天章……他想着要是自己做到大官一定做个清官！ 45 岁以后他开始接受自己仕途暗淡，于是就做梦想发财，炒股、炒基金、炒黄金都干过，把家里积蓄赔光之后认清自己不是这块料，于是安分守己或者说是无可奈何在小科长位置上混那份干工资，直到在淮剧票友圈里遇到美丽的富婆还茂霞。

还茂霞的美艳让他怦然心动，其实让他怦然心动的还有她身后的大金坨子。他努力克制自己的这种想法，觉得觊觎别人的钱财很龌龊，不是君子所为。他对自己说：“我是爱她这个人，即使她没有钱，我也一样爱她！”可是他无法让自己把还茂霞与还茂霞的钱分开，他终于承认这个女人让他如此疯狂，与同时拥有还茂霞钱的朦朦胧胧的念头有关。因为有了这个念头，他生怕还茂霞看出来，就竭力在还茂霞面前做出志高存远、淡泊名利、仗义轻财的姿态，像一位流落在当世红尘里未能远去的古代高士，而他的这种形象对还茂霞产生了致命的吸引力，令还茂霞不顾一切地扑向他。

他想起《老子》里有句话叫作“将欲取之，必先予之”，所以就把工资卡从妻子那里要了过来，与还茂霞交往三个月来的花费全都是他抢着付，一副潇洒多金男的样子。他嫌在酒店开房不安全，说不定哪天碰上警察查房或遇到个官场的熟人就麻烦了，于是就租下一处僻静的小区套间，买了家具，营建成二人的暖香世界，给还茂霞买了金项链和全套高级化妆品，还茂霞说她这些都有，但任兴武说这是他的心意，因为在他的心中早已把还茂霞当成自己的妻子。还茂霞对任兴武的家底并不知情，凭以往的了解她觉得任兴武的身家不至于像他展示出的那样雄厚。但她不愿意多想，已经很多年没有人把她当公主来宠爱了。

做张卫东的妻子看上去富足光鲜，可只有她知道自己不过是徒有名分的正妻而已，就像古代皇宫里的皇后娘娘，地位尊崇，风韵犹存，而皇上早已不翻她的牌子了。任兴武的热烈、痴狂令她心醉神迷，乐而忘返。如果可以，她希望永远躲在任兴武的怀抱里，不抬头看四周，不考虑仁义道德，不想袁媛是否承受得了、张卫东是否会发疯，不去考虑她与任兴武的明天，她发现一个人只要不思想、不纠结于灵魂、不回忆过往、不憧憬未来，只活在当下的日子里、活在梦的甜蜜里、活在肉体的狂欢里，就不痛苦，就只有快乐！

这样的日子并没有持续多久，因为任兴武的后院失火了。任兴武已经三个月没有拿工资回家了，袁媛问是什么原因，任兴武托词说是炒股输了钱，拿工资去填窟窿了。袁媛尽管很生气，一连多天不住口地责备任兴武乱来，说这样的话会弄得全家没饭吃的。后来袁媛发现丈夫不仅工资不上交，而且开始动用家里的银行存款。银行里的钱是准备儿子结婚买房用的，然而任兴武偷偷地抽走了五万块钱。在2010年的时候，五万块钱对一个工薪家庭来说是一笔很大的数目，因为任兴武每月的工资也就五千多。而任兴武就这样不明不白地把钱拿走了！

袁媛从最初的迷惘、震惊中清醒后，意识到可能性最大的原因，也是她最不能接受的原因，那就是自己的丈夫外面有女人了！在极度焦虑痛苦中，她把自己的猜测告诉了儿子任曦。任曦马上领着母亲到银行调取了父亲银行卡的流水，发现了父亲这几个月的消费：酒店开房、饭店餐饮、旅行社参团费、首饰项链、皮草、化妆品……而这种种开支没有一样与他们母子有关，母亲从没穿过皮草，连羽绒服都是招商场买的廉价货；自己看中的房子因为首付还没凑齐迟迟不能下手，而父亲却背着他们母子在外面花天酒地、花钱如流水。任曦如五雷轰顶，这个在温暖、体面的家庭里成长，喜欢写诗、对爱情充满理想的文艺青年，完全不能接受自己一向敬重的父亲对家庭的背叛和对母亲的伤害。看到母亲因为受到巨大精神刺激而显得木讷迟钝、目光散乱飘忽、神情凄楚，任曦心疼至极，紧紧搂住母亲，拍打她的后背，在她的耳旁轻声说：

“妈妈别难过，有我在呢，有儿子呢！”听到儿子的安慰，袁媛稍稍缓过一口气来，拉着儿子的手，轻轻地说：“儿子！妈妈只要有你，就不怕！”以往袁媛对任兴武在公园里唱戏的事支持归支持，但不爱往那个堆里扎，任兴武一块唱戏的朋友她都不熟。她要做家务，给任兴武做后勤，她要让任兴武每次跨进家门，都觉得家里窗明几净，衣服晒在阳台上，饭菜冒着热气，水果切在盘里。她年轻时爱看任兴武在舞台上唱戏，喜欢任兴武舞台上俊美样貌，但随着年岁增长，她不再喜欢看任兴武拿腔拿调地唱曲儿，觉得一个国家干部天天唱戏搭台子，但任兴武就好这一口，她也就顺着丈夫。

自从确信丈夫出轨之后，袁媛多了一个心眼。每天清晨任兴武骑着自行车出了家门，她就赶紧收拾屋子拖地洗衣，把以往两小时的家务压缩在一小时里完成，然后骑上电动车来到公园，找到任兴武那一拨人，躲在远处悄悄地观察，没几天她就认定丈夫的出轨对象是那个长得狐媚的中年女人。她对丈夫太了解了，任兴武的目光从来就是围绕着那个女人，而那种热切爱怜的目光是她自己从来没有感受到的。任兴武与还茂霞唱得心旌摇荡，远处的袁媛痛苦得脸色苍白、嘴唇发乌。她真想冲上去质问丈夫，但最后的理智提醒她目前怀疑丈夫出轨对象是这个女人，自己并无确凿证据，只是一种作为妻子的第六感，如果贸然冲上去，对方定会竭力抵赖，自己反而弄得下不来台。

于是，袁媛不动声色，就当什么事都没发生，并且一再告诫儿子保持冷静，儿子看不下去又无可奈何，就借口厂里加班一连多少天不回家。终于，任兴武又一次对她说："三婶病故，要回老家一趟，两三天时间。"袁媛说："我跟着你一起去！哪有长辈去世，侄媳妇不到场的！"可是，任兴武一口回绝："大老远的，侄子到就行了，侄媳妇可以不到场了！你去住宿给人添麻烦，我一人去，随便在那儿将就将就就行了！"袁媛此时心里已经料定丈夫是在撒谎，最近一段时间，任兴武老家的亲戚们已经被任兴武借用一个遍，不是外甥生小孩，就是姑丈脑溢血，一概都不要袁媛陪他去老家。现在袁媛都明白了，愤恨的同时又惊叹丈夫说谎能面不改色心不跳，不愧是唱戏的出身，生活里一样演技了得。

当晚，袁媛通知儿子回家，袁媛坐在儿子电动车后座悄悄地跟在任兴武的自行车后面，摸到了任兴武与还茂霞幽会的地方。母子俩咬着牙一言不发等着屋里灯熄灭，然后冲上楼疯狂地敲门，刚开始任兴武不肯开门，但听到儿子的说话声，不敢不开。门打开来的第一时间，母子俩认准目标扑向对方。袁媛一头撞向还茂霞，任曦则一把抓住父亲的衣领，手指着父亲怒斥道："你还像个人吗？你对得起我妈妈吗？"因为太过气愤，任曦的声音像铁铲刮在水泥地上一般尖利，还茂霞被愤怒得失去理智的袁媛母子吓坏了，她尖叫着向后退，退到墙角退无可退，袁媛冲上来一把揪住她的头发用力撕扯，像头发怒的母狮一样咬着牙、怒瞪双目，嘴里发出低沉的、含混不清的吼声。

面对眼前的情景，任兴武像泥胎木塑一样直直地杵在门旁，既不看妻儿，也不看情人，低下头闭紧双目，仿佛不睁眼看这些事情就等于没发生。还茂霞看到任兴武这副样，突然明白别想指望任兴武能帮她解围了，顿感绝望，情急之下拼命挣扎，混乱中抓到了袁媛的头发，两个女人像盐渎海边滩涂上每年春天麋鹿发情期都要上演的鹿王争霸一样，头顶着头，脸朝下，手高举，扯着对方的头发。任曦见此情形连忙扑上去掰开还茂霞的手，把还茂霞按在墙上甩上一巴掌。两个女人几乎同时号啕大哭，哭声传得很远，楼下开始有邻居聚集张望，有人报警。

不一会儿，敞开着的门口突然出现两位警察，其中一位探头进来打量着屋内几个人，另一个则一脸严肃地堵在门口，手上拿着一个类似记事本一样的物件。后来知道两位警察是110执勤的，探头打量的是辅警，一脸正气的是王警官。王警官告知大家："有邻居报警说你们房间里发生严重冲突，到底怎么回事，说说清楚！"屋里所有人都惊呆了，不再吵闹往死里拼命，而是一脸愣然地看着警官，不知所措。

到底是任兴武一直在场面上混，能沉得住气，他愣了一下赶紧上前说："很抱歉很抱歉！都是家务事，已经解决了！我们这就走！"说着当着警官的面，拽着袁媛的胳臂往门外走。也许是没想到会把警察招来，任曦一时也没了主意。他虽然恨父亲背叛家庭，但在心里还是爱父亲的，所以并不想把事情闹大，也就不做声跟在父母后面离开了。王警官离开时关照还茂霞把门关好早点休息，还茂霞急忙点头称是。一场风波暂时平息，留下还茂霞顶着一头乱发和脖子上的几道血爪印，站在客厅里发呆，许久她才感觉到脸上火辣辣地疼，记起刚才在混乱中，她还挨了任兴武儿子一记耳光。

看到面前还茂霞这副狼狈相，王新眉心情复杂，有点同情，但更多的是觉得她咎由自取，有点活该。两个发小相对苦笑。王新眉思忖一番，认真地对还茂霞说："现在这个局面其实也是意料之中，纸是包不住火的。我看你悬崖勒马还来得及，不能这样下去了，他任兴武有家庭，他不会为你负责的！退一步讲，你会为了任兴武而与张卫东离婚吗？”还茂霞迟疑半晌，缓缓答道：“不会的！我从没想过要离婚！”王新眉继续追问：“既然你与任兴武爱得如此热烈，你有没有想过要与他结婚？”还茂霞苦着脸，声音很低说道：“我想过，但一想到要跟这个人结婚，就觉得自己过到了穷途末路的份儿上！”“你不是那么爱他吗？你不是说与他在一起很幸福吗？”王新眉不解地问。还茂霞听到王新眉的问话，眼神突然变得明亮有神，脸上还掠过一丝邪媚的笑，身子向对面王新眉略略倾斜，说：“不是幸福，是性福！”

王新眉一愣，疑惑地看着还茂霞，未解其意。还茂霞低头笑了一下，撩了一下头发，再次说道：“性福！性的满足！”王新眉一听这话本能地向四周看，看有没有人听到她们这么私密的谈话，再看看还茂霞，还茂霞眼神在发光，精气神一上来，这个女人就会在不经意间散发出一种风情万种的魅力。王新眉摇摇头，无奈地叹口气说：“我知道不管怎么劝你，你都不会听的。容我一语道破你的心态，你是太贪了，既贪任兴武的人，又舍不得张卫东的钱！既然这样，你就要有心理准备，你介入人家的家庭，袁媛不会放过你。还有张卫东很快就会知道，他不道德，你用不道德的方法报复他，他会饶过你吗？”还茂霞沉默了。

第二十章

叶知秋、王新眉夫妇间的战争已经持续数月，不见刀光剑影，更没有血肉横飞，只听到冷风飕飕的啸叫声。王新眉尽可能地不下班，经常主动提出代别的医生值班，有时候连续三四天在班上。王新眉不在家的时候，叶知秋基本不开火，在小区门口左拐第一家沙县小吃吃早饭，第二家兰州拉面吃中饭，第三家黄焖鸡米饭吃晚饭。中国小吃“三大巨头”联手助力叶知秋在与妻子这场没有硝烟的战争中保持饱满的精神、坚强的意志、决胜的信心。他认为再挺一阵子，王新眉肯定会向他低头的。

这天，王新眉早早起来到小区门口买了叶知秋爱吃的油条烧饼，回来后又打了豆浆，煮了茶叶蛋。叶知秋看在眼里，得意在心头。想着：“这个女人嘛，就是不能太惯着了，对她狠点，就服软了！”很久没吃到家里的早饭了，他今天的胃口特别好，边吃边看王新眉收拾打扮准备上班。当他无意中与王新眉目光相对时，发现王新眉的眼神是那样的冷，冷得让他感觉有一丝寒光，让他感觉一阵凉意袭来。他有点发怔。只见王新眉缓缓地从包里掏出一张银行卡，递给他，说：“这是你的工资卡，从这个月开始，我们实行 AA 制。”“你还是要拿钱去给你的前夫？”

叶知秋“腾”的一下从餐椅上弹起来，大着嗓门问，问的时候不自觉地把拳头握紧。王新眉冷冷地看着他的一系列反应，嘴角露出一丝嘲笑，淡淡地回答：“不是，我只是想有权支配我自己挣的钱！请把我以前给你的钱还给我！如果你不同意，那就离婚！”说完，王新眉头也不回地出门了。以后的几天，叶知秋实在是郁闷，打牌时心不在焉总是出错，惹得牌友不停地抗议。他平日对烟的档次从来都很讲究，最起码是二十块一包的。AA 制下的叶知秋开始抽十块一包的了，他得节衣缩食了。

想到王新眉数月来对他的种种，叶知秋的心里真是又气愤又伤心。他早就知道王新眉不太在乎他，但他向来吃定王新眉离不开他。他太了解她了，这个女人有才而脆弱，需要安全感，而他叶知秋正是能给她安全感的男人。他爱她，这是个在外面打拼闯出一片天的大女人，在家里是个爱钻在老公怀里撒娇的小女子，他爱她的所有，他不能想象她有朝一日会离开他。当王新眉提出 AA 制时，他意识到这个曾经依恋他的受过伤的女人是打算在精神上离开他。他深藏于心底的危机感终于浮出水面，从未有过如此强烈的危机感！他预感快要失去她了！离婚对于他这个快 60 岁的人来说委实有点折腾不起，还有一个不愿承认的原因，就是面子问题，他不能忍受前妻的嘲笑。对于他来说，俞素芸从来没有死，她一直在暗处围观着他的后半生。已经是秋天了，地上开始有早凋的落叶，秋风吹过，黄叶在地上旋起一个圆圈。他觉得很诡异，感觉是俞素芸在跟着自己，想到有这种可能，叶知秋顿觉毛骨悚然。为了排解内心的苦闷，他决定到离家不远的市民广场去学跳交谊舞。于是，每天晚上叶知秋一吃完晚饭就直奔舞场，王新眉则继续写她的博士论文。她深知自己积累的临床病案以及学术论点都显得单薄，感到很吃力。她想起了大学本科阶段的同学，现任上海最负盛名的肝胆专科医院主任医生、博士生导师程家祥。

因为大学读书期间二人特殊的心结，本科毕业以后，20 多年来他们从无往来，程家祥对于王新眉仿佛是人间蒸发了一样。很多年来，王新眉在心里刻意地回避这个人，不想知道关于他的一切，但是总是有同学有意无意地告诉她，程家祥到美国读博了，程家祥回国了，看程家祥的门诊要提前十天预约排队，程家祥在国际上最牛的学术期刊上发表文章了。听到这些，她努力地使自己显得平静，害怕同学看出她的酸楚，她也很少主动与大学同学来往，因为她不愿意让同学看到她的窘迫。但是，在这个深夜，在她的博士论文遭遇瓶颈，特别地无力时，她想到了程家祥。

很快就到国庆节了，同学们正在 QQ 群里张罗入学 30 周年聚会。25 年间，每次想起程家祥，王新眉的眼前就会浮现出他那双在眼镜片后面目光躲闪的眼睛。20 世纪 80 年代初，那时候的大学可不像现如今这样的招生规模，尤其是像他们的母校，那是在全国医科大学中响当当的名牌大学。大学期间，王新眉几乎没有与班上的男生说过什么话。60 个人的班级有 15 个女生，其中大部分来自大城市，而她来自苏北小镇，在班上一众出类拔萃的女孩子中间，她是最不起眼的丑小鸭。她长得不算漂亮，家境贫寒，穿着土气，最要命的是无论她如何努力都改不了那一口夹着浓重苏北乡音的"彩普"，这让她不敢当众说话。

班上活跃的男生几乎没人关注她，这给情窦初开的她造成沉重的打击。自卑感笼罩着王新眉整个的五年大学时光。自卑的女孩子总喜欢幻想有一个让别人羡慕的白马王子爱上自己，好让自己在同学们当中扬眉吐气。所以她默默地爱着班上公认的最有才华的男生陆俊杉，常常幻想陆俊杉能在某一天突然向她表白爱意。可是那个陆俊杉热烈的目光从来都是越过她射向身旁的班花，这加重了她的自卑和抑郁。少女的敏感使她意识到，和她一样羞涩而土气的程家祥看她的目光和她心中的男神不一样。他总是会在她不注意他的时候悄悄地看着她，当她扭头目光扫到他时，他会迅速把目光躲闪开去。

程家祥长得不难看但绝不好看，属于那种没有特点不容易让人记住的大众脸，来自江南农村，土里土气，总是穿着一双绿色帆布胶底鞋，松松垮垮的深蓝色中山装。程家祥看她的目光让她更加沮丧，她看不上他，于是就总是躲着他，而他从没走近她。这样，两人几乎像陌生人一样一起度过了五年的同班大学生活。毕业后各奔东西，从无联系。毕业十年聚会时他在国外，20 年后的他已是学成归来的海归博士，在上海最著名的肝胆专科医院做外科医生，又被母校聘为博士生导师，是眼下的业内牛人。而她毕业后回到苏北家乡。虽是同学，可在这个把人分为许许多多等级从而形成无数圈子的社会，他们的距离太远了，似乎再不会有交集。

前年陆俊杉弄了个同学 QQ 群，王新眉在群里基本不发声，与上学时一样没有存在感，也不大关注群里以陆俊杉为中心的夸夸其谈、愤世嫉俗的热聊。只是每当程家祥发声，她总会用心地看，想通过他的片言只语了解他。然而，在群里他们从来没有直接交流，她也从不为他的发声点赞或发表评论，一如30年前在大学里一样没有交集。陆俊杉说大家已经人到中年，青春不再，更觉得同学情弥足珍贵，所以建议增加纪念入学周年聚会，今年正好是他们入学30周年，他提议大家利用国庆长假聚一下，所有人都赞成。聚会地点在苏州东山一家园林式酒店，费用由班上改行进入药企后来做了老总的同学严翔全包。在聚会上，王新眉与程家祥重逢了！

久别的老同学欢聚一堂。当年分配到县级医院的同学老曾依旧保持着不修边幅的特点，长袖T恤外面套着件白色短袖工作服就来了，那工作服有些庋，老曾腆着的将军肚把纽扣都撑开了。当年的男神陆俊杉做到了省城一家医院的胸外科科主任，多年的领导角色让他习惯了做中心人物，所以同学聚会，他依旧是话最多、最活跃的。当年的班花李颖虽说是人到中年，但依旧光彩夺目，她嫁给了狂热的追求者陆俊杉，毕业后当了几年医生，觉得做医生要值夜班太辛苦，就调到在省城一所卫生学校做了老师。王新眉在她面前不再自卑，20多年的职业历练已经使她脱胎换骨成干练的职业女性。这两个同班女同学属于那种平时无事不联系，见面就说个不停，仿佛昨天才见到过。程家祥话不多，总是端着酒杯默默坐在沙发上，眯着醉眼看男女同学说笑，但是再没人敢忽视他，他靠实力成为聚会中真正的明星人物。

王新眉几乎是第一眼就注意到了程家祥。他穿了件全棉的淡蓝色长袖T恤，架着副黑框眼镜，没有发福，在一群大腹便便、双下巴、肉眼泡、谢顶的男生中，他显得长身玉立、儒雅飘逸，他的黑发中夹杂着白发，远处看是一头灰发，不像陆俊杉那样把头发染得乌黑，黑得虚假。程家祥的灰发更衬出他身上的那种在海外和上海大都市精英圈中生活多年形成的独特气质。他迎着她走过来，笑着伸出手来，但是当两手相握，目光即将对视时，程家祥却把目光投向别处。这个细节让王新眉感到难受，有一种受轻视的感觉。于是整个晚上的饭局，王新眉刻意坐到离程家祥较远的另一桌，但是她的注意力却都在程家祥身上。

她参与着老同学间一个接一个的话题，目之余光却在搜寻邻桌程家祥的每一个细微的表情，她看到程家祥整个饭局都没有回头看她一眼。王新眉克制着自己的失落，努力显得开心。她这次是有备而来，她必须抓住这个机会把这根老同学的线给重新连接起来。她觉得自己有些功利和庸俗，但一想到自己一团乱麻的博士论文，就强压住这种不好的感觉，在心里给自己打气，对自己说:“一定不能放过他！”当晚，王新眉与李颖一个房间睡，躺在床上，两个老同学继续着饭局上还没谈完的话题。

李颖上学时就与王新眉走得比较近，她有意无意地说到程家祥，感慨程家祥今日的成就与地位，说当年他一副农村孩子的样子，没想到现在是名教授、大名医，说着说着，李颖责怪起王新眉:“我说你呀，当年眼光不行，怎么就没看上他呢？我当年可是看出来那家伙对你有点意思！”王新眉酸酸地对李颖抱怨:“人家今天连正眼都没看我！”听王新眉这么一说，李颖“噗嗤”一声笑起来。边笑边说:“以我局外人看，他是心里没过这个坎！这说明他心里还有你，不然的话，他不会这样的。你说我分析得有道理吗？”李颖的话给了王新眉很大的鼓舞，她心里好受多了，不仅是好受多了，还暗自欣喜。想着明天上午还有半天聚会，暗暗对自己说:“明天一定要走近他！”

第二天早上酒店自助餐，王新眉一踏进餐厅，远远地就看见程家祥正手里拿着餐盘拿食物。王新眉深呼吸，定了定神，款款走到他身旁，带着笑轻声道:“嗨，早上好！”程家祥扭头对着她，也笑了起来，他打量王新眉，目光中带着笑意，用夸张的口气说:“美女好漂亮！这件裙子很衬你的皮肤，很好！”王新眉听了有点害羞地“咯咯”笑，笑得像个小女孩。突然间，王新眉有一种奇怪的感觉，好像这人前几天才分别，并没有几十年不见的疏离感。事实上，老同学间都有这种感觉，无论分开多少年，再见时仿佛昨天刚分手一样。

王新眉以为她与程家祥之间会很疏远，事实上不是。当下二人坐在一张餐桌，轻松地边吃饭边聊开了。王新眉对他现今的成就表示了祝贺，并简单地告诉他自己的工作情况，他很有教养地倾听并不时地点头。王新眉注意到程家祥盘子里食物很少，一个荷包蛋，一片面包，几片水果。还有一杯咖啡，咖啡没有加糖和奶，是那种清咖。王新眉暗暗想，难怪这家伙身材还这么好，这说明生活中这人很自律！她下意识地抬头张望，寻找男同学老曾，她对老曾突出的扣子都扣不上的大肚腩印象深刻。

“难怪这家伙事业做得这么好，他的毅力是超出常人的！”看着眼前这个既熟悉又陌生的老同学，王新眉在心里不得不佩服。他对她说以后有问题可以随时找他，他很优雅地开玩笑说：“王新眉你晓得吗？我们可是第一次说这么多话！”当下他们互加了 QQ 好友。程家祥还主动告诉她，说他喜欢写微博，在微博上有许多粉丝。王新眉有些吃惊，发现他永远走在时代的前列，特别能够迅疾地接受时代发展的新事物。他的敏锐、深刻、从容、坚毅，都深深地吸引着王新眉。从省城回到盐渎，王新眉就开始与程家祥时不时地联系。在程家祥的点拨下，王新眉的博士论文有了冲破瓶颈的可能。

她有一种奇妙的感觉，就是与程家祥联系上以后，她的心不再空落落的，打开微博，看程家祥发的那些深入浅出普及医疗知识的微博文章，成了她的日常，自己也不知道一天要关注他几回。二人的交往就此开始，时不时地，王新眉会发个 QQ 或者打个电话给程家祥。渐渐地，话语间有了一丝暧昧意味，双方说话的语调、口气越来越像情人。其实并没有什么出格的话，但不知怎么了，王新眉总是能从程家祥的话语里听出一些别样的意味，她试图说服自己是自己太敏感了，但收效甚微。那以后的一段时间，王新眉看谁都挺顺眼，在医院里特能设身处地替病人着想，遇到穷苦病患她总是设法让他们少花钱，变得特别地通情达理，就是回家看叶知秋更不顺眼了。

她发现叶知秋近来谢顶更加严重，额前的那片薄发已然掉光。为掩饰头顶的荒芜，叶知秋开始把左边的头发留长，然后梳向右边，可是那头发不太听使唤，总是往左边滑，为弥补造型的不妥帖，他每隔几分钟就要伸手把头发捋捋顺。每次注意到叶知秋古怪的发型，王新眉会在瞬间想起程家祥那一头灰发。卢超群已经被羁押在看守所半年多了，他的案子马上就要开庭了。常凯律师告诉陈静雅，如能及时归还欠款，官司对卢超群会有利，会尽量争取到免于刑事处罚。

第二十一章

对着王新眉，陈静雅的眼泪扑簌簌地往下流，她低声说：“我把车卖了，卖了八万！还差……”王新眉又急又恨。情急之下，她抓起电话打给叶知秋，她以前所未有的、不容置否的语气正告叶知秋：“限定你一周内把我的钱还给我！我怎么支配我的钱，与你无关！不然的话，下周就离婚！”也许是王新眉的口气从没有过的严厉，电话那头叶知秋既没有回话也没有挂电话，就在王新眉准备挂掉电话时，叶知秋说话了：“好吧！”“什么意思？是把钱从股市上抽回，能抽回多少？”“是离婚！”叶知秋说完就挂了电话。这一边，王新眉瞬间几乎石化。她呆呆地站在那儿，惊得忘了把手机收回，过了一会儿，转头瞥了一眼陈静雅，没有说话，匆匆把手机放回包里，用尽可能平静的语气对服务员说：“结账！”说完起身跟在服务员身后到吧台结账，没有回头看一眼，径直离去。陈静雅吓得不敢吱声，只是呆呆地坐在原位上。她能感觉到那一瞥里对她的怨恨，甚至是鄙夷，还有忧伤。

一直以来，都是王新眉纠结着是否与叶知秋离婚，王新眉从没想到过叶知秋会真的同意离婚。当这个时刻真的到来时，王新眉被吓住了。说实在的，她在心里根本没做好与叶知秋离婚的准备，她只是不爱他，但真的让她离开他，真的拆掉这个家，她觉得还差那么一口气。从咖啡馆回家以后，尽管夫妻间的冷战依旧继续着，但谁也没再提离婚的事。王新眉由此也探到了叶知秋的底线，那就是如果王新眉再逼他拿钱，把他逼急了，他是宁愿离婚的。王新眉躺在次卧的床上，辗转反侧睡不着，黑暗中，一个人影突然出现在床前，从重重的喘息声，王新眉听出那是叶知秋。王新眉顺从地让出半边床来，叶知秋却直接地压在了她的身上，前一段时间降到冰点的感情经由这一场肉体的癫狂迅疾破冰。

叶知秋沉沉睡去，鼾声大作。夜雨突至，电闪雷鸣，屋外的雷鸣与屋内的鼾声此起彼伏，交相呼应，好不热闹。王新眉有想哭的感觉，但没有眼泪。这么多天她硬撑着，实在太累了，她需要温暖，需要男人的臂弯，她想快点进入梦乡。当她迷迷糊糊将要入睡时，她的脑海里闪出一个人的影子，程家祥，灰色的头发，穿着浅蓝色的T恤，他缓步向她走来，她想睁眼看看，但是太困了。那以后几天，王新眉不再想从股市上往回抽钱的事了，她不知道该怎么办，于是就把大脑中这一块思绪闭合起来，不去想。她突然意识到那天夜里的疯狂交合是叶知秋憋了多少天憋出来的大招，他是吃定女人是个感性动物，对付女人有时不能按常理出牌，得剑走偏锋。

明白过来后，王新眉特别恨自己，恨自己凡胎肉身没有金刚罩，结果被叶知秋击中了软肋。她想起什么电视剧的台词:“总有奸臣要害朕！”暗自感慨害她的奸臣是该死的荷尔蒙。她决定将计就计，以其人之道还治其人之身，于是，每当夜幕降临、万籁俱寂时，王新眉的报复开始了。

慢慢地，叶知秋也招架不住了。在王新眉面前抬不起头来，渐渐地生出恨意，不仅恨王新眉，看什么都带着恨意，看见路边的流浪狗交配，他会突然失控，跑上前去踢一脚；走在大街上，看到年轻情侣拥抱亲热，他会生出一刀捅过去的冲动。他对什么都提不起精神，只对王新眉一举一动特别介怀，王新眉走到阳台上接电话，他想这是在刻意避开他；王新眉值夜班，他想她是真的在值夜班吗？自从国庆长假参加过同学聚会，王新眉明显情绪亢奋，她是不是遇到了什么人？叶知秋像猴山上失了领地的老猴一样，眼睁睁地看着昔日的嫔妃转投新猴王的怀抱，内心充满了阴郁、沮丧、多疑、不甘。

还茂霞又火急火燎地找她，说事态严重了，张卫东知道她与任兴武的事了，是袁媛打电话告诉张卫东的。张卫东昨天晚上回家把家里的电视机、冰箱都砸了，还把饭桌砍成两半，就在张卫东举刀砍饭桌时，她夺门而出。上次经袁媛母子大闹，任兴武把租住的房子退了，她只好到宾馆开了间房，今天一天都没敢出门，估计张卫东在家拿着刀等着杀她。还茂霞要她下班后立刻赶到新岛咖啡馆。

还茂霞一副惊魂未定的样子，说话时还下意识地向楼梯口看，应该是担心张卫东会在下一秒从楼下冲上来。还茂霞颤抖着从包里拿出香烟，好容易才点着火，猛吸几口呛住了，不停地咳嗽。看到她这副倒霉相，王新眉觉得无话可说，又很心疼。没好气地说："现在知道后果严重了吧！但是你何必怕成这样呢？大不了离婚呀，就是离婚，你还是富婆！你要分他一半家产的！你分到的家产够我这个工薪阶层挣几辈子的！"还茂霞猛地抬头，瞪着一双杏眼，目光仿佛要射出火焰。她斩钉截铁地回答道："你以为我和你一样傻！第一，他抓住我出轨的事实，离婚我是过错方，他可以不给我钱！第二，即使能分到钱，我到手的钱是死钱，而张卫东的钱是活钱，他的钱会翻出很多。翻出来的钱跟我无关了，我绝不能接受！"

王新眉的眼前闪过一个女孩的影子，是那个刚从盐渎到灌口生活的可爱的小姑娘，她把一块叠得方方正正的手绢用两只手捧着递到王新眉的胸前，笑盈盈地说："送给你，以后我们做好朋友！"王新眉含着眼泪接过手绢，有些不好意思地说："我想和你一起到照相馆拍张合影，可是我钱不够，我只有两角钱。"那个女孩笑着说："凑巧了，我有五角钱，加起来就够了！"说着，女孩拉起王新眉的手，说，"走，拍照片去！"王新眉迷惑地看着眼前这个宁愿死都要抓住钱袋子的女人，有些恍惚，一时难以相信眼前的还茂霞就是那个可以掏出所有零花钱来和她分享的女孩吗？这么多年，她怎么会变成这样！钱真的能把人心腐蚀得如此面目皆非吗？王新眉感到万分悲凉。

突然，一个念头在她的心里闪出，她被自己吓了一跳，不由自主认真地观察还茂霞。还茂霞也许意识到自己刚才的失态，把身子坐正，整理好衣服，恢复由金钱加持的贵气，她轻拢秀发，若有所思地看向窗外。王新眉决定实施刚才的念头。她用平缓却有力的语气对还茂霞说：“我可以帮你哄住张卫东，让他不再闹！在张卫东面前，我的话一向是有分量的！我可以保证帮你渡过这个难关！但是，我有条件，就是你把你藏着的私房钱拿出来借给我！”还茂霞愣住了，直勾勾地看着王新眉，好像不认识一样。突然她放声大笑，然后收起笑容正色道：“好你个王新眉，没想到你还会来这一出！一向以为你是老实人，没想到学会趁火打劫了！有出息了，是近朱者赤近墨者黑，跟你家叶知秋学的吧！”

王新眉迟疑了一下，点头回答：“是的！是跟叶知秋学的！我知道你有一笔大钱！你不拿出来的话，你就等着挨张卫东暴打吧！想想，要钱还是要命！”还茂霞苦笑几声，无奈地说：“我的八十万块钱放贷给私企了，年利息 15%，我可以拿回来再借给你，但是亲兄弟明算账，按照 15% 的利息，我不能吃亏折钱！一年为限，到期连本带息还我！”王新眉想也只能这样了！她想她真的是从叶知秋那里学来的！前几天叶知秋不就是用秘密武器把她再次降服的吗？王新眉主动约请张卫东、还茂霞小聚，还拉上叶知秋，席间以她的人格做保证，力证还茂霞的清白与贞洁。她告诉张卫东，那个袁媛有抑郁症，一直在她手上治疗。最近袁媛因为儿子吵着要买房结婚精神负担重，病情加重，终日疑神疑鬼，无端怀疑丈夫任兴武与票友还茂霞有染，还编出许多细节，其实都是她出现的幻觉。

王新眉一脸真诚地做说客，坐在身旁的还茂霞则一脸无辜地配合，不停地拭泪，看上去委屈坏了。张卫东对王新眉一向尊重，对妻子有王新眉这样的闺密很认可。王新眉向来不爱搭理张卫东，这一点张卫东心知肚明，今天，王新眉能低下腰身与他这个粗俗的地产商人推心置腹，张卫东着实有些受宠若惊。不用说，他相信王新眉说的，对自己冤枉错怪妻子颇为自责。饭局结束张卫东抢着买单，哪能要尊敬的王医生请客呢！整个过程，叶知秋冷眼旁观。卢超群捅下的篓子，就这样，王新眉用非常规手段补上了。由于卢超群还款态度积极，基本弥补了原告的损失，再加上王新眉为他请的盐渎名律师常凯辩护得力，卢超群被从轻发落，判处拘役六个月，羁押时间折抵刑期，被当庭释放。

庭审那天，王新眉悄悄坐在旁听席后排。庭审过程中，卢超群几次转头向旁听席上张望，他显然看到王新眉了，远远地他向她点头示意，她笑了，含着泪笑，一如 20 多年前，卢超群在黄昏的霞光里向她走来，她笑着起身相迎。那是她今生最灿烂明媚的笑！她没等结束就提前离开了，因为不想看到卢超群、陈静雅夫妻重聚的一幕，怕自己会心酸。尽管为了卢超群承受了太多压力，但是此刻她无怨无悔，觉得自己所做的一切不是为了卢超群，是为了生命里那份最纯洁美好的感情！她没有告诉陈静雅钱是从哪里来的。名律师常凯也是王新眉另一个好朋友吴静的丈夫。吴静是盐渎职业技术学院的英语老师，被学校派往澳大利亚墨尔本大学做访问学者已经快两年了，近日即将回国。想到好朋友将要见面，王新眉打心眼里高兴。在法庭上，她看到常凯虽然雄辩滔滔，但神情里似乎很疲惫，不到 50 岁的人比实际年龄苍老很多。王新眉想，也许是两年来没有妻子在身边照顾，一个人带着孩子太辛劳了！

第二十二章

常凯在盐渎的律师界算是有相当的名气的，这些年他的代理费是水涨船高，但依旧有很多当事人慕名找上门来请他代理。他的律师事务所也由最初的一间小平房不断升级换代，现在已经在盐渎城南金融中心买下了二百平方米的办公区域，并且以他的实力成功加盟国内著名的律师事务所，成为该律所盐渎分所。他也由此成功进入国内高层次律师圈，尽管在那个圈里他还没有发言权，但能够被那个圈子接纳，对他来说本身就是成功的标志，标志着他这个出身寒微的穷小子终于逆袭晋身为社会上的成功人士。

他出现在人们面前永远是西装革履系着领带，即使是夏天，从黄海上吹来的带着一丝咸腥味的热风也不能让他脱下正装，只不过由长袖衬衫改为短袖衬衫，必须是要有领子的，套头衫之类的休闲装早已在他身上绝迹。已经快 50 岁了，他仍然保持着修长的身材和挺拔的身姿，他认为自己没有发福是得益于健康、自律的生活态度，比如他酷爱运动，在 40 岁的时候开始马拉松长跑训练，先是半马，近几年已经能够跑完全程。无论有多忙，只要有赛事，他都会约上跑友，开着心爱的大奔到举办地参赛。他当然没有名次，但每次都特别有成就感，那种成就感足以比拟他在法庭上击败对方代理律师的感觉。

他只与自己比赛，在赛场上，他从不关心别人跑多长时间，只关心自己！他把参加马拉松运动作为一种象征，象征着他从社会的最底层不断进发、力争上游。一场法庭辩论大获成功，一次案件代理胜诉，或者结识一位重量级人物，银行账户上又多出一笔大钱，所有这些令他心情舒畅的事，他都会庆祝一番，庆祝方式就是进行一次正规的马拉松训练。他如今已经有能力聘请马拉松训练的私人教练。大学体育系科班出身的年轻私教暗暗佩服这个身家不菲的城中名律师，佩服他过人的毅力，坚强的意志力、忍耐力，私下里把他当作自己的偶像。

初出茅庐的年轻人哪里知道这个看上去典型的人生赢家有过怎样的不堪的过往，经历过怎样的艰难困苦。至于对他的感情生活更是一无所知。只知道他的夫人在国外读书，他不仅是功成名就的律师，还是位称职的父亲，而并不知道此刻的他在感情上正承受着炼狱般的折磨。他的故事、他与吴静的故事要从头说起。

常凯是个乡下人，家乡在靠近盐渎海边的射阳农村。现在那里在全国都有些知名度，滩涂湿地的深处是国家级丹顶鹤保护区。到了冬天，远远地，可以看到一群群丹顶鹤在空中飞翔，在沼泽地里觅食，在晨曦中夕阳下起舞。但是在他出生的时候，没有丹顶鹤从遥远的北方飞来过冬，没有旅游业兴起后四方慕名而来的游客，眼里绿草萋萋的湿地风景，只有一望无际的荒芜和看不见尽头的贫穷。常凯对儿时最深刻的记忆都与饥饿有关。8 岁的春天，去年秋天打下的粮食已经快吃完了，家里早就没有干的饭吃了，每顿都是稀溜溜的棒头须子粥，稀粥特别不抗饿，他和两个妹妹吃过饭后没有个把钟头就饿得难受，嘴里生黄水，那是饿坏了，胃酸从喉咙里往上泛。太饿了，兄妹几个都没有力气玩，躺在地上芦柴席上发呆。不知不觉地，兄妹三人都往墙角的梁头上看，那里挂着一串棒头，那是妈妈从口粮中省下来留着自留地上做种子的。

看着看着，他实在熬不住了。他走过去，把两张凳子摞起来，让两个妹妹稳住，自己爬上去，把玉米棒头取下来，小心翼翼地把其中两根玉米上的玉米粒抠下来一半，然后再把玉米棒头放回原处，把尚存玉米粒的部位朝外，看上去与先前没有两样。他与两个妹妹把玉米粒炒热了，盖上锅盖，玉米粒在热锅里“噼噼啪啪”地响，他们高兴极了。土法自制的爆米花那叫个香啊！一连数天，只要爸妈不在家，他们就再次偷偷地做爆米花吃。

每天常凯都在研究如何把剩下的玉米棒头摆放得天衣无缝，爸妈始终没有发现异样，直到有天晚上，5岁的妹妹没能保守住秘密，告诉了妈妈。妈妈把常凯叫到床头，让他把屁股撅起来，对着屁股尖，用扫床的笤把狠狠揍，把笤把都打散了。打的时候妈妈哭了，说："你把种子吃了，拿什么种庄稼？"9岁那年过年，一家人终于吃上一次猪肉。他和两个妹妹扒在锅帮上等肉熟，锅盖被他掀起来看的次数太多，影响了烧肉的时间，再加上刚刚下过雪，柴火被打湿了，一顿饭灶火熄了好几次，好不容易肉烧熟了，妈妈把白花花的肉连着汤装了一大瓷盆，让他端到桌上去。他太激动了，本来屋里屋外跑来跑去，脚上的破胶鞋在雪地上沾了好多雪水，家里是硬板板的泥土地，鞋子是湿的，再加上太兴奋，居然不小心一个没站稳摔了一跤，一瓷盆的肉汤连着白肉全被倒在地上。

全家人来不及责备他，几乎同时蹲在地上用手去捧肉，妈妈把肉连着碎渣和着泥拾起，又烧了些开水把肉冲一下，全家人这才吃上了有肉的年夜饭。饭后妈妈这才腾出空子来操起烧灶的火叉，把他按在长条凳上打屁股，那打得叫个狠，好多天屁股上都有红印子。他发现每一次犯错都是母亲打他，父亲在旁边看，从不伸手，也不阻止。还有妈妈打孩子总是打屁股，不像有的人家打嘴巴子。有次趁着妈妈高兴，就问妈妈，妈妈告诉他：是她不让爸爸打，因为男人一巴掌下去没轻没重的，树活一张皮，人活一张脸，打孩子脸，会伤孩子自尊心，打惯了，孩子会自己看不起自己。常凯母亲死的时候只有40岁，病死的，不是什么不治之症，肺结核，没有钱治病，硬是拖着不治，是穷死的。

后来他有钱了，有很多钱，把母亲的墓造得很豪华，每次去扫墓，烧纸钱的时候他总是念叨："妈妈，多买些吃的，不要省呀，儿子有钱了！"他后来学到一句古话："子欲养而亲不待"，他牢牢记住这句话，每到夜深人静时，想起一辈子没吃过几顿肉的苦命母亲，就会流泪，越是人到中年对母亲的思念越深。母亲特殊的棍棒教育也让他很早就知道：一个人活在世上，脸面最重要。他发愤图强，就是要活得有脸面！在母亲墓前，他弯下腰，撅着屁股，想象着母亲拿着随手能操到的家伙揍他，他是多么想妈妈再打他一顿啊！

常凯妈妈死的那年他13岁，刚上初一。贫寒人家没了女主人，家基本上就散了。邻村有户人家当家男人死了，寡妇带着两个没成年的儿子过，家里没有劳动力挣工分，想招个男人上门撑门户。经人说合，常凯父亲同意倒插门过去，常凯虽然年纪小，但他要强好面子，觉得自己这么大小子跟着父亲上人家去，很丢人，死活不去。父亲与那寡妇一来二去有了感情，也不愿意分开。寡妇怕自己走了族里人分她家房子，也不敢嫁过来。为了不叫父亲为难，常凯主动说不念书了，自己到盐渎城建筑工地上去做小工，只要父亲把两个妹妹带好就行了。几天后，他不告而别，离开家乡来到盐渎城。

从此盐渎城里多了一个在建筑工地上挥汗如雨的搬砖头拎水泥包的小工，一个在小饭馆跑堂后厨切菜的店小二，一个在低矮潮湿工棚里打着手电筒看书、靠自学完成中学教育的好学后生，一个利用业余时间上夜校法律专业大专班的有志青年。在盐渎师范专科学校夜校法律大专班学习期间，他遇到了生命中的贵人——市法院的民庭法官吴爱民。这个当时被师范专科学校请来做夜校的兼职老师，后来成为常凯的岳父，常凯与吴静的爱怨情仇由此拉开了大幕。

从常规的婚配条件来看，她与常凯根本不在同一个档次上。从学历来看，吴静是恢复高考后第一届1977级本科生，毕业于南京师范大学英语专业，可谓名门正派，而常凯则是一路靠自学考试过来的大专生，唯一的全日制学校教育文凭是小学毕业证书。从家世来看，吴静出生在法官家庭，母亲是小学校长；常凯出生在贫寒农家，地道的寒门子弟。然而在命运的安排下，他们居然走到一起，共同度过20多年婚姻生活。这其中的关键人物就是常凯的岳父，他当年的夜校老师。

那年，常凯白天在一个小饭馆做跑堂和切菜工，晚上就到夜校法律大专班上课。业余夜校的管理向来松散，旷课的人占班级一大半，迟到早退更是习以为常。而常凯则是每次第一个到，最后一个走，走的时候他都会主动把教室门窗关好，把地上的垃圾清扫干净。不仅课堂上认真听讲，课后他还主动向老师请教问题。兼职老师吴爱民开始注意这个勤奋好学的年轻人，打心里喜欢他。渐渐地，吴爱民发现这个学生穿着很朴素，甚至有些寒酸，一年四季就那么几件衣服，一件洗得发白的蓝色夹克衫从冬天穿到春末，从初秋穿到隆冬。衣服虽然寒酸，但他从来都很整洁。当他全神贯注地听讲时，清癯的面容散发着神采，整个人显得清新飘逸，自有一种内在的英气。出于对这个年轻人的好感，吴爱民主动接近他，与他交流攀谈。由此得知他贫寒的早年和坎坷的身世。

吴爱民在 20 世纪 50 年代就读于北京大学法律系，毕业前夕正赶上 1957 年“大鸣大放”，结果被划为“右派”，没拿到毕业证书就被发配到新疆伊犁。在遥远的边地生活了 22 年后，他的“右派”问题得以改正。平反后他回到久别的故乡，被安排进法院成为一名民庭法官。几十年的坎坷经历使吴爱民特别同情身处逆境中的人，对在逆境中坚持下来发愤图强的人有一种同声同气的认同感。在常凯身上，他看到了遭遇不幸和顽强不屈的自己，所以对常凯在不自觉中亲近起来。回到家里，吴爱民会自然而然地提到自己的这个学生，说他如何好学，还说他母亲早逝，几乎没有家。说的次数多了，吴爱民的妻子很同情常凯，就让吴爱民请常凯到家里来吃饭，让这个无家的孩子得到一些家的温暖。常凯、吴静因此得以结识，开始一生的不解之缘。

第二十三章

常凯给吴爱民的妻子留下了很好的印象，吴爱民的妻子周琴觉得这个年轻人谦逊懂礼，每次来都会带些小礼物，以表示对师母款待的谢意。他少小离家，一人在外漂泊，吃过很多苦，却没有沉沦，而是努力上进。周琴问他:“怎么会想到学法律的？”他告诉周琴，说在工地上做小工，总是遇到老板克扣工钱。有一次一个工友辛苦工作了几个月，被老板以各种明目扣钱，最后拿到手没有几个钱，工友平时爱喝酒，当晚心情郁闷，喝了一瓶白酒，半夜出去解小便，跌入小河淹死了。还有一回，一位工友从在建的楼上摔下，钢筋穿过腹部大难不死，但肠子被切掉一大截，肾脏被拿掉一个，终身残疾不能再做体力活，但建筑承包商找出各种理由少给赔偿。因为不懂法，这些工友都只能吃亏，所以他想学法律，以后可以做为老百姓维护权益的事。

吴爱民夫妇听他这样说内心对其更加喜欢，认为他不仅勤奋好学，还有很强的正义感，人品好。渐渐地，周琴就有了别的想法，这个想法就是把他介绍给自己的女儿吴静。吴静因为与父母闹矛盾，最近一阶段很少回家。原因是吴静正陷入难以自拔的爱情旋涡里，父母坚决不同意她的爱情选择。为了表示抗议，她向学校申请了女教师集体宿舍的一个床位，已经大半个月没回家了。她爱上了一个有妇之夫，对方是她的同事，毕业于北京大学外语系德语专业的丁教授。

丁教授比吴静大 20 岁。“文化大革命”期间，还是在校生的丁教授加入了造反派，一度相当活跃，后来他们这一派失势了，他被打成“反革命”，吃了不少苦，毕业时他这个出生在苏州观前街旁的江南才子被惩罚性地分配到苏北盐渎，在职业技术专科学校做英语教师，在盐渎当地娶了纱厂一位初中毕业的女工为妻，妻子生女儿时，在月子里患上产后抑郁症，以后时好时坏，平常里见人总是客客气气，文文静静，严重时夜里衣衫不整像幽灵一样溜出家门，在校园里游逛。坎坷的人生经历让丁教授既看破红尘又愤世嫉俗，有时候觉得万事皆空，一切不必认真计较，更多的时候觉得自己生不逢时，怀才不遇，满腹牢骚。尤其是因为妻子精神状态不稳定，家庭中笼罩着沉闷的气氛。好在女儿聪明伶俐成绩优异，考上了名牌大学。

为了排解内心的郁闷，丁教授忘我地工作，年年被评为先进工作者和“优秀教师”，在学生中深受敬重。年轻的刚参加工作的吴静在与丁教授相处过程中不知不觉地爱上他。她同情他，甚至说是可怜他。她是英语专业毕业，在外国文学名著的熏陶下，她的身上有一种浓厚的浪漫色彩。看到丁老师生活中孤独寂寞，她觉得他真像《简 · 爱》中的罗切斯特，她想象丁教授的家等于桑菲尔德庄园，丁妻就像阁楼上被关着的神秘疯女人，而她就是那个能给罗切斯特带来幸福的简·爱。

她疯狂地爱上他，他邋遢的外表，灰蓬蓬的乱发，忧郁的眼神、落寞的背影、磁性的带着德语口音的英语发音，在吴静眼里都成为一个落魄精神贵族身上散发出的魅力，让她有一种要去拯救他的冲动。她知道爱上一个有妇之夫等于犯下了大逆不道的原罪，会被人们的唾沫淹死。可是她不管这些，她觉得自己是在做圣徒一般的事情，救人于水火。她给丁教授写信，他们在一个教研室里，却总是用笔来交流。每次丁教授把厚厚的一沓新写的信悄悄交给她的时候，她会兴奋地跑到校园一角的假山凉亭里，独自坐在那里反复阅读，在字里行间感受成熟睿智的男人对她的热情、欣赏。

他们是热烈的，也是理智的，发乎情而止乎礼。现实生活里，丁教授从不逾矩。他告诉她，他的人生已然没有希望，也不能给她美好的未来，只愿所爱的姑娘能有真正的幸福。在一场痛哭之后，她第一次约他出来，二人在校园里的假山旁一起把这些天来的通信全部烧掉，再把灰烬掩埋。丁教授带来了一株紫薇树苗，在灰烬上种下。那棵树后来居然活了，每到春暖花开，一树紫薇花迎风摇曳，不知有多少对年轻情侣在这棵树下徜徉，没有人知道有关这棵树的故事。20年后，丁教授去世，他的女儿遵照父亲的临终嘱咐，把一部分骨灰埋在了这棵紫薇树下。他们的故事随风而散。

得知女儿与丁教授了断，吴爱民两夫妻太高兴了。他们太了解自己的女儿，这个孩子心地善良，品行高洁，却太过理想主义，不知道现实的复杂与人性的阴暗。自从知道女儿与丁教授的事，父母便焦虑不安，但苦劝无果。现在女儿终于走出了爱情的迷途，他们在心里感谢上苍的垂怜，让女儿迷途知返，躲过可能降临的劫难。吴静回家了，正好吴爱民邀请常凯周末到他家里来吃饭。一方面出于对常凯的喜爱，另一方面是担心痴情单纯又浪漫的女儿说不定又会出什么幺蛾子，周琴有了撮合女儿与常凯的想法，希望以此让女儿安定下来。

此刻的吴静内心满是伤痛，过去的几个月，她如飞蛾扑火一样爱上丁教授，但她的初恋从开始发生就意味着失败。她觉得自己的心已经衰老如老妪，苍凉如荒漠，寂寥如死海。她不知道自己是否真的还有未来。这时候，常凯闯进了她的世界。她甚至都没有心思好好理清纷乱的思绪，就在仓促间接受了常凯。她不介意常凯的贫穷，她甚至不介意常凯眼下连正式工作都没有。常凯可以光明正大地娶她为妻，这一点，让刚刚经历一场情殇的吴静感到欣慰。常凯的寒微，让吴静的心中又升起想保护受难者的欲望。她想象此刻自己是《复活》中的聂赫留朵夫，常凯则是有着苦难遭遇的玛丝洛娃。她要去拯救他，在他被生活压垮之前把他从废墟里拽出来。

常凯第一次请她出去约会，不是那个时代时兴的一起去看场电影，或者到市中心唯一的饮品店“良友”饮品店去喝一杯服务员不知怎么捣鼓出来的色泽鲜艳的饮料。常凯带她在晚上来到城北的人民公园，公园的东北角是动物园。他们摸着黑在动物的大铁笼间走着，突然一个巨大的黑影向他们扑来，还伴随着猛禽的叫声。原来他们走到了座山雕的领地。常凯慌乱中牵起吴静的手一路狂奔，一口气跑到大门口。在公园门口的树荫里，常凯吻了吴静，他们的热恋开始了。意外地成为法官的女婿，常凯做梦都没有想到。他几乎就是入赘岳父家，岳父母待他如亲儿，他待岳父母也如自己的父母一般。很小就失去母亲的常凯终于在周琴这里重获母爱。第二年，女儿出生了，他们的日子幸福宁静如一泓泛着涟漪的湖水。在岳父吴爱民的关照下，常凯考取区法院的书记员，成为有事业编制的国家司法工作人员。

他终于靠勤奋与幸运脱离了原生家庭及原来的社会阶层。这一年，吴静的弟弟吴杰从部队转业回家了，吴杰高中毕业就参军了，在部队里尽管表现很好，但因为文化不高加上性格有些木讷，没能提干，在当了十多年志愿兵后退伍，被安置在商场保卫科。大龄青年吴杰爱上了来自农村的商场鞋柜售货员黄淑慧。再过一年，吴杰和黄淑慧结婚了，给吴爱民生了个小孙子。依旧没有房子，一家子挤在两室半一厅的老住宅楼上。虽然拥挤，但一家人相处融洽，其乐陶陶。吴爱民、周琴两口子都退休了，老两口每天忙着一大家子的饭菜，虽然忙碌但心里很滋润。常凯、黄淑慧的命运在此发生交集。原来湖面只是看上去波澜不惊，湖面下有暗流汹涌，暗流最终会酝酿成排空浊浪，把所有人都吞噬。

第二十四章

黄淑慧身材娇小，圆脸，眉目含笑，刚从农村到城里时，像是没发育成熟一样。黄淑慧与吴杰婚后生活安定家庭幸福，很快开始长肉，生了孩子之后，变成微胖的丰腴美人，笑起来有一个浅浅的双下巴，不笑的时候就没有。吴杰很喜欢逗娇妻笑，有时候单纯就是想看看她那神龙见首不见尾的双下巴。吴杰高大粗壮，不像吴静，虽然高，却是骨感美人，没有肉，怎么吃都不胖。吴杰不是胖，而是壮。吴杰工作很认真，平时除了酷爱打篮球之外，没啥爱好，是个安分守己也没啥理想的年轻人。他人看上去有些粗糙，但心地善良，爱帮助人，这应该是吴爱民两口子善良正直的品性给了吴家姐弟良好的示范作用。黄淑慧个子小，刚工作时瘦瘦的，搬货很吃力，吴杰看到了总会主动上前帮她。后来吴杰发现黄淑慧一个人住在偏僻的出租屋里，那里治安不好，住户比较杂，不放心黄淑慧独自下班走夜路，就每天自愿担任护花使者，风雨无阻。

黄淑慧刚开始对吴杰的相貌不太中意。她中学毕业到城里来上班，怀揣着到城里找一个肚里有墨水的文化人夫婿的理想，看吴杰不像个读书人，心里有些不情愿。但她一个商场售货员也实在难找到理想的文化人，看到吴杰家世好，为人又热情善良，时间长了就有了好感，两人谈起了恋爱。吴杰回家对父母说想娶黄淑慧，妈妈周琴觉得女婿常凯来自农村，亲家之间几无走动，现在儿媳又是从农村上来的，就有些不乐意。吴爱民思想则很开通，认为做人不要太世俗，只要姑娘人性好，家庭是次要的。女婿家穷得叮当响，女儿女婿过得就很好。经吴爱民做思想工作，周琴也就不再坚持，但心中到底有些不快。吴杰是个神经有些大条的人，说话不怎么过脑，在黄淑慧面前说妈妈周琴嫌她家是农村的。说者无意，听者有心。黄淑慧虽然嘴上没说什么，但总是记着，深埋于心。

吴家变成三代同堂的大家庭，最初的时光里，父慈子孝，翁婿婆媳融洽亲善，孙辈绕膝，其乐融融。但是，起于微末的风波还是在流逝的岁月里缓慢地集聚，有人的心越来越远，有人的心越来越硬，有人的心越来越坏。

吴静爱常凯，但与常凯的家人却很疏远。常凯的两个妹妹因为幼时家庭变故没能好好念书，都在十几岁的时候就出去打工了。吴静与两个小姑子没有共同语言，两个妹妹看嫂子对她们不亲近，再加上哥哥住在嫂子家，也就基本不登门。吴静尤其与常凯的父亲及继母疏远，她心里责怪常凯的父亲在妻子去世后为了自己的幸福出去倒插门，把自己的家弄散了。她爱常凯，对常凯少时失学，流落在建筑工地上艰难求生，感到很心疼。越是心疼丈夫，她就越恨丈夫的父亲。觉得公公作为男人没有担当，没有骨气，不负责任。吴静尤其厌恶常凯的继母，觉得她作为继母对常凯兄妹不好，想起她就会联想到灰姑娘故事里的恶后母，而常凯在她的心中像安徒生笔下那个可怜的卖火柴的小女孩，像高尔基《童年》《在人间》中的漂泊少年。总之，她把丈夫早年的苦难归咎于他的原生家庭。

因为有这些怨念，吴静就不爱陪常凯回老家。过年的时候，吴家热热闹闹大团圆，然而婚后多少年，吴静基本没有到婆家去拜过年。吴爱民夫妇起初准备了礼物，要吴静去常凯老家拜年。谁知吴静去了之后当天就回来了，发誓再也不去了。吴静说不仅仅与他们家人说不上话，而且乡下没有抽水马桶，为了不上旱厕，她差点被屎尿憋昏。常凯父亲从来没想到会与法官青天大老爷攀亲家，在出身家世优良的儿媳面前总有一种无法释放的紧张感，所以也不登吴家门。

常凯在岳父的鼓励下，刻苦读书复习，奋战四年，屡战屡败，屡败屡战，终于考取了律师资格，成为一名执业律师。岳父吴爱民在盐渎司法界工作多年，虽然退休了，但是人脉关系广，渊源深厚，对女婿拓展律师业务提供了重要帮助，令常凯短时间里拿到别人工作多年都无法获得的代理案件。常凯业务能力扎实，连续成功代理几个案件，一时声名鹊起，成为盐渎律师界颇有声誉的名律师。然而，他的内心始终有一块地方在隐隐作痛。他爱他早逝的母亲，爱他忠厚老实无用的父亲，对继母也有感情，毕竟在母亲去世后，继母给了父亲一个家，但是吴静却认为他没血性，作为男人不懂得记仇，说换作她永远不能原谅继母，说如果不是当年继母逼迫常凯父亲“倒插门”，令常凯兄妹少小失怙，常凯不会 13 岁就四处流浪，靠出卖苦力艰难谋生。常凯理解吴静是心疼他，但又觉得吴静太偏激，心胸狭隘。

开始两年，他会在妻子面前表达不满，而吴静是个容易激动的人，看到丈夫给她甩脸子，她委屈愤怒，大哭。为了息事宁人，他不再强求吴静接受他的家人，把这种痛紧紧地锁在内心的深处。多年来，他都是独自一人悄悄回老家。无论是父亲生病还是母亲忌日，他都是一个人，回来也不告诉吴静。每到逢年过节，吴静家人来人往，姑姑舅舅表哥表姐大家族欢聚一堂，从来没人关心常凯此刻内心的酸楚。

坐在大饭店年夜饭的饭桌上，吃着山珍海味，他总是会闪现出父亲那张刻满皱纹的脸和河边荒滩上母亲的孤坟，内心异常悲凉，尽管表面上若无其事。社会上出现一个新词，叫“凤凰男”，他意识到这说的就是他。他认为，社会上的人讥讽“凤凰男”攀援而上飞到枝头，草鸡变凤凰，谁能知道草鸡变成凤凰过程中忍受的屈辱？他认为在世人眼中他是成功的律师，在吴静和她的亲友眼中他永远是穿戴上凤冠霞帔的草鸡。团圆饭的饭桌上，想到这些，他会抬头看吴静，吴静正像一只蓝羽毛的孔雀昂着高傲的头颅。座中只有一人会向他投来关切的目光，会在周围人不察觉的时候轻轻拍拍他的后背，他知道那是在宽慰他。他没有回应，继续低头吃菜，举杯敬客。那人是女儿的舅妈黄淑慧。

当年初见吴静，常凯立刻被她的独特气质吸引。那天，吴静虽然面色有些苍白，但容貌清秀，身材苗条，一袭淡蓝色打底小黄碎花的束腰长裙，像一株淡淡的、清新出尘的秋菊。而在吴家除夕团圆宴上，他无意中转头看身边的妻子，突然发现吴静是那么瘦，脸上颧骨高耸，眉毛疏淡，山根如刀削斧凿一般笔直高耸，嘴唇不抿紧的时候露出两个过大的门牙，从侧面看，那两颗门牙显得特别突出。“这不就是人们说的刻薄相吗？我怎么会娶这种相貌的女人做老婆？”尽管这个念头转瞬即逝，但他还是被吓了一跳。随即他为自己居然对妻子产生这样不好的观感而惭愧，或者说有负罪感。他对自己说：“没有这个女人，你会有今天的成就吗？”这些隐幽的思绪在他的内心深处交织碰撞着，让他感到痛苦，尽管表面上他总是很平静，甚至看上去越来越从容自信，举手投足间散发出成功男人成熟内敛的魅力。

两个妹妹出嫁时，常凯的事业还没成气候，到外甥过十周岁生日、外甥女考上重点中学的时候，他都直接把一个案件的代理费转给妹妹，算是舅舅的厚礼！他在老家为父亲继母盖了两层小楼，让他们安度晚年；他把母亲的墓修得高大敞亮，把父亲的名字刻在碑上，并征得继母同意，把继母的名字也刻在碑上。盐阜一带人称这种葬制为“一山两水”。他要让父亲在身后享受一家之主的地位，也以此来表示对继母几十年来照顾父亲的感谢！在这一世他的家因为贫穷而离散，他想在后世让他的家兴旺发达、长幼有序、诗礼传家！他自己也说不明白出于什么心理，他做的这些事都没有告诉吴静。吴静本是个心细如发的人，她以特有的敏感察觉到丈夫不再像初婚时那样喜欢腻歪在她旁边，不再像年轻时那样回到家就会把自己代理的案件绘声绘色地讲给她听，有时候还会征求她的意见。她意识到他们夫妇之间出了问题，也意识到自己对常凯家人不亲近伤了常凯的心。她也会自我反省，觉得自己确实在这方面做得欠缺，想要弥补，但她心高气傲，有生以来从未向任何人低头，也包括丈夫。不知不觉他们夫妻间的隔阂越来越深。

家里钱多起来以后，他们夫妇买下了一套独栋别墅，在别墅门前建了一个小花园。他们还请了钟点工，隔天上门打扫。生活变得富足体面。有时候，吴静学校里同事进行教研活动，整个教研室的同事都到她家来，在她家花园里活动。每次吴静都会通知西点店直接把糕点送到她家，同事们一边品尝精美的西点，一边聊着工作生活。吴静想象自己是《战争与和平》《安娜·卡列尼娜》里的俄罗斯贵妇，是优雅的、用法语与沙皇大臣交谈的沙龙女主人。一切看上去都那么令人惬意！但是，常凯在家里的时间越来越少。不开庭的时候，他不是待在自己律所大大的办公室里，就是与法官、企业家吃饭。与法官吃饭是他买单，与企业家吃饭是老板买单，总之都是生意！

吴爱民已经垂暮，常凯的羽翼早已丰满，他已经不再在乎吴家人的脸色了。在一个又一个深夜等待丈夫归来的日子里，吴静开始失眠、焦躁，她终于变得像丁教授妻子一样，常常在夜深人静的时候衣衫不整地出门，在小区里漫无目的地游逛。

小区保安在夜里两点钟打电话给常凯，告知他：他的夫人此刻正在小区的池塘边走来走去。常凯急忙赶回来，他看到吴静白色睡衣上的衣带已经滑落，露出白色吊带内衣，长长的直发散乱地披在肩上，还不到40岁，却显得那么苍老憔悴。她直直地看着丈夫，好久不转动一下眼珠，常凯感到毛骨悚然。

第二天，常凯带着吴静到盐渎医院看门诊，正好是王新眉坐诊。王新眉、吴静，一个出身寒微，一个出身官宦人家，在跨入中年的时候相遇。在一次次医患之间深入交谈之后，她们的心不知不觉地走近。后来，她们之间的交谈，不再是医患之间的探讨病情，变成了闺密之间的互相倾诉。她们惺惺相惜，相见恨晚。在还茂霞从灌口到盐渎定居之前，吴静是王新眉最好的朋友。在后来的岁月里，她们的人生与命运像两条溪流，时而远离，时而交汇。

第二十五章

王新眉与吴静，两个年龄相仿的女人不知不觉地走近，成为周末可以一起去咖啡馆坐上半天的闺密。二人虽然出身不同但受教育背景相似，既有共同语言又对对方的世界感到新奇。吴静虽然心气高傲，但对王新眉倾心相交，朋友间的相处越来越舒服放松。王新眉无论后来在事业上做出多大成就，但出身寒微且少时被人欺辱的经历给她留下极深的阴影。在吴静面前，她会苦笑着，带着悲凉意味地感慨道:“你知道吗？我是用了30年的努力，才有资格坐在你面前一起喝咖啡！”吴静会宽慰她，故意开玩笑说:“幸亏你努力读书，有今天的地位，不然我就不会有你这样的好朋友！”吴静故意调皮地问王新眉:“你说说看，如果当年你没有考上大学，你估计现在在干什么？”王新眉沮丧地回答:“可能在灌口街上卖猪头肉！”吴静装着很诚恳地鼓励她:“你这么聪明能干，就是卖猪头肉也是卖得最好的！你知道有个北大中文系毕业的人叫陆步轩，毕业后一直卖猪肉。北大校长说，他的学生即使是卖猪肉也是卖得最好的。你也一样，一定会成为灌口有名的猪头肉西施的！”王新眉听了哭笑不得，说:“你这是夸我吗？我怎么觉得哪儿不对呀！”吴静一脸坏笑看着王新眉。王新眉没好气地说:“你就是一张嘴不饶人，本来这顿饭是我请客，现在我改主意了，你买单啊！”

吴静向来说话压人一头，跟王新眉在一起也不忘时时对闺密来一个明嘲暗讽，见王新眉生气不肯请客了，就接着话茬说:“要不咱俩这顿AA

吧，你不是总发狠话要跟叶知秋 AA 吗？先积累一下经验吧！”听吴静又在嘲笑她与叶知秋的尴尬婚姻，王新眉只好自我解嘲，回道：“我呀，只跟男人 AA 制，不跟女人！”从医患关系变成轻松亲密的闺密，她们自己都认为这是奇妙的缘。只是吴静与常凯的关系始终无法回到最初的模样。

吴静没有意识到这么多年来，她在常凯面前无意中流露出的优越感深深地伤害了常凯。她一直认为自己深爱着丈夫，可丈夫的心却越来越远，她困惑痛苦，感到常凯辜负了自己的深情。王新眉成为她最信任的可以诉说痛苦的朋友。常凯也拿王新眉当好朋友，他在王新眉面前吐露他的困惑，他说：“王医师，吴静父亲是我的恩师和事业引路人，吴静在我一文不名的时候嫁给我，按常理，我应该对他们充满了感激，出于感激我应该非常爱吴静，可是为什么我有时想逃离这个家？”

以旁观者的清醒和医生的职业眼光，王新眉告诉常凯：“因为吴静的爱带着女王般的专制和居高临下的施舍，你感到窒息，透不过气来！”如果是普通的女人，当意识到丈夫对自己感情疏远的时候，会想方设法去弥补，去争取丈夫的心。但吴静是谁呀！她可以为路边的乞丐送去热腾腾的早点，可以为千里之外的重病孩子慷慨捐款，可以为电视新闻里报道的孤寡老人洒下同情的泪水，她是善良的，正直的，高洁的，但她内心深处是骄傲的，是俯视众生的，是孤芳自赏的，她永远不会向任何人低下高傲的头颅，包括她最爱的人！

她决定与常凯分开一段时间，让自己冷静一下，到一个陌生的环境，不受任何外界干扰思考一下自己的未来。于是，她向学校申请到澳大利亚墨尔本大学做访问学者。吴静在教学上一直非常称职，是公认的好老师，但这些年学校里评定职称更多的看科研成果，吴静没有王新眉那样出众的科研能力，故职称止步于副教授。她希望通过出国做访问学者，自己的科研能有所突破，写出几篇有分量的论文。她的申请获得批准。吴静出国离家，两年之后再回来时，物是人非！战争即将打响！……

转眼间就到岁末，2010 年已经倒计时，叶知秋的儿子叶涛要带着妻子和孩子回来团圆，叶知秋想着很快就能看见小孙子，心情变得很好。王新眉上大学的儿子卢苇也要放寒假了，卢超群的事孩子是知道的，他心如刀绞但无法帮父亲解脱困境，暑假只在家里待了几天就匆匆赶回学校参加勤工俭学活动了。以往儿子的生活费是父母各负担一半，自从卢超群出事后，就由王新眉独自负担了，为此叶知秋还老大不高兴，这也是王新眉坚持要与叶知秋实行 AA 制的原因之一。现在，卢苇放寒假回来了，就住在王新眉这里。叶知秋的儿子媳妇要回来过年，特别是小孙子要回来，那可是叶知秋的心头肉！王新眉觉得无论自己与叶知秋的关系如何，作为继母，还是应该让一大家子过个高高兴兴的团圆年。按照约定，王新眉每个月向叶知秋交纳 1000 元生活费，为了过年，她又加了 1000 元。

年三十整个下午，叶知秋都在厨房里忙碌，他要为孩子们做他的拿手好菜——红烧肉。晚上的年夜饭还会有一道菜，那就是盐渎土菜，名曰“盐渎头道菜”，实际上就是烧杂烩，只是这杂烩里面的食材有所讲究，需得盐渎土猪的皮经油炸成“膘”，煨以高汤，小火慢炖，直到“膘”绵糯软烂，复加入鱼圆、茨菰、火腿，片刻即可起锅上桌。做这道菜是王新眉最擅长的手艺，是每次家宴上王新眉的“保留节目”。今天，王新眉值班到傍晚才会回家，叶知秋早早把生膘用清水泡上。他们夫妇达成了默契，就是无论真实的关系多么支离破碎，在孩子面前还是尽可能保持表面上的和睦。

左等右等，下班时间已经过了，平日里这个时候王新眉应该已经回来了，可是今天这么重要的日子，却还不见她下班归来。叶知秋开始着急了，忍不住让王新眉的儿子打电话去催她。谁知道电话那头王新眉回话是：“苇苇，儿子，妈妈对不起你，本来就准备下班了，但是，你朱雯芳阿姨病情突然加重，刚才昏迷了，经过抢救刚刚苏醒。我不放心，需要留下来观察。儿子，你替妈妈对叶伯伯说句对不起！让大家不要等我！赶紧开饭吧！”听了卢苇的转述，叶知秋呆立在厨房，失望中夹杂着沮丧。他回头向客厅和书房望去，自己的儿子媳妇都坐在沙发上等着王新眉回家开饭。看着这一幕，叶知秋感到有些心酸，他觉得王新眉真的没把他和这个家放在心上。他无奈地招呼大家开饭，众人坐定，等着叶知秋发话动筷子。叶知秋沉默片刻，对儿子叶涛说：“到厨房去拿副碗筷来。”儿媳严雪疑惑地问:“王阿姨不是不回来吃吗?”叶知秋没有回答儿媳的问话，卢苇说:“我去拿!”跳起来要往厨房去。叶知秋伸手拦住卢苇，对儿子叶涛说:“听到了吗? 让你去拿副碗筷来!”叶涛疑惑地看着父亲，露出迷茫的神情，起身到厨房拿了一副碗筷。叶知秋示意把碗筷放在他的左边。

叶知秋拿起那双筷子，夹了一块红烧肉，放在空碗里。叶涛瞬间脸色阴下来，眼眶湿润，嘴唇因为情绪激动而微微颤抖。儿媳严雪看到丈夫的情形，立马意识到这块红烧肉是夹给她的亲婆婆俞素芸的，那副新添的碗筷是给俞素芸的。餐桌上的气氛变得凝重起来，小孙子也看出了气氛的不一样，依偎着妈妈不作声。叶知秋缓缓地对着这副新添的碗筷说:“你要多吃点! 过年了，你看，你的儿子、媳妇、孙子都回家了，你也一定回来了!”说着说着，一滴清泪顺着眼角流下。见此情形，王新眉的儿子卢苇默默放下筷子离开餐桌，回到书房关上门。

他放假回来就去看爸爸，卢超群抱着儿子说自己一切都好，酒行已经重新开业，过年业务特别忙，没时间在家，吃完晚饭卢超群匆匆离家，小陈阿姨也不在家，同父异母弟弟在自己外婆家。卢苇觉得在父亲家里颇无趣，第二天就到妈妈家。今天上午拨打了父亲卢超群的电话，爸爸那头好像风很大，很嘈杂，卢苇想一定是酒行生意太好了，问爸爸要不要他去帮忙，卢超群说人手够了不需要。他想自己已经成年了，父亲生意这么忙，还是应该去酒行帮忙，于是就直接去酒行。到了那里，发现酒行已经变成了饭店，问了饭店老板，饭店老板说是上一家退租他接手的。

卢苇拿起电话激动地问父亲现在在做什么，为什么要瞒着他。卢超群一番吞吞吐吐后告诉儿子: 自己因为诈骗被拘役，在业内失去信用，没人愿意再与他做生意，酒行倒闭了。无奈之下，他现在白天送外卖，晚上在酒店门口做代驾，小陈阿姨在做钟点工。因为债务压力太大，他实在没心思过年。他一再向儿子道歉，说自己是不称职的父亲。电话那头，卢超群声音颤抖。卢苇能明显地感受到父亲在极力克制痛苦，他放下电话，眼泪止不住地流下来。这次回来，卢苇敏感地察觉到妈妈与叶知秋之间关系的冷淡，叶伯伯看他的眼神不仅冷淡还有一丝凶光，让他不寒而栗。刚才叶伯伯的举动让他特别显豁地成为团圆席上碍眼的多余人。

他对今晚自己夹在人家一家人中间感到难堪，也对自己母亲在这个家中的处境感到心痛。想到父亲事业失败，过年的时候还在为生计辛劳，继父对自己疏远冷淡，卢苇突然有一种寄人篱下的感觉，心里一阵酸楚，呆坐在书房中。客厅里叶知秋一家三代挤坐在沙发上看春晚，没有人招呼他出去一起看。

医院里，王新眉挨着朱雯芳的病床坐着，关切地注视着朱雯芳，她知道朱雯芳的生命已经进入倒计时。隔着床的对面，荀晖轻握着妻子的手，不时地抬头看看输液瓶里的药水是否输完。看着老同学王新眉为了自己的妻子大过年放弃与家人团聚，荀晖感到很是过意不去。来值夜班的医生早已到岗，荀晖再一次恳求王新眉赶回家过节，但是王新眉还是不放心，不愿意在这个时候离开。

王新眉看看手机上的时间，已经是九点了，眼前浮现出叶知秋那张阴晴不定的脸，想着自己没有及时赶回去吃团圆饭，叶知秋又不知会有多生气。王新眉叹了口气，心想："随他去吧！"这时手机响了，是儿子卢苇的。王新眉走出病房接听电话，她急切地想向儿子道歉，但是没等她开口，电话那头传来儿子低沉的声音，也许是母子连心，隔着电话王新眉都能感觉到卢苇情绪的低落。卢苇在电话里问："妈妈，你知道爸爸酒行倒闭了吗？"王新眉一时语塞，震惊得不知该怎么回答。卢超群从看守所出来以后，担心陈静雅多心，为了避嫌，王新眉没有与卢超群见面，只是电话联系。电话里，卢超群说酒行已经重新开张，会尽快还她的钱。

没等王新眉回话，卢苇在电话里一字一顿地说："妈妈，爸爸白天送外卖，晚上在饭店门口做代驾！"儿子的话每个音节都像铁锤砸在王新眉的心上。正要开口宽慰儿子，电话里传来卢苇的抽泣声。卢苇抽泣着对妈妈说："妈妈，你要帮帮我爸爸！你一定要帮帮爸爸！"瞬间，王新眉泪如雨下，无力地说："儿子，妈妈已经尽力了！"电话里再次传来卢苇的声音，卢苇叫了一声："妈妈……"电话里芦苇停顿了一会儿，又叫了一声："妈妈……"王新眉感觉到儿子有什么话想对自己说，但不知何原因，说不出口。于是，她鼓励儿子："苇苇，你有什么话要对妈妈说吗？不管什么话，妈妈都能承受！"

电话那头，卢苇声音低缓而沉重，王新眉能感觉到儿子在鼓足勇气说出他想说的话："我以后不想再到这个家来了！"王新眉大脑"嗡"的一下，感到一阵眩晕，身体里像是有电流穿过。她急切地问："为什么？""妈妈！吃饭时叶伯伯给他的前妻放了碗筷！叶伯伯一直对他的前妻说话！妈妈，我觉得我们是多余的人！……妈妈！我去陪爸爸做代驾了！"没等王新眉回话，卢苇已经把电话挂了。王新眉整个人倚在墙上，全身无力，双眼紧闭，像是虚脱一样。她没有再给儿子打电话，她了解儿子，自己没有给孩子完整的家，让儿子失去正常的家庭温暖，说来说去都怪自己，怪自己当初发现卢超群出轨时，自己没有定力草率再婚，毁了儿子的幸福！

王新眉此刻内心充满了自责。过了好一会儿，王新眉才睁开眼睛，无意中抬头，这才发现，荀晖正怔怔地看着她。他一定看到了自己刚才那一幕，看得出他的脸上写满了忧伤。她见状急忙抬手捋了几把头发，本能地想掩饰自己的失态。当她走过荀晖身旁时，荀晖一把拉住她的胳膊。荀晖正要开口，王新眉直摇手不让荀晖说出来。她努力地向荀晖笑了一下，说："不要为我担心，我的问题我自己能解决！"荀晖也苦笑了一下，轻轻地、诚恳地说："你心里的苦我知道，你说出来，也许会好受些！""嗯！"有老同学的宽慰，王新眉心里轻松多了！她暗暗地对自己说："王新眉，你要挺住，只要你不倒下，没有人能让你倒下！"

第二十六章

春天来了，草木复苏，万物生长，可是朱雯芳的生命即将凋零。她已经完全不能进食，只靠输入营养液维持着。剧烈的疼痛折磨得她无法入睡。为减轻她的痛苦，王新眉只能给她开出大剂量的镇痛剂。注射过杜冷丁后，朱雯芳的疼痛暂时得到缓解，进入昏睡状态。丈夫荀晖坐在病床边握着她的手，轻轻抚摸她的脸颊，轻声地说："睡吧，睡一会儿。"朱雯芳吃力地点点头。荀晖的手动了一下，朱雯芳以为他要把手松开，立马用手指勾住荀晖的手，不让他松开。荀晖明白妻子的意思，连忙把身子靠近妻子，低头在妻子耳边说："我不松手，不松手，哪儿都不去！就在旁边守着！"朱雯芳露出了笑容，尽管她已经骨瘦如柴，憔悴不堪，但她的笑仍然那样温柔，一如往日。在丈夫的安抚下，她渐渐沉睡。

这一幕，坐在病床对面的女儿荀航都看在眼里。荀航已经上大学四年级了，受父亲职业的影响，她大学读的是化工，还有半年就要毕业了，眼下正在写毕业论文，同时在找工作。因为学业不能照顾妈妈，荀航心里痛苦又内疚，两个月前，她在电话里对爸爸说，想向学校请假回来照顾妈妈。爸爸说什么也不同意。在电话里，荀晖对女儿说："闺女，你妈妈有爸爸照顾！你妈妈最高兴的事是你能成为有用之才！她小时候没条件读书，只读到初中毕业就进厂工作了。你要珍惜在学校的时间，好好学习，这样你妈妈才会放心！"荀晖在电话里继续说，"闺女，你还记得妈妈告诉你，为什么给你取了一个像男孩子一样的名字吗？她是希望你能像一艘远洋巨轮一样航行在大海里，搏击波浪，勇往直前！你一定不要辜负妈妈对你的期望！”

父爱如山！荀晖对女儿的一番话语重心长，女儿含泪答应爸爸。寒假她终于可以回来看望妈妈，这几天她一直在病房里帮助爸爸照顾妈妈。女儿眼中噙满泪水，默默地看着妈妈，看到妈妈睡着了，她俯下身子，把头靠在妈妈的枕边，闭上眼，仿佛想重温幼时伏在妈妈怀里的感觉。她知道妈妈即将永远离开她了。许久，荀晖才轻轻松开手，起身走出病房，站在病房走廊里，默默注视窗外的景色。窗外不远处是一条穿过病区的小河，河边是柳树。不知什么时候，柳树已经悄悄长出了嫩枝，浅绿色的柳叶在春晨阳光的照耀下显得特别鲜嫩，长长的柳条在微风里摆动着曼妙的身姿。一簇簇嫩黄的迎春花环抱着柳树，还有叫不出名字的小花，或粉或紫，点缀在迎春花丛中。

“新的生命开始了！”

荀晖感叹道。他回头看看昏睡中的病妻和趴卧在床边的女儿，悲从中起，他知道他的家快散了，他最爱的人要走了。朱雯芳的身子动了一下，荀晖连忙走过去，重新握着妻子的手。朱雯芳缓缓睁开眼，眼神浑浊暗淡，用微弱得几乎听不见的声音说：“回家……”荀晖没有听清，把耳朵贴近妻子，想听清楚她说的话。“回家……”这次荀晖听清楚了，他紧紧握住妻子的手，努力克制悲伤，用力地、郑重地点头：“好！我们回家！我带你回家！”王新眉为其他病人处理病情，结束后立马来到朱雯芳的病床前。当她走到荀晖身后，正好看到了这个情景。荀晖回头看见王新眉，没有说话，但他的眼神告诉王新眉他是多么绝望和痛苦。王新眉也没有说话，只是点点头，眼眶渐渐湿润。

过了一会儿，王新眉打破沉默低头说：“我去给你开出院通知！你先收拾东西！”说完转身离开，她怕自己在朱雯芳面前流泪。走到门口，王新眉停下脚步，没有回头，沉默了片刻，依旧是背对着荀晖，说：“我送你们回去！”荀晖感到意外，但没有推辞，只是回答了一个字：“好！”从小一起长大的老同学之间，所有的客套都是多余的。在患难相扶的日子里，他们早已像亲人一样休戚与共。当天下午，王新眉请假亲自开车把荀晖一家送回灌口。她已经一年没有回家了，最近，哥哥打电话来，说妈妈身体越来越弱，经常出门忘了回家的路，有好几次都是街坊邻居看到了送回来的。王新眉听了很伤心，也很内疚。

这一年来，她忙着卢超群的事，忙着自己的工作，还有博士论文，可谓焦头烂额，对妈妈以及家乡的亲人都疏忽了。哥哥的电话让她突然惊醒，意识到自己还有一个身份——女儿。她想在送朱雯芳回家后，就到哥哥家看望老母亲。老母亲快 80 岁了。这些年王新眉最害怕的事是半夜或凌晨接到电话，因为她害怕是哥哥的电话，如果哥哥在那个时间里打电话给她，一定是妈妈出事了。她想起一句古话，好像是《论语》里的，叫“父母之年，不可不知也。一则以喜，一则以惧”。这句话是孔子说的，意思是：父母的年纪，不可以不知道。一方面为他们的高寿而高兴，一方面又为他们的衰老而恐惧。这些年，随着母亲年事渐高，她对这句话有了深入骨髓的痛苦体验。妈妈看她日子过得总是磕磕碰碰，烦恼的时候多，舒心的时候少，叶知秋比女儿大 12 岁，还那么抠抠搜搜，做事不像个男人，想起来就难过，眼不见心不烦，不想见叶知秋，所以就绝了盐渎这条路。叶知秋被俞素芸父母嫌弃出身贫寒，又是北边人，又穷又土。当时他对此非常反感，曾经借个由头大闹过一场。跟王新眉结婚后，他似乎忘了自己原是个农家子弟，小时候差点饿死，拉屎都在山芋地里，擦屁股都是山芋叶子、棒头瓤子。他觉得自己是堂堂法院副院长，部队副团级军官转业，见王新眉娘家拿俞素芸比差远了，心里颇为不乐。在王新眉面前多次表示：“要不是看上你念过大学，我根本不可能要你！”王新眉对此话深恶痛绝。近几年，她每年只能见到妈妈两三次，想到自己可能很快就会失去妈妈，王新眉的心如同锥刺般疼。回到家里的第三天，朱雯芳在荀晖的怀抱里离世。临死前，朱雯芳用最后的力气向丈夫提出请求：把她葬在陈家港的海边滩涂上。

陈家港，那是朱雯芳与荀晖初识的地方。那年荀晖 24 岁，朱雯芳 21 岁。那时的朱雯芳，扎着大辫子，笑起来很甜，两边嘴角有浅浅的笑窝，总是把省下来的粮票、布票塞给荀晖，说他家弟妹多用得着。那时候的荀晖一到轮休就把自制小扳罾放在小河口，网泥鳅小鱼小虾，用蒲包装好，送到朱雯芳家，往她家灶间一放就跑。有一天，荀晖又去送小鱼虾，还是放下就跑。朱雯芳跟在后面追，说她爸爸叫他留下来吃晚饭。那是荀晖第一次到朱雯芳家蹭饭，后来一蹭20多年。朱雯芳不想离丈夫太远，她想让自己的灵魂住在海边滩涂一望无际的盐蒿草里，盐蒿草每到春天就会开出黄色的小花，一朵一朵静静地在荒凉的草地上开放，在海风的吟唱中轻轻摇曳，到秋天再回到大地……

第二十七章

妈妈已经是风烛残年了，两耳基本聋了，王新眉必须大着嗓门喊着说，妈妈才能勉强听见。嫂子带着点怨气地告诉王新眉："幸亏是她自己生的闺女，这么大嗓门跟她说话，她不生气。要是我这个做媳妇的，说话声音小了她听不见，声音大了，她会陡然听力变好，就气你跟她说话嗓门大。"王新眉只好赶紧向嫂子赔不是，请她多担待。自从父亲去世，这些年都是兄嫂照顾妈妈，王新眉自觉理亏，见到嫂子只能多赔小心。哥哥并不在家，是到陈家港去开压路机了。兄嫂早年下岗，这些年打过各种工，日子过得紧巴。王新眉逢年过节总会给嫂子些钱，算是妈妈在他们家生活的补贴吧。

吃完午饭，王新眉得赶回盐渎上班，班上还有重病人。临别时，倚坐在床上的妈妈突然坐直身子抓住王新眉的手，用很大的声音说："闺女，妈妈这些日子总是梦到你奶奶，她老是向我招手，可能你奶奶要带我去了！我也想她！"说着，妈妈流下了眼泪。王新眉本来准备向妈妈告别，听到妈妈说这样的话，心头一惊。看到老母亲老泪纵横，她心如刀绞。她想是妈妈不舍女儿离开，特别伤心才这样说的，就安慰妈妈道："妈，别难过！要保重身体，我过两个月再回来看你！"说着她伸手给妈妈擦眼泪，可是妈妈把她的手挡开，泪水在她布满皱纹的脸上不停地往下流，她不再盯着女儿看，而是扭头往窗外看，眼神突然不再浑浊，变得发亮，她向着窗外说："你奶奶每天晚上都来找我，她总站在窗子外面向我招手。她穿着蓝布大褂，黑头发，扎着大髻，笑眯眯的。闺女，妈过够了，想去找你奶奶了，这世上不好玩，不如跟你奶奶一起去讨饭！”

妈妈这一番外人听不懂的话，说得王新眉顿时泪如雨下，伤感的闸门打开，再也收不住，王新眉拉着妈妈的手泣不成声。王新眉从没见过奶奶，在王新眉出生之前十年，奶奶就去世了，是上吊自杀的。对于奶奶的生和死，妈妈在她小时候说过很多遍，以至于虽然没有见过奶奶，但王新眉对奶奶的一生都很了解。几十年来，奶奶其实没有死，她住在后人的身体里，直到这个家族知道她的人都死了，再没人谈起她记得她，她才会真正地死亡。王新眉小时候被人欺负了，躲在没人的地方哭，妈妈找到她，会幽幽地自语般地低声说:“自尊心这么强，真像你奶奶！”王新眉考上大学，妈妈高兴地抚掌大笑道:“跟你奶奶一样要强！你奶奶晓得的话，不晓得要欢喜成什么样子，祖坟上盐蒿开花了！”

王新眉做医生了，妈妈拉着女儿手，缓缓地、表情凝重深沉地说:“你一定要好好替人治病，如果那时候有你这样的孙女，奶奶就不会自杀的！”妈妈告诉她，奶奶是在56岁的时候突然吃不下饭，饭到喉咙那里受阻，奶奶认为自己得了“老病”，当时没有癌症这个词，王新眉学医以后认定自己奶奶是罹患食道癌。奶奶认为“老病”会传染，为了不传染给她的孩子，就在一天深夜趁人不备上吊自杀了。选择上吊的方式结束生命，是她以为用绳子可以把“老病”勒在气管里，病就不会跑出来害她的孩子。很多年来，王新眉总会在深夜的时候想起奶奶，想象奶奶悬梁自尽时是怀着怎样的决绝和悲壮心态慷慨赴死。

小时候在家乡，经常看到邻居家婆媳吵架，甚至大打出手，骂出难听的话，也会看到有的人家媳妇不孝，把婆婆赶出家门。可是打记事起，王新眉就感到妈妈对奶奶充满了崇敬和深情，一直都在思念奶奶。从妈妈与奶奶的关系中，她悟出:“原来婆媳并不是天敌，只要品行和心地好，婆媳一样可以情深义重。”王新眉祖父40岁出海打鱼，船翻了没回来，祖母一人把五个孩子拉扯大，没有饭吃，就出去乞讨。后来妈妈嫁过来，爸爸当兵离家了，奶奶就带着儿媳妇一起出去讨饭，婆媳之间深厚的感情就是在讨饭路上结下的。日本鬼子来了，爸爸当八路军地方工作队的地下情报员，在灌口日本人开的大车店做事，被不了解情况的同志误认为是汉奸，把他抓了要锄奸锄掉他，妈妈吓得直哭，要去找芦席筒准备收尸。奶奶说哭没有用，如果被冤枉死了就不收尸！要去救！婆媳二人迈开小脚，手拉手一路狂奔，跌倒再爬起来，找来知情的上级同志，及时救了爸爸。解放了，刚过上几年稍好一些的日子，奶奶就自杀去世了。十年以后妈妈生了王新眉。妈妈说，家里最像奶奶的就是王新眉了，不是长相像，是性格像。王新眉有时候会想，自己的性格到底哪里像奶奶，也许是骨子里的善良与坚韧吧！原来奶奶一直住在她的身体里！王新眉决定在回盐渎的路上绕道海边，到埋葬奶奶的地方去看一看，去亲近自己先辈的魂魄。

王新眉的奶奶没有坟墓，当年奶奶生前总是嘱咐自己儿媳，她死后不要棺材，就用芦席子裹起来，埋在海边的草滩上。

王新眉出了灌口城一路向东行驶，四十分钟后，终于看到大海，看到海边那一望无际的草滩。半个世纪前，王新眉的祖祖辈辈就在离草滩不远的村庄里生活，打鱼、种地、晒盐，荒年时，全村的人几乎都出门讨饭。村里人死了就埋在离家二里地的坟茔地，可是祖母却执意要埋在离家十几里外的草滩，那一定是因为爷爷死于海难，尸骨未还，她要在那里等丈夫回来。50多年过去，那里依旧是荒凉没有人烟的盐碱滩。

正是初春，海边漫天遍野长满了盐蒿草，远远望去，大地像铺上了绿色的地毯。绿色的草滩上到处都是刚刚伸出头来的小黄花，那就是盐蒿花。盐碱地上别的草木难以生长，唯有盐蒿草能在此艰苦的环境中顽强生存。它们不断向四周蔓延扩展，声势越来越大。春天是绿色的世界，到了秋冬，盐蒿草的绿由翠绿变成深绿，再变为深红，海边又成为一片红色，蓝天白云之下，一望无际的红色盐蒿显得特别热烈，像是宏大的交响乐，在对生命进行礼赞。盐蒿花春天开放，到夏末就会凋零，但总有那么几朵倔强的小花，在草丛间昂着不屈的头颅，迎着凌冽的海风，在做最后的抗争。

盐蒿滩太大了，王新眉找不到祖母的埋骨之处。她站在草滩上，望着大海，想象着60年前爷爷跪在草滩上为葬身大海的爷爷招魂的情景。海风带着春寒吹入襟怀，王新眉似乎感受到来自爷爷的气息。她整理好衣服，向着大海，鞠躬致敬。她坚信爷爷会听到她的心声！

第二十八章

吴静从澳大利亚回来了，为欢迎吴静回来，王新眉请她吃饭。她还请了还茂霞，以前还茂霞住在灌口时，张卫东到盐渎来办事，还茂霞会跟着过来找王新眉玩，就认识了吴静。因为都是王新眉的好朋友，她俩一见如故。现在吴静回来了，还茂霞也在吴静出国期间搬到了盐渎。于是，原先的二人小聚，变成了三人饭局。眼前的吴静一如两年前一样，身材高挑苗条，外穿质地很好的黑色风衣，内搭浅驼色羊绒衫和深红色裹身裙。当她出现在咖啡馆大厅里的时候，几乎同时有好几位男士抬头看她，肯定是被她出众的气质给吸引了。王新眉和还茂霞赶紧起身亲切地拥抱她。

王新眉让吴静在对面坐下，忙不迭地说："让我好好看看，有没有变化！"吴静坐正了，像在等待摄影师拍照那样露出微笑。王新眉仔细端详吴静，先是忍不住赞叹她的优雅气质，但很快从吴静的眼神里发现了别的东西！这种眼神，王新眉好像在哪里见过！一刹那间，她回忆起少年时在家乡灌口街上，她看见过一个女人有着同样的眼神。那个女人的丈夫是厂里的会计，被诬陷为反革命分子，被带走审讯。她丈夫受不了冤屈，丢下女人和四个孩子，半夜趁着看守的人睡着了跑出来投了灌河。那个女人本来没有工作，靠丈夫一人养活全家，丈夫死了，家里失去了经济来源。为了生活，她擦干眼泪，找了一份扫大街的活儿，每天清晨就开始工作。

王新眉在早晨上学的路上总会遇见她，她的眼神给王新眉留下了深刻的印象。那眼神看上去平静得如一湖死水，可是在死水的深处有沉睡千年总有一天会爆发的火山！今天王新眉从吴静身上又一次看到这样的眼神，她的心“咯噔”一下，一时不知该说什么。吴静似乎察觉到王新眉短暂时间的心理变化，开口问道：“亲爱的，你好像想说什么，又不想说出来！”王新眉原先脸上洋溢着笑意，听到吴静这样问她，她沉吟片刻，深吸了一口气，尽量显得平静，声音不自觉地变得低缓，她说：“吴静，你在笑，但你的眼睛告诉我，你的心在哭。因为你的眼神里有掩不住的忧伤！我们太熟了，尽管已经两年没见，但你的神态我依旧能读懂！”……

一阵沉默。王新眉在等待吴静的回答，但吴静却把头扭向窗外，不肯答话。许久，还茂霞觉得有必要缓和一下气氛，她拍了一下手说：“嗨！刚见面就弄得这样沉重，好像是大难不死意外重逢一样，能有什么事呢？要不说些开心的吧！吴静，说说你在澳大利亚这两年过得怎么样！”没有人搭理还茂霞，王新眉依旧执着地盯着吴静，等待她的回答。又过了一会儿，吴静转过头来。在她转头时，眼眶开始泛红，慢慢地泪水涌上来，溢出眼眶缓缓流了下来。“告诉我！出了什么事！”王新眉声音低沉却有力。吴静面对着王新眉，眼睛却越过王新眉，看着王新眉身后的地方，仿佛在自语，声音悠远、飘忽，像从天边飘过来。

“他有别的女人了，他背叛了我，背叛了这个家！”“嗨！我以为多大的事！原来就是常律师在外面找小三了！”吴静话音刚落，还茂霞明显松了一口气一样，她坐在王新眉身边，原本前倾的身子向身后的沙发靠背仰去，顺势两手往胸前一叉，气定神闲地说。说完，从身旁包里掏出一包烟，拿着烟在吴静、王新眉面前晃了一下，问询是否来一支，见吴静、王新眉同时微微摇头拒绝，她娴熟地抽出一支烟，点上，眯着眼睛，深吸一口，然后缓缓地吐出来，整个过程一气呵成。吴静看着还茂霞的举动有些不适应，再加上她把自己家里发生的如此大的事情说得如此轻松，似乎不值一提，心里有些反感，她抽了一张纸巾擦了擦眼睛，抬头半偏着脸对着还茂霞语含讥讽地说：“是呀，谁能跟你比呀，你家张总可是出轨惯犯，你大概已经麻木了吧！我可做不到你这样！”

本来吴静以为自己的这句话杀伤力够大，足以压住还茂霞的嚣张气焰。谁知还茂霞并不介意，她接着真诚地教育吴静道：“是的！你的修行还没到家！你要修行到我这样，就不难受了！”一句话说得吴静一时语塞。吴静不再搭理还茂霞，看上去好像吴静退让了，不再与还茂霞争短长，但王新眉以自己对吴静的了解，明白吴静的沉默是不屑于与还茂霞再交流。虽然因为王新眉的关系，她们成为能在一起说心里话的朋友，但吴静的内心是看不起还茂霞的。如果不是因为王新眉从中起到黏合剂的作用，吴静这个大学副教授是不愿结交还茂霞这样靠男人吃饭的女人的。为了打破尴尬气氛，王新眉试着询问吴静具体情况。她语带关切地问道：“到底是怎么回事？你是怎么发现的？那女人是谁？”

一连串连珠炮似的发问，问得吴静苦笑起来。她强作幽默，苦笑着说：“你看你一连串都是灵魂发问，我都不知道怎么回答。”……过了一会儿，吴静再次扭头看向窗外，低缓地说道：“我父母告诉我的。我还在澳大利亚的时候，我父亲就打电话给我，让我尽快回国，说如果我继续待在国外，我和常凯的家可能会散掉。”王新眉感觉事态严重，追问道：“你回来后发现原先的担忧是事实？”吴静点点头，闭上眼，答道：“是的！”看得出，吴静的心在滴血！王新眉重重地叹了口气。还茂霞又开始没心没肺地发感慨：“你们俩啊，高学历，书读多了，又酸又可怜！医生、教授又怎样？在家里还不是被男人欺负！要我说呀，就去报复他们！磨叽！”

见还茂霞说得如此理直气壮，王新眉听了有些反感，忍不住揶她：“你看你的报复，多成功呀！不是我关键时刻挺身而出救你，帮你圆谎，你会逃过上次那一劫吗？”吴静听得一头雾水，瞪着两眼看着王新眉和还茂霞。只见还茂霞沉下脸，没好气地瞪了王新眉一眼，说：“你救我？你是救你前夫吧！要不是你软硬兼施讹了我的钱，你前夫现在还在坐牢呢！”吴静听了更加不明就里，两眼瞪得更大了。王新眉苦笑着对吴静说：“说来话长，容我以后慢慢告诉你！你说说吧！那女人你认识吗？”……

又是一段长长的沉默，吴静终于吐出一口气，像是下了决心似的，说出了那个名字：

“黄淑慧！”王新眉惊呆了，震惊得竟找不到合适的词来表达听到这个名字的反应。就在昨天，王新眉刚刚在盐渎电视台的本地新闻里看到对黄淑慧的报道。在晚间黄金时间段的半小时本地新闻综合报道中，关于黄淑慧的报道就占了七八分钟，可见市里是把她当作先进典型大力宣传的。新闻大概意思是说，黄淑慧所在的老牌国营商场持续亏损面临倒闭，为走出困境，商场改制成民营股份制，黄淑慧参股成为股东。她为商场的转型提出很多大胆的建议，如把负一楼改建为特色美食城，引入富有特色、经营得法的店铺进驻商场，把商场打造成购物休闲一条龙服务的综合体；在商场顶楼建电影院，引入全国一流影院投资公司入驻。这个经营理念在2011年的盐渎是令人耳目一新为之一振的。商场在几年之内很快扭转局面，成为盐渎最红火的休闲购物综合体。这里面黄淑慧功不可没。所以黄淑慧从一个商场鞋柜售货员一跃成为本市著名女企业家。很快就到三八妇女节了，这几天电视台、主流报纸都在宣传她。她的照片被印在报纸上；网络上输入她的名字，跳出来的各种报道上百条。在电视报道中，她身穿藏蓝色商场制服，上身是藏蓝色小西装，下身是一步裙，走路带风，干练飒爽！王新眉怎么也不会想到，黄淑慧，这个在盐渎大街小巷如雷贯耳的名字，这个当代盐渎妇女自强自立、奋发向上形象的标杆人物，居然在私底下插足别人的家庭，是一个不光彩的小三。而且她偷走的男人是丈夫的姐夫！还茂霞也不敢再说话，三个女人都看着天花板，不知说什么！

左边那一桌客人是一对情侣，年轻的男子正隔着桌面紧握着姑娘的手，姑娘低头敛眉，满脸娇羞。右边的那一桌是一位须发皆白的老年男子，王新眉几乎每次来咖啡馆都能看见他。老者总是一个人坐在靠窗那张桌子，点上两杯咖啡，其中一杯放在对面，然后一言不发慢慢啜饮。他从来不喝对面那杯咖啡，但每次都点两杯。看着那位衣着整洁、面容清癯的老者，王新眉想：“他一定是一个有故事的人！许多年以后，会有人知道我们的故事吗？会有人了解我们尝过的生活的甜与苦吗？会有人知道我们在人生路途中的迷茫与抗争吗？”

用勺子慢慢搅动着手中早已冷了的咖啡，王新眉思绪飞得很远。她又想起了奶奶，想起了朱雯芳。她在心里默默感慨：朱雯芳的人生虽然短暂，但在这个随处是污浊的世界，她拥有一段纯洁的爱情和美好的婚姻，得到了这个世上最好的男人！生如夏花之绚烂，死如秋叶之静美！朱雯芳她做到了！想到这些，王新眉对朱雯芳生出了羡慕。一位女歌手的歌声若隐若现地飘荡在咖啡馆的大厅里，是许美静的经典歌曲《城里的月光》，歌声深情、忧伤：

每颗心上某一个地方总有个记忆挥不散，
每个深夜某一个地方总有着最深的思量，
世间万千的变幻爱把有情的人分两端，
心若知道灵犀的方向哪怕不能够朝夕相伴，
城里的月光把梦照亮，
请温暖他心房，
看透了人间聚散能不能多点快乐片段，
城里的月光把梦照亮，
请守护它身旁，
若有一天能重逢，
让幸福撒满整个夜晚……

第二十九章

黄淑慧爱笑，笑的时候有浅浅的双下巴，会露出粉红色的牙龈。不笑的时候则既看不见双下巴，也看不见牙龈。吴杰会人前人后逗黄淑慧笑。每当这个时候，常凯就会坐在不显眼的地方笑眯眯地看着黄淑慧甜美可爱的笑颜。常凯记得从见到黄淑慧的第一眼，就对这个相貌、气质、性格、家庭背景各方面与妻子吴静大不相同的女子产生了莫名的亲近感。后来他悟出这种亲近感是源于他们都来自社会的底层，吴静身上有源于家世优良带来的迫人贵气，令他仰视，相反，黄淑慧身上散发的是掩藏不住的乡土气，这种乡土气是他最熟悉不过的。他的妈妈、妹妹都是这样的。这种气息让他安心、放松。可以说，自从黄淑慧进入吴家那天起，他们的孽缘命中注定，在劫难逃。

那年，常凯与吴静的女儿常安妮在幼儿园门口被一辆电动三轮车撞伤，小腿骨折住院，整个吴家“全民总动员”。为照顾孩子，吴静专门请假在病房陪伴，吴爱民夫妇忙着做营养可口的饭菜，黄淑慧、吴杰则轮流负责每天送饭到医院。那时的常凯已从市法院辞职，每天到师范学校组织的律师资格考试课程强化班上课，一门心思考律师资格。吴家人要他安心复习，不用他天天往医院跑。当时电话刚刚进入普通家庭，吴家是第一批装电话的人家。常凯觉得父亲尽管平时不登门，但孙女出这么大的事，作为爷爷，他应该来探望一下。正好家里有电话，他就打电话到老家的村委会，请村委会的人去他家通知他父亲第二天到盐渎来看望孙女。

第二天，常凯没去上课，早早来到病房门口，整个上午都在病区走廊里徘徊，等待父亲的到来。他特别局促不安，因为他担心父亲空着两手来，给自己丢脸。他要在父亲进入病房见到孙女之前，把自己之前省下的钱交给父亲，让父亲送给孙女。当父亲走进病区大门，他看到父亲拎着一个蛇皮口袋，口袋里有活的东西在扭动，应该是鸡。常凯迎上去接过蛇皮口袋，把口袋放在病房门口，赶紧小声问：

“爸爸，你带红包了吗？”父亲明显脸上泛红了，看得出来老人很不好意思。那是很冷的冬天，父亲的耳朵已被冻得通红，耳朵边缘有已经结痂的陈旧冻伤。父亲身上穿着常凯很多年前带回家送给他的绿色迷彩工作服，那是常凯当年在建筑工地上做工时穿的。父亲的脚上是草绿色胶底鞋，鞋底沾了泥土，他走过的病区过道上有明显的脚印，清洁工提着拖把跟在他身后清理。父亲看他的眼神有些躲闪、游移，似乎不愿意直面他。常凯没有再问下去，他知道父亲囊中羞涩，蛇皮口袋里的那只鸡可能是父亲与继母一直养着下蛋的鸡，那已经是父亲能拿出的最好礼物了。

常凯从棉袄内面靠胸口处的暗口袋里摸出用红包包着的一百块钱，递给了父亲，低声说：“爸，进去把红包塞在宝宝的手里！”“嗯呐！”父亲听话地应承着，那神情像是做错事得到老师原谅的小学生。从常凯父亲走进病区门再到他进入病房，整个过程都被站在斜对面盥洗间门口的黄淑慧看得清清楚楚。原来黄淑慧是来给吴静母女送饭的，当时，她在盥洗间把碗盆洗干净正要走出来，正好看到了这一幕。常凯在陪同父亲进入病房时，无意中扭头看见了身后不远处怔怔地看着他的黄淑慧，黄淑慧的眼神告诉他刚才自己与父亲的对话，她都听到了！

父亲走进病房，看见孙女，高兴又拘谨，想伸手摸摸孙女的脸，手伸到一半又缩回了，可能是看到自己手上的老茧和皲裂，怕孙女不喜欢。因为紧张，父亲忘记了常凯的嘱咐，没有把红包塞在孙女的手里，而是双手递给了正冷眼看着他的儿媳。坐在床边的吴静微微欠了欠身子，以示感谢。吴静开口对女儿说：“安妮，叫人呀，是你爷爷来看你了！”常安妮歪着头，显出迷茫的神情，疑惑地问：“他怎么也是我爷爷？我有两个爷爷？”女儿的话让常凯抬不起头来，现在轮到他不敢看父亲的眼睛了。

父亲瞥了一眼常凯，那眼神里有稍纵即逝的哀怨和无奈。父亲尴尬地笑着，词不达意地说着客气话，几乎是倒退着退出病房。常凯颓丧地跟在父亲身后走着，把父亲送到医院大门口，给父亲叫了辆三轮车，付了车钱后叮嘱三轮车师傅把父亲送到汽车站。父亲坐上三轮车，向他摇手告别。父亲张了张嘴，想说什么，但终究没有说出来。常凯努力挤出笑，说自己过年就回去看他。父亲似乎获得了一点安慰，脸上露出幸福的微笑。

回到病区，常凯看到黄淑慧站在病区大门口的走廊上。黄淑慧见到常凯，就向盥洗间走去，并回头示意常凯跟进来。在盥洗间长长的水池旁，黄淑慧低着头，故意避开常凯的眼睛，说："你身上的钱大概都给你父亲了吧！"常凯无法否认，只好点点头承认。难堪的沉默之后，黄淑慧又低声说："我还有点钱，先借给你一百块，这样姐姐问起来，你好对付！"说着，黄淑慧从口袋里掏出一个小巧的针织钱包，从钱包里的一小卷钱里抽出一张一百元钱，递给了常凯。常凯觉得有些羞愧，想拒绝，但又迟疑，因为他想到吴静可能会盘问他钱的去处。他先前之所以身上有点钱，是吴静每月给他二十元钱，让他去上课的路上吃早饭的。为了攒够一百元整钱，他已经好多天没有吃早饭了。经过短暂的思想斗争，常凯还是接过了这一百块钱。

多年以后，当黄淑慧所在的商场改制成民营股份制的时候，普通营业员黄淑慧想参股成为股东，但她没有足够的钱。常凯问："多少钱能成为小股东？"黄淑慧回答："十万！"常凯继续问："多少钱就能成为大股东？"黄淑慧怯生生地回答："五十万！"常凯没有迟疑，说："我给你一百万！让你进入董事会！"黄淑慧问："为什么？"常凯避开黄淑慧的眼睛，就像当年黄淑慧避开他的眼睛一样，转头看着别墅窗外小院的花木，幽幽地答道："为了当年那一百块钱！"常凯对黄淑慧的感情就是从那个时候开始萌生的。在他最落魄的时候，吴家父子给了他一个体面的家，让他这个漂泊无依的孤雁有了栖息的树枝，但吴静忘了给他尊严！吴静不能给他的，黄淑慧给了。

第三十章

盐渎往西人称西乡，西乡有很多小河，河岸上长满了芦苇，到了春天，苇叶青青，河滩长满不知名的各种小花和野草，岸上农田里是黄灿灿的油菜花，蝴蝶在油菜花间飞来飞去，还有粉色的桃花、白色的梨花。行在陌上，感觉走进画境。黄淑慧就在河岸边长大，她家除了种田之外，还养了几百只鸭子。小时候黄淑慧放学后就撑着小船去放鸭子，傍晚的时候，背着柳筐到河滩上去捡蛋，有些笨鸭子或贪玩的鸭子来不及回到鸭舍，就把蛋生在了河滩的草丛里，黄淑慧就去把它们捡回来。

郝翔是黄淑慧的同班同学，比黄淑慧大一岁，两人同村近邻，家相隔几户人家。村口有户人家养了一只大狼狗，见到人就狂吠，黄淑慧怕狗，每次见到那只狗就吓得要命。狼狗欺软怕硬，见到小姑娘吠得更厉害。郝翔从上小学开始就每天到黄家去等黄淑慧一起走，放学也一起回村。开始时，狼狗看见他们叫着追着咬，郝翔拿起一块砖头对准狗头砸过去，正中狗眼，疼得狗惨叫着落荒而逃。那以后，狗看见郝翔就夹着尾巴钻到草堆里。放学后，郝翔会陪黄淑慧放鸭子、赶鸭子回家，再去捡鸭蛋。他们走在河边的小路上，哼着刚学会的歌，说说笑笑，时间一晃就过去了。黄大妈与郝二婶站在各家的屋后大喊:“两个细鬼呀，天不早了，回家吃晚饭啰！”

不一会儿，两个孩子的身影就会一前一后、蹦蹦跳跳地出现在回家的路上。那时候，两家家长，村人的乡亲们都心照不宣地认为，这两个孩子青梅竹马，以后一定会永远在一起的。黄淑慧从小就依赖郝翔，不仅仅是上学路上需要郝翔做保镖，学习上也需要他。他的学习成绩那么好，黄淑慧总被落在后面。高中毕业了，郝翔考上了国防科技大学，黄淑慧落榜了。郝翔明天就去学校报到了，黄淑慧早早就撑着小船放鸭子去了，她想把船撑得远一些，找个没人的地方大哭一场。已经是八月底了，虽然白天天气还是热，但到了晚上，在乡间的田野里，晚风吹在身上已经有了凉意。黄淑慧把船靠在一片菜花地旁的小河边，坐在船头抱着双膝，把头枕在膝盖上，呆呆地看着月亮慢慢爬上远处的榆树梢头，下弦月像荡漾着笑意的女孩的嘴，弯弯的两个嘴角翘起。

月亮越爬越高，月影映在了泛着微波的小河里，一晃一晃的，像一只小船。黄淑慧流泪了，泪水打湿了她的头发、衣襟。周围没有人，只有青蛙在河边“呱呱”叫。蚊子很多，吸在黄淑慧的脸上、钻到她的裤脚里，可她不想回家，就想一个人这么坐着。身后的小路上传来了脚步声，脚步声越来越近，她很熟悉那个脚步声，是郝翔来找她了。郝翔一步跨上小船，坐在了黄淑慧的身边，把女孩揽到怀里。黄淑慧顺从地把头靠在了郝翔的肩上，郝翔低头吻她。他们的吻越来越热烈，身体紧拥着能听到彼此的心跳。年轻的肉体开始发热、发烫像要喷发的火山。火山喷发了，通红的岩浆燃烧着涌出火山口，向四处蔓延，岩浆所到之处，万物枯死。

郝翔去了遥远的湘江边，与他的大学同学们一起，站在橘子洲头指点江山，激扬文字。黄淑慧依旧在西乡的小河上撑着小船放鸭子。她每周都到村委会去查看有没有郝翔的来信。开始时，郝翔的来信很多，每周都有。每封信里，郝翔都在倾诉着对黄淑慧的思念。他向黄淑慧描述绿树成荫的大学校园，介绍他新认识的舍友，说他学的课程，告诉她周末时他们去爬岳麓山了，在岳麓山脚下的爱晚亭里唱军歌了。黄淑慧虽然并不知道岳麓山下有个爱晚亭，更不知道爱晚亭有什么典故，还是为郝翔高兴。她在回信中叙述她家的鸭子生了好多蛋，她想去城里找工作。郝翔要她复读考大学，但黄淑慧说她考不上，没有郝翔在身边帮助她复习，她已经没有信心了。

黄淑慧把卖鸭蛋的钱寄给郝翔，让郝翔吃得好些，郝翔说她是傻丫头，部队院校穿军装吃饭全包。黄淑慧把郝翔的军装照放在枕下，每晚睡前看了又看。放寒假了，郝翔回来了，他们又一起去放鸭子，在没人的小河边，在月光下、星辉里尽情地拥吻，偷尝禁果。黄淑慧敏感地意识到，郝翔的话比以前少了，两人在一起时，郝翔会莫名地生气，问他什么原因也不说。黄淑慧只有紧紧地拥抱他，她怕……躺在船舱里，郝翔仰望星空，兴奋地开始朗诵徐志摩的《再别康桥》：

轻轻的我走了，
正如我轻轻的来；
我轻轻的招手，
作别西天的云彩。
那河畔的金柳，
是夕阳中的新娘；
波光里的艳影，
在我的心头荡漾。
软泥上的青荇，
油油的在水底招摇；
在康河的柔波里，
我甘心做一条水草！
那榆荫下的一潭，
不是清泉，
是天上虹；
揉碎在浮藻间，
沉淀着彩虹似的梦。
寻梦？
撑一支长篙，
向青草更青处漫溯；

满载一船星辉，

在星辉斑斓里放歌。

但我不能放歌，

悄悄是别离的笙箫；

夏虫也为我沉默，

沉默是今晚的康桥！

悄悄的我走了，

正如我悄悄的来；

我挥一挥衣袖，

不带走一片云彩。

诵完，许久，郝翔依旧沉浸在诗情画意之中。他扭头看黄淑慧，见黄淑慧正无限崇拜地看着自己，就问："你读过这首诗吗"黄淑慧难为情地摇摇头说："没有。"郝翔并没有意识到黄淑慧的窘迫，不肯罢休，继续问："你听说过徐志摩吗？"黄淑慧又摇了摇头。郝翔不再追问了。

开学后，郝翔的信少了，半个月一封，一个月一封，后来没有信了。黄淑慧知道他不再恋着她了，可是她怀孕了。在很短的时间里她瘦成了纸人儿。她想到郝翔学校去找他，甚至想写信到郝翔学校去，去他学校告他。当她产生这个念头的一瞬间，突然一个佝偻的身影在她脑海里闪过，那是她与郝翔的小学班主任邱老师。

邱老师年轻时考取哈军工，本应前途无量，但是他上学以后抛弃了乡下的未婚妻，与同班的一位高干子弟谈起了恋爱。他乡下的未婚妻一路辗转走了半个月才找到哈军工，在学校大闹，哭诉自己早已以身相许，并准备在校园里自杀。高干子弟的父亲得知后发了火，打电话给学校领导，撇清关系的同时责令校方严肃处理。邱老师被开除军籍和学籍，退回原籍做农民。做回农民的邱老师痛哭流涕浪子回头，很快与未婚妻完婚，一连生了五个孩子。邱老师本是文弱书生，不擅长农活，在生产队挣不到工分，全村数他家最穷。公社里发挥他的文化特长，就把他安置在中心小学做民办教师，他家的日子这才好过些。

坎坷的经历和贫困使得邱老师过早地衰老了。他每天佝偻着身子，步履蹒跚地走在校园里的样子在黄淑慧心中留下难以磨灭的印象。黄淑慧内心在煎熬，在斗争。她想，自己像邱师母那样跑到郝翔学校去闹，郝翔很可能失去大好的前途，像邱老师一样被开除军籍和学籍，那样的话，郝翔一定会像邱老师恨邱师母那样恨她一辈子的。“难道这就是我黄淑慧想要的郝翔吗？”“放他高飞吧，就让我在尘埃里看他飞，飞到云里吧。”她没有告诉父母，独自到小诊所做了人流，然后告别家乡，远走深圳打工，一去三年。三年后，西乡一带暴发禽流感，她家的鸭子几天之内死了一半，剩下的鸭子乡政府来人要求全部扑杀深埋。村里的养鸭户们要求乡政府做补偿，他们一起到乡政府去讲理，并准备到盐渎市政府去集体上访。

事情闹大了，父母打电话要黄淑慧回家参与这件在乡下人眼里不得了的大事。她是独女，家中没有兄弟，从小家里遇到事，妈妈总会冒出一句口头禅:“宝宝，妈拿你当儿子待，家里就靠你了！”于是，她辞掉了深圳鞋厂产品质检员的工作。

事情解决了，村民们得到了赔偿款。来年，新鸭子又下水了。黄淑慧为了陪伴上了年纪的父母，不再出远门打工。盐渎商场招聘营业员，她依靠在深圳鞋厂的工作经验和在电视大学学到的知识，成功被录用为这个盐渎历史最悠久的老牌国营商场鞋帽部营业员。

在这里，她遇到了吴杰。因为吴杰，她遇到了常凯。

第三十一章

黄淑慧时常在心里自问:“你爱过吴杰吗? ”她可以在吴杰面前表现得温柔可人，顺着吴杰的喜好露出甜甜的笑，可是她无法欺骗自己的心，她没有爱上吴杰。她爱过人，体验过真正爱上一个男人是什么滋味。与郝翔相爱时，她经常胡思乱想，想象她和郝翔在战争年代被派遣到敌后做地下工作，他们被敌人发现了，她拔出枪朝天开枪把敌人引向自己，掩护郝翔脱险；想象郝翔出车祸全身瘫痪了，她毫不犹豫地与他举行婚礼，照顾他一辈子；想象郝翔变成植物人，她每天在他床头唱歌来唤醒他……她感到奇怪的是，在她的所有白日梦里，郝翔都是非死即伤。与郝翔分开多年后她悟出原因：与郝翔在一起时她从来就没有安全感，潜意识里预感到郝翔有一天会离开她。而为了郝翔她可以毫不犹豫地献出生命，可以为他受尽人间苦难。

但是，与吴杰在一起，她从来没有这样的感觉。与郝翔分手最初几年，她特别希望自己能找到一位与郝翔一样读过书的男友，她不得不承认，是想在郝翔面前争个面子。但是，她的希望还是落空了。给她介绍的对象中，最接近理想的是一位中学教师。可是那位中学老师不仅与她一样来自农村，而且家中很穷，父母年老没有劳动能力，那位朴实的小伙子明确告诉她，婚后需要每月寄钱给父母。她不再考虑与中学老师交往下去，因为她能清清楚楚地看到，如果她与那位中学老师结婚，等待她的日子将是没有尽头的清贫和沉重的负担，她很快就会被困窘的生活挤压成容颜憔悴、未老先衰的黄脸婆，就像老家西乡里随处可见的田头劳作的大妈一样。到时候，郝翔回乡看见她会是什么反应？他也许觉得她好生可怜，也许会想这么丑的女人，幸亏当年甩掉她。她不想过这种日子！吴杰虽然没什么学问，不是文化人，但他是温暖的，能给她安全感的。她不能否认吴杰家庭对她的吸引，嫁给吴杰就意味着嫁入一个体面的、尊贵的、让她在乡下人面前挣足面子的家庭，与其说是嫁给吴杰，不如说她是想成为法官的儿媳。事实正是这样，自从与吴杰结婚，商场的同事们都对她高看一眼，商场的领导是吴爱民的老朋友，黄淑慧不再是一个普通员工，她是领导老朋友家的孩子，他另眼相看，适时关照。

黄淑慧实实在在地感受到在这个特别势利的社会里自身地位的微妙提升。商场为丰富员工文化生活举行诗歌朗诵会，领导指名道姓要她参加。她也抓住机会努力展示自己，下班后拼命练习，场上表现优异，获得一等奖。她朗诵的诗歌是徐志摩的《再别康桥》。手捧获奖证书，她的眼前闪现郝翔的影子，她想起了那个寒夜小船舱里，在她表示不知道徐志摩是谁的时候，郝翔扫向她的夹着失望与轻视的眼神。站在领奖台上，她脸上闪过瞬间即逝的痛苦表情，谁也没有察觉。

初见常凯，是在认识吴杰半年后吴家的家宴上。常凯刚刚通过了法院书记员考试，为了庆祝常凯终于有了体制内正式工作，吴爱民在盐渎饭店订了个包间，把侄子、外甥们都叫来一起庆祝一下。虽说书记员在法院只是做杂活的，但在社会上人的眼中就等于是法官。在一般人看来，常凯与吴静也算是才貌地位相当了。吴爱民是真的高兴，觉得自己选女婿选对了！他对自己的一双儿女有清醒的认识。知道女儿吴静即使已经做了母亲，依然怀揣浪漫情怀，好像永远长不大；儿子腹中没有墨水，在这个日益知识化信息化的时代，很难有出头之日，倒是这个女婿能成大才。他对女婿的未来有一个长远的规划，他要一步一步把他往上推！

那天，黄淑慧怯生生地站在吴杰身后，不敢随意落座，生怕自己不懂规矩坐错位置，让人笑话。常凯走过来，他把黄淑慧带到吴静身边的座位，笑着对她说：“别担心，你坐姐姐旁边这个位置不会错的！”黄淑慧向常凯笑着表示感谢，那也是常凯第一次见到黄淑慧甜美的笑容。席间酒酣，吴杰的表哥，一个在本地混得风生水起的副处级官员，带着醉意晃晃悠悠地站起来走到常凯身边，一只胳臂搂住他的脖子，用另一只手指着常凯的脸大声说：“常凯，我今天喝多了，有两句话要对你说，你可别忘了你的出身，将来爬上去了，要是对我表妹不好，我对你可就没今天这么客气了！”酒席对面，吴静的在某个大公司做副总的堂嫂大声地附和：“是呀常凯，人不能忘本！”常凯连忙点头称是。

隔着吴静，黄淑慧能看出常凯的难堪，或者说是竭力掩饰的痛苦。黄淑慧下意识地抬头看吴静的反应，只见吴静端庄地昂着头，微微一笑，仪态万方，仿佛是坐在大殿里接受万国朝觐的上国皇后。表哥堂嫂当着这么多人的面夹枪带棒教训自己的丈夫，她没有觉得不妥，大概是感觉很好，正为自己有强大的娘家势力而得意。黄淑慧看到常凯在被教训之后两肩往胸前缩，腰弓着，头也在往胸前缩，整个人看上去恨不得缩成一团。虽然第一次见到常凯，但黄淑慧却一下子看懂了他在吴氏家族中的卑微地位。在吴氏家族里，尽管这个泥腿子可能有大好前途，但他刚进入吴家时的落魄寒酸相，给这些盐渎城里的官家子弟留下太深刻的印象。在他们眼中，他不过是吴老爷子为了弥补子女前途暗淡无奈之下押的一招险棋而已。

吴家表哥对常凯有说不出的嫉妒和敌意，自从常凯进入吴家之后，吴爱民对这个外甥就不太上心了，他从心里很不喜欢这个出身如此寒微的小瓦匠。吴家表哥得着机会就嘲弄常凯几句，非弄得他下不来台才觉解恨。黄淑慧虽说初来乍到，但她都看在眼里记在心头了。因为她同样也是来自农家，出身寒微，如果不是被吴杰爱上这个偶然的原因，她是不可能坐在这群人中间的。她同时预见到自己在未来的日子里会遭受与常凯一样的窘境，想到这些，黄淑慧感到害怕，但是她不想退出。她突然又有一点庆幸，因为她发现自己在这个家族里有一个同盟军，一个一定会同病相怜的人。从那一刻起，黄淑慧就在暗中观察常凯，在不被人察觉的情况下给他帮助和关心，渐渐地，她与常凯之间有了一种默契。

时间在各种琐碎中无情地流逝着，转眼间黄淑慧与吴杰的儿子已经十多岁了。吴杰当了商场的保卫科长，天天值班。为让儿子接受最好的教育，黄淑慧让儿子吴双就读离家很远的城中最好的市一小。吴爱民老了，不能送孙子上学了，黄淑慧此时已经是商场鞋帽部主任了，每天忙得连轴转。两口子都顾不上接孩子时，他们就会请孩子姑姑吴静帮着接一下。有时候吴静正好在上课，接侄子放学的任务就落在了姑父常凯身上。常凯尽管此时已是城中名律师，但再忙他都应承下来挤出时间去接。吴爱民看着自己儿女两个小家庭互帮互助，倍感欣慰，觉得自己当年看中常凯眼力真不错，也觉得黄淑慧这个媳妇贤惠又能干，没有城里女孩的傲娇之气，自己儿子吴杰娶到黄淑慧很有福气。

黄淑慧一家三口依旧与吴爱民夫妇住在一起，一般情况下，常凯在接到内侄后就直接把孩子送到岳父母家，自己或者就留在岳父母家吃饭，或回家做饭等吴静加班结束回家。那是一个周末的傍晚，黄淑慧作为商场“新长征突击手”参加市里组织的参观团赴苏南参观学习；为迎接新年到来之前的安全检查，吴杰忙得没法子着家；吴静又正好学校有事耽搁了，接吴双的任务又一次落在常凯身上。

常凯从律所驱车急急忙忙赶到小学门口，正在找地方停车，一转头竟看到黄淑慧正在不远处牵着儿子吴双笑看着他，见他看到他们母子，黄淑慧笑盈盈地朝他挥手并向他走来。黄淑慧告诉他，原来是会议提前结束了，她也就赶上接儿子了。没告诉常凯，是因为她想着总是麻烦姐姐姐夫帮着接孩子，晚上想请姐姐姐夫一起吃个饭。常凯笑着说:“好呀！我打电话给吴静，让她直接到饭店！”电话那头吴静语带遗憾地回答:“一个女生失恋情绪有些崩溃，我想请她吃个饭，开导开导她！今晚我就不参加了！”黄淑慧也给丈夫吴杰打了电话，吴杰正好轮他值晚班，也是没法一起吃饭。黄淑慧娇嗔地对吴杰应承道:“一定打包带着好的下酒菜回家给你做夜宵！”本来是姐弟两家一起聚餐，结果就变成姐夫与弟媳带上侄子小聚了。

常凯带着黄淑慧母子来到城市东南新建的商贸圈一家高档韩餐馆，三个人盘腿坐在铺着木地板的包间，点了地道的韩式烤肉。常凯忙着烤五花肉，黄淑慧与儿子忙着吃。五花肉在铁板上发出“吱吱”的声音，“吱吱”

的声音甚至到了黄淑慧母子嘴里还有余音。孩子很快就吃饱了，趴在地板上做作业。黄淑慧突然想喝酒，常凯就向店家要上一瓶啤酒，给黄淑慧倒上一大杯，然后两手撑在地板上，人向后半仰着，笑眯眯地看着黄淑慧一个人喝酒。不说什么话，就这么男的看着，女的有滋有味地喝酒吃肉。黄淑慧喝酒喝得有点高，冲着常凯傻傻地笑，露出可爱的双下巴和粉红色的牙龈。不时地过来给他们加肉类和蔬菜的服务员小姑娘看着他们感叹道："看你们一家三口，真让人羡慕！"他们谁都没有向小姑娘解释这个误会，笑着算是默认。

饭后，把黄淑慧母子送回家，坐在车上看着他们母子进了单元门，常凯坐在驾驶座上，把头仰靠在椅背上，懒懒地窝在座椅里两眼放空，身体变得轻飘飘的，轻得像一片在空中盘旋飞升的羽毛。这是一种全身心放松的感觉，而这种感觉与吴静在一起似乎从未体验过。过了许久，他扭头向那个单元门望去。明明知道黄淑慧早已经走进了单元门，早已经进了家门，这会儿应该正在照顾儿子洗漱上床休息呢，可是他还是情不自禁地看着那黑黢黢的门洞，潜意识里是期望黄淑慧再次出现。

要过年了，商场到了最忙碌的季节。黄淑慧被选为商场杰出员工受到市府嘉奖，多少双眼睛都盯着这个从最底层员工做起的年轻貌美的女强人，有嫉妒她的同事编派她的闲话，说她之所以这么"红"，是因为家里有背景。她想证明给大家看，证明自己的今天是靠踏踏实实工作得来的。为此她不敢有任何懈怠，一心扑在工作上。到了年关，商场里人头攒动，热闹非凡，作为保卫科科长的吴杰更是神经绷得紧紧的，生怕发生安全事故。两夫妇总是没时间接送孩子，偏偏吴静所在的职业技术学院正在申报升格为本科院校，作为英语教研室主任，她总是被迫加班加点赶各种申报材料，忙得昏天黑地，结果接送孩子的任务就总是落在常凯身上。

那天，本以为黄淑慧会与吴杰一起留在商场加班，常凯准时把内侄接了送到岳父家。在开车回家的路上，他接到了黄淑慧的电话。电话里，黄淑慧感谢他帮忙接孩子。她的声音显得异常疲惫，不像往里那样清脆中带着甜美。常凯不由得关切地问："你还好吗？感觉你很累啊！"电话那头黄淑慧回答道:“主要是心太累了！人心难测！你平平庸庸就被人轻视，出类拔萃就遭人嫉妒。我一心工作，销量在商场排名第一。可是有人瞎说我数据造假，还造谣我与领导关系不寻常！”黄淑慧的语气中透着落寞与无奈，常凯心头一紧，本来想说几句宽慰的话，话到嘴边又觉得要说的话很苍白无力。迟疑了一下，他问道:“你吃晚饭了吗？”电话那头，黄淑慧回道:“觉得特别累，不想吃！”常凯问道:“吴杰呢？”黄淑慧回道:“轮到他夜里总值班，不能回家，回家了也是倒头就睡！”常凯一时没有回话，电话两头都在沉默，沉默中常凯听到电话里传来黄淑慧一声叹息，这声叹息其实应该很轻，但常凯的耳朵捕捉到了。一下子，他脱口而出:“要不我们一起出去吃点什么？”刚出口他就有些后悔，觉得似乎不妥，但已经来不及收回了，只能局促地等待对方的回答。沉默了好一会儿，电话那头传来黄淑慧轻轻地回复:“好吧！”

二人来到先前去过的那家韩餐馆，还是点了黄淑慧爱吃的烤五花肉，又要了一瓶啤酒。常凯开车不能喝酒，就黄淑慧一人喝。黄淑慧在单位里遭人嫉妒心情烦闷，就借酒浇愁，很快一瓶酒下肚。见黄淑慧酒兴尚浓，常凯就又要了一瓶。第二瓶酒过半，黄淑慧脸上漾着招牌式的甜笑，待酒见底时，她不笑了，突然流下了眼泪。常凯着了慌，连忙问:“怎么了？”黄淑慧摇头不语，泪水止不住，一直流泪。常凯惶恐地从纸巾盒里拽出几张餐巾纸递到黄淑慧跟前，黄淑慧接过纸巾拭泪，可是哭开头再也收不住，从开始时的嘤嘤低泣竟变成呜呜痛哭。看着完全失态的黄淑慧，常凯不再试图去安慰她，因为这种无助的痛哭他自己曾有过很多次，只是后来随着年岁渐长，经历的事多了，心变硬了，眼泪才少了。他知道让黄淑慧痛哭的不仅仅是酒精的作用，还有对他的信任。是这些年来在大家庭里相互扶持建立起来的信任和亲近，让平日里习惯于把自己装在坚硬外壳里的黄淑慧在酒精的刺激下暴露了她的软弱和伤痛。

就在那次，黄淑慧告诉常凯她以前有过一个叫郝翔的恋人，她为郝翔做过人流。她说了好多，竹筒倒豆子，把隐藏在心里多年的秘密全都说给常凯听。

黄淑慧一边喝着酒一边断断续续地说着自己的往事，在这个过程中，常凯始终一言未发，见黄淑慧喝得着实有些过了，伸手想把酒瓶挪开，可黄淑慧拽着酒瓶不松手，就不再阻止，默默地看着她仰头一口把酒喝下肚后紧闭双眼任两行清泪流过双颊。过了一会儿，她低着头轻声说："不好意思！我把自己的老底都掀起给你看了！"说了这话黄淑慧又觉得此话不妥，但话已出口，一时难堪得把头低得更低了。虽然隐约中早就意识到黄淑慧一定是个有故事的女人，但当黄淑慧把作为女人最痛苦最私隐的过往告诉自己时，常凯还是很震惊。他没有想到黄淑慧的故事居然充满这般的苦痛，真的不能想象她是怎样熬过那些绝望的至暗时刻的。他一时想不起用什么话来安慰这个女人，因为什么样的语言都无法表达他对她的疼惜。他鼻子开始发酸，感觉带着咸味的液体往上涌。他伸了伸脖子，抿着嘴，硬是把泪水压了回去。似乎没有经过思考，他伸手抹去黄淑慧的泪水。为了回应常凯的动作，黄淑慧努力地笑了一下，但没有成功，她的笑迅疾变成苦笑。

饭店要打烊了，常凯扶着黄淑慧在车后排半坐半躺，很奇怪，刚才黄淑慧说个不停，坐上车后始终一言不发。常凯不安地从后视镜偷看黄淑慧。昏暗中，他看到她茫然地看着窗外，应该是仍然沉浸在往事中。进了小区，常凯刚把车停下，黄淑慧就推开车门下车，头也不回地往家的方向快步走去。常凯与上次一样默默地看着她进了单元门，消失在视野里。与上次不一样的是，此刻他的心像有一块石头压着，压得他喘不过气来。就在他启动车准备离开时，他看到黄淑慧竟然再次出现在单元门门口并且向他车的方向跑来，常凯赶紧摇下车窗，带着兴奋、喜悦和疑惑看着眼前的黄淑慧，站在车窗前的黄淑慧，眼眸明亮，露出浅浅的笑，伸手摸了摸常凯的面颊和头发，还没等常凯反应过来，黄淑慧已经跑远了。常凯怔怔地看着她的背影，看着她跑进单元门。这一次黄淑慧没有再回来。

此时，吴静正坐在书房电脑前备课，明天上午有四节课，尽管对课程内容及讲授方法她这个老教师胸有成竹，但出于一贯的责任心，她还是很认真地把课再捋了一遍，把 PPT 课件内容又充实了一些。她下意识地看了看电脑右下角显示的时间，二十二点四十，常凯还没回来。尽管她已经习惯了常凯的晚归，但是今晚说不清缘由地烦躁。

又过了半个小时，一楼电梯间门开了，常凯回家了，他没有从负二楼车库步行上负一楼书房，而是直接乘电梯到了二楼卧室。她静静地坐着，期待丈夫能下楼来见她，但是，没有。被冷落的感觉像这冬夜的漫天霜雾一样从四面袭来，她抱紧双臂护住胸前，仿佛是要安抚疼痛的心。

听到吴静进卧室的动静，常凯闭上眼睛尽量发出均匀的呼吸。当吴静洗漱完躺在他的身边，他调整了睡姿侧身背对着妻子。像是呼应他的动作，吴静紧跟着也侧过身来背对着他。他知道吴静知道他没有入睡，可是他就是要强行装睡着。他过不了心中一道坎，做不到想着黄淑慧却能装作什么都没发生。那一夜这对夫妇谁都没有入眠，可是没有一句话一个动作的交流，更不用说亲热。

吴静意识到自己的婚姻出了大问题。孤傲的她做出不寻常的决定——远走澳洲，让自己沉静一段时间。

吴静离开盐渎远赴澳大利亚三个月后，常凯在孤寂难耐中再一次约会黄淑慧。这一次是黄淑慧听常凯喝着啤酒絮絮叨叨地说小时候的穷苦，说他被妈妈揍的那些事，诉说他的孤独。黄淑慧把烂醉的常凯送回他那空旷的家后，没有离开。那夜，他们越过了世俗伦常的红线。

第三十二章

吴静的家在盐渎城西南的那片本地有名的别墅群。别墅除了地上两层之外还带有地下室。装修时，吴静做主把地下室建成超大书房。靠墙是定制的高度直抵天花板的书柜，超大的书桌彰显着主人不凡的身份地位。书桌对面是一圈真皮沙发。采光井下放了一张小巧的茶桌，茶桌两边各放一张藤编的单人沙发，再放上厚厚的有着精美图案的沙发垫。没有课的时候，吴静喜欢在午后泡上一壶咖啡，窝在采光井下的沙发里，把头仰枕在沙发靠背上，望着采光井上的玻璃发呆，一坐几个小时，直到阳光退下，夜幕降临。女儿上大学了，家里除了钟点工隔天来打扫，几乎总是她一人。家一共三层，每层一百平方米，可是她总是喜欢缩在地下室采光井这个逼仄封闭的小小空间里。她觉得这个地方很小，不会让她感觉到家太空旷，这样孤独感会减轻一些。

从澳大利亚回来已经三个月了，已是春夏交替之际，绵绵细雨洒落在头顶的玻璃上，空中一片雾蒙蒙，吴静恍恍惚惚地有一种被埋葬的感觉。金庸《神雕侠侣》里小龙女生活在活死人墓中，吴静觉得自己也是生活在活死人墓中。前些日子，常凯说他要到浙江去会见当事人，两三天回不了家。她站在家门口默默地看着他拖着旅行箱上车，等他的车开出小区大门以后，她突然有个奇怪的感觉，感觉他不一定是去会见当事人，说不定是带着黄淑慧到外地去幽会了！她无法克制这种感觉，打电话给妈妈，说自己中午想回家吃饭，顺便问问家里中午有多少人吃饭，她可以在回家的路上到饭店打包带两个菜回去。妈妈告诉她吴杰、黄淑慧和吴双都回家吃饭。她心里宽松了许多，但又有些失望。她觉得自己有些变态，好像希望丈夫与他的情人继续交往一样。

虽然在出国之前，吴静已经意识到自己的婚姻出现严重问题，他们夫妻间的交流与丈夫所挣的钱成反比，常凯拿回家的钱越多，给她的温情越少。她寂寞、焦虑、烦躁不安。小时候他家生活在新疆小县城，爸爸在一个干校里做教员，他们的家在一溜平房的干校大院里。大院里有一道每天都会出现的风景，就是干校校长的妻子寸步不离地跟在校长身后，无论校长做什么。校长上厕所，他的老婆就站在厕所外面等；上县上开会，她就坐在会议室里一起听。不仅干校大院里人人习以为常，整条街上这两口子的事也是人尽皆知。大家都说女人脑子不正常，一天二十四小时看着丈夫防止丈夫找别的女人。校长年轻时想抛妻另娶，老婆受刺激了就变成这样，校长无可奈何只能忍受。后来校长早早抑郁而终，亲朋故旧上门吊唁。到了这个份上，他老婆还把住大门不许女同事女下属进门。

这件事过去很多年了，但一直留在吴静的记忆中。当年，还是小姑娘的吴静曾与小伙伴们一起站在路边嬉笑着看着高大黑胖的校长老婆跟在矮瘦白净的校长身后亦步亦趋，觉得滑稽。现在她再回想起来，意识到那样的婚姻对校长及校长老婆都是悲剧。她不愿成为校长老婆那样像膏药似的贴在男人身上的女人。所以她选择出国，想用距离促使常凯静静地反思，反思是否应该珍惜她和这个家。但是她失败了，败得很难看。吴静怎么也没有想到丈夫居然与自己的弟媳黄淑慧搞到了一起。吴静是学英美文学的，西方文化中浪漫情调与思想开放自由对她有着潜移默化的影响，所以，她不是不能接受常凯有外遇，而是不能接受他的外遇是黄淑慧！

她曾经想到自己把常凯一个人独自扔在盐渎，可能会有别的女人趁着空隙走进常凯的生活，她奇怪自己竟然没有产生强烈的嫉妒。她自信地认为常凯即使有别的女人，也只是填补一时的空虚。她吴静是普通的女人可以相提并论的吗？所以她不仅不嫉妒，甚至感谢那个女人在常凯最孤独时给他安慰。这样想的时候，吴静被自己感动得想哭。但是，当她发现这个给常凯安慰的女人竟然是黄淑慧，她愤怒的同时觉得受到了莫大的羞辱！她，一个具有高贵品格、良好家世、满腹学问、优雅大方的大学教师居然与黄淑慧这个乡下养鸭子的女人共有一个男人，这是她不能接受的！

虽然黄淑慧嫁到吴家已经十几年，但吴静在内心深处是轻视她的。当初弟弟吴杰要娶黄淑慧，她没有强烈反对，是因为她了解自己弟弟有多无能，觉得黄淑慧这样的农村女孩至少不会欺负自己弟弟，黄淑慧还会因为自己的高攀而从心里感激他们全家的。她记得初见黄淑慧的那次家宴上，黄淑慧坐在她身边的席位上，一直到饭局结束，黄淑慧的左手都是紧握成拳放在腿上的，这个动作暴露了乡下姑娘没上过台面的紧张。她本来想跟黄淑慧聊聊，告诉她这些在座的以后都是自家人，让她在亲切的闲聊中放松，但是她提不起兴趣。她能跟这个养鸭子的女孩聊些什么呢，聊怎么放鸭子吗?

吴静恨，恨这个世道，什么样的人都可以堂而皇之地登堂入室！黄淑慧这么个乡下女人居然敢染指她的男人！吴静快疯了，她怒不可遏地指责常凯对她的背叛，斥责他人格低下，没有道德。常凯总是以沉默来应对，从不辩解也不发火。常凯的表现更刺激了吴静。她愤怒地把常凯的衣服扔出家门，让他滚，永远不要见到他！常凯默默地把衣服收拾起来放到车里开着车扬长而去。吴静先是扯自己的头发，然后蓬头垢面地、楼上楼下没有目的地乱转。在负一楼的卫生间马桶背后窄缝里，她发现了一条女人的内裤。那条内裤明显不是她的，那一定是黄淑慧的！她认为这是黄淑慧故意留在这里向她示威的。吴静彻底疯了。

常凯很晚才回家，洗漱过后睡在客房中，夫妻各不相扰。第二天常凯早早就起床做出门的准备，今天对他来说特别重要。有一个很大的案件，他是被告方代理人，而对方律师是盐渎以刑事辩护出名的女律师，是业内公认的刑辩高手。与她在法庭相遇，很少有不败阵的。他昨天一天都在律所准备材料，修改辩护词。担心晚上回家又会遭到吴静的纠缠，他昨晚直到深夜才回家。八点半钟开庭，现在已是七点了，开车到法院还需半个小时，如果遇到堵车那就倒霉了，所以，他必须早些出门，提前到法庭等待开庭。而且昨天师范学院法律系的王教授给他打电话，说有两个班的学生要来旁听他的法庭辩论。常凯没有上过正规大学，所以虽然现在很有名气，但对高等学府总是怀着怯生生的敬意，觉得大学本科生们能来旁听他的辩护，从侧面说明他是成功了！

常凯把公文包和律师袍放在门口的餐椅上，正准备出门却又有点尿意，这是他的老毛病，一紧张就想小便。他明白今天不是内急，而是面临重要开庭前的紧张，于是他折回头进了卫生间。就在他站在马桶前集中精力酝酿便意时，卫生间门被打开，吴静穿着睡衣赫然站在门口，手里拿着一支蘸了墨水的细毛笔，面无表情，长长的直发乱蓬蓬地披散着，眼睛直勾勾地看着他，眼珠一动不动。他一时发蒙，不解吴静这时候拿着毛笔干什么。但是下一秒钟他崩溃了！吴静一个箭步冲到他面前，一把撩起他的衬衫，蹲下身子开始在常凯的肚脐下方奋笔疾书。吴静用她在曾唐书院师从盐渎书法名家曾唐先生练就的漂亮行书，在他的肚皮上写下两个字："贱货！"然后潇洒地把笔一扔，优雅地转身，昂着头上楼去了。

这时已经快八点了，还有半个多小时就开庭了。常凯顾不上洗掉妻子的墨宝，提起裤子夹起公文包和律师袍狂奔出门驾车疾驰。那天虽然他迟到了十分钟，遭到法庭审判长的当庭训诫，但是他的庭上表现异常出色。他用翔实的材料和有力的质证，用富有感染力的铿锵有力的辩护演说，让女律师遭遇一场事业的滑铁卢。当他辩护结束，旁听席上的大学生们热烈地鼓掌，被告人家属向他竖大拇指，场面激动人心！离开法庭走出大厅，除了女律师与她的助手悻悻然地快速离去，大学生们把他围成一圈，七嘴八舌地向他请教问题。王教授被挤到他身边，手搭在他肩上与他称兄道弟，并说他请了自己的博导——北京著名法学家到师院来做讲座，约常凯晚上参加欢迎晚宴。常凯又一次迎来事业的高光时刻！此时，他的心在滴血。

第三十三章

这阵子叶知秋在王新眉面前相当拽，因为股市大涨，叶知秋赚了不少钱。他得意扬扬地对王新眉说："看看怎么样？要是我答应你把钱拿去给外人填窟窿，现在就没这个好事了啊！"听说赚钱了，王新眉还是高兴的，但同时她也更加焦虑。眼瞅着卢超群出来快一年了，酒行生意没了，他与陈静雅两口子，一个送外卖和做代驾，一个做钟点工，哪怕没日没夜地打工，能存几个钱？到时候想必自己还要厚着脸皮把债往后拖一拖，但是能拖几时呢？看来还是要动用股市上的钱，但是这阵子股市上确实赚钱了，王新眉一时难以开口再向叶知秋提出把钱拿出来还给还茂霞，叶知秋这里还是慢慢磨吧！还茂霞有日子没找她了，也不知道她与任兴武有没有断了。以她对还茂霞的了解，她估计这两人是不那么容易断掉的。正想着还茂霞的事，手机响了，拿起来一看，竟然就是还茂霞。真是说曹操，曹操到！

电话里还茂霞的声音都变了，不再像平日里心情不错的时候声音脆脆的，嗲嗲的，今天还茂霞的声音低沉喑哑，像是刚刚哭过。王新眉有不好的预感，不安地问："发生了什么事？你好像刚哭过？"

电话那头传来了还茂霞的抽泣声，王新眉着急起来，冲着电话大喊："出什么事了？快点说呀！别只顾着哭呀！"还茂霞停止了哭泣，一字一顿地说："任兴武儿子死了！"接电话时，王新眉正在病区写病历，听到这个消息，人"噌"的一下从座位上站了起来。"怎么会有这种事？太可怕了！"王新眉冲着电话惊叫，连说多声："怎么会！怎么会呢！"还茂霞接着告诉王新眉:“是在高速公路上急刹车，车失控撞到护栏后翻车，当场身亡！”还茂霞在电话里详细地向王新眉叙述了任曦车祸身亡的情况，王新眉听完电话，整个人近乎呆滞，护士小姑娘看到王新眉脸色苍白，以为她身体不好，关切地上前询问:“王医师，您怎么啦？哪儿不舒服吗？”王新眉摇摇头，不想说话，陷入沉思。

还茂霞与任兴武自从上次被任兴武妻儿现场捉到一场大闹之后，根本就没有断绝关系，只是由原先的定点幽会改为游击战——到不同的宾馆开房相会。任兴武在妻儿面前装着痛改前非洗心革面，好好守着妻儿过日子。还茂霞也一改以前对张卫东不闻不问的样子，不仅表现得善解人意，通情达理，还突然像是感觉自己有所不足，应该加强各方面素养，这样才能配得上自家家大业大的身份地位，请了古筝私教一对一学古筝，请瑜伽私教一对一学瑜伽。这一招在相当长的时间果然瞒住了任兴武妻子袁媛，张卫东那里更是瞒得死死的。谁知道时间一长还是瞒不住了，什么原因呢？是任兴武继续偷家里的钱在还茂霞面前打肿脸充胖子。

在与还茂霞交往的过程中，任兴武发现还茂霞是个把钱袋子攥得紧紧的人，想敲她的钱没点道行是不行的。所以他想来想去，尽管存在被妻儿再次发现的风险，但他还是想再赌一把，再做些投资。要感动还茂霞，才能从她那里得到他想要的回报。终于袁媛再次发现丈夫瞒着他们娘俩动用儿子的买房款，等到发现时，已经又用了五六万，这样，任兴武与还茂霞交往以来，把家里一共不到十五万的存款抖荡掉十万出头，所剩无几了，袁媛为儿子任曦买房子的梦想彻底破灭了。

发现钱被任兴武挪走花光的时候，任曦正在出差途中。当时，袁媛在家里，看到任兴武进了家门，袁媛尖叫着扑向他:“你简直不是人呀！你还我钱！”任兴武突遭袭击，一个没站稳，仰面摔了下去。就在他摔倒着地之际，他恼怒地一脚踹过去，结果正中妻子的胸口。袁媛坐在地上放声大哭，哭声极为凄惨，这些天的痛苦再也承受不下去了，她仰望苍天痛哭不已，并且一边哭一边打电话给儿子。任曦正在高速上开车，手机显示是妈妈电话。他明明知道在高速上接打电话是很危险的，但他是个特别疼惜母亲的孝顺孩子，怕自己不接电话妈妈着急，就冒险接了电话。

电话里传来的是妈妈撕心裂肺般的哭声，还有伴着哭声的诉说。电话里袁媛一遍又一遍，语无伦次地哭诉：“你爸他打我，用脚踹我的心口！他打我！他要打死我！”任曦“轰”地火直往头顶冒，他愤怒、伤心、痛恨。为了安慰妈妈，他在电话里一遍一遍地说：“妈妈！妈妈！你等我，我马上就到家了，我饶不了他！”突然，一辆大型重载货车如山一样突现在他面前，他靠得太近了，眼看就要追尾，为了避开大货车，他急刹车，结果一头撞向护栏，车在高速上翻了几个跟头。任曦，这个对未来充满幻想，积极上进、爱写诗的年轻人，不需要再被迫面对人生的苟且、丑陋，不需要再承受任何伤害、背叛，他的灵魂离开沉重的肉体步上山岗，走过原野，面朝大海，那里永远是春暖花开。任曦，终年 26 岁。

袁媛的心枯死了，她不需要为了儿子含辛茹苦维持这个家了，也不再指望与任兴武回到从前，在她的心中，那个在舞台上扮相俊美，生活里温柔体贴的任兴武已经死了，还活着的是一具被欲望和金钱侵蚀得腐败发臭的行尸走肉。她到任兴武的上级部门，把任兴武这一年来的种种不堪全部做了汇报，并且强烈要求组织上对任兴武做出严肃处理；她到妇联哭诉要求妇联为她撑腰。任兴武被开除党籍，撤销科级干部职务，降为普通工作人员。在机关里，任兴武的丑闻人人皆知，袁媛的悲惨遭遇获得无数人的同情。人们对这个家庭的家破人亡唏嘘感叹。在中年丧子的巨大打击下，任兴武一蹶不振。他破罐子破摔了，他已经不在乎什么名声了。他想从还茂霞那里财色兼收某种程度上也是为了儿子呀！他如果有钱了，最终钱是要给儿子的。儿子没了，这个世界于他还有什么意义呢！

他自动离职和离家出走，躲在一个小旅馆里，除了抽烟喝酒就是睡觉，晨昏颠倒，整个人基本上像废物一样。还茂霞每天去看他，帮他打扫房间，给他带吃的，然后疯狂地做爱。唯有这时，任兴武才觉得自己还有一些活力。任兴武终于拿不出钱了，在还茂霞面前他装不下去了。还茂霞只好为他付了房钱，想到一直住在旅馆不是个事儿，于是为任兴武租了一个小套间。是的，这次租房是还茂霞掏钱了。

袁媛打电话给张卫东揭露还茂霞插足她的家庭。对于还茂霞，袁媛恨不得生吃了她！这一次，王新眉再也没办法帮助还茂霞撒谎糊弄张卫东了。张卫东喝下整瓶白酒之后，揪着还茂霞的头发猛打她的脸，一边打一边骂道："我要打烂你这张妖精脸，叫你没法见人！"他又对准还茂霞的头连续出拳，打得还茂霞当场满脸是血，几乎昏死过去。

张卫东打累了瘫在沙发上，命令还茂霞跪下求饶。还茂霞捂着流血的耳朵跪在丈夫的脚下，痛哭着求他原谅，发毒誓表示再也不与任兴武来往。看在女儿的分儿上，为了给女儿一个完整的家，张卫东表示这次饶她不死。

从那以后，还茂霞一耳失聪，别人说话声音稍小她就听不见。她自己说话自己听不见，以为别人也听不见，于是就大声地说。比如，她带着任兴武到小饭馆吃饭，为哄任兴武开心，她就对他说："我爱你！"她的声音非常大，饭馆里所有人都听见了。

为任兴武租好房子后，还茂霞又给他一个月的生活费五千元钱。以后每月月初，还茂霞都会给任兴武一笔生活费，张卫东不在盐渎的时候，她也会带着任兴武找一个幽静的饭店吃上一顿美餐，还会给他买高档衣服。还茂霞买衣服一般是一次买两件，一件买给任兴武，一件买给张卫东。任兴武终于从一个想捞偏门的梦想家沦落为被富婆金屋藏娇的软饭男。

这样的日子一晃过去大半年，2012年元旦那天，张卫东带着全体员工到盐渎新建成的位于西乡湖边的水城度假村去开年终总结会，并在那里狂欢跨年。还茂霞推说身体不适没有跟着去。张卫东也不想带她，省得她碍眼，影响他与销售部女主管正在热络着的互动，也就顺水推舟地同意妻子在家静休。当晚，还茂霞带着任兴武一起找了一家日料馆。日料馆坐落在盐渎人心中的母亲河——串场河畔。串场河从东南往西北穿过盐渎城中心地带，盐渎城的高档餐厅都是沿河而建。夜幕降临，串场河两岸人影绰绰，霓虹闪烁，一片太平盛世景象。

那天，任兴武把胡子刮得干干净净，穿上还茂霞为他买的羊绒衫，羊绒衫里是考究的高档格子衬衫，人精神状态焕然一新，神清气爽，还茂霞看了很舒心，暗暗思忖这个老男人收拾一下还是挺养眼的。那天晚上，两人喝了好几瓶日本清酒，都满脸通红。还茂霞再次大声对任兴武表白：“我爱你！”任兴武说自己想振作起来，忘掉过去，重新出发！还茂霞听了高兴得两眼发光，一脸娇媚。任兴武又说：“我详细地了解咨询过，开一家这样的有一定档次的日料馆，需要五十万元启动费！”还茂霞爽快地回答：“我给你！我还有最后一笔私房钱，全给你！相信以你的能力一定能把日料馆开起来！”那夜，屋外寒风飕飕，饭店仿古建筑翘起的飞檐下酒幌在寒风中飘荡，岸树也在风中摇晃不停，天空只有几颗稀疏的星星，好在还有一轮皓月凌空如镜，皎洁的月光洒满河上，河水泛起银色波光。

任兴武拿到这笔钱几天后消失了。他们再见面是在多年以后。

第三十四章

王新眉坐到电脑前打开已经好多天没有动过的博士论文初稿。博士论文马上就到交付初稿的日子，但诸事烦扰，王新眉根本静不下心来写。这时她又想起了程家祥，她已经有一段时间没与程家祥交流了，只能靠看程家祥的微博去了解他的动态，看到他国内国外飞来飞去，参加高端学术会议。王新眉感到虽然与他曾同窗五年，但如今他是那么遥远，仿佛在云端，她只能在地面上仰望。她想打电话与他交流一番她的论文，但又怕人家这会儿正忙着，自己打搅到人家于是又打消了念头。但是，几天以后，王新眉突然接到了程家祥的短信。短信中，程家祥告诉王新眉，他会在周六下午从上海飞到盐渎，为一位肿瘤病人做手术。

当下社会教授、专家走穴之风盛行，程家祥也未能免俗，应当是患者家属花了大价钱才请动了这位大专家到数百里之外“耍飞刀”。程家祥说如果手术顺利，他请王新眉吃晚饭。第二天上午他就要赶头班航班回上海，上海医院里还有一台手术在等他。王新眉本来只敢想能有机会与程家祥深入交流，没想到很快就能见面了，真是太好了，她没有一点犹豫马上同意见面。她打开电脑，把论文初稿又看了一遍，又把自己博士生导师通过电子邮件发过来的修改意见打开来一句一句读了一遍。她的导师本科阶段比她还低一届，是她的师妹，但现在是她的导师。在邮件中导师对她初稿中的研究思路提出很多意见，并不客气地批评她精力投入不足，说如果在二稿中没有突破性的进展，就要求她延期参加答辩。

最要命的还有一件事，对王新眉来说也是压在心头的大石头。就是要想最终拿到博士文凭，必须在业内权威核心刊物所谓“SSCI”来源期刊上发表高质量论文。这是一个论文大跃进的时代，各行各业升职称都要论文，连幼儿园老师晋升职称都要发表论文。虽然为职称论文应运而生的刊物多如牛毛，但顶级权威的刊物还是不多，要想在这样级别的专业刊物上发表论文，没点水平是不行的。程家祥不仅是国内几家权威杂志的审稿专家，还是英国和挪威权威医学杂志的审稿专家。程家祥的到来对她来说仿佛是天兵天将下凡助阵，她感到必须抓住机会从程家祥那里得到指点，获得启发，打开思路，同时通过他的人脉关系在权威杂志上发表论文。

星期六王新眉休息在家，从中午开始她就坐立不安，一直等程家祥的电话或短信。叶知秋在客厅看电视连续剧，王新眉躲在书房盯着电脑隔一阵子看看手机。叶知秋最近像霜打过的茄子一样萎靡不振，因为股市暴跌，他不仅把前一阵子赚到的钱全还给股市了，而且本钱也折了不少。夫妇俩各怀心事，都瞒着对方装作平常的样子。王新眉告诉叶知秋，说晚上与吴静、还茂霞小聚，不在家吃饭。叶知秋乐得轻松，正好他这几天对什么事都提不起精神来。王新眉不在家吃饭，他自己一个人随便对付就行了。

已经是晚上七点了，到底等到了程家祥的电话，他在电话里向她道歉，说是患者家属为表达谢意，一定要请他和盐渎医院一起参加手术的其他医护人员吃饭。他没时间请王新眉吃饭了。在电话里，程家祥大概是感觉到王新眉沉默背后的失落情绪，就赶紧补了一句，想在宴会结束后见一面。王新眉马上答应了，程家祥从短信发来了酒店房间号。盐渎市中心最豪华的五星级酒店——驿都大酒店1512房间。王新眉在晚上九点如约来到驿都大酒店，仲夏的盐渎格外炎热，那一晚又热又闷，像是要下雨的样子。

王新眉穿着白底小蓝花真丝连衣裙，看上去比她实际年龄要年轻许多。她保养得不错，丰满而不臃肿，虽无法与年轻女人相比，但还算是余韵袅袅的。她特地涂了枚红色的口红，枚红色在她这个年龄来说有点过了。她没去细究自己为什么要涂这么艳的口红，后来她承认自己其实去的时候就有一种隐隐的预感，似乎他们之间会发生些学术探讨之外的事情。

她在这之前几乎没到过这么高级的地方，门童殷勤地向她鞠躬行礼，她尽量显得优雅地稍稍点头回礼，其实她有些局促。十五楼1512房间门口，她深吸一口气后轻轻地敲了两下门，门马上就开了，看得出程家祥是在用心地等待她的到来。

程家祥穿着白色T恤，灰色西裤，尽管经历一天的劳累，看上去有些疲惫，但举手投足间依旧掩不住他自内而外散发出的光芒。房间正中是一张硕大的床，南窗下是精巧的圆桌，圆桌两旁各设一张沙发。他请她坐在沙发上，给她倒了一杯茶，自己很突兀地斜倚在对面的床上。他看出王新眉的惊讶，就解释说："别介意啊！今天太累了，我几乎坐不住，腰酸。"王新眉赶紧说："没关系，你躺着吧，这样会舒服些！"二人开始谈话，王新眉开始说她的博士论文遇到的难点，向他请教。说着说着，王新眉发现程家祥并没有认真听她的讲述。

程家祥身子斜着略往后倾，用一个胳膊肘撑着，就那么歪着脑袋看着王新眉。他的目光在她的脸上、身上游移，眼神迷离而热烈，在镜片后闪着晶莹的光。王新眉能感觉出，程家祥斜倚着的姿势随意中透露出含而不露的放纵，在向她小心翼翼地传递出试探。当他越来越心不在焉，王新眉也越来越走神，感觉空气中游荡着暧昧的气息。她心跳加快，开始不敢直视他。其实她有好多事想跟他谈，但她觉得该告辞了！当她起身时，他也站了起来，这一站就站到了她的面前，她本能地向后退了一步，他却突然出手抓住她的双肩，把她向后推直到抵在墙上。她本能地紧闭双眼，随即感觉到热唇覆在了唇上。

他的吻越来越热烈渐至狂野，她从最初的慌乱渐变为配合。就在他的手开始向胸部移动时，她突然意识到再不刹车将全线失守。她按他的手，他立即停了下来，并不强求。她趁势挣脱了他的怀抱，抓起沙发上的包，低着头，没有说话，逃也似的迅疾开门离去。她没有回头，三步并两步奔到电梯门口，急按电梯按钮。尽管已经能够肯定程家祥没有追出房间，尽管走廊上除她之外没有一个人，她依旧急切地连按两遍按钮。恨不能生出翅膀从这里瞬间飞走，飞得远远，远远，远离这个让她慌乱不堪的男人。

回到家里已是深夜十二点多，叶知秋还没有睡着，他的卧室里传来咳嗽声和吐痰声。叶知秋每天临睡之前总会把烟灰缸放在床头柜上，夜里吐痰就吐在烟灰缸里。她默默地洗漱，尽量不发出声响，在次卧床上躺下闭上眼，可是怎么可能睡得着呢？脑子里都是刚才的一幕。她一遍遍地回味程家祥的吻，那是一种已经生疏得快被遗忘的沉醉的感觉，能让她忆起前夫卢超群的初吻。她已经很久没被男人吻了。自从去年他们夫妻间那场雌雄鏖战之后，叶知秋迅速滑向老迈，他们再也没有身体接触。有时独自躺在床上，她会想念与前夫卢超群热恋时的那些热吻，热烈、甜蜜，欲罢不能的吻，没想到让她重温这种感觉的竟然是程家祥。就这样一夜无眠。

次日是星期天，正好轮王新眉值门诊班，她一到班上就给程家祥发了短信："我早已心如止水，你却让我的心激起波澜，你为什么要这样？"她想即使他现在在飞机上，落地以后也会马上看到，她等待着他的回复。整个一天她不时地看手机，但并没有程家祥的回复。他的微博头像是一只在天空翱翔的大雁，王新眉直勾勾地盯着那只张开翅膀的大雁，恍惚间感觉那只大雁真的在飞，飞得越来越远。心中的疑惑、焦虑让她几乎无法集中精神听患者诉说病情。傍晚下班时坐在自己的车里，她终于按捺不住给他打了电话。

电话那头说："你好！"尽管只是普通的招呼语，她还是用第六感听出了刻意疏远的客气，便也客气而礼貌地说："你好！"对方并没有接话，她只好接着说："你到家了。"说完就发现自己的话很愚蠢。"是，我中午就回来了。"他的回答还是那么平淡。"那么，再见！""好！再见！"好像昨晚的事从没发生过。"这是怎么回事？这个男人为什么对我忽冷忽热？他怎么可以这样？"王新眉有点晕，在车上枯坐了半小时才缓过神来！叶知秋正在厨房忙着，今晚叶知秋特地烧了几道菜。他盘算吃得高兴时把股市亏钱的事说出来。

王新眉平日里吃到叶知秋的红烧肉总是赞的，今天吃在嘴里，总觉得肉有腥味，不由得抱怨起来："晚上吃得这么荤，还嫌我不够胖呀！再说，买肉的时候也不注意点，跟你说过多少回了，要买土猪肉，你今天买的一定是瘦肉精猪肉，这么难吃！”叶知秋感到有点委屈，也没好气地说:“你知足吧！费了半天工夫烧饭给你吃，一声谢都没有，还挑三拣四的！”“除了烧饭，你还能做什么？你如果连饭都不会做，我还要你干吗？”毫无思想准备，王新眉脱口而出这句话，她自己心头也暗自吃惊，平时她不会这么说的，可今天不知怎么了。整个晚上二人都没怎么说话，早早各自回房睡下。叶知秋如雷的鼾声从主卧室传到王新眉耳朵里，太刺耳了！叶知秋不仅打呼噜，还“咯吱咯吱”地磨牙，发出恐怖的声音。她震惊自己这些年居然能忍受过来。

第三十五章

那天晚上，常凯参加了王教授欢迎著名法学家的晚宴之后，没有回家，他到开发区大酒店的1221房间，黄淑慧在那里等他。他下午就与黄淑慧约好了晚上在这里相聚。黄淑慧早早来到酒店，泡了个澡，这会儿正躺在床上玩着手机等常凯。吴静不在家的这两年里，他们不到酒店开房，而是直接到吴静家里去。在吴静家里，黄淑慧有时连续待上几天才回自己的家，对那里每一个角落都很熟悉。她喜欢坐在地下室超长的书桌后那张真皮单人椅上来回转动，当椅子转动时，在瞬间她觉得自己就是这个豪华别墅的女主人。可是当她站起来转过身面对满墙的落地书柜，她看到书柜里的吴静的藏书，那些书涉及广泛，中外文学名著和哲学、历史、艺术书籍。那些书黄淑慧甚至连书名都没听说过。她不得不面对残酷的现实——她黄淑慧无论如何打扮自己也永远走不进吴静的世界，永远无法代替吴静在这个家的位置。

她给予常凯的吴静没有给，而吴静带给常凯的盐渎世家子弟上流社会的入场券，是黄淑慧无法做到的。正是靠着这张入场券常凯才有机会在名利场上从小配角开始最终走到了舞台中间聚光灯下。吴静虽然人在海外，但是这个家到处都是她的气息。打开衣橱，满满的衣橱都是她的高档衣服；来到开放式厨房，西厨台上放着来自德国的咖啡机；走进小院，小院不大却极具特色，在院子的一角是日式的枯山水景观，在另一角则设计了小桥流水。小小的庭院绿树扶苏，生机勃勃。这些设计都是吴静的创意，是她为自己和丈夫、女儿建造的乐园。“我只能在她不在家的时候，像小偷一样蹑手蹑脚地进来，再鬼鬼祟祟地离开。”想到这些，黄淑慧心中感到酸楚，对吴静充满了嫉妒。她的真正痛苦还不是嫉妒，而是永远无法战胜吴静。

为发泄这种难以言表的痛苦，她把那条内裤藏在马桶后的缝隙里。她想象着吴静发现时的痛苦样子，突然感觉心里从没有过的舒坦，仿佛自己终于战胜了那个高高在上的公主！她果然把吴静刺激疯了！

很晚，常凯拖着疲惫不堪的身子进了房间，只来得及脱掉皮鞋，就一下子瘫在床上，闭着眼睛直“哼哼”，过了半天才缓过气来。黄淑慧看多了常凯人前精神人后萎靡的样子，但像今天这样累成一摊泥还很少见，就疑惑地问:“怎么今天这么累？”常凯没有说话，依旧闭着眼睛，指指自己衣服，示意黄淑慧帮他把衣服脱了。黄淑慧帮他脱衣时，他很听话，按照指令伸胳膊抬腿翻身。脱了外衣以后，黄淑慧“呀”地发出惊叫声。她看到常凯白色的衬衫下方明显有一小片黑色污渍。“你怎么穿着脏衬衫出庭？”常凯两眼望着天花板，两眼无神，带着叹息声说:“你想晓得吗？吴静写给你的信就在我的肚皮上，你想看吗？”黄淑慧赶紧把常凯衬衫纽扣解开，只见那肚脐下依稀显现字迹。黄淑慧痛苦地呻吟一声躺倒在常凯身边，两眼看着天花板，无语凝噎。

黄淑慧听到常凯的抽泣声，他哭了。与常凯相识近二十年，黄淑慧从来没见过常凯流泪。她转过头来对着常凯，看到常凯眼中泪水顺着眼角留下来滴到枕上，不一会儿，枕上已经湿了一片。黄淑慧见此情景也鼻子发酸，她理解常凯这个男人成功背后的辛酸，想到自己经历的种种痛苦，也有些哭的冲动。她拍拍常凯的肩，柔声说:“你想哭就大声哭出来，哭出来会好受些！”于是，常凯就放开来哭，越哭越伤心，像孩子一样肆意畅快地哭了一场。常凯哭的时候，黄淑慧把他的头搂在自己怀里，任他哭，直到哭声渐稀，还剩下抽鼻子的尾声，才轻轻地抚摸他的脸，柔声说:“起来洗个澡，然后我帮你按摩，好好调整一下！”

常凯听话地起身去浴室洗澡了。黄淑慧仰面躺在床上，想着下一步该怎么办？放弃常凯回归家庭，可自己舍得放弃吗？与吴杰还能回到从前吗？不！她绝不愿意就这样退回去！要求常凯离开吴静与自己结婚，大概率常凯做不到，而自己也没这个想法！她与常凯是绕着同一棵树向上攀援生长的两根藤蔓，两根藤蔓在生长攀援的路上相遇交缠在一起，拧成一股继续向上攀。离开了这棵树，他们都将失去依凭，从而失去方向。所以她没有与常凯结婚的想法。那么怎么安抚伤痛的吴家姐弟呢？吴杰好对付，为了留住她，吴杰什么都能忍。至于他的内心如何痛苦，那不是她有兴趣了解的。关键是吴静这个孤傲的女人难对付！如何才能让她不再闹了呢？想着想着，一个绝妙的想法从脑子里冒了出来，她激动地从床上坐起来，倚靠着床头护板开始翻看手机通讯录，终于找到了。

黄淑慧要找的人是她的中学老师赵振国，他做了几年领导秘书后得以升迁，现在已是区委副秘书长。黄淑慧他们中学毕业二十周年同学聚会的时候，把赵秘书长隆重地请来做上宾。声名鹊起的黄淑慧，主动要了赵秘书长的电话。逢年过节黄淑慧都会短信送上节日问候，赵秘书长每次都会回送问候。

“怎么才能把他俩凑一块儿呢？吴静就没嘴说人了。她可能就不会总纠缠常凯，也不会像现在这样发疯了！”黄淑慧差点笑出声来，很是为自己的这着妙招高兴。她想象着吴静深情款款地看着赵振国的样子，恨恨地自语：“你不是高贵吗？我叫你与我一样！你看不起我，我也可以看不起你！呸！”她做了一个向吴静吐痰的虚拟动作，那动作干脆利落，嘎巴脆！常凯洗完澡裹着大浴巾走出浴室，见黄淑慧正在向空中吐唾沫，不解地问：“干什么呢？”黄淑慧神秘地回答：“驱鬼呢！把缠人的小鬼全赶走！”常凯紧张地向两边前后看，嘴里喃喃地说：“不管是哪路鬼，别缠着我就行哦！”

第三十六章

王新眉回到门诊，一时难以平复心情，感慨良多。昨天她在病区查房，冲着住院病人老李发了火，这个病人只有44岁，严重的肝硬化，已经第三次入院治疗，情况不容乐观。王新眉一再要求他不能喝一滴酒，但他就是不听医嘱，竟然把白酒倒在保温杯里，伪装成白开水，直到邻床的病友闻到浓郁的酒味，报告了护士，这才被制止。王新眉已经完全拿他没办法，就问他："你难道不知道你这样喝下去很快就会死吗？"他居然回答说："不喝酒活着还有什么意思！"王新眉无言以对。今天上午老李真的死了。临死之前他向王新眉道歉，说："王主任，对不起！没听您的话！"他用最后的力气向王新眉伸出手来，与她握手道别，也与所有在场的护士、病友一一握手道别，然后闭目离去。

人性真是很复杂，这样一个完全失去活下去的精神力量的人，却在告别人世的时候展现了做人最后的尊严。也许他在弥留之际回忆自己的一生，有无限的悔恨，体面平静离世实际上是他对人生最后的眷恋。上午并无什么病患求诊，王新眉枯坐在诊室，想了很多。她想起几天前接诊的一位肝癌病人。那天也是在门诊，有好几位病患排队等候她的治疗。门外走进一对男女，一看就知道是夫妇。男的搀着女人的胳臂进来后，看到只有一张凳子了，就示意女人坐下，他自己站在旁边。等前面几位病患诊治结束后，王新眉很自然地开始询问女人，说："请问您哪儿不舒服？"女人没有答话，站了起来，换身边的男人坐下。男人解释说："医生，是我有病！

她是我家属。”

王新眉被整蒙了，诧异地问：“怎么看上去你是照顾病人的患者家属呀！”男人温和地笑了笑说：“我是晚期肝癌，一直在上海治的，现在上海医院说看不了了，让我回家。我想还是到医院来住着，能治一天是一天！肿瘤科那边住满了，我到你们科来看看能不能住下来治疗。”男人看出了王新眉的诧异，又补充说道，“我家属照顾我这三年精神压力太大，人差不多要垮了。现在我们相互照顾！”王新眉看那妇人，骨瘦如柴，神情憔悴，像是一阵风就能吹倒似的，而那男人，他不说还真不大看得出来是来日无多的晚期癌症患者。不等王新眉开口，那男人又继续说：“我虽然生病三年，但我没耽误家里的事！去年把三层楼房子盖好，今年过年儿子娶了媳妇，两件大事我全部赶上办了，这下子心事了了，我死而无憾了！”说完男人朝妻子看了一眼，一脸的自豪骄傲，而妻子则愁容满面，眼泪盈在眼里，说不出话来。

这是王新眉做医生以来看到的最为豁达、坚强、有责任感的人，她对眼前这个不久于人世的人深为敬重。她二话没说就帮他开具了入院手续，并亲自送他们夫妇到病区，嘱托护士长好好照顾。她想这样的人会永远留在她的心中，他的人生态度给她很多启发和激励。对比这位病患，再想想自己这一阶段为了博士论文和发高规格期刊文章去刻意与老同学程家祥交往，半迎半拒，暧昧不清，结果差不多算是偷鸡不得蚀把米！想到这，她苦笑起来。

她不怎么爱读古诗词，也记不得几首，不像好朋友吴静那样信手拈来，出口成章，但是她总是记得苏轼有句词“长恨此身非我有，何时忘却营营”。苏东坡长恨自己身在宦途，身子已不是自己所有，想着什么时候能忘掉为功名利禄而奔走钻营。想起苏东坡这句词，再想想自己何尝不是这样！王新眉突然觉得自己好丑陋！思绪奔涌到此，她的心如被一把利刃搅了一下，感到一阵疼痛，下意识地手捂胸口，不觉中汗水已经渗出浸湿了后背的衣服。良久，她起身去卫生间，卫生间里有一面镜子，她看到镜子里的自己神情抑郁，衰老了很多，两鬓已经隐隐有了白发。她手捧自来水洗了把脸，让自己清醒一下。长叹一口气，对自己说：“王新眉，你该反思一下了，你再这样随波逐流下去，还像最初的你吗？”

吴静的电话来了。电话里吴静说她要陪中学同学夏霖来找她看病。这阵子她忙着高攀有了大出息的大学老同学，都好几天没和吴静联系了。想到马上就能见到吴静，王新眉心绪好多了。不一会儿，吴静进来了，后面跟着的是吴静的中学同学夏霖。王新眉之前见过夏霖，但因为夏霖是一家乳制品厂厂长，平日里忙得不得了，所以平时很少见面。夏霖的胆囊炎又犯了，她歪着身子苦着脸进来，看见王新眉就像看见救星一样。王新眉一边给她开药，一边告诉她，不能光依赖药物，还要有好的生活习惯，不能一忙起来就忘了吃饭，或者一生气就暴饮暴食。超声波检查，夏霖整个胆囊里都是结石。王新眉劝她找个时间做微创手术把胆囊切除，夏霖叹着气说：“最近哪有时间啊！厂里几百号人等我发工资呢！”王新眉只好摇摇头，责怪她：“真是个劳碌命！自作自受！”

吴静陪夏霖去一楼打点滴，过了好一会儿，夏霖的症状才缓和下来，不疼了。这时也到了下班时间，王新眉说：“今天我做东，到附近商场三楼去吃个简餐，好长时间不聚了，正好聊聊。”夏霖苦着脸说：“你们吃，我看着！”三人几乎同时笑了起来。在餐厅火车座坐定等饭菜，三人几乎同时发问：“嗨！最近过得怎么样？”“能怎么样？”也是三人几乎同时回答。老朋友相视会心一笑，生活的酸甜苦辣不知从何说起。

正是盛夏，室外刚才还烈日灼人，这会儿暴雨突至，雨水沿着窗棂像瀑布一样流泻着，室内因为空调开得足，三人都冷得抱着胳膊。夏霖的故事就像窗外的暴雨一样冲击着她们的心。不知从何时开始，大牌乳制品纷纷进入盐渎，并展开近乎血刃的激烈商场搏杀，留给盐渎本地乳制品的空间少得可怜。在工厂濒临倒闭、技术人员纷纷出走之际，夏霖，这个大学毕业六年刚刚生完孩子的 30 岁女子，毅然站出来挑起了大梁。

她从源头做起，狠抓奶源的卫生，立足本土，立志做出真正信得过的奶制品。丈夫与她在同单位，负责技术开发。他们夫妇把儿子扔给孩子奶奶，自己与员工同甘共苦，甚至早上自己到客户家送奶，去了解客户的反映和需求。经过她与同事十多年的努力，乳制品厂虽然不能与国内外大牌相提并论，但在盐渎本土赢得了稳定的消费群体。她的事业是成功的，但她付出了惨重的代价。她的儿子一直由奶奶带大，奶奶的溺爱养成孩子的任性和放纵，读书读不好，还染上了赌博恶习。前两年在赌场被人设局，输了40多万元。开赌场的人派出道上兄弟天天砸夏霖家的窗户，威胁骚扰让她全家不得安生，夏霖夫妇只好拿出二十年的积蓄来还赌债。好不容易把赌债给平了，这会子儿子在外面交了个女朋友，女朋友的一只胳膊从肩膀到手腕处纹了一条龙，在道上人称“小龙女”。夏霖的病就是被儿子给气出来的。

看来再强的女人也有软肋！听了夏霖的抱怨，王新眉不由得感叹。她再抬眼看吴静，发现吴静比上次见到时更瘦了，皮肤虽然白皙，但薄得能看见皮肤下面的青筋。两个月前的一天，常凯曾经突然打电话给她，在电话里，常凯大叫：“王新眉，拿点药给你好朋友吃，吴静发疯了！”王新眉吃惊地忙问：“怎么回事？”电话那头，常凯大吼：“你去问你好闺密！我都说不出口！疯子！”王新眉赶紧打电话给吴静问发生了什么事，吴静云淡风轻地回答：“他们就是欺负我做不出恶心事！下流的方法是用来对付下流的人！”时隔两个月，现在，王新眉小心翼翼地问吴静：“要不，你也说说自己吧！你家的事怎么样了？”吴静的眼神在瞬间暗淡下来，就像今天的天气一样，刚才还骄阳下热气蒸腾，突然乌云密布，天空降下了大幕。

吴静沉默了一会儿，淡淡地说：“由他去吧！他们可以做得很低，我不能随着他们起舞！我有我的精神世界，在我自己的世界里我可以活得很充实，这不是他们可以伤害得了的！”吴静的一席话让王新眉肃然起敬，从心底佩服。最近，黄淑慧在社会上名气更响了。她所在商业集团董事会改选，她成功当选董事长。各路传媒都在宣传她的奋斗历程，宣传她草根出身，发愤图强，成为对社会有贡献的人。她的商场兼并了隔壁一家同样的老牌商场，使得商场营业场地一下子扩大一倍。在她的主导下，商场档次全面升级，国内一流连锁餐饮入驻商场。她的事业迎来了又一个高峰。可是王新眉不喜欢她，尽管黄淑慧与她一样来自底层，有着同样寒微贫困的早年，尽管王新眉承认她的确非常能干，才貌双全，但是，王新眉不喜欢她。王新眉知道自己对黄淑慧的厌恶并不仅仅是因为她伤害了吴静。到底是什么原因呢，她自己也一时说不清！

第三十七章

王新眉决定向医科大学申请博士答辩延期。很快回复下来了，同意后延。她稍稍感到松了一口气，觉得这样自己可以让浮躁的心沉潜下来好好想一想，把问题厘清，找到理论的突破口，作出真正有分量的博士论文。想到不久前自己为了论文那么卑微地去讨好高高在上的程家祥，幻想能借他一把力，结果弄出那么尴尬的场面，王新眉暗自惭愧，反省自己在对程家祥的关系上确实有想入非非之处，特别是与叶知秋的夫妻关系越来越冷淡，几乎名存实亡的时候，自己对程家祥确实在不自觉中暗生情愫。即使到今天，她依旧仰望程家祥，没有办法恨他。她对自己说："这只是人生中一个小小的插曲，可能很多人都曾遇到过。或者说是做了一场梦吧！"回忆起程家祥在事后对她的冷淡态度，她不由得感到酸楚。到现在她都在发蒙，"他是个什么人呀！他怎么可以这样对待一个老同学！"

转眼间已是秋天，早秋的天空高远澄澈，万里无云，一片碧蓝。还茂霞打电话给她，说这几天天特别好，约她周末开车到海边的森林公园去走走。王新眉觉得这个提议不错，但有些怕见到还茂霞，去年夏天，她趁人之危强迫还茂霞把那么一笔巨款借给她，现在约定的还款时间已经过了。卢超群、陈静雅夫妇辛苦打工一年，存下了十万元，再加上把原先酒行的库存低价出售，门面房退租房东返还的租金，七七八八加起来，有 30 万元。这笔钱卢超群还给了还茂霞，但是，还欠着 40 万元，这还没算利息。最近王新眉从不约还茂霞吃饭，她是觉得无颜面对她。

在此之前，王新眉从没有向私人举过债，更不用说拖着不还。现在她终于尝到了欠人钱还不起的窘迫了。她想要是还茂霞再遇到个什么难处，然后自己再挺身而出英雄救美，还茂霞一感动就不再追债，该多好呀！但是，她明白没有这种好事了！

任兴武儿子死了，任兴武失踪了，袁媛在精神病院出出进进，基本废了，家破人亡了。还茂霞与任兴武的这一段孽缘以彻头彻尾的悲剧宣告剧终。还茂霞已经很大度了，在她最后一笔私房钱50万元钱被任兴武骗走后，还茂霞并没有向王新眉催债，可是王新眉想到这件事就感到不安。她决定在周末之前与叶知秋谈谈，此时，她还不知道，叶知秋已经在股市上严重亏损了。周四的晚上，饭后，王新眉坐在沙发上，打开电视机，电视上正在重播电视剧《悬崖》。王新眉平时很少看电视，但叶知秋是个电视剧迷，这部电视剧他在年初首播时看得上了瘾，电视里每次重播他就会跟着看一遍。不仅如此，他还竭力向王新眉推荐。架不住好奇心，王新眉开始看，结果也看上了瘾。

这几天夫妻俩吃过晚饭后就会齐齐坐在沙发上等着电视剧开播，看上去像一对恩爱夫妻。这几天，叶知秋特别殷勤，看电视剧的时候，他又是削苹果，又是递抱枕，王新眉有点受宠若惊，心想是不是股市行情看涨，他高兴才人逢喜事精神爽。王新眉在心里琢磨，股市上正赚着钱，自己这个时候提出把钱抽出来还给还茂霞，大概率又要引发叶知秋的怒火。但是，她下定决心，今晚要开口。王新眉小心翼翼地问叶知秋："最近股市怎么样了？"叶知秋听到王新眉这一发问，吓了一跳，脸色突然变色，原先是黑黄色的脸一下子变得惨白，人也从沙发上跳了起来。王新眉感到很诧异，疑惑地问："怎么呢？"叶知秋眼神躲闪，欲言又止。为了掩饰刚才的失态，他假装镇定地说："没什么！我是看电视里周乙的妻子被拷打太惨了！"王新眉还是看出了叶知秋情绪的异样，毕竟他们已经做了12年的夫妻，太熟悉了。

她了解叶知秋，如果没有特别的事，叶知秋的情绪总是跟着股市的变化而阴晴不定。王新眉的心里已经有了几分预感，于是她追问道："是不是股市上出问题了？”叶知秋半晌不说话。在王新眉的一再追问下，终于承认他在这一次的股市风暴中跌惨了，不仅把先前赚的全部亏掉，而且本钱也损失了40万元。王新眉不关心叶知秋的钱。也就是说王新眉现在只剩下30万元。王新眉毫不犹豫地要求叶知秋及时止损，把剩下的钱还给她。这次，叶知秋再也不敢反对了。他耷拉着脑袋，神情沮丧至极，万般无奈地答应还钱。

第二天，叶知秋把王新眉在股市上还剩下的30万元提取出来还给了王新眉。王新眉又取出自从去年年初到今年秋一年半辛苦存下的10万元钱，一共40万元悉数还给了还茂霞。但是当初说好的利息目前她还不起了。还茂霞这个女人大情大性，豪爽起来确实像个女汉子。她在电话里边笑边对王新眉说："利息我不要了！我在盐渎只有你一个朋友，就算我用这笔钱买你后半生的友情了！”王新眉还想争辩，说她以后会还，但是还茂霞不容她多话，她大声宣布："这件事到此为止了！不要再说了，再说，我就生气了！王新眉忘了你是谁了，你是我九岁时就要好的朋友，是这个世上最好的朋友，你忘了啊！”王新眉不再言语，这一年半以来，从未有过今天这样轻松！

接着她们开始商量周末去森林公园的事，还茂霞说她打算在网上订一个森林小木屋，她们俩周六下午去，在森林里住一个晚上。王新眉觉得这个主意真好！她很久没有放松一下了。她想象着周末她们徜徉在茂密的森林里，晚上躺在小木屋里，透过屋顶的窗子看星星，就像她们小时候坐在灌河边上看太阳渐渐西沉。但是，周末她们没能成行。张卫东出事了！

张卫东在生意场上被人设局骗走了1000万元钱。他破产了！张卫东向来精明过人，但在这次的房地产投资上他犯下了极为荒唐而幼稚的错误，导致满盘皆输！

事情要从半年前说起，半年前张卫东应生意场上认识的朋友邀请到苏南某市考察投资环境。他本是个棉花商人，进入房地产行业只有几年时间。三年前在盐渎拍到了一块地，正赶上盐渎中小学教育划分施教区，张卫东拍到的地恰好在施教区内，他在“十里春风”楼盘狠赚了一把。生意场上的幸运让他飘飘然，以为自己能力超凡，以后会所向披靡。但是实际上他在这一行涉水不深，根本没有意识到水下的急湍暗流。大半年前，张卫东回灌口老家看望生病的父亲，走得急没注意到汽车的状况，结果在高速上爆胎抛锚了。他只好把车停靠在应急车道上临时换轮胎，这时后面一辆车停了下来，车上走下两位衣着考究、气宇不凡的中年人，两人主动帮他一起换轮胎。

攀谈中，张卫东得知两位朋友一位是星宇房地产集团董事长，一位是办公室主任。他们是要到连云港考察当地房地产投资环境。张卫东以生意人的敏锐发现这次偶然的邂逅可能给他带来新的商机，于是就热情地邀请他们顺道在灌口停留，由他做东设宴以表感谢，算是交个朋友。董事长欣然应允，在宴席上，董事长得知张卫东父亲生病，诚恳表示要登门看望，张卫东拗不过他们的好意，就带着两位回家见父亲，董事长送上了一万元的慰问金。短暂的接触，董事长给张卫东留下了极好的印象。

一个月后，张卫东应董事长邀请到苏南某市考察。他被带到一幢大厦，来到装潢极为考究的星宇集团，董事长陪同他参观了偌大的公司，并指着远处一大片空旷的土地，告诉他，说那块土地是他们拍下的。董事长还拿出土地拍卖的所有权证，拿出政府相关批文，一一展示给他过目。公司员工出出进进，一副紧张忙碌的情形。参观结束后，星宇集团中层以上干部都参加了董事长为欢迎张卫东举行的豪华酒宴。席间张卫东流露出参股合作的愿望，董事长豪爽地答应，于是双方签署了合作意向书。张卫东认为这又是一个好机会，如果成功了，他将涉足长江三角洲地区房地产业，事业将更加辉煌!

张卫东回到盐渎后开始在亲朋好友间集资，允诺会有高利息回报。在他的高利润诱惑下，盐渎、灌口老家亲友数十人倾其所有参加集资，少则二三十万元，多则上百万元。张卫东将巨款汇至星宇集团指定账户后，这个星宇集团从地球上神秘消失了！董事长电话再也打不通了！惶恐不安的张卫东赶到上次去过的大厦，公司早已人去楼空。他随即向警方报案，警方经过侦查告知：他被一个跨国诈骗集团给骗了，主犯在得手后已经全部逃往国外。

张卫东不仅这么多年打拼来的钱全部被骗，还一下子背上了500万元的债。残酷的生活一下子把他打回原形，让他一夜之间倒退回20年前一无所有的穷小子，甚至比20年前还要不堪！他现在是人人喊打的过街老鼠，每天债主盈门，催债的电话响个不停。他不敢接电话，接到的电话都是逼债的；他不敢出门，出门会有债主堵他。他每天躲在卧室里昏睡或者打游戏、抽烟、喝酒。短短两个月，张卫东掉了40斤肉，从原先白白胖胖的油腻男，变成骨瘦如柴青筋暴跳憔悴不堪的行尸走肉。还茂霞养尊处优的富婆生活到此结束！

第三十八章

城南金融中心写字楼群在本地是数一数二的高端办公区，有上百家公司在这里或购买或租用。写字楼的一楼是精品成衣店、小巧而精致的酒家、咖啡馆、饮品店，形成了一个静谧却生机勃勃的高端街区。在一幢写字楼的七层，一字排开四间写字间是张卫东的房地产开发公司。今天，二十几位员工不再像往日那样忙碌而紧张，大家三三两两聚集在一起，或低声私语，或相对无言，有几位孤坐在一隅，默默发呆。大家在等待老板娘还茂霞，此刻还茂霞正在与财务部主管一起最后核算一遍每位员工在公司停业后的工资。她要在把所有积欠的员工工资全部发放到他们的手上以后，正式宣布公司关门。张卫东的豪车是以公司名义购买的，被法院拍卖后所得钱款赔付给债权人了。还茂霞的车是以她自己的名义买的，本可不纳入清偿范围。但还茂霞还是迅速把车折价卖了用于还债。她手上剩下的只有王新眉、卢超群还给她的钱，今天她准备用这笔钱来付清所有员工的工资，并且向每位员工发放一笔慰问金，以资助他们再就业前这段过渡期的生活。

还茂霞平时很少到公司来，以至于大多数员工甚至一次都没见过她。她自己做梦都没想到，自己作为公司老板娘第一次以公司主人的身份出现在员工面前居然是由她来宣布公司解散和进行善后。真像在做一场大梦！尽管在来公司之前，她在家里精心地化了妆，试图以较好的状态出现在员工面前，但是她眼角骤然激增的鱼尾纹、暴瘦之后塌陷的双颊，以及浓妆也遮不住的灰暗肤色，所有的一切都在告诉人们，这些天来，她经受了怎样巨大的精神打击，她是多么的心力交瘁！唯有她的双眸令人意外地闪动着光！

面对员工，她没有失态地流泪，而是语气平和、诚恳，眼中透露出坚毅而有力的神情。她诚恳地向员工鞠躬道歉，一再强调如果员工对收到的工资有异议请立刻与她联系。当她最后宣布公司解散时，所有的员工都鼓掌为她打气。那位与张卫东打得火热的销售主管，现在默默地站在大家身后，看着镇定从容的还茂霞，她心中暗惊，难怪张董事长尽管热情奔放像个哈士奇，但从来没动过拆家的念头。原来他的身后是这样的女人！众人散去之后，销售主管小姐留了下来，还茂霞在“十里春风”楼盘卖得最火的时候，在售楼处见过她，那时她还是刚入职两个月的新人。面对这个曾经试图挤进她家庭的年轻女子，此刻的还茂霞，没有一丝怨恨，她向姑娘微微一笑，点点头，轻声说:“走吧！一切都结束了！你还年轻，会有美好的明天的！”姑娘流泪了，她含着泪向还茂霞深深鞠躬，是道歉，也是告别，是向还茂霞、张卫东夫妇告别，也是向她错付的青春和走过的迷途告别！站在窗口望着楼下渐渐走远的姑娘的身影，还茂霞叹了一口气，对自己说:“你不能倒下！你一旦倒下，这个家就全完了！”付清了员工工资，她把最后一笔钱十五万元汇给了远在英国利物浦大学读大二的女儿，作为她一年的学费和生活费。此时她的口袋里只剩下3000元钱。她基本上山穷水尽、走投无路了。然而每天还有好多债权人在向他们夫妇追债。

这些债权人里有张卫东的堂兄弟、表姊妹，也有还茂霞的表哥表弟。在利益纷争面前，他们之间已经没有亲情可言了。还茂霞的表弟昨天在电话里对还茂霞说，他知道还茂霞的女儿在英国的具体住址，他说他认识不少江湖上的朋友，必要时可以请动英国华人社团中的帮派成员的。表弟的话说得看似轻描淡写，还茂霞听了毛骨悚然，她听出了每个字背后的杀气。她向表弟表示只要有钱第一个就还他的钱！张卫东的远方堂兄是一个有权力的人，积了丰厚家产，但是因为钱的来路不正，根本不敢用，平时都以俭朴示人，只有夜深人静门户紧闭之时，夫妻俩才会把存折与成堆的现金拿出来欣赏一番。得知张卫东集资并许以高额回报，堂兄心花怒放，遂通过其亲妹，以亲妹的名义把 80 万元钱放给张卫东。现在血本无归，这对堂兄来说比杀了他还难受。在张卫东那边的亲戚中数他追债追得急。张卫东本来对这位在家乡做官的地头蛇就有几分忌惮，现在他根本不敢听到堂兄的名字。有谁无意中提到堂兄的大名，张卫东就会瞬间发狂，把头蒙在被子里，全身发抖。看到从前那个意气风发的张卫东变成了今天这副模样，还茂霞欲哭无泪。为了排解内心的焦虑惶恐，她开始每天早晚课诵经，甚至过午不食。在梵唱声中，她的心逐渐平静，澄澈通透。

但是仅靠宗教给予的精神力量并不能解决她现实中的欠债问题。她需要卖掉房子来还债了。张卫东事业鼎盛时期在“十里春风”楼盘给自己留了一个四室两厅两卫的大平层。如果把这套房子出手，他们基本可以从沉重的债务中解脱。但是施教区最抢手的房子是七八十平方米的小套间，买家买来供孩子上学。像他们这么大面积的房子，又在施教区，虽然价值不菲，但是有实力出手买的人很少。房子一时难以出手，除非他们大幅降价。还茂霞想:“我不能搂着金娃娃当乞丐呀！”怎么办呢？只有忍痛低价出售。为了缓解债务压力，还茂霞做主将自己的住房以极低的价格卖了，然后购进一套位于城东边远地区的 70 平方米的二手房。

通过房屋置换，从两套房的差价中，她得了一大笔钱，首先还了威胁绑架她女儿的表弟和闷声发大财的张卫东堂兄的钱。她还主动还清了远房表姐的钱。表姐夫去世了，表姐患病刚刚做了手术，急需钱用，所以不等表姐再次开口，还茂霞主动把钱还上。除去这几笔债，他们的日子好过多了，还剩下一百多万，她想慢慢还吧，总会还清的！连还茂霞自己都觉得不可思议，那个总是想着打扮保持美貌、每天想着如何报复丈夫的还茂霞，当灾难降临的时候，会从内心深处激发出巨大的潜能，会洗心革面重新做人一般。

隆冬腊月，眼看又要过年了。盐渎人过年向来隆重讲究。刚开始数九，盐渎城中家家户户就开始做香肠腌制咸肉了。盐渎香肠不似广式香肠那么甜腻，也不似四川湖南香肠那么辣，而是三分肥七分瘦，咸淡适中，肥而不腻，醇厚鲜香，那是盐渎人入冬以后餐桌上必备的佳肴。走在马路边向周围的住宅楼看，会看到许多人家在阳台上挂晒香肠和咸肉。盐渎香肠咸肉作为活色生香的标志，告诉所有的人，春节快到了！但是还茂霞家里冷冷清清，没有任何忙年的迹象。同样冷清的还有王新眉、吴静家。在冬日的一个周末，由王新眉召集，当然也由她做东，三个好友一起到50公里外的溱潼古镇温泉去泡温泉。

三人坐在冒着热气的露天温泉池里，眯着眼睛享受冬天里直射的阳光，这么多天来紧张的神经得到放松，话匣子也打开了。吴静闭着眼睛发思古之幽情，口中喃喃念道：

春寒赐浴华清池，温泉水滑洗凝脂。
侍儿扶起娇无力，始是新承恩泽时。
云鬓花颜金步摇，芙蓉帐暖度春宵。
春宵苦短日高起，从此君王不早朝。
……

王新眉看吴静那副宠辱皆忘的沉醉样子，就挖苦她：“醒醒吧！吴教授！你不是杨贵妃，就是你家常大律师有个华清池，也不会赐给你洗凝脂的！”吴静苦笑着回她：“这么高兴的时候，偏偏提那两个下流人！哪壶不开提哪壶！”还茂霞平时是个话痨，可是一路过来到现在她基本没说话。王新眉看着她憔悴的模样、抑郁的神情，心中疼惜，一时也陷入沉默。心里在想着自己怎样才能帮到这位少时就结下友谊的朋友。

王新眉知道还茂霞曾经被任兴武骗走了50万元钱。这笔钱在张卫东事业如日中天的时候也许不算特别大的钱，是张卫东高兴时候甩给妻子的脂粉钱，是他用来保证后院不起火的“安家费”，但现在时过境迁，物是人非了。这一笔钱对还茂霞来说是一笔巨款，如果能索回将足以改变他们现如今的窘境。可是任兴武在哪里？温泉池中，王新眉建议还茂霞报警，警方立案侦查，一定会抓住他的。但是王新眉的建议被还茂霞拒绝了。还茂霞缓缓摇头说:“如果报警，必须得把事情的来龙去脉向警方说清楚，包括所有的交往细节。张卫东知道我与任兴武的事，并答应原谅我，但我还是与任兴武继续来往，供他吃住，最终被他骗得这么惨。报警的话，这些事张卫东都会知道，那么对他是雪上加霜，他已经像扶不起来的烂泥巴了，再打击他，他可能会死的。我不能这么做！”

尽管这些日子以来，还茂霞面对困境所表现出的坚强令王新眉刮目相看，但还是忍不住责备她:“你看看你，说得好像你对张卫东情深义重似的！当初你报复张卫东可是做得很过分的。在旧社会，像你这种女人要被沉塘浸猪笼的。你现在又倒过来担心张卫东承受不了了！”还茂霞睁开眼望着远处水面开阔、一望无际的溱湖，看着从水面上跃起在低空盘桓的水鸟，若有所思地回答道:“我不想找任兴武的真正原因是，我导致他家破人亡，是我间接害死了任曦，毁了他的家。这 50 万块钱就算是我对他的补偿吧，或者说我用这笔钱换自己的心稍稍安宁些吧！”王新眉不再说什么了。温泉池不远的竹林里突然传来洞箫声，是从放置在竹林里的扩音器里传来的。箫声凄清，像是在呜咽，有些悲凉，三人听了黯然神伤，一时无话。还茂霞缓缓地道:“一切有为法，如梦幻泡影，如露亦如电，应作如是观。”王新眉问:“这话是何出处？”还茂霞告诉她:“是《金刚金》。”王新眉问:“是什么意思？”还茂霞回答道:“是说一切繁华都是过眼烟云，都是一场空！”

第三十九章

2012年的春天如约而至。盐渎的春天向来短暂，可能就是因为短暂，盐渎人格外珍惜。盐渎城西去二十里家家种桃户户栽梨，三月里桃花梨花盛开，一眼望去桃红梨白，春光无限！盐渎人每到这个季节就三三两两成群结队到西乡看花。每年这个时候王新眉也会抽空去西乡踏青赏花，但是今年她不想去。因为吴静、还茂霞都没有心情去，王新眉朋友圈子太小，除了这两个朋友，她再找不到别人一起去了。叶知秋主动提出要陪她去，被她一口回绝！吴静主动提出借给还茂霞十万元钱，让她盘下一爿小店做生意，比如开奶茶店，或者开花店等等。王新眉、吴静把她们能想到的可能会赚到钱的小生意都想了一遍，但是还茂霞谢绝了。

还茂霞说："你们的心意我领了，我穷下来了，很多人对我们两口子避之唯恐不及，你们不离不弃，还主动要借钱给我，我已经很感激了，我还茂霞有你们这样的朋友，这辈子值了！但是，我没做过这些生意，心里完全没有底，万一赔了怎么办？你们看商场里那些门市三天两头换人经营，前几天还是卖衣服的，过几天再去看看变成美甲店了，说明生意难做。我要从打工做起，等以后条件成熟了再说！"王新眉、吴静冷静下来觉得还茂霞说得有道理，她俩越发对还茂霞刮目相看。吴静对王新眉感叹道："原先我认为你与还茂霞根本就是两条道上的人，你是一个受过高等教育的事业型女人，她是个终日无所事事、沉溺于享受的女人，你们却有深厚的友情。原先我不理解，现在我理解了！还茂霞这个人虽然有缺点，但你们在骨子里是相通的！都重情重义，也都很勇敢坚强，重要的是做人有底线！还茂霞在那样困难的情况下还能做到不拖欠员工一分钱。就冲这一点，我交她这个朋友！”

还茂霞以四千元钱作为押金，从本地一家早餐公司领到了一辆早餐车，并通过了公司的培训考核，成为这家放心早餐公司的网点售货员。她的早餐车就在王新眉上班的必经之路上。王新眉有时会在还茂霞早餐车附近找地方停车，然后到她的早点摊位上买一份早点带到班上去吃。还茂霞开始时候当然不肯收钱，但是王新眉严肃地告诉她：“你不收钱，我以后就不好意思经常来。你收钱，我就会心安理得地来买，这样我们就能经常见面说说话了！”还茂霞觉得有道理，于是就大大方方地收下王新眉的钱。有时候，王新眉不在家吃早饭，只是为了能在买早点的时候与还茂霞说几句话。

还茂霞卖早点的收入是提成10%，无底薪。每天天不亮还茂霞就起身了，无论刮风下雨都会在六点钟前赶到网点，把存放在附近的早餐车擦洗干净，等待公司配送车送早点过来，忙碌到上午十点才结束。她把头发扎起来盘在头上，系上白色的围裙，不再化妆，素面示人。过去一起在公园唱淮剧的老朋友买早点，抬头一看就差惊掉下巴。眼前这位衣着朴素的早点大妈居然是他们熟悉的那个浓妆淡抹、明艳照人的贵妇还茂霞，他们不禁感叹人生无常、命运难料。还茂霞倒是落落大方、不卑不亢，笑着给老熟人张罗往塑料袋里装包子、茶叶蛋和豆浆，嘴上还客气地说：“不好意思，收钱了！”

第一个月，还茂霞拿到了3000元钱的提成。她是用惯大钱的人，往日里3000块钱她眼都不眨就会花出去。可是现在她盯着手机看手机银行页面上公司打进的3000元钱，感到特别开心。因为这是她自己辛辛苦苦劳动挣来的！她突然觉得这二十年来，今天的自己是活得最有尊严的！她打电话给王新眉和吴静，要请她俩吃饭。王新眉、吴静都高兴地赴约。但是吃饭中途王新眉借上洗手间的机会悄悄把账结了。还茂霞知道后很不高兴，觉得王新眉看不起她。王新眉真诚地对她说：“还茂霞你听着，在你真正脱困之前，我们所有的聚会都由我和吴静轮流买单！吴静你记着，下次是你买单！”吴静连忙点头应承：“记得！记得！”还茂霞也笑着点头答应。

还茂霞笑起来还是那么好看。她的笑容里比以前多一份舒朗，气质也不再像从前那样慵懒、娇媚，多了一份朴实、淡雅。看着还茂霞，王新眉突然有所醒悟，她脱口而出：“还茂霞，你知道你像谁吗？”还茂霞有点纳闷，摇头说：“不知道呀！”王新眉接着说：“你像你奶奶！我记得你说过，你奶奶在你爷爷去世后走出家门去工厂上班，养活全家。你就像你奶奶一样，成为家庭的顶梁柱！”还茂霞若有所思，然后用力点头道：“是的！我在骨子里继承了奶奶的性格！”王新眉动情地拉着还茂霞的手，说：“我妈妈说我也像我奶奶！上次我去奶奶埋骨的海边盐蒿滩，看到滩上开满了黄色的小花，那是盐蒿开的花。你知道吗？我们其实都是盐蒿花！在艰苦的环境里顽强生存的盐蒿花！”

还茂霞听到王新眉的这番话，突然眼圈红了，泪水在眼中打转，她握紧王新眉的手，声音里带着微微颤抖，激动地说：“我知道以前你们觉得我水性杨花，顶多是桃花，在下过雨水的沟里飘着。现在我也是一朵盐蒿花了！谢谢你！”一旁的吴静也受到了感染，也有想哭的感觉。她觉得气氛怎么变得如此感伤，就提议：“嗨！喝点酒吧！不开车了！找代驾！”她愣了一下，然后看着王新眉说：“我来的时候，看到卢超群了，他坐在对面饭店门口花坛边上等代驾生意呢！”王新眉一下子沉默了，过了一会儿，轻轻叹了口气，说：“很好呀！我们一会儿回家就请他代驾！”三人好久没有在一起喝酒了，今天她们决定一醉方休！

吴静一口气喝光一大杯啤酒，她的脸很快变成红色，一直红到脖子。她眼中放着光，突然开口宣布：“我要离婚了！”王新眉、还茂霞都愣住了。但她们只是短暂地感到惊愕，旋即几乎同时大声说：“很好！支持你！”吴静转动着手中的酒杯，看着杯中的啤酒气泡，缓缓地说：“我们都是独立的平等的个体，任何一方不爱了，就要放手，不要纠缠不休。我从不认为女人在婚姻中就应该忍辱负重，只能一味地忍受背叛欺骗，做一个所谓的贤良淑德有传统美德的女人。没有爱的婚姻才是不道德的！”王新眉问她:“你不爱常凯了吗?就因为黄淑慧的介入,你就选择退缩吗?”吴静笑了起来,真的就笑了起来,她笑眯眯地看着王新眉,在镜片后面目光闪亮,微微低头,像是对自己说话:“我曾经爱过他,或者说现在仍然还有爱,但是离开是我所能做的最正确的选择!爱他就放手给他自由,如果他对我还有感情,他会回来的!如果他义无反顾地走了,说明他的心中已经没有我,我还攥着一个婚姻的空壳有意义吗?”

吴静这番话,让王新眉想起了十几年前自己在寒风中无人的街头做出离婚决定的那一幕。她深有感触地说:“婚姻是一门深奥的课,我们都是在课堂的教育中成长!吴静,你比以前成熟豁达!我不是祝贺你从破碎的婚姻中解脱,是祝贺你在痛苦中成长了!”还茂霞向吴静举杯道:“我要向你学习!我当年就没有你这个勇气,更没有你的这般见识!”吴静感慨道:“你们刚才说我们都是盐蒿花,是的,盐蒿花很不起眼,甚至很多人都没听说过,但是它真的存在!在恶劣的土壤里奋力地钻出来,在风雨中生长,在无人欣赏的地方默默盛放!”

王新眉眼前闪过那片海边的草滩,闪过埋在草滩里的逝去的人,奶奶、朱雯芳,闪过那些在草丛中伸出顶着花骨朵的盐蒿花,黄色的,小小的花儿!她的眼睛有些模糊,是泪水!

已经很晚了,咖啡馆也要打烊了。大厅里响起萨克斯管的吹奏乐《回家》,乐曲音质柔和悠扬,缥缈空灵。听着音乐,王新眉不禁感慨:“家在哪里?天地间我们都是过客!唯有脚踏实地无愧于心地走完这回家的路,才算是不枉此生吧!”三个女人相互搀扶着出了咖啡馆的门,卢超群正向她们走来。

第四十章

吴静向常凯提出离婚是在电话里，当时常凯正在和他一直以来刻意交往的刘姓法官吃饭。常凯作为企业法律顾问和案件代理律师理所当然地参加这次私密宴请。为了不影响席间热烈欢快气氛，常凯在接到吴静电话后努力保持镇定，但是坐在刘法官身旁的他再不似先前那样既能发起话题活跃气氛，又能在杯觥交错间不动声色地奉承逢迎主宾，让企业家庆幸每年几万元顾问费没白给。常凯总是走神，刘法官问他话，他接不上话茬，令刘法官很是不爽。刘法官趁着酒兴就强劝他喝酒，说不喝酒就是不把他当朋友，是不给他面子。

常凯本来心里就特别难过，面对刘法官咄咄逼人的架势，也就干脆放开来喝，结果是没等席终就酩酊大醉。其实常凯并没多大酒量，也不好酒，平时酒场上拼酒都是迫不得已情势使然，故而每次喝酒总能把持住自己，不让自己失态。今天他完全失去了自控力，喝得狼狈不堪，瘫倒在椅子上，睁不开眼。企业家看他这副模样，只好让司机把他提前送回家。在回家的路上，常凯迷迷糊糊地打电话给黄淑慧，说想见她。黄淑慧从电话里听出常凯已经醉酒，便让他把电话给司机。黄淑慧告诉司机酒店地址，让他把人送到酒店去，具体房间号等她把酒店房间订好后再打电话告诉他。

黄淑慧刚结束商场的重要会议。商场正在紧锣密鼓地筹备春季大促销活动，上午消防部门到商场进行突击安全检查，查出了商场几处安全隐患。黄淑慧下午召开相关几个部门负责人紧急会议，会上她就安全问题与每一个负责人落实整改措施，限期整改，准备接受几天后的消防部门二次检查。她深感责任重大，正准备回家以后开个夜车，把春节后几个月来商场的存在问题和改进方案形成书面报告，在即将召开的董事会上向股东们进行工作汇报。

这几天她心事重重，丈夫吴杰最近日渐消瘦，她几次催促吴杰去医院检查一下，但吴杰是商场保卫科科长，责任重大，总是抽不出时间去医院。她打算在这两天抽出时间带丈夫去医院检查一下。她已经打电话与王新眉约好时间，到时候让王新眉好好帮吴杰检查一下。说来奇怪，黄淑慧现在与大姑姐吴静已经不相往来，然而有事还是自然而然地请吴静的好朋友王新眉帮忙。她知道王新眉对她与吴静之间的恩怨完全知情，但是她相信王新眉在不伤害吴静的前提下是会给她提供帮助的。她知道自己无论对吴静还是王新眉的为人在内心深处是认同和信任的。

散会时已是晚上六点半了，办公室主任问她是否需要召集与会人员一起到饭店吃个晚饭，她想上级部门多次强调杜绝公款吃喝，自己不应该在这个问题上犯错误，于是没有同意。但是考虑到大家现在回到家里都已经晚了，就让办公室主任订了盒饭，让快餐公司送到会议室来。吃完工作餐已是晚上七点半了，她帮助办公室人员一起把会议室里的饭盒清理到垃圾桶里，又检查了一下是否有办公室电灯、电脑没关，这才放心下班回家。儿子吴双在学校里上晚自习，晚上十点才到家。她想着回家的路上路过面包店的时候，停下来买点面包回去给儿子做夜宵。就在这个时候，她接到了醉醺醺的常凯的电话。

半个小时后，常凯被送到酒店房间，司机把他扔在床上后便告辞离开了。看着几乎不省人事的常凯，黄淑慧心情复杂。眼前这个男人是她除了郝翔之外爱上的第二个男人，但他也像郝翔一样从来没有属于她。她从不知不觉地爱上他以来，如影随形的是深重的负罪感和耻辱感。纵然她在吴杰身上从来没有感受过真正的激情，但是吴杰却给了她最需要的安全感。这个人让她尝到作为女人最原始的激情，也让她变得像幽灵一样见不得阳光，让她的内心充满了煎熬。她想过与常凯做个彻底了断，但是她又害怕回到原来的那些温吞水一样的生活状态。

“所有的人都再也回不去了！”看着床上像一摊泥一样瘫着的常凯，黄淑慧无奈地叹了一口气。这时，常凯比刚才恢复了一些神志，他没有睁眼，吃力地对黄淑慧说：“给我倒杯水！渴！”黄淑慧这才想起自己忘了烧水，于是赶紧起身去找电水壶，把水烧起来。常凯依旧没有睁眼，像梦呓一样喃喃地说：“她要与我离婚！”黄淑慧听到这话吃了一惊，连忙把身体凑近常凯问：“你说什么？什么离婚？”常凯突然把眼睛睁开，睁得大大的，双眼布满了血丝。他瞪着双眼冲着黄淑慧吼道：“她怎么可以提出跟我离婚呢？”听闻此言，黄淑慧受到了刺激，一下子从常凯身边跳开，站到了靠近门口的入门过道了。

她的眼中充满了怨愤，激动地大声质问道：“那么我是谁？你从没想过与她离婚，你想过我的感受吗？在你的心中她永远是第一位的！是这样的吗？”看到黄淑慧如此激动的样子，常凯似乎清醒了一些。把身子挪起来一些，倚在床背上，依然是瞪着眼睛，盯着黄淑慧，声音低缓地说：“那么你想过与吴杰离婚，与我结婚吗？你愿意这样做吗？如果你愿意，我现在就可以与吴静离婚，然后与你结婚！”常凯这一问把黄淑慧问住了，她一时无言以对，只得怔怔地看着常凯。二人默默相对，都不知该说什么。

黄淑慧逐渐冷静下来。她想起常凯要喝水，就找出茶杯用热水烫了一下，再倒满一杯热水，放在常凯身边的床头柜上，自己坐到窗前沙发上，依旧不言语。气氛有所缓和，还是黄淑慧开了口。她缓缓地，却郑重地说，是说给常凯听，更像是说给自己听。她说：“你说的是对的！我也从来没有想过与吴杰离婚！或者说，我从来没有想过离开吴家！”常凯轻轻地叹了一口气，感慨地说：“你和我都是因为吴家才有今天。尽管我心中对吴静有怨恨，讨厌她的高高在上的公主脾气，但是说实话，我对吴家还是有着深厚感情的，你现在叫我离开吴家，我还真一时不能接受！还有……”常凯话语迟疑，欲言又止。黄淑慧敏感地觉察出可能是常凯觉得他想说的话不适合当着黄淑慧的面说。于是，她语气坚定地鼓励常凯：“你想说什么？不要介意我，你说出来吧！”

在黄淑慧的鼓励下，常凯缓缓道来："我对吴静还是有感情的！现在的局面都是我造成的，是我对不起她！"黄淑慧确实受到了刺激，当她确切地听到这个她爱的男人向她倾诉自己对妻子的感情和歉疚时，她的心像是被千万根细密的针穿过般地剧痛，她下意识地揪住心口的衣服，身子止不住微微颤抖，眼泪溢出顺着发鬓留了下来。看到黄淑慧的反应，常凯有些吃惊，手足无措，呆呆地看着她，不知说什么好。过了好一阵子，黄淑慧的脸上浮出了淡淡的笑意，她平静地说："我们是两根藤，绕着一棵树向上攀。藤攀得再高，根扎在树下，与树根连为一体了。离开这棵树，我不知道到哪里去！我要回家了，吴杰和儿子在家等我呢！"说完，她抓起自己的包，梳拢了几下有些散乱的短发，走到常凯身边，在他的额头亲吻了一下，然后转身快步走到门口开门离去了！

常凯屏住呼吸听门外黄淑慧离去的脚步声，黄淑慧的高跟鞋与大理石地板碰撞，发出清脆的响声，声音平稳有力，没有停顿，渐行渐远，直到消失。他知道黄淑慧走进了电梯间，头也不回地离开了。黄淑慧，这个在他的人生中留下浓重身影的女人，从此退出了。

他觉得有些意外，但又似乎不觉得意外。现在，当他独自一人躺在酒店床上，隔着有些透明的白色窗纱看天上的星星，他问自己的心，他的心告诉他，他们分手这一幕在他的心中曾多次呈现。其实他早已清楚，他与黄淑慧像是在风雨危船上抱团取暖的陌客，当雨过天晴，阳光洒在身上，地平线出现在远处，他们就会松开拉着对方的手，站在船头向岸上自己的亲人挥手，那才是他们的归宿！今晚，在人生最失意、沮丧的时候，在孤独的暗夜，常凯终于明白，如果他常凯像当年初进吴家那样一文不名，黄淑慧不会爱他，而吴静会！当黄淑慧像当年初进吴家时那样一文不名，黄淑慧会离婚与他结婚，但今天的黄淑慧不会！他以手挠胸，狠狠地捶了自己一下，为自己在婚姻中的负心感到痛悔！但是他还来得及挽回吴静千疮百孔的心吗?

第四十一章

常凯一夜宿醉，直到中午才真正醒过来。等他赶回家时，发现吴静没在家，他开始以为她到学校去上课了，但是当他打开衣橱拿换洗衣服准备洗澡时，发现衣橱中原先挂吴静衣服的地方都空了，他这才意识到妻子已经搬离了这个家。望着空荡荡的衣橱，他有些恍惚，像是在做梦，半天回不过神来。他下楼来到负一楼，偌大的书房显得特别空旷，四周太安静了，安静到他能听到自己的呼吸声。他拉开书橱门，随意地抽出一本书，看看封面，发现是赫尔岑的《往事与随想》，他记起吴静好几次念叨说这些年为了评职称，读书带着功利性目的，人变得很浮躁，说她要下决心不带任何世俗功利目的，好好把她深爱的19世纪俄国现实主义文学作品再认真看一遍。

夹在书中的书签露出一小截，他打开插着书签的那一页，浅灰色的纸质书签下方是一株兰草，中间是竖写的两个字：静思。常凯把书合上放回原处，坐在书桌前的单人椅上，转头看向采光井。采光井下放着一对小巧的藤编单人沙发，沙发上是厚厚的带图案沙发垫，两个沙发中间是小巧精致的玻璃面茶桌。常凯不止一次看到吴静坐在采光井下的沙发上一边看书一边慢悠悠地品咖啡。而现在物是人非、人去楼空，优雅沉静博学好思的女主人离开了，常凯似乎第一次感到如此地失落。这些年来，他已经习惯于看到吴静用高昂的头颅、冷冷的目光来面对他，吴静的孤傲和清高曾刺激他逃离而投奔黄淑慧的怀抱，但是当吴静真的从他的生活中消失的时候，他惊讶地发现自己是如此的不舍和痛苦。看着采光井下空空的沙发，眼前闪过吴静每次转头看他走近的神态，他突然意识到，自己忽略了一个东西，那就是吴静冷冷目光后面的哀怨，那是这个饱读诗书孤芳自赏的女子透过维护尊严的冷眼掩饰不住的悲伤。

此刻，功成名就身家丰厚的城中名律师常凯问自己："常凯，你这个穷小子、扛水泥包的小瓦匠、饭店跑堂的，你对吴静的报复是不是走得太远了！"他鼓起勇气给吴静打电话，他已经很久没用爱称来称呼吴静了，现在面对欲与自己离婚的妻子，他竟然脱口而出："静，你到哪去了！"电话那头，吴静沉默了一会儿，说："我在学校附近租了一套单身公寓。你准备离婚协议吧，这个你最在行！你把相关材料准备好，然后通知我。我们一起去民政局把事情了结吧！"常凯突然有些想哭，他带着哭腔在电话里嚷道："我不愿意离婚！"电话里吴静冷冷地问："是黄淑慧不愿意离婚然后与你结婚吧！所以你才不愿离婚！"

常凯没想到吴静会这样问他，一下子无法回答。是啊！在吴静昨晚向他提出离婚的一瞬间，他的脑海里的确闪过黄淑慧的身影。他的确想到过黄淑慧得知吴静要离婚后可能的反应。但是他没有想到黄淑慧是那么斩钉截铁、毫不犹豫地告知他：她黄淑慧从没想过要离开吴杰。黄淑慧的态度让常凯一下子清醒过来。他不得不直面自己与黄淑慧的关系，不得不接受残酷的事实，那就是：他与黄淑慧表面上是一对中年出轨的偷情男女，而本质上是互利互惠的战友！黄淑慧在他感情失衡时给过他慰藉，但他也成就了黄淑慧。固然黄淑慧的确有才干，有不凡的眼光和决断力，但她拥有今天的地位，获得发挥才干的机会，常凯为她提供一百万元的股东入股资金才是关键！没有常凯在关键时刻的鼎力相助，黄淑慧很可能是被埋没在沙土里的金子，难有闪光的机会。他与黄淑慧两个人太像了，就好比是对方的镜子，从对方的身上能清晰真实地看到自己的过去、现在与将来，区别在于黄淑慧比他更加冷静和果决！她坐在对面甜甜地笑起来像单纯的小女孩，最私密的时候是一只风情万种的性感"小野猫"，但是当面临人生重大抉择时，她头脑异常冷静，绝不受情感支配，能在极短时间里做出最有利于自身的决断然后付诸实施，像战场上掌控战局杀伐决断的大将。这么多年来，对于黄淑慧，常凯总是既亲密无间，又时常会感到陌生。从昨晚到现在，常凯想了很多很多。他终于明白，他在黄淑慧心中，只是人生某一段路程中奋力攀登时的助力者，真正终身相守贫贱不移的伴侣是自己的结发妻子吴静。他在电话里再次恳求吴静回家，但是吴静拒绝了！

吴静挂了电话但是给常凯发了一段短信。短信中说：“真正让我做出离婚决定的不是你的出轨，也不是黄淑慧的挑衅，是我对婚姻的认识。我是一个把爱情看得比生命还要重要的女人，在我的心中，爱情应该是纯洁美好的，是无私的，容不得亵渎的。我离开你是出于我对纯洁美好爱情的坚守，与你是否回归这个家没有关系！你亵渎了我们的爱情，没有回头路可走了！我放你自由，没有黄淑慧，还会有李淑慧、王淑慧！你就任情地放飞自我吧！”

看了这段短信，常凯明白现在这种情况下，以吴静的性格，她是不可能回来的。于是他给吴静回了一则短信。短信中写道：“我知道现在我说什么都晚了，请给我们双方一段时间，让我们都冷静冷静好吗？”吴静没有回复，常凯认为吴静是默认了。常凯、吴静夫妇的离婚前奏——婚内分居生活正式开启。

王新眉的麻烦来了！首先是她接到嫂子的电话，说妈妈病重，要她在这个周末赶回去看一看。她知道妈妈有严重的冠心病，再加上年纪太大，随时都有可能离去。接到电话后，王新眉忧心忡忡，神不守舍，又着急要到班上去处理重病人，一着急就把手机忘在家里了。叶知秋近年来多了一个坏毛病，就是会趁着王新眉不注意的时候偷看王新眉的手机。这一次王新眉竟然人去上班却把手机忘在家里。于是，叶知秋就把王新眉的短信从头到尾翻了个遍。这一翻翻出了坏事！叶知秋从她的来往短信中发现去年夏天的一段时间里，王新眉与她的老同学程家祥往来密切，而在某一天晚上，王新眉接到了程家祥发来的酒店门牌号。他还看到次日王新眉给程家祥发的短信！叶知秋年轻时在部队是侦察兵，那是他几十年来吹嘘的资本。现在他对王新眉短信中的蛛丝马迹，以侦察兵的头脑进行了条分缕析的细致分析推导，得出了一个结论，就是王新眉与她的大学老同学程家祥之间有不可告人的关系。

叶知秋顿时打翻了醋坛子。叶知秋的醋坛子里装的可不是普通的醋，那是50年历久弥香芳香馥郁的陈年老醋！陈年老醋的酸足以把他熏得丧失一切理智，从慵懒的病猫变成一匹草原上孤独的饿狼。饿狼瞪着红红的眼睛，在旷野上绝望地奔走，仰天长啸……当王新眉下班推开家门，发现叶知秋正坐在客厅沙发上，怒气冲冲地看着她。她本能地在瞬间把自己最近的行为过了一下，感到自己中规中矩，没有出格言行，并无惹这个老男人动怒的地方，怎么今天他不似平日的沉闷阴郁，而是像只随时准备跃起扑向她的狼！对！从那双阴冷的带着杀气的眼睛里，可以断定他是一匹豺狼！王新眉对叶知秋太了解了，她了解他的过去，包括他是如何对待前妻俞素芸和情人尹翠菊的。

叶知秋这个人有一个特点，就是当他回忆往事时，从来不会站在道德的角度反思自己的过错，更不会设身处地地为别人着想。所以在他得意忘形时，会向王新眉大谈自己当年是如何折磨俞素芸，如何为摆脱尹翠菊的纠缠而费尽心机，一如他当年在俞素芸面前炫耀自己与尹翠菊的私情，等待欣赏俞素芸的痛苦。他不认为自己在这些事情中有什么错，反而以此向王新眉炫耀自己是多么的冷酷无情！所以王新眉对叶知秋的认识是深刻且不带任何期望的。

她知道这个男人只要他发狠是什么事都做得出来的！她也清楚得很，叶知秋这些年来某种程度上能忍受她对他的冷漠，是因为他认为她尽管是事业型女性，但同时又很传统。只要婚姻存续，她不会像还茂霞那样随便出轨。只要他叶知秋不离婚，这个女人终究是属于他的私产！是的，她是他的自留地呀！尽管他已经年老，老得失去了耕耘稼穑的能力！尽管他不再耕耘，可是他宁愿地荒着不种粮食，也不能让别人种！这就是叶知秋的逻辑，与他极端自私的品性完全一致！王新眉迷茫地看着叶知秋，敏感地觉察出他的此番动怒不似寻常，他的眼神里有一股阴森森的东西，这种目光是她在与叶知秋十几年的婚姻生活里没有看到过的。她不禁打了一个寒战，本能地向门口退了两步，似乎想夺门而逃！

第四十二章

王新眉夺门而逃，甚至忘了带包，更忘了拿上本来就落在家里的手机。她意识到一定是手机里的信息被叶知秋发现了什么。能有什么呢？她想来想去，想到应该是她与程家祥的交往被叶知秋发现了。王新眉向来做人坦荡，同时也不拘小节。她从来没有删除短信和电话记录的习惯，也觉得留着这些信息有好处，比如突然想起某个人某句话，可以把手机信息向前翻，找到原出处。没想到这个习惯今天给自己惹来了麻烦。在盐渎城生活了20多年，她最好的朋友始终只有吴静和还茂霞。她想找她们俩，发现没有带手机；想找个固定电话打给她们，发现没带钱包；她还没有吃晚饭，饥肠辘辘，马路对面的小吃摊冒着热气，可她身无分文；想去向大眼睛的摊鸡蛋饼大姑赊账，又觉得不好意思。走在傍晚的街头，茫然四顾，她竟不知该到哪里去！

不知不觉地，她走到了串场河边，于是她就沿着串场河慢慢地走。又是暮春时节，晚风里还带着些许残春的寒意。离家匆忙只穿着单衫，王新眉感觉有些冷，想起自己车上还有一件外套，又想起车上还有个早上从还茂霞摊子上买的茶叶蛋，就决定往回走到车上坐一坐，拿那个茶叶蛋充饥。她回到自家小区停车场，想起车钥匙在包里，而包在家里。她只得走到小区中心广场，在长椅上躺下，好在广场上平日里跳广场舞的大妈们早已收摊回家了，没人看到她的窘境，这让她稍感安慰。不远处地上不知是谁丢下的半瓶矿泉水，此时她顾不得许多，把那半瓶矿泉水喝下肚，感觉好多了。她侧着身用一只胳膊做枕头，闭上眼睛，努力让自己放松一些。

今天白天门诊上病人特别多，病房有两位重病人正在死亡线上挣扎，病人与家属都期待着她与死神拔河。科室老主任任期到了，年龄原因不再竞聘科主任岗位。按照这些年来的工作业绩，她是下任科主任的最热门人选。也正因为此，平日里关系挺好的同门师兄林振宇突然向她发难，在科室早会上公开指责她对某位病人诊治方案不合理，并指出她开出的处方太大，其中有一些药品并非必须，怀疑她想通过这种方法收取药品回扣。她感到很冤屈，在会上为自己据理力争，双方火药味很浓。这件事深深刺激了她，她甚至想到退出竞聘科主任。因为本来工作责任就很大，又陷入复杂的职场竞争，她觉得太累了！一天下来已经精疲力竭，本想着回家后好好休息一下，没想到又遇到这么个窝囊事，弄得差不多要流落街头，真是内外交困！

她发现其实自己完全可以当面对叶知秋解释，消除他的怀疑。但是当她面对叶知秋那令人胆战的阴鸷目光时，她害怕了！她不得不承认她怕叶知秋，同时又厌恶他！这种感觉使她不屑于向他解释以证清白。现在当她有家难回像个流浪汉一样露宿街头，内心特别酸楚。想到自己 20 多年来经历了两段婚姻，却都是失败的。不仅是失败的，而且是每况愈下。对卢超群，她在怨恨同时始终尚存柔情，这也是当卢超群落难时她能放下怨恨挺身相助的原因。但是，对叶知秋，她明白自己已经没有任何爱，而且也没有怨恨，有的只是对他的恐惧和厌恶！之所以还在一起生活，只是因为自己的软弱，没有勇气走出再次离婚这一步！

她想起当年与卢超群离婚时自己那种壮士断腕的勇气，而今再次面临离婚，她实在鼓不起当年之勇。她想到在盐渎这么一个与大都市相比依旧相对封闭的人情社会，一个女人一而再再而三地结婚、离婚，实在是件很丢人的事，不知道要承受多少流言蜚语和嘲笑。想起前几天自己鼓励吴静离婚，赞赏她离开常凯的行为，显得那样通达勇敢，而当事情落到自己头上时却退缩了！想到这些，王新眉苦笑起来，感到有些难为情！

已经很晚了，不得不回去。她透过车窗看到自家的灯已经熄灭了，估计叶知秋已经睡下了，这才悄悄地开门回到家里。她简单洗漱后上床躺下时，隔壁卧室里传来窸窸窣窣的声响，肯定是叶知秋又坐起来找烟抽了。接着，叶知秋开始咳嗽，咳嗽声带着像是要断气一样的尾声在暗夜里回荡，特别刺耳。王新眉闭着眼睛忍受着，等待叶知秋复归安静，许久才长长地舒了一口气。以后的几天，叶知秋并没有就王新眉与程家祥的关系说什么，只是异常沉默。夫妇二人几天来基本没有交流，共处一室却形同陌路。王新眉每天都尽量晚地下班，以避免回家后不得不面对叶知秋。

周五上午，科主任竞聘第一轮结果出来了，她这个热门人选出乎意料地出局了，进入竞聘程序第二轮的是师兄林振宇。王新眉震惊了。在此之前她潜意识里认为自己有十足的把握胜出，甚至断定林振宇之所以在早会上大失风度，是因为他清楚自己在口碑与能力上与王新眉的差距。但是结果却如此出人意料！下午，王新眉坐在门诊上始终无法集中精力工作，意外的职场挫折让她很沮丧。她自忖自己并不是个热衷当官的人，但担任科室负责人是一种对自己职业表现的肯定，所以她对此还是颇为上心的。

要强的王新眉破天荒地打电话给在院机关工作的要好的同事，向他了解自己落选的具体原因。打听到的结果令她几乎窒息。原来是三天前第一轮人选敲定的关键时候，她的丈夫叶知秋亲自到医院纪委反映她的生活作风问题。他把从王新眉手机里截取的短信打印出来作为证据，指控王新眉出轨大学同学，在程家祥来盐渎私自进行非法医疗的时候，与程家祥在酒店开房。同时指控王新眉在家里长期对他实施冷暴力，令他身心遭受极大伤害。机关里的这位要好同事还委婉地透露给王新眉：这件事眼下已作为小道消息在医院里流传。王新眉恍然大悟，难怪这两天有些人看她眼神有些异样。

傍晚下班后，她没有回家，而是把车开到串场河边，一个人静静地坐在河边，看着河水发呆。晚风把河水吹出道道波纹，偶尔有几条小鱼跳起旋即消失，在水面留下淡淡的波痕。不远处是盐渎著名的仿古建筑群——水街。那里近年来人气渐旺，开始有了夜市。远远看去，仿古街道上人群熙熙攘攘，颇为热闹。看着热气腾腾的人间烟火，王新眉却有想死的心。

在她的耳边有一个声音一直在对她说："跳下去！跳下去！跳下去你就解脱了！"最后的一点理智使王新眉克制住了自杀的念头。今晚她无论如何也不想回家，再不想看见那张黄中发黑的胖脸和那双阴森森的眼睛。她发现叶知秋准备彻底毁掉她！为了毁灭她，叶知秋已经不择手段，无所顾忌了！她想不通为什么叶知秋这么恨她。多年前叶知秋与前妻俞素芸水火不容的时候，他们夫妇的战争始终只是局限在一室之内。叶知秋并没有毁灭俞素芸的职业生涯。所以，尽管俞素芸在家里承受叶知秋的折磨与打击，但是在外人眼中，她至死都是令人尊重的既有现代女性独立工作能力又有传统美德的女人。可是，现在，叶知秋却要堵死她所有的路！让她不仅没有家的温暖，也失去社会的美誉，声名狼藉！

坐在串场河边的石凳上，王新眉苦苦探寻个中缘由，终于意识到：这是一个生活失败者的心理变态导致的疯狂！现在的叶知秋早已不比当年，当年在社会上他意气风发，作为农家子弟正准备好好打一场人生的翻身仗。所以，他伤害俞素芸时会顾及自己的名声利益。今天的叶知秋，老迈衰朽不堪。而妻子王新眉正值盛年，在职场驰骋，如一树繁花在岁月里怒放。这个高学历高职称的出众的女人毫不掩饰对他的轻视和漠视，这一切都令他痛苦不堪。这次短信事件让他维系理智的最后一根缆绳"嘭"的一下断裂了！他愤怒到根本不想寻求王新眉的解释，只想毁灭她，与她同归于尽！

王新眉在河边呆坐着，直至东方鱼肚发白，天亮了。她起身开车直接到医院病区。因为每周都要值夜班，她在病区有一套洗漱用品。她洗了个澡，尽量把自己收拾清爽，以她所能呈现出的最好的状态示人。在职工餐厅吃早饭的时候，肿瘤科的一位医生不知是有意还是无意，走到她身边告诉她："今天下午，程家祥教授到盐渎医院来为一场重要的肝癌外科手术主刀！"她微微点头，表示她听见了。外表上，看不出她有什么反应。但实际上她的内心翻江倒海！她对自己说："他今天来盐渎主刀，却根本没有告诉我！他怎么可以这样对待我！因为他的缘故，我正在承受多大的打击和伤害呀！我一定要见他！我要当他的面得到一个答案！"

第四十三章

今天天气特别的好，窗外小河边的柳树枝条低垂到了河面上，柳叶在暮春时节有些慵懒的阳光里闪着光亮，一团一团的柳絮被风吹到小路边。迎春花快要谢了，花骨朵已经没有初春时的鲜嫩，有些萎靡不振。“春天又走了，时间过得真快呀！”看着窗外的景色，王新眉想起去年此时，正是老同学荀晖夫妇生离死别之际。“老同学，不知你这一年过得怎么样！”想到去年朱雯芳病重的时候，荀晖对妻子无微不至的照料关怀，他们夫妇之间那种生死不渝的深厚情感，王新眉由衷地感到敬佩。由此，她又联想到叶知秋的冷酷和卢超群的负心，再想到现在正在上海到盐渎飞机上的，那个大名鼎鼎的肿瘤外科专家程家祥，想到他对自己的轻薄与事后的冷漠，想到因此惹出的叶知秋的丧心病狂，王新眉内心感到很悲凉，不禁感慨：“同样都是男人，做人的境界却有如此天壤之别！”

她忍不住发短信给程家祥：“我听说阁下今天下午要来盐渎主刀？”过了几分钟，程家祥短信回复：“是的！”程家祥并没有主动告知他来盐渎之后今晚下榻的地方。以王新眉敏感又自尊的性格，若是平时，她是不会再继续追问的。但今天她顾不上这些，又发短信问：“请问你今晚在哪儿住？”程家祥回复道：“不知道，患者家属安排的，他们没告诉我。”王新眉没有再问。过了几分钟，程家祥又发来短信：“等患者家属安排好之后，我发短信告诉你！”王新眉回复：“好！”程家祥没有再回复短信。

中午，王新眉回家了。尽管那个家早已失去了温情，可是除了家之外她没有地方可去。她感到有些不可思议的是，叶知秋对她做出那么可怕的打击伤害的事，可她竟然完全没有找他质问的欲望，她想这大概就是所谓的哀莫大于心死吧！已是中午，叶知秋并没有烧饭，正坐在沙发上看电视。王新眉下意识地瞄了瞄电视节目。“还好！不是《悬崖》！”叶知秋终于不看《悬崖》了，换成了新的一部抗日神剧。从王新眉异常平静的表情，叶知秋推断出她已经知道自己干的坏事。他把头抬高，用挑衅的目光瞥了王新眉一眼，然后扭头继续看电视。他的二郎腿轻轻抖动，跷起来的右脚上拖鞋几乎要滑落，他用脚尖顶着拖鞋，拖鞋随着腿的晃动而在空中晃荡。

王新眉觉得他的动作很轻佻，像个在公共场所与人发生冲突后占了上风的市井泼妇。她没有说话，径直走到冰箱跟前，打开冰箱搜寻可以果腹的东西。她找到了一袋冷冻水饺，便烧上水，准备下水饺。叶知秋清了清嗓子，在身后说：“多下一点，我也要吃。”王新眉愣了一下，顿觉自己家的夫妻关系不可思议。明明剑拔弩张，你死我活，但又能很自然地继续在一个锅里吃饭。她想，尽管叶知秋已经想把她往死里整，但只要她不下决心离婚，他们一定能继续一起往下过，说不定到老得一塌糊涂的时候，他们能像一对普通的伴侣一样相互搀扶着度过最后的岁月。有时候她觉得自己把叶知秋看透了，觉得他一肚子坏水；有时候又觉得对他缺乏认识，永远探不到他道德的最低点在哪里。当她以为触底了，他却再次突破她的认知。她最厌恶叶知秋的是这个男人无论做什么坏事都没有良心的自我谴责，不觉得这事做得有多过分。她想这一次他到医院去闹事，他根本就没有觉得这件事有多么大，他甚至可能想过一阵子王新眉气就消了，他们还能过下去。

王新眉的眼前闪过多年前叶知秋在她面前炫耀自己如何殴打俞素芸的情形，闪过他眉飞色舞地大谈自己出轨尹翠菊，谈尹翠菊的性感身材如何让他不能自控。他在她面前谈这些往事时总是自鸣得意沾沾自喜，觉得自己多聪明能干不吃亏。想到这些，王新眉真恨自己这些年来对叶知秋的容忍，总是忍受再忍受。正因为自己性格的软弱姑息，才使得叶知秋得寸进尺。想到这些，王新眉已经没了胃口。速冻水饺放在冰箱里时间太长了，完全没有了水饺应有的鲜美。她勉强吃了几个，推说太困了，就回到自己卧室躺下。她在等程家祥的短信。

她没有吃晚饭，完全没有胃口。因为几天来的备受打击，她已经心力交瘁。但是她认为自己今晚必须要见到程家祥，她不想承认即使在程家祥对她很冷淡的情况下，自己对他仍旧有一种说不清的情愫。她努力说服自己："去见他，就是要向他问清楚，既然对我没有别的意思，为什么要做出出格的事？问他为什么要这样对待一个老同学！"她又冲了一把澡。她细细搓擦身体，40多岁的人，还有曲线腰身，青春的余韵尚存。只是脸色有些灰暗，昨夜一宿没睡，眼睛里尽是疲惫。她找出许久没用的粉底霜，在脸上仔细地抹了一层，再涂上口红，感觉好看了一些。最后，她穿上藏青色真丝连衣裙。她上档次的衣服不多，平时也不用心打扮。所以，每到重要场合，她总是会穿上这件藏青色真丝连衣裙，这条裙子应该是她最贵重的衣服了。

看着镜子里自己化过妆后仍然掩饰不住憔悴的面容，她突然想起小说《红楼梦》里的一个情节。那个情节大致是说，晴雯被王夫人冤枉勾引贾宝玉，在重病中被赶出大观园。临终之前，贾宝玉去看望她。晴雯以贴身之物互换，既然担了虚名，那就索性把勾引宝玉的骂名坐实。想到这个情节，她突然有一种类似晴雯的冲动。晚上九点多，终于等来了程家祥的短信，依旧是盐城最豪华的大饭店驿都大酒店。她在叶知秋诧异的目光中款款离去。驿都大酒店1508房间门口，她深呼吸，然后敲门。门开了，她吓了一跳。站在面前的程家祥居然穿着睡衣，完全没有人前的那种学者儒雅风度，睡衣质地不佳，能看出不是全棉的。

他看出王新眉的诧异，忙解释说实在太累了，冲了个澡想放松放松，实在不想再穿正装了。王新眉有些局促尴尬，坐在沙发上不知说什么好。程家祥则坐在沙发对面的床沿，膝盖几乎顶到了王新眉的膝盖。王新眉想缓解一下尴尬气氛，决定还是从自己的论文说起。程家祥先是颇为认真地听着，突然，他打断她的话，说："我能不能躺着听，实在太累了！"王新眉只能默然答应。王新眉突然觉得好无趣，便假意说:“你太累了，要不我先回去了！”谁知程家祥并未挽留，而是起身相送，两三步就到了门口，王新眉开了门，回过头来向程家祥伸出手，说:“再见了！”程家祥爽快地说:“再见！”

就在王新眉转身离开时，程家祥在瞬间变成了一个猛士。他一把把王新眉拽进房间，用脚把门关上，顺势把她抵在门后，疯狂地吻她。在程家祥吻她的时候，王新眉的脑海里重复闪动着叶知秋露出头皮的毛发稀疏的头顶、枯黄浮肿的脸、突出的肚腩、咳嗽声、“咯吱咯吱”磨牙声，最后定格在他那透着阴森目光的眼睛。这些影像与程家祥热烈的吻同时刺激她，让她最终放下所有的矜持，变得狂放而具有进攻性。她像法国油画《自由引导人民》中那个女神一样引导着她的人民程家祥冲锋陷阵，勇往直前！就在夺取最后胜利的时刻，王新眉哭了，哭得特别伤心，所有的委屈、伤痛、压力一起化作了泪水。

程家祥一时有些不知所措，摸索着开了床灯，然后侧靠在枕头上怔怔地看着王新眉。哭了很久，程家祥并没有像王新眉期待的那样给她安慰，甚至没有开口说一句话。王新眉突然觉得自己哭得很无谓。是啊，人家程家祥从来没有给过自己一句承诺，甚至并没有追求过自己。既然明白这个道理，那么自己有什么理由觉得很受伤呢？自己恨叶知秋，但是，难道自己真的就那么清白吗？想到这些，王新眉停止了哭泣，起身穿衣走进卫生间，把自己收拾一番，出来面对着程家祥，凄然一笑，说:“我走了！”声音有些颤抖！转身走向房门，身后传来程家祥低沉的声音。“我知道你很难受，可我给不了你想要的。我妻子带着两个孩子在美国，她很好，我没理由抛下他们！”

王新眉没有转身，背对着他，尽量平静地回答道:“再见了！”驿都大酒店一楼宽敞气派的大厅一角有一从二楼泻下的宽宽的水帘，水帘后面，几个洋女人正在演奏弹唱前苏联歌曲《红梅花儿开》，按照王新眉平日爱看稀奇的性格，她应该停下来听听这原汁原味的演唱。但是她今天没有兴致，只是向她们偏了偏头，少许注目了一下，便匆忙地出了门。

她实在太疲倦了，不想自己开车，便用打车软件在网上为自己约了一位代驾，附近的一位代驾师傅接单后正在赶过来。在午夜的街头，站在昏暗的路灯下，王新眉木然地看着四周，思绪如夜灯下萤火虫般纷乱、散漫。一辆一辆出租车在身边驶过，车里花枝招展的俗艳女人疲惫地蜷缩在车后座，那一定是夜归的欢场女子。王新眉以往见到此类人，总是忍不住投去鄙夷的目光，今天她突然觉得其实大家活得都不易，都是在人生的苦海里挣扎！这个不大的城市，她生命中最重要的三个男人都在这里，可她是这样的孤独！曾经爱过的早已不属于自己，爱自己的自己不爱，而身后豪华气派酒店里那个尊贵的客人呢，他从来没有属于过自己，他也不属于他妻子，他只属于他自己。他只爱他自己！他不主动！不拒绝！不承诺！他做任何事情都那么精准，不会让自己陷入困境和惹上麻烦，如此精致的利己主义者！如此优雅的伪君子！

她想起自己这次来见程家祥本是要当面质问他，可是怎么最后演变成这样的局面！沮丧、悔恨如潮水般袭来，她的心如茫茫暗夜一样没有一丝亮光。极度的痛苦甚至让她忘记自己刚才在网上约了一位代驾师傅，直到代驾师傅站到了她的面前。她抬头看，震惊到瞪着眼睛忘了说话，而对方也同样瞪着眼睛惊讶地看着她。那是她的前夫卢超群！

第四十四章

王新眉默默转身走向不远处的停车场，卢超群也没有说话，默默跟在她的身后。到了停车场，王新眉从包里掏出车钥匙递给卢超群，然后坐到副驾驶座上。卢超群接过车钥匙，先把后备车厢打开，把自己的折叠式小电动车放进后备厢，再回到驾驶座，这个过程双方都没有说一句话。卢超群不得不开口了，他问道："你家住在哪里？"王新眉沉默了好久，喃喃地说："我没有家了……"卢超群听闻此言，握着挂挡手柄的手抖了一下，停了下来。木讷地看着前方，无言以对。时间仿佛凝固，所有的一切都停顿下来，世界此刻安静极了。突然，王新眉抡起紧握的双拳砸向卢超群的肩膀，卢超群本能地扭身躲避，王新眉的拳头砸向暴露在她面前的卢超群的后背上。拳头像雨点一样砸向卢超群。

不知过了多久，王新眉终于打累了，她瘫倒在座位上，紧闭双眼，满头大汗，黄豆大的汗珠顺着额角往下淌，到眼角处与涌出的泪水汇合，一起顺着脸颊流下，流到脖颈，很快藏青色的连衣裙领口处湿了一大片。她默默流泪，任凭泪水、汗水流淌，却只是默默无声哭泣。直到卢超群伸出臂膀把她揽到怀里，用另一只手抹去她的泪水，她才把哭声释放出来。她伏在卢超群的臂弯里放声大哭，肆意地哭，仿佛想把十几年来所有的伤痛全部通过这场痛哭宣泄出来。过了很久，她哭累了，慢慢地变成啜泣，再后来，不再哭了，就这样倒在前夫卢超群的臂弯里，默不作声。过了许久，卢超群轻声说："车里太闷，停车时不能一直开空调。我把车开起来，你睡一会儿，我开车带你去兜兜风！”王新眉顺从地说：“嗯！”

卢超群把车开了起来，沿着马路没有目的地随性地开着，在汽车有节奏的颠簸中，王新眉沉沉睡去。大约开了一个小时，卢超群看到路边有个停车场，就把车开进停车场。暮春初夏的后半夜，凉意渐浓，卢超群脱下自己的外套盖在王新眉身上。然后趴在方向盘上，目不转睛地看着熟睡中的王新眉。他已经12年没有这么近距离看她了，看到王新眉眼角还有残留的泪痕，他轻轻地把它拭去。他的动作非常轻柔，生怕把她弄醒。他想伸手抚摸她的头发，手到半空中又缩了回去。他歪着头，看着这个曾深爱过的女人，这个他从15岁就爱恋的女人。她已经不再年轻，微亮的晨曦中，她的耳边几根白发清晰可见。此刻，他的心隐隐作痛，闷得喘不过气来。他太悔了！

与陈静雅结婚后，在日复一日的茶米油盐生活中，年轻女子新鲜感的刺激渐渐变得平淡。不知不觉地，他总是在梦里梦见王新眉，梦见15岁的王新眉回眸一笑的可爱模样。他会在梦里叫她的名字，在她的身后追她，但是每次都是在马上就要抓住她的手的时候，她就突然不见了。有好多次，他从梦里醒来，看到身边的陈静雅，恍惚间感到很慌张，身边怎么会是一个陌生的女人！他的妻子，他的新眉到哪儿去了？他晃一晃脑袋，让自己清醒过来，这才意识到王新眉已经永远离开他了！他恨自己，有时候还会恨王新眉，恨她自尊心太强！他在心里默默地说：“你怎么这么要强呢！你就不能等我醒悟过来吗？我懂事了，回家了，你在家门口等我，不好吗？”但是，他转念又想，也正是如此要强的王新眉，才会让他永生无法忘怀！眼前的她已经过了韶华，可是他知道，无论到什么时候，他内心最柔软的地方永远藏着她。当她得知自己身陷牢狱时，王新眉伸出援手相救，对她的爱恋中又多了一分敬重！他时不时地从儿子卢苇那里打听王新眉的生活，知道她的事业不断上升，也知道她的再婚生活很不如意。他内疚、悔恨、心疼，但他知道曾经的美好时光已经无可挽回，一去不返，他所能做的只有远离她，不打搅她，默默地仰望她、祝福她。

此刻，他觉得很多年都没有感到这么幸福，他在驾驶座上，所爱的女人在副驾驶座上熟睡。昨晚，是天意弄人，他们居然在这个场合下重逢！他不清楚她昨晚遇到了什么事，她不说，他无从知晓。她能待在他的身边，他已经很满足了，哪怕只有几小时！电话响了，手机屏幕上跳出陈静雅的名字。电话里，陈静雅问他："老公，你在哪儿？怎么一晚上没回家？"陈静雅的电话把他拉回到现实，他回道："昨晚几位一起做代驾的朋友约了打牌，打了一夜，现在就回家！"电话里传来陈静雅娇嗔的责备声："你还记得有家呀！"卢超群连忙赔不是："记得！记得！这就回去！"电话把王新眉吵醒了。她睁开眼怔怔地看着卢超群与现妻通话，没有说什么，只是神情黯淡地看着车窗外渐渐多起来的行人。

她把车窗摇低，让早晨的第一缕阳光照进来。阳光洒在身上，还带着暮春寒凉的晨风，拂过她的脸颊，空气格外的清澈和凉爽。睡了几小时，她恢复了平静，也恢复了理性。她把身子坐直，把盖在身上的衣服还给卢超群，没有看他，扭头看窗外，低声说："直接送我去医院吧！"卢超群问："为什么不回家？昨晚发生了什么事？"王新眉摇摇头，表示不想说。卢超群不再追问，岔开话题，对王新眉说："我去买些早点给你吧！"王新眉又摇摇头，缓缓地说："不了，我到还茂霞摊子上吃！"卢超群不再说话，开始发动汽车。二人一路无话，很快就到了还茂霞的早餐车附近，王新眉让卢超群停车，对他说："你去买些包子，记得给钱，她不容易！"卢超群应承着下车买包子去了。

到了还茂霞早餐车那儿，卢超群指着王新眉的车子告诉她，是王新眉让他来买的。还茂霞惊讶得瞪大眼睛，接着朝王新眉挥手。还茂霞挥手过后用手指着身旁一位穿着白色长工作服，戴着口罩的男人，示意王新眉看这个与她搭档一起卖早点的人。那男子正低头忙碌着，不一会儿，只见他用夹子夹着一个卷起来的冒着热气的手抓饼装进纸袋递给顾客，然后又低头做下一个。王新眉定睛一看，那人不是还茂霞的丈夫张卫东吗？王新眉打心眼里为他们夫妇高兴，忙把手伸出窗外，朝着还茂霞夫妇竖起大拇指，为他们在逆境中勇敢地站起来从头再来点赞！

看着朝她走来的代驾师傅卢超群，再看看远处的小摊贩还茂霞夫妇，王新眉忽然有一种豁然开朗的感觉。

“人生真的是可以从头再来！别人可以从摔倒的地方爬起来，我王新眉为什么不可以！程家祥随意地践踏我的感情，如果我再自己看不起自己，那么他更加心安理得地轻视我！”想到这，王新眉下意识地把腰挺直。她接过卢超群递过来的包子大口吃了起来。卢超群看到王新眉精神状态好了很多，不由得也跟着高兴起来。他笑着对王新眉说：“王医师，你可是个医生呀，不刷牙就吃东西，可是不太讲卫生啊！”王新眉也笑了起来。从昨晚到现在，卢超群第一次看到了王新眉的笑容，他突然有一种泪水要往上涌的感觉。他知道自己仍然爱着她，深深地爱着她！爱着这个苦命的但给点阳光就灿烂的女人，这个至情至性、侠肝义胆的女人，这个迷迷糊糊、大大咧咧的女人！

在开车去医院的路上，王新眉向卢超群详细询问了他送外卖和做代驾的收入及劳动时间。一边听一边若有所思，然后问他最近几个月来存了多少钱。卢超群有点心虚，因为他还欠着王新眉 40 万元钱呢！王新眉看出他的窘迫，连忙说：“我没有向你催债的意思！我是想你不能就这样下去！你是有能力的，不能一次生意失败，就不敢再尝试。”“我是一朝被蛇咬，十年怕井绳！之前生意失败对我打击太大了！”卢超群有些颓丧地说。王新眉激动起来了，她大声且用力地说：“你还是我从小就认识的卢超群吗？你当年下岗后出来自己做生意的那股闯劲哪儿去了？我们不是夫妻了，可我还是你的同学呀！你怎么能让我这个老同学把你看扁了呢！”

被王新眉这么一刺激，卢超群瞪着眼睛看王新眉，半天说不出话来。王新眉没好气地说：“瞪什么瞪！不认识我了吗？”卢超群结结巴巴地回答道：“你，你昨晚就像从地狱里出来，三分人七分鬼，我吓坏了！怎么过了一晚上，你像换了个人一样！”王新眉叹了一口气，抬头看着天空飞奔着的行云，看着穿过云层闪着金光的朝霞，深有感触地说：“如果我王新眉没有能力自我疗伤，在心灵废墟上重建自我，当年你离开我的时候，我可能就一蹶不振了！现在的我依然如此！无论我承受命运多深的伤害，最终都会重新站起来！你从来没有认识到这一点，这就是你最终失去我的原因！”

第四十五章

夜幕降临，华灯初上，市民广场，跳舞的人开始从四面八方向此处聚集。叶知秋早早就来了。他背着手在广场边上踱步，不停地有认识他的人与他打招呼。人们都尊敬地称他叶院长，一声一声“叶院长”，叫得他几乎忘了自己早已退休。他在市民广场跳交谊舞的群体里是个令人仰视的名人。人们都知道他是退休官员，夫人是医生、博士，儿子媳妇是省城外企高管，孙子上的小学是省城最著名的重点学校。他的家庭在贩夫走卒眼里是不得了的高档次。人们恭维他，尊重他，仰慕他。所以他最喜欢去的休闲场所就是这里，在这里他能找到久违了的好感觉！

音乐响起来了，男女开始捉对起舞，可叶知秋还是站在舞场边上慢慢踱步。两位四五十岁的女人过来邀舞，都被他拒绝了。他在等他的舞搭子肖大姐。这些年来，他只爱与肖大姐搭档跳舞，二人配合默契。肖大姐丈夫是上市公司老总，有能力但风流。肖大姐生了多年闷气，气够了，遂走出家门跳交谊舞排解烦闷和消磨岁月。叶知秋与人交往持身份地位当先的原则，他觉得在这一帮跳舞的人当中，肖大姐是阔太，有身份的女人，与她共舞比较有排面，加上肖大姐人很有气质，也善解人意，久而久之，他们成了固定的舞伴。搂着肖大姐的腰旋转起来，他舞步轻盈，动作洒脱，脚下欢快，心情舒畅。

叶知秋先前经常在家里提起肖大姐，抱怨王新眉从不肯花时间陪他逛商场和出门休闲，说肖大姐义务承担了许多本应该王新眉承担的义务，如陪同他到商场买衣服，在旁边出谋划策，帮着砍价，评头论足，等等。王新眉对他们二人的关系毫无兴趣，既没有醋意，对肖大姐更无恶感，反而觉得挺好，因为这样叶知秋就不会为这些琐事烦她。肖大姐终于来了，他们相偕着走进舞场，可是今天叶知秋脚下总是出错，找不到节奏感，已经踩了好几次肖大姐的脚了。肖大姐难得地生气了，用力甩开他，找别的舞伴跳了，他一个人无趣地站在舞场边上发愣。

这几天，他紧绷的神经快要断了。他知道自己与王新眉的夫妇关系已经走到山穷水尽的地步。王新眉已经两天没回来了，每听到屋外有一点响动，他都以为是王新眉回来了。站在屋里听动静，屋外的脚步声渐渐消失了，那是楼上住家下楼了。他知道王新眉就是回家来对他肯定也没有好脸色，只是觉得靴子总是要落地的，那就快点落下来吧！否则自己像是跪在刑场待决的人犯，既然生无可能，那就快点砍头升天吧。

昨天，他一个人独自去了俞素芸的墓地，用一瓶矿泉水把俞素芸的墓擦得干干净净。墓碑是以儿子叶涛的名义立的，墓碑上俞素芸的名字右边并排的是他的名字。按照本地风俗，俞素芸的名字描金，而他的还是本色的，以示这人还活着。昨天，他坐在墓前，叫了墓地管理处的工作人员，花了二十块钱，请他们把他的名字描了金。墓地管理人员看他脸色难看，一副衰相，也不敢问什么。再说墓地工作人员站在阴阳界上，看尽人间死别，看过无数世事，也算是人精了，也就见怪不怪，依着他行事。他满足地看着并排而列的两个名字，心中真正确定这里真是他的归老之地。他终究还是与俞素芸合葬了！

坐在墓前，叶知秋想了很多。他想到他这一世先后有两房妻室，但可惜都是怨偶。俞素芸固然性情孤僻，但逆来顺受。王新眉则太可恶。想到这他悲从中起，老泪纵横。不远处负责清扫的老妇听到他悲怆的哭声，感动得也悄悄落泪，感叹这户人家丈夫有情，墓里的女人死了十几年，丈夫还来哭她。她哪里知道这个男人是在哭他自己！此刻，叶知秋最恨的人是王新眉，他非常清楚王新眉是要与他离婚了。他是军人出身，有过二十年的军旅生涯，既然战斗即将打响，出阵之前都要有个誓师大会之类的仪式。他在与王新眉展开离婚之战之前，需要一个仪式。他选择来到前妻的墓地，把自己的名字描金，以此来暗示自己将以赴死之心与给他造成极大伤害的现妻王新眉决一死战！不知从什么时候开始，他对王新眉的爱变成了恨。如果要找一个时间节点，那应该是从他性失能开始。过早地失能是他这一世最深的挫败之一，与他未能得到俞素芸的第一次并列，成为他内心难与人言的两大创痛。随着俞素芸谢世日子越来越久远，他渐渐忘却了俞素芸的不贞，对她的思念日久弥深。但是王新眉这个女人每时每刻都在以旺盛的生命力映衬他的衰朽，他在任何地方都没有办法征服她，挥之不去的失败感终日如恶魔般缠绕着他。而此时的王新眉在事业上更上一层楼，博士学位、大医院科主任的位置都在向她招手。她已经把他远远地甩在了后面。她的存在仿佛是命运刻意安排来折磨他一样，让他陷在沮丧中不能自拔。慢慢地，他不再像初婚时那样带着爱意欣赏这个大情大性、风风火火的女人，他开始幻想她突然倒下变成废人，然后和他一起慢慢变老。不是有一首歌吗？歌里说这是最浪漫的事！他甚至有两次想在锅里下药，与她同归于尽！有时候他也意识到自己心理变态，但他克制不了这种恶念！他早就怀疑王新眉与程家祥的关系，不相信王新眉能在盛年守活寡，但苦无证据。王新眉每天忙得难得在家，家里总是他一个人。有时候他会想现在王新眉在做什么，她真的是在做着白衣天使的事吗？她或许……他不敢往下想。

突然，他咬牙切齿地自言自语：“要是敢背叛我，非让你身败名裂不可，要让你知道我的狠！”这两天，叶知秋在家里排兵布阵，运筹帷幄。他列出了处置王新眉的时间表，第一步是把她从科主任位置上拉下来，此事已经完成；第二步是让她名声臭臭，此事正在进行；第三步是让她博士学位泡汤，多年努力付诸东流；第四步是让她的情人程家祥灰溜溜滚出中国；最后一步是让她净身出户，流落街头，休想拿走家里的一根筷子！他自信能做到这些，因为他手上握有关键性的一张大牌！前天晚上，他跟踪王新眉来到大酒店，他以自己都难以相信的毅力，克制住砸门冲进去的念头，冷静地在门外拍下了王新眉进入房间和最后离开的视频。视频里有清晰日期时间记录。他一路跟随王新眉，亲眼看到王新眉在与情人程家祥幽会之后又与前夫卢超群勾搭在一起。他的拳头捏得“咯吱”响，但他告诫自己:“叶知秋，现在是考验你的时刻！要冷静！要有气魄！忍人之难忍，方能成就最后的目标！”现在他正坐在家里，等待王新眉回来。

王新眉很晚才回来了，她实在没地方可去了！两天来，她都在班上忙碌，原先放在值班室的衣服都已经穿了一遍，必须回家换洗衣服了。本来她可以在傍晚六点下班，谁知刚脱下工作服就听护士长在找她:“王医师！王医师！快先别急着下班，刚收进来位老奶奶，80 多岁了，血压很低，脉搏也很弱……”王新眉赶紧再穿上工作服，抓起血压计、听诊器就跟在护士长身后跑，一路小跑跑到病人刚入住的病房，二话没说开始诊治。这户人家儿女孝顺，儿子闺女媳妇女婿排成一排，泪水涟涟地求王新眉，求她一定要把他们的老娘亲救过来。在病区的走廊里，媳妇与女婿在小声吵架，仔细听，原来是两家争着要把老娘带回自己家服侍，姑爷怪舅舅舅妈趁他们两口子在地里忙偷偷摸摸进村把老娘“劫”走，骂他们是“鬼子进村”！王新眉被淳朴农家至厚的亲情感动，一再表示经诊治，他们的老娘没有大问题，只是年老器官整体衰退造成的。

王新眉触景生情，想到自己的母亲，妈妈病了很久了，可她诸事缠身走不脱。她下决心周末回老家灌口去看望老母亲。她也想到了荀晖，想着顺道去陈家港看望一年没见的老班长。等她安顿好病患，开车回到家，已是晚上十点了。她预感到回家后叶知秋不会善待她。但是从小到大，她从无一丝害人之心，也全无心机，待人赤诚，心底敞亮。善良的人想象别人的坏，怎么想都想不到坏人能有多坏！她也完全没想到前天晚上大酒店里居然那么热闹，一场大戏，主角配角竟然悉数上场，无人缺席！她在救死扶伤，有人却在谋划置她于死地！她想从泥泞里爬起来，有人却在准备拖她沉没到沼泽之下！

她回来了，洗了澡，终于把自己收拾干净了！实在太疲倦了，她想先睡一觉，等精神状态好一些，再好好地坐下来与叶知秋谈一谈。她已经决定离婚！叶知秋煮了稀饭，她莫名有些感动。她这人大半辈子很少有人好好关心爱护她，受人一点恩惠都会很感动，甚至会忘了这人刚刚才踹过她一脚。这一晚，她睡得很实在，无人入梦。

第四十六章

春天过去了，夏天到了。窗外，天空下起了淅淅沥沥的小雨，两只小鸟穿过雨中的柳枝，发出“叽叽喳喳”的鸣叫声，给闷热的午后增添一些清新的气息。病区里病人都在午休，护士们在护士站安静无声地工作。在紧张忙碌的工作间隙，难得拥有这一份宁静。王新眉中午在职工食堂吃了午饭，就在病区办公室里沙发上小憩。躺在沙发上，王新眉想了很多，觉得既然已经下定决心离婚，那么就必须面对可能遇到的问题。首先她必须克服对叶知秋的恐惧，明确告知叶知秋自己的决定。必须行动起来！于是她给叶知秋发了一则短信，短信中说：“我们的婚姻已经进行不下去了，我相信这一点我们有共识。离婚吧！”很快叶知秋给她回复了。

看叶知秋回复的短信，她有点蒙。叶知秋的短信：“请打开你的 QQ 邮箱，我发了个视频文件给你！”王新眉连忙打开电脑，手忙脚乱地打开 QQ 邮箱，邮箱里果然有一封刚送达的信。王新眉打开来信，发现这封信是带附件的。她打开附件，真的是个视频。打开视频后，她惊呆了！原来是她到酒店见程家祥时进门和最后离开的两段视频。她这才知道当天晚上，叶知秋居然一路尾随进了酒店，整个晚上都蛰伏在酒店那层楼的某个角落，最终拍下了关键的视频。王新眉像是被一闷棍打得晕头转向，无法思考。这样的情节以往在电视剧里看到过，但现实生活中竟然发生在自己身上。一时间，她觉得这不是真的！但视频里的那个人，那个女人真的是自己！

稍稍清醒过后，她开始猜想叶知秋把这个视频发给她的目的。是向她预告，预告他准备把视频发给医院相关部门、相关人员吗？既然这样，以他做事向来狠辣不留余地的特性，他完全可以直接发给医院部门或领导，或在医院广为散发，何必告诉她！几天前他不就已经把短信截图发给医院纪委了吗？这次如此重磅的证据完全足以让先前还将信将疑的人们确信，完全可以让王新眉瞬间彻底名誉扫地，沦为众人茶余饭后的谈资，而他却没有这么做。他的目的是什么？带着困惑，她拨通了叶知秋的手机。

从电话里叶知秋说话声音的慵懒，王新眉能猜出他正在睡午觉。王新眉开门见山，问道："说吧！把这个视频发给我，你什么意思？""你说呢？"叶知秋居然慢悠悠地反问，语气里完全听不出一丝恼怒。王新眉更加困惑，就又问道："前几天你不是已经把短信截图发给了医院纪委和相关领导了，这次你还犹豫什么？你是突然变得仁慈了？"电话那头，叶知秋没有立刻回答。片刻过后，传来了叶知秋的笑声。他的笑声很大，乍一听颇为爽朗，但王新眉却感到汗毛倒立。她对他太了解了，每当他想出一个绝坏的主意，在说出来之前，他都会习惯性地预先庆祝胜利一般，发出貌似爽朗实则轻狂的笑。王新眉就像熬过一个世纪一样等待他的笑声结束。

叶知秋终于收住了笑声，然后依旧慢悠悠地说："我本来打算把视频发给你们医院所有科室主任，让你再'火'一把！但是我转念一想，觉得不需要了，你的丑事已经在医院传开了！你已经身败名裂了！我要把这个东西留着另有大用！"说完这番话，叶知秋又笑了两声，这是他惯常的总结性笑声，是对自己计谋感到得意的标志。王新眉听后忍不住悲愤地问他："你这是要彻底地毁掉我！你下手太狠了！"电话那头，叶知秋没有再笑，而是提高嗓音说："你这是明知故问！是你逼我出手！我曾经爱过你，但你这个坏女人一次一次触及我的底线，我恨不得亲手杀了你！你给我滚！带上你的衣服，滚出这个家！"

叶知秋最后的呵斥声让王新眉突然茅塞顿开，她在瞬间明白叶知秋留着一手的目的。那就是以视频为要挟，逼她放弃 12 年来她为这个家做的所有贡献，放弃本属于她的一半产权，净身出户！王新眉挂了电话，不再愤怒，甚至觉得有些轻松，因为她终于看到了叶知秋的底牌，知道了他除了希望她名誉扫地之外，还有就是要得到房子的全部产权！而且他已经准备所有预案。第一步赌王新眉害怕视频曝光，向他屈服主动放弃产权净身出户；第二步是假如王新眉不妥协，就上法庭打官司，在法庭上他将拿出视频作为证据，证明王是导致婚姻破裂重大过错方，要求法庭判决向他倾斜，同时再在名誉上给王新眉重重一击！

总之，无论走向如何，他都包赢不输，王新眉都会很惨！王新眉也笑了起来，只是她的笑很苦涩，很无奈！也很心酸！她重重地倒在沙发上，眼望天花板，欲哭无泪！她发现自己现在不仅名誉扫地，并且很可能面临居无定所、一无所有！ 20多年像在做一场大梦！她很惊讶，惊讶于自己居然不恨叶知秋，甚至有些同情他。他让她看到一个男人的日薄西山、穷途末路、垂死挣扎。他的精神世界是如此猥琐和狭隘，在他的字典里，从没有包容谅解、推己及人、己所不欲勿施于人，这些高贵的品德都与他不相干，他只知道算计人、伤害人、报复人。他总以为自己很精明，从不吃亏，却不知他早已变得越来越穷，穷得只剩下钱和对钱的无穷渴望，穷得只剩下恨！

此时此刻，王新眉特别想家，这个家不是与叶知秋共有的家，而是灌口的老家。她想回家看看妈妈和其他亲人，想看看夕阳下“半江瑟瑟半江红”的灌河。小时候灌口还没有自来水，每天她都会和哥哥一起担着水桶到灌河边取水，她人太矮小了，哥哥每次总是把水桶绳靠在他那头，水桶绝大部分重量都压在哥哥肩上。一晃30多年过去了。她早已离开家乡，而哥哥依旧在灌河边从事沉重的体力劳动。想到家里的亲人，王新眉内心阵阵隐痛。20多年来，她远离家乡亲人，不知不觉疏忽了亲情，故乡的一草一木也变得依稀模糊，灌河拍岸的涛声已经很久没有入梦了。那些一起长大的发小除了荀晖、还茂霞之外，其他人已经少有往来，他们当中绝大多数是普通的劳动者，贩夫走卒、引车卖浆者流，而她是不是不知不觉中觉得地位高了不屑于交往了？现在想来，悔之不及。

经历了这些天的风波，她终于能沉下心来梳理思绪，也终于能够开始反思自己。难道谴责程家祥的极端利己就可以推卸掉自己在这件事上的错吗？她不得不承认，与程家祥的交往，是她对世俗功名的贪欲在起推波助澜的作用。她仰慕程家祥在事业上的出类拔萃，潜意识里还是想通过与他的交往获得在专业学问上引领和助力。她自忖在学问上还算是个踏实的人，但是学业上的艰难让她畏惧了，而虚荣心又不允许自己放弃，于是产生了走捷径的想法，最终导致与程家祥关系的失控和不堪。她向来自尊心强，但是她痛苦地承认，自己在与程家祥的交往中其实是不够自尊的。正是自己的不自重才使得程家祥在骨子里轻慢自己，觉得自己有求于他，在自己面前充满了优越感。

“被人侮者必先自侮”，古话说的就是这个道理！直面自己的灵魂，剖析自己的内心，王新眉感到从未有过的羞愧、痛苦！她似乎看到叶知秋正指着她羞辱，似乎听到叶知秋在辱骂她：“你这个不要脸的女人！”她发现叶知秋对她的辱骂并不能让她生气，因为对于叶知秋，她早就没有任何期待。她发现世俗社会对女人的所谓关于贞操的羞辱并不能真正伤害她，她有足够强大的内心力量来抵抗那些羞辱。真正让她痛苦的是自己在世风的熏染下逐渐迷失了纯朴的本心。她已经不再是灌河边上那个纯洁善良朴实厚道的女孩，不再是那个把世间真情看得比生命还重的女学生，她已经变成了在世俗名利场中追名逐利的人。为了名利她甚至放下尊严！

曾几何时，她痛感程家祥变了，当年读书时那个纯朴的江南书生已经消失得无影无踪，代之以志得意满抢站时代浪头的既得利益者。他是医学家，可是他真正热爱医学吗？不！他爱的是医学成就给他带来的光环，爱的是那种众人簇拥、仰视的社会地位！原来他们都变了！变得他们自己都不认识了！变成了她曾经很厌恶的那类人！

在这个午后，在一场痛定思痛的反思之后，王新眉决定即刻回乡。这似乎已经成为她生命中固定的仪式。每当处于人生低谷，精神上陷入困境，她都会回到灌口老家，在家乡亲人身边，在故乡的怀抱里，在灌河的涛声里，寻求慰藉，或者说是寻找心灵的救赎！

第四十七章

傍晚下班时，王新眉向科主任请两天假回乡探望病中的老母亲。科主任是个上了年纪的和蔼老头，这几天关于王新眉的风言风语，医院里都在传，他也听到了，知她遇到难跨过去的坎了，并没多问就准了假，并叮嘱她晚上开车路上小心，不要分神。等到了灌口街，已是晚上八点多了。自从去年送荀晖夫妇回乡，她已经一年没有回灌口了。离家越近，她的心越沉重，一年了，自己在外经风历雨自顾不暇，对妈妈的关心真是太少了，也不知这次见面后还能有几次再见的日子！想到这她感到很伤心。

随着年岁增长，她越来越理解“近乡情怯”这个词的内涵。在即将到家的时候，她看到路边一户人家正在办丧事。灌口城太小了，街坊邻居大多数都相处几十年了，王新眉虽然离乡很久，但家乡的老邻居们她都还记得。她心往下一沉，想又不知是哪位邻居离世了。傍晚乘凉的人很多，都或站着或坐着在路边闲话。哭声渐渐近了。“我爹哎！我的亲爹哎！我狠心的爹啊！你再也不睁眼看看你的儿女了！儿女喊你也不睬了！我爹哎！不管有什么好东西你也舍不得吃，留给你儿女……”王新眉边慢慢行车边向窗外搜寻，想知道是哪家在办丧事。是离哥哥家不远的王三爹家传出的哭丧声，多半是那个见人总是笑眯眯的王三爹过世了，去年王新眉回来的时候就听说他老人家病得不轻。

王新眉想，王三爹作为邻居长辈是看着她长大的，自己既然知道他过世了，应该按家乡风俗进去磕个头。于是，她把车停下来。下车后，王三爹家的哭丧声听得更真切了。那哭丧声借助麦克风穿过夏日的夜空传得很远，哭丧声时而高亢激越，时而低缓哀绝，悲悲切切，凄凄惨惨。在马路边纳凉的街坊们听着这一声高一声低的歌哭，感叹道："听听这嗓子，唱到天边也不哑，今天她已经哭过几场丧了，嗓门还这么大！听她哭丧，叫你站闲的人跟着抹眼泪……"人们议论的是王三爹家请来的职业哭丧女。人们在夸赞哭丧女哭得精彩，说她已经哭了十几年丧了，在这一带颇有些名气，人家有丧事都爱雇她哭丧，因为她不仅嗓门大，唱得好，还能现场编词。

她到丧家后先了解一番逝者现年多大岁数，是病死的还是别的原因死的，家里还有什么人，然后就在原来的通用唱词上现场加词。她现编的词不仅能唱出活人的伤心，还能把那死去的人一辈子的苦处都道出来。如果逝者是老人有儿有女，她就加些老人吃过多少苦啊，舍不得吃舍不得穿呀；如果是少亡，就唱白发人送黑发人，要多可怜那就有多可怜呀。她唱的调子是灌河两岸流行的淮海调，无论灌河镇上还是乡下，哭丧的就数她有名，一般的人家办丧事都以请到她到场哭丧为荣。听着众人的议论，王新眉对这个哭丧女感到好奇，就随口问道："她是哪里人呀！"有人带着几分责怪地说："你怎么连她都不知道！那不就是住在灌河西边龙王庙那里的李兰芬嘛！""灌河西边龙王庙那里的李兰芬？是不是与我年纪差不多大？"有人回答："是的。与你年纪相仿，说不定是你同学呢！"可不是嘛！如果真的是家住灌河西边龙王庙那里的李兰芬，那肯定是她的小学同学小芬子！王新眉激动得差点叫出声来。

李兰芬与王新眉是小学的同学。她来自农村，家里穷，学习成绩也不好，有些同学会欺负她，但王新眉一直对她很好。那时候小学生每个月都要向学校里交"绿肥"，就是割青草送交学校，学校再把"绿肥"集中送到生产队去，算是一种"支农"，王新眉不会割草，在小镇上也找不到可以割的青草，交不了"绿肥"心里着急。李兰芬是农村人不用交，但她每次都主动从家里割一大筐青草背到学校送给王新眉，帮她完成任务。两个女孩的感情就在这每月一次的“支农”活动中越来越好。李兰芬成了王新眉除了还茂霞之外最好的朋友。但是，她们的友情在小学毕业之前破裂了。

那是“孩子王”女孩一段时间看王新眉和李兰芬两个特别要好，感到不舒服，就下令班上所有女孩都不得与她们俩说话。她们俩立刻被孤立了，所有女孩下课和放学以后都不搭理她俩，连还茂霞也不敢与她俩说话。“相依为命”的日子里，她们一起发誓：“永远做好朋友，任何时候都不背叛对方！”但是，王新眉食言了。因为“孩子王”女孩心血来潮决定原谅她们俩当中的一个，她选择了王新眉。王新眉太兴奋了，终于又回到集体中了。“获得解放”的王新眉一时竟然忘了还在被孤立的李兰芬，高高兴兴地与女孩子们一起放学后去做“跳方格子”游戏了。等她想起来，再去找李兰芬，李兰芬再也不搭理她了。王新眉感到很羞愧，想向李兰芬道歉。但是李兰芬太刚烈了，再也不搭理她了。

小学毕业后李兰芬没有继续上学，早早招工进了灌口纱厂做工人了。从那以后李兰芬在王新眉的生活里消失了，但是对李兰芬的歉意却始终埋在王新眉的心底，甚至成了她一块隐秘的心病。说起来王新眉与李兰芬已经 30 多年没有正式见过面了，但这些年王新眉从来没有忘记过她。从还茂霞那里她断断续续地了解了李兰芬的一些情况。20 年前李兰芬从灌口纱厂下岗，一段时间很穷困，穷得夫妻俩一个月舍不得吃上一顿肉，女儿正在上初中，十三四岁的孩子正是长身体的时候，李兰芬就每天早上到摊鸡蛋饼的摊上给女儿做一个鸡蛋饼，算是给孩子补充营养。

从还茂霞那儿得知李兰芬的境况，王新眉曾经请还茂霞转交一百元钱给李兰芬，20 年前的一百元钱不算特别小的数目，是以还茂霞名义给的，而且是说明借给她。后来，李兰芬做服装生意，日子好过起来，把当年还茂霞借的钱还上。还茂霞始终没有透露钱其实是王新眉给的，因为她不能确定如果李兰芬知道是王新眉在接济她，她是不是会拒绝。15 年前，韩佩霞告诉王新眉，说李兰芬与丈夫在幸福路上租了个摊位卖服装，王新眉真为她高兴。有一年过年回老家探望母亲，王新眉专门到幸福路上找到李兰芬摊位，远远地躲在人后向摊位张望。尽管已经多年没见，但她依旧一眼就认出自己儿时的好朋友李兰芬。

小姑娘时的李兰芬，扎着长长的辫子，脸太方，有点扁，鼻子有些短，稍稍仰头就能露出鼻孔，眼睛不大，永远像是肿着，爱笑，笑起来眼睛眯成弯月。王新眉喜欢看她笑，因为一笑，她的整张脸就变得很好看。30出头的李兰芬已经没有了长长的辫子，齐耳短发，还是方方扁扁的脸盘。那天，李兰芬穿着白色小兰花的衬衫，衬衫裹在她身上显得有些紧，身材明显比少女时丰满了许多，有了成熟女性的韵味。王新眉没有看到李兰芬大笑的样子，她脸上的笑是为招徕生意堆出来的刻意的笑，不是王新眉熟悉的开怀的、灿烂的、明媚的笑。

顾客离开后，李兰芬脸上的笑容瞬间消失。可能是那两个顾客并没有买她的衣服，白费了她的口舌，让她有些失望。她颓然地坐在摊位后面，呆呆地望着路上来往的行人，眼神有些迷茫。看到李兰芬的样子，王新眉有些心疼。害怕自己贸然上前会遭到李兰芬的拒绝，王新眉悄悄地离去。那以后，她没有再去幸福路，每次回乡总是来去匆匆，内心里刻意地回避李兰芬这个名字。后来，还茂霞告诉她，随着网店兴起，李兰芬的实体店服装生意越来越难做了。再后来还茂霞到了盐渎，不再有关于李兰芬的消息了。

原来李兰芬现在成了职业替人哭丧的！李兰芬小时候嗓门就大，爱唱歌，街上流行的歌，她一学就会。她还爱唱灌河两岸流行的淮海调。王新眉从小就不爱听淮海调，觉得像哭丧的调子，可李兰芬爱唱。那时候王新眉不会想到，李兰芬后来就靠着用淮海调替人哭丧谋生。王新眉跨进了王三爹家的院门，院子里搭了丧棚，棚下是白事班子，吹拉弹唱一应俱全，还有笨重的音响设备。中间一个头上戴着白色的“大手巾”，手里拿着麦克风的中年妇女正在声泪俱下地歌哭。她一边哭一边代王家子女诉说着对王三爹的思念。哭了一段之后，她坐下来喝了几口水，平静地看着前来磕头吊丧的人进进出出。当她抬起头时，她的目光与王新眉的目光相接了，几乎没有迟疑，尽管几十年没见面，她们都能在瞬间认出对方！

王新眉大喊一声：“李兰芬！小芬子！”小芬子一下子从凳子上弹起

来，一把拽掉头上的“大手巾”，扔了麦克风，冲到王新眉面前。王新眉上前拥抱李兰芬，脱口而出：“小芬子，你终于睬我了！你不气我了！”李兰芬瞪大眼睛，看着王新眉，然后笑了起来。如果不是在人家的丧礼上，她一定会发出豪爽的“哈哈”大笑的。她含着笑说道：“都什么时候的事呀，快一百年了吧，我早忘了！”王新眉含着眼泪责怪她：“那你这些年为什么不找我？”李兰芬一脸无辜地说道：“你是大城市人！大学生！大医生！你不找我，我当然不找你！可我心里没忘记你！”王新眉激动得说不出话来，只能再一次拥抱儿时的好姐妹，紧紧地抱着她！

李兰芬拉着她坐下来，关切地问：“这些年过得好吗？你跟卢超群那个混蛋的事，我听还茂霞说过。我真想揍他一顿！”王新眉苦笑着回答道：“我过得不好！我又要离婚了！”李兰芬愣了一会儿，大概不知说什么好，但她肯定是太想安慰王新眉了，她拉着王新眉的手，真诚地对她说：“如果在盐渎过得不好，就回老家来，跟着你小芬姐一起替人哭丧！心里有什么不痛快，替人哭丧时都说出来，就不难过了！”这回轮到王新眉发愣了。她怎么也没想到，会有人真诚地建议她从市级三甲医院副主任医生改行做哭丧女！就在王新眉不知怎么回答的时候，有人冲着李兰芬高声喊道：“别聊了，该你哭了！再哭一场就收摊了！”李兰芬只得摇了摇王新眉的手，把头在王新眉的脑门上撞了一下，抱歉地说：“我要挣钱了！好姐妹，得空我们好好一块儿说说话！”

王新眉站起来到屋里给王三爹磕了头，送上一百元奠仪，但王家人说什么也不收，一再表示她哥哥已经出过礼了，不要她再出礼了！说她一个平常不在家的姑娘，能来磕头已经很感谢了！王新眉只得从命，行礼后再出来向李兰芬点头告别，在李兰芬高亢悲切的歌哭中离开了王家小院，步行回家了。

走在昏暗的巷子里，王新眉脚步平稳有力，心情比在盐渎时好多了。意外地重拾儿时结下的深厚友情，让她感觉这个凉薄的世界里还是有很多温暖，正是这种人间温情让她虽然历经伤痛却依旧保有对生命的热爱！已经看到家里的灯光了，妈妈一定还坐在床头等她！

第四十八章

王新眉远远地就看到荀晖站在工厂大门口等着她。一年没见了，老同学荀晖头发已经白了一大半，50 岁的人，看上去比实际年龄要老很多，也比以前更瘦了。见到王新眉，荀晖笑了，还是过去那种憨厚的笑，只是王新眉仍然能从他的眼睛里看到隐忍的忧伤。王新眉对自己在工作日跑来见他感到有些不安，难为情地向荀晖道歉：“我估计你今天应该很忙，但是我难得有机会回家来，只能占用你的工作时间了。我下午还要赶回盐渎，就过来看你一眼！”荀晖连忙摆手说道：“你说到哪去了！你这次不来，我们又不知哪天才能见到！你回家顺便来看看我，多好呀！我又不能专门跑盐渎去看你！”话说出口，荀晖可能又觉得不太妥，但已经收不回去了。只好尴尬地冲王新眉笑了笑，低着头若有所思。

王新眉有一种奇怪的感觉，就是她与荀晖已经一年没见了，在此期间也少有联络。但是怎么感觉昨天才分别，没有一点生疏感。是啊！他是她这一世最好的朋友，在患难与共的日子里，他们早已结下深厚的感情。这种感情不是男女之间的那种情，是超越了男女之情的人与人之间相互牵挂、守望相助的那种感情。荀晖手指着远处黄海对王新眉说：“新眉，你看见了吗，那就是太平洋，对面是美国！”可不是嘛，黄海确实是太平洋的一部分，太平洋对岸确实是美国！但王新眉觉得荀晖说这话的口气像是美国就隔着 20 米马路一样。

看着荀晖已经有了幽默感，王新眉打心里觉得安慰。她在心里暗暗对他说："真希望你能慢慢地从伤痛中走出来，恢复到以前的那个话痨！"荀晖说："你坐到副驾驶座我来开车，带你沿着海边公路看看风景！"王新眉顺从地换到副驾驶座位，但她收起笑容，严肃地对荀晖说："你先带我去看朱雯芳！"她没有说"墓地"两个字，她知道这是在潜意识里希望真的有灵魂存在，朱雯芳的灵魂就在岛上徘徊，她能知道王新眉来看她了。王新眉默默地对朱雯芳说："朱雯芳，即使我看不到你，但只要你能够看到我来了，我就满足了！"

朱雯芳葬在海边一片盐蒿地里，墓上没有封土，只有一块石头制成的墓碑平躺在地上。石碑上有"朱雯芳荀晖之墓"的字样，落款是女儿荀航。不刻意寻找的话，一般人根本不会知晓这里埋葬着一个女人的骨灰。荀晖蹲下身子，轻抚墓碑上爱妻的名字，又把落在石碑上的杂草拔掉。墓碑四周开满了黄色的盐蒿花，盐蒿花仿佛有灵性，它们把顶着花骨朵的头靠在墓碑上，远看像是一个黄色的花环放在墓前。岛上海风很大，海风发出"呼呼"的声音，仿佛是海神在为善良美好的亡灵吟唱忧伤的挽歌。

荀晖一边清理墓四周的杂草，一边缓缓地说："我每天下班以后都会到这里来，坐在墓旁，陪她说说话！有时候事情缠身来不了，就觉得对不起她，怕她孤单！"荀晖的话无意中触动了王新眉内心深处的痛点，她想到了自己，自己活着的时候都没有人疼爱，更何况死后？看着墓碑上并排写着的荀晖夫妇的名字，王新眉心里羡慕又酸楚，她想："这大概就是最好的婚姻的模样吧！他们虽然没能白头偕老，但却是生死不渝了，如此凄美的爱情世间能有多少！"想到自己的几段感情最后都惨淡收场，有生以来似乎从没有拥有这般天长地久的感情，王新眉顿觉心酸。

已经快到中午了，王新眉觉得该告辞了。她向荀晖告别，说："我该回去了，下午还要赶回去上班！"荀晖愣了一下，憨憨地笑着说："我怎么能让你空着肚子走呢？我带你去吃岛上最有名的特产——四鳃鲈鱼！这四鳃鲈鱼只有我们这一带才有。你在盐渎即使吃过也没有这里的新鲜！"王新眉也笑了起来，说："那我就不客气了！"荀晖带着神秘意味对王新眉说："早上听说你要来，你猜，我还做了什么事？"王新眉有些蒙，实在猜不出来他会做什么。荀晖见王新眉有些困惑，就说出了谜底。他指着远处一条小河说：“我一早就把扳罾放在小河上了，好几个钟头了，网里肯定有不少鱼虾了！我本来准备自己做鱼给你吃，你走得这么急，就去饭馆吃吧。扳罾扳到的鱼虾请带到盐渎去吧！”

王新眉忙手搭凉棚眯着眼睛向小河远眺，果然望见小河上有个扳罾。她想起朱雯芳曾对她说过的话，说荀晖追求她的时候经常在周末到河边用自制的扳罾扳鱼虾送到她家去，后来荀晖工作太忙了，就很少去扳罾了。但是只要女儿说想吃爸爸亲手扳的鱼虾，荀晖就会忙里抽空去河上扳鱼。由此王新眉知道只有为了他心中最重要的人，他才会去亲自扳鱼虾。王新眉一下子被感动了，没想到他这么有心！也没有想到自己在他的心中这么重要，能享受到他为妻子女儿才去做的事！她有些诚惶诚恐，同时又充满了感激。但是，她随即想到自己在盐渎实际上已经没有家了。纵使接受了荀晖亲自用扳罾扳来的鱼虾，到了盐渎又到哪里去做成菜肴。想到自己几十岁的人，到头来连个做饭的地方都被剥夺了，心里说不出的难过。

荀晖看出了王新眉的心事重重，就关切地问：“新眉，你与老叶过得怎么样了？好一些了吗？”王新眉觉得荀晖一个人在孤岛上形单影只地谋生，唯一的安慰就是能坐在妻子的墓旁与亡灵说说话，已经够凄凉的了，本来并不想拿自己的事叨扰他。但是王新眉从孩提时就信任荀晖，拿他当自己的哥哥，在他面前从来存不住心事。荀晖不问还好些，他一问，王新眉就绷不住了。几乎是瞬间，她的眼泪涌了出来。她觉得有些难堪，想找面巾纸擦眼泪，因为情绪激动，手伸进包里却怎么也摸不到。荀晖看到王新眉的样子，心疼地伸手帮她抹去泪水，同时喃喃地说：“都怪哥不好，不该提让你难受的话题！”

说着，荀晖牵着王新眉的手，把她送到汽车副驾驶座位上，自己坐到驾驶座上，可能是怕她觉得自己失态有些难堪，他没有看她，转头看着窗外的大海，轻声对她说：“你心里不好受的时候，就给哥打电话，发短信，把难受的事说出来，心里会好过些，千万别憋着，会憋出病来的！我把你当妹妹，你可要好好的！”王新眉听话地点点头，那样子就像个小妹妹表示要听哥哥的话一样温顺。见她不再哭泣，荀晖这才转过头来看她。他看她的目光是那样柔和，眼睛里有关切，有理解，还有疼惜！她突然发现，当自己从盐渎一团乱麻般的纷扰中抽身出来回到故乡，见到她想见的人和意外重逢的发小，看到了无边无际的辽阔大海，心中装满了温暖，胸襟也被打开，变得开阔，那些让她痛苦不堪的俗世中的事竟变得无足轻重。当那些事不再像大石头一样压在她的心头，她发现她是如此眷恋人生！原来人世间除了凄风苦雨之外，还有明媚的阳光和美丽的风景；除了苟且，还有诗和远方！

四鳃鲈鱼真的非常鲜美，王新眉从来没吃过这么鲜美的鱼。荀晖把鲈鱼眼下的肉挑出来放到王新眉碗里，说："这个必须你吃！"见王新眉不解地看着他，荀晖笑着说："这块鱼肉是鱼身上最嫩的肉，我女儿在家的时候，这块肉都是她的。你是我小妹妹，今天这块鱼肉当然就归你了！"王新眉甜甜地笑了起来。小饭馆的老板娘见是化工厂荀厂长带着位年龄略小一点的中年妇女来吃饭，招待特别热情周到，专门送上一盘他们店新炝的小醉蟹，说小蟹都是在海边滩涂上挖来的，特别新鲜，请他们品尝！老板娘这两年总是看到荀厂长皱着愁眉，常常独自一人来小饭馆叫上简单饭菜和一瓶啤酒，慢慢地自斟自饮，从没见他像今天这样眉目舒朗。老板娘心里猜测着荀厂长与这位气质优雅的女性的关系，心想："如果是荀厂长新找的伴就好了！荀厂长真是太孤单了！"

饭后，荀晖向老板娘要了一只蒲包，带着王新眉到小河边去取扳罾扳上来的鱼虾。荀晖用力把罾提起来。渔网里真的有七八斤活蹦乱跳的草鱼、泥鳅和虾，还有王新眉叫不出名字的鱼儿。王新眉高兴得拍手跺脚，像个十来岁的无忧无虑的女孩！告别了荀晖，王新眉启程回灌口。车开远了，她从后视镜中看到荀晖依旧站在工厂的大门口目送她。初夏直射的阳光下，荀晖的身影被一片光包围着、照耀着，海风吹拂他的衣裳，把他的上衣吹得鼓鼓的。他的身影越来越小，直至消失在视线中。

第四十九章

回到灌口哥哥家，已经是下午时分。天很热，幸好哥哥在小院里搭了个凉棚，又在凉棚下支了一张竹床。妈妈白天总是坐在竹床上打盹，或者帮着嫂子拣韭菜、剥大蒜、叠衣服，做些力所能及的家务事。妈妈坐在小院子的凉棚里的竹床上等她。知道女儿晚上要赶回盐渎，妈妈把自己腌制的咸蛋拿出二十个煮好，用塑料袋装好放在竹床上，准备给王新眉带走。王新眉从小爱吃咸鸭蛋，妈妈总是记着，每次女儿回家，她都会煮些咸蛋让女儿带上。王新眉不忍心告诉妈妈现在超市里很方便可以买到熟咸蛋，每次都兴高采烈地接受妈妈精心准备的熟咸蛋。

昨晚匆匆忙忙到家，见妈妈果真坐在竹床上等她，王新眉赶紧放下包扑到妈妈身边。一年没见妈妈，她真是太内疚了。妈妈比去年见到的时候更加衰老了，满头白发，脸上沟壑纵深，因为心脏不好，说话有气无力。王新眉知道妈妈在世上的日子不多了。想到今生母女一场，自己作为女儿却未能在身边尽孝，心里伤感自责，又想到叶知秋一直轻视自己的家人，作为女婿对岳母始终很冷淡，导致自己家人从不到盐渎去，间接剥夺了自己与亲人团聚的机会，而现在妈妈来日无多，再没有弥补的机会了。想到这些，王新眉抱着妈妈流下了眼泪。她是既心疼妈妈，又充满了自责。母女连心，即使一年都没见面，妈妈还是敏感地察觉出王新眉情绪异常低落。

妈妈看着女儿憔悴的面容和疲惫的神情，心疼地抚摸她的脸，轻声对她说："这么长时间不回来，妈知道你忙！妈不怪你！妈就希望你过得好好的，你过得好，妈妈死的时候两眼闭得紧紧的！”王新眉把头埋在妈妈怀里，伤心地说：“妈妈，闺女好像没路走了！又要离婚了，做错事，没脸见人！”妈妈轻拍她的后背，问：“闺女，你告诉妈妈，你做错什么事？怎么又要离婚？”王新眉不想说，也说不出口，只是把头埋在妈妈怀里，说：“妈妈，你一定要好好活着，你活着，闺女才有奔头！”妈妈没有再说话，过了许久，妈妈长叹一口气，说：“闺女，你今天太累了，先洗洗睡吧！明天妈妈想好好跟你谈谈！”妈妈说这话的时候，那口气像是下了一个决心，做了一个重要的决定。

现在妈妈坐在小院凉棚里的竹床上，那严肃的神情表明她要与王新眉做一番认真的谈话。王新眉把装着鱼虾的蒲包送到厨房交给嫂子，叮嘱嫂子趁着鱼虾还新鲜赶紧加工，然后默默地坐在妈妈的身旁。妈妈的表情特别严肃、深沉，她看着远处。许久，大概是终于下了决心，她开口对王新眉说话了。她对王新眉说：“闺女，你昨晚对妈妈讲你没路走了，妈妈心像刀割一样。妈妈今天要把老王家一段过去的事告诉你！妈妈岁数大了，日子不多了，我再不说，不会有人晓得。我告诉你，是要你晓得老王家是怎么过来的，让你从中明白道理，晓得自己以后怎么过下去！”王新眉愣住了，她活了几十年，从没想到妈妈的心中还装着一段王家不为人知的故事。她不由得坐正了，神情也像妈妈一样严肃，认真地等待妈妈的讲述。

妈妈对她说了这样一段家族的历史，一段关于爷爷奶奶的故事。

“差不多一百年前，你奶奶还是个才过门几年的小媳妇。爷爷家在靠近海边的外滩，家里地少，又是盐碱地，长不出庄稼，主要靠到盐圩上替人家晒盐为生，有时也雇给船主当船工出海打鱼。老太爷死得早，家里只有老太和你爷爷、奶奶。翻了新年，你爷爷就雇给一个大船主当船工，到上海吴淞口外捕鱼了。几个月没回家，音信全无。到了春天青黄不接，家里粮食全吃光了。老太本来身体就弱，加上没饭吃，整天睡在床上。你奶奶眼看婆婆就快不行了，心里想这样下去不得了，要想办法弄粮食。那时候外滩家家穷，借也没地方借，怎么办呢？只好到里滩人家麦地里去偷青。里滩那边的地是油泥地，盐分少，地肥，庄稼长得好，那边的人家比我们外滩人富。还没到麦口，地里麦子还是青的，一般人家防止有人来偷青麦，都会雇人看青，就像现在的保安，看住麦地，不让人偷。

“看青的都是身强力壮的年轻人，逮到偷青的就往死里打，所以一般人也不敢去偷。你奶奶看婆婆实在饿得要死了，就大着胆子去偷。你奶奶天没黑时就出门了，出门时在锅门口抹了一把黑灰抹在脸上，又舀了半瓢水放在老太床头，告诉婆婆说：‘我娘哎，实在饿就喝两口水，我到里滩去找东西回来给您吃！’你奶奶一人走了四十里夜路，摸到里滩。里滩人家麦子长得真好，麦穗子全是饱饱的。奶奶钻到麦地里，蹲在地上掐麦穗，心里想着多偷一些回家上磨磨成糊，娘吃了青麦糊就能活下来了。哪个晓得那家人家请了个人来看青，你奶奶被那人当场捉住！那人是当地有名的专门替人看青、看麦场的，一阵子一阵子地发疯病，但不发病的时候像个正常人，里滩人都叫他‘郭三疯子’。

“‘郭三疯子’拽着你奶奶的头发把她拽起来，奶奶的发髻都被他拽散了。‘郭三疯子’正要打你奶奶，但是借着月亮光，他看到了你奶奶的脸，发现虽然满脸黑灰，但实际上是个俊媳妇，他把你奶奶拽到小河滩上，用手弄些水把你奶奶脸上黑灰洗掉，看清你奶奶的模样。‘郭三疯子’动了比打人还要坏的心思。奶奶跪在地上求饶，求他放过，说：‘哥哎，我情愿挨打，我偷青，你把我打死我不冤枉。你祸害我，我做鬼也恨你！’‘郭三疯子’听了一阵疯笑。说：‘你晓得里滩人家为什么要出钱雇我看青吗？就是因为我疯头疯脑不怕鬼！’说着‘郭三疯子’就把你奶奶推倒在小河滩上给祸害了。事后‘郭三疯子’把青麦给你奶奶带走了。

“你奶奶背着一口袋青麦回到家时天已经快亮了。见婆婆饿得话都说不出来，两眼紧闭像是没了气息。奶奶趴在床头大哭，边哭边喊：‘我娘哎，媳妇家来了，有吃的了！’说着，你奶奶就抓了一把青麦穗，用手搓揉，搓揉出青麦仁，送到婆婆嘴里。老太连吃几把青麦仁，又喝了两口水，精神稍好了一些，慢慢能睁开眼睛了。老太看着媳妇，眼泪流了下来。你奶奶赶快又搓揉青麦穗，把青麦仁搓出来，上磨磨成糊，上锅煮热，又盛了一碗给老太吃下。老太肚中有食，人慢慢缓了过来，能开口说话了。她拉着媳妇的手说：‘闺女，不是你，娘已经死了！’你奶奶也抓着婆婆的手哭。奶奶说：‘我娘哎，你在，我哥回家有娘；你不在了，我哥就没有娘了，他怎么活呢？我娘哎，媳妇年纪小，要娘领着过呢！’

“婆媳俩抱头痛哭一场。你奶奶又到海边草滩上挑盐蒿子和其他野菜，拿回家和麦仁一起熬粥吃，就这样过了个把月。后来又断顿了，奶奶只好再去偷。奶奶再不敢去里滩偷了，她把脸抹黑，穿上你爷爷留在家里的一件破烂衣裳，装成男的，走得更远地方去偷青。你奶奶和老太婆媳就靠你奶奶偷青才把最苦的日子熬了过来。你奶奶肚子大了起来，怀了你父亲，是那‘郭三疯子’的。老太什么也没说。麦口到了，家里的盐碱地里麦子也能收上来一点了。老太叫你奶奶在家歇着。你奶奶坚持要下地割麦，还从树上往下跳，想把肚中那块肉弄掉，但是怎么也不行，只好眼睁睁地看着肚子一天比一天大。庄上的人人前背后笑话你奶奶，说：‘男人走了半年了，一人在家养私伢子呢！’你奶奶很羞愧，见人抬不起头来。

“你爷爷回家那天，你奶奶远远地看到你爷爷走在庄子后面小路上，奶奶赶紧钻进棒头地，在棒头地里一路向东往海边草滩上走。你爷爷到家后看不见媳妇，就问老太。老太很平静地告诉他：‘你媳妇怀着身子呢！’爷爷一愣，自己出门一年，媳妇在家怀着身子！这是怎么回事？他又惊又气，忙问自己娘。老太看着儿子，依旧口气平静地说：‘你媳妇为了你娘外去偷青被人祸害了！不是你媳妇偷麦青回来给你娘糊口，你娘骨头老早上黄锈了！你为这事怪你媳妇，娘就不认你这儿子！’你爷爷问：‘我媳妇哪去了？’老太说：‘你媳妇见你回来她躲出去了！平时她总是到草滩上去挑盐蒿，说不定就在草滩上！’你爷爷二话没说就往草滩上跑，果然见你奶奶坐在草滩上小河边的芦柴窠里。你爷爷上前抱起你奶奶，说了声：‘妹子，回家！这里风大，冷！’说完拽着你奶奶的手往庄子里走。

“庄头站满了准备看热闹的人。走到跟前时，你爷爷大声对众人说：‘这伢子投胎投我媳妇肚里，就是老王家的子孙！有哪个敢说一句这肚里伢不是我王某人的儿，我就叫他全家死！’众人愣在那里，鸦雀无声。过了一会儿，族长王四爷出来说话：‘王家人你们全给我听着，以后有人笑话这伢子，我就叫他滚出王庄！’王四爷向来在王庄一言九鼎，众人见王四爷这样说，都附和道：‘四爷说得对！伢子投胎到我大王庄，还有什么说的！都散了吧，给人家夫妻家去弄饭吃！’那以后庄上再没人敢笑你奶奶一句！你奶奶生下你爸，你爷爷欢喜得不得了！你爸爸十岁还头上扎小辫子，你爷爷赶集自己舍不得花钱，却买个瓜皮小帽给他戴上。你爸到死也不晓得他不是你爷爷亲生子！这些事是你奶奶临死前一天告诉我的！你奶奶说：‘大媳妇呀，我把你当闺女待！娘病重了，这个家交给你了！后代子孙每一代选个把两个正正规规人，把祖上的事代代传下去，告诉后代我这家人家是爬着过来的！子孙无论如何都要把日子过下去！’”

听妈妈说了这么长的话，王新眉陷入极度的震惊，许久说不出话来。没想到年迈的老母亲半个世纪来心中深埋着这样一段充满苦难、不幸的先人们的故事！更没想到自己有这样不堪回首的家族痛史！她甚至终于明白父亲的躁郁症实际上来自那个看青人的遗传！原来这个折磨父亲后半生，也曾经折磨自己的疾病是源于一百年前在社会最底层爬行的贫苦农妇一场苦难遭遇。王新眉伏在妈妈怀里痛哭失声。不知何时，嫂子站在了身后，也听到妈妈这些话，嫂子也流下了泪水。

逐渐冷静下来的王新眉明白了妈妈为什么会选择自己作为家族史的传承人。那一定是妈妈想用这段历史来点拨她，鼓励她，要她像祖母一样坚强，像祖父和曾祖母一样厚道，向所有家族长辈那样善良和坚韧，懂得人生从来就充满艰难困苦，但决不能自我放弃！王新眉深吸一口气，再缓缓呼出，她默默对自己说：“王新眉，祖母在那样艰难的日子里都能活下来，我王新眉有什么不能面对的！祖父母一生极度贫穷，一无所有，但是他们有底层人最可贵的品质，善良、厚道！这是祖先留给后代最丰厚的精神遗产！我拥有这么宝贵的精神财富，何必去斤斤计较世俗社会里房子、票子？即使变得一无所有，我也一定能乐观地生活下去！”天渐渐晚了，夕阳把晚霞映照得特别绚丽，悬在空中的像个大火球一样的太阳缓缓地下沉，天边变得一片通红，残阳如血，这景象如此壮美而凄厉，一如王新眉家族走过的这苦难而不屈的一百年！

第五十章

回盐渎的途中在高速服务区休息时，王新眉想给叶知秋打个电话，告诉他自己希望与他结束婚姻，但转念一想，叶知秋又不知会说出什么侮辱性的话来，自己向来嘴笨，每次叶知秋气势汹汹，自己都是习惯性忍让，不如发短信给他，如果发生冲突自己也可以比较从容地组织语言。于是，她给叶知秋发了一则短信，短信内容是："老叶，你好！我们离婚吧！你我一起生活 12 年，走到这一步，是我没有想到的，我相信你也是这样！我们早就经济独立，除房产外并无多少共同财产，我决定放弃所有婚后共同财产包括住房。请你草拟一个离婚协议书，这两天我们抽空去把离婚手续办了。"

很快，叶知秋的回复就发过来了。"王新眉，你好！正如你所说，走到这一步，你我谁都没想到！你能这么爽快地放弃房产，这也是我没想到的！恕我小人之心，你大概是想用放弃房产来换视频吧！你到底还是怕了！"看了叶知秋的回复，王新眉忍不住笑了。她回复道："你自认'小人之心'，应该说是你最正确的认知！视频在你手中，即使我放弃房子的产权，也不能保证你在不知何时会把它散播出去！我根本控制不了事态的发展。你请便吧！我想告诉你，我刚开始确实怕，但是现在不怕了！我相信只要我拥有一颗善良、正直的心，有良知的人会理解、包容我，那些嘲笑我的人，我根本不去理会！有一些精神层面上的东西，是你永远不能理解的！你所看重的东西，我可以看得很轻；我所看重的东西，是你今生都不具备的！"

发出这番话后，王新眉感到舒了一口气，她想："终于把想说的话说出来了！一定要他知道，我放弃房产不是什么怕他继续坏我的名誉，我的工作圈、熟人圈还有谁不知道呢！既然已经落到人生的最低谷，那么还有什么可怕的呢！只是不愿与他再纠缠下去，让他满足，他赢了好吧！就像奶奶说的，无论如何都要活下去！只要有一口气都要活着！我不害人，与人为善，我就可以挺起腰杆活着，为妈妈和儿子活着，为需要我医治疾患的病人活着！不与烂人烂事纠缠，用最宝贵的时间做最有价值的事！”想到这些，她心情变得舒朗。她想到儿子卢苇大三了，该准备考研了。孩子是个学习的料子，这一点让她特别欣慰！

出乎意料，叶知秋没有再回复。王新眉感到有些忐忑，不知叶知秋葫芦里卖的什么药。还有一半的路要赶，还是先回盐渎再说。临出发时，她给医院同事张医生打了个电话，她记得今晚是他值班，她想代替张医生值班，正好到班上看看病人的情况，整理一下病历，把因为回乡落下的工作补起来。张医生听说有人自愿代他值夜班，非常高兴，一口答应。王新眉也松了口气，这样就可以不回家面对叶知秋了。她一边开车一边盘算着离婚以后如何安顿自己。“还是像吴静那样，先租一间单身公寓住下来，以后慢慢攒钱买个两室一厅的，这样儿子回来也有个地方安身。王新眉，你一定可以的！”她在心中为自己暗暗打气！想到吴静，她忽然意识到与吴静、还茂霞都已经有日子不聚了，最近得组个局让大家碰个面。

第二天上午，王新眉打电话给吴静，简单告知她自己准备搬出去住。吴静觉得王新眉与叶知秋的分手是迟早的事，所以对王新眉的决定丝毫不感到意外。吴静很快帮王新眉联系好了租房，就在吴静租住的房子楼上，两个闺密在电话里都苦笑。吴静调侃道：“我们三个女人可能前世是结伙打劫的，今世遭到报应，活该受惩罚，什么破事都落到我们这几个人头上！”王新眉也苦笑着说：“没想到我们居然成邻居了！这下子好了，省钱了，聚会不用到咖啡馆了，直接到你那儿，或者我这儿！干脆我们怂恿还茂霞把张卫东也甩了，也搬到这栋楼上来！”吴静哈哈大笑，说：“想得美！人家两口子现在好着呢！像个天仙配似的，你耕田来我织布！”王新眉听了颇为欣慰，不禁感叹：“男耕女织，挺好！事实证明，金钱不等于幸福，朴素的生活可能蕴藏着真正的幸福！”傍晚下班后，王新眉终于回到那个即将解体的家。叶知秋在等她回家拿她的生活用品，同时把自己草拟的离婚协议给她过目。

推开门的瞬间，尽管她以为自己会很平静，但还是被眼前景象震惊了。客厅的正中摆放着几个巨大的包袱，包袱皮是被单。不用想王新眉都能猜出那包袱里是什么，那里面一定是她的生活用品。她走近稍加检查，确证了自己的猜想。果然是的，甚至包括她的拖鞋、木梳、牙刷。短暂震惊之后，她淡淡地笑了。她明白叶知秋这么做的目的。他想在她离开这个家的时候最后一次羞辱她，让她实实在在地尝到被扫地出门的感觉！这一刻她并没感到难过，反而觉得真正地释怀了。她想："我就成全他吧！我确实被扫地出门了！原先还有一点自责，现在他的冷酷消弭了我对他最后的一点好感！我应该感谢他，他竟然没有向我索要青春损失费！”

叶知秋看到王新眉相当淡定，稍稍有些诧异，更多的是失望。从他的表情里王新眉读出了浓浓的失落感。他这个人一辈子与人斗，最兴奋的事情就是打击人，当他的打击没能击倒对方，作为斗士，他尝到了失败的滋味。这种感觉让他很沮丧！事实上，叶知秋对这次王新眉回家做了充分的准备，把她生活用品打包，就是其中精心设计的环节。他做这事的时候很兴奋，但怎么也没办法快乐起来。他想起了遥远的少年时光，想起了生母留在他记忆中已经模糊的面容，还有生母躺在小床上蜷曲着身体的样子，小时候，父亲虽是农民，但生性懒散，喜欢赌博，不爱干农活。生母在家又要下地干活挣工分，又要照料他们五个兄妹姐弟，积劳成疾，患了严重的哮喘，经常喘得身子缩成一团。但是，他 13 岁那年，父亲在邻村赌博时爱上一起赌博的邻村年轻漂亮的寡妇。当时生母已经不能下地走路，终日蜷缩在小床上艰难地喘气。为了达到离婚的目的，父亲用一个大柳筐把发妻抱坐在筐里，用独轮车推到乡政府办理了离婚手续。生母没有娘家可回，只好离婚不离家。

很快继母进了门，原先生母与父亲住的卧室变成继母与父亲的卧室了，生母就睡在堂屋里与卧室一墙之隔的靠墙放着的床上。有天夜里，卧室里的动静太大了，生母受不了刺激，爬出家门爬到屋后的水塘里自尽了。从那以后，他就不记得世上还有爱！一直到年老，他都没有学会爱别人！他太容易恨人，这种恨是从他对继母的恨开始的。为了报复继母，他躲在厕所附近，趁着继母上厕所，朝那粪坑里扔土块。粪水溅了继母一屁股，继母惨叫着拎着裤子狼狈不堪地往家里跑，他躲在暗处忍笑把小脸都憋红了。那是他少年时代最难忘的快乐时光！

与俞素芸结婚后，虽说自己对俞素芸不好，但是他这样想："她对我也很冷漠呀，那时候没有冷暴力这个词，现在想想，我虽然殴打过她，但她对我的冷漠本身也是一种暴力！我的拳头打在她身上，她的冷漠像闪着寒光的匕首刺在我的心上！现在王新眉如出一辙，实际上是翻版俞素芸！这两个女人是我今生渡不过去的劫！"想到这些，叶知秋不得不承认内心的痛苦几乎令他难以承受。他发现尽管自己报复了王新眉，几乎毁了她，但是他比王新眉更痛苦！这个女人是如此的坚强，根本摧不垮她。在她面前，自己显得如此怯弱，像是困兽之斗，尽管张牙舞爪，却无法挣脱心的囚笼！他第一次意识到："如果时光可以倒流，我也许不会这样！"

在王新眉吃力地背起一个大包袱准备下楼时，叶知秋流下了泪水。叶知秋的泪水让王新眉的心突然软下来。这些天，她已经在精神上为自己披上了坚硬的铠甲，铠甲足以抵御来自叶知秋与外在社会的所有打击与羞辱，但是，她没有想到叶知秋会哭，会把他最软弱的一面暴露在她面前。他的哭像无影剑击中她的软肋。她放下包袱蹲在地上哭了。即将离异的夫妻就这样无声地各自哭泣，为12年来曾经有过的快乐和痛苦而哭泣！

良久，叶知秋缓缓地说："罢了！罢了！我也不要你的那一半房产，我们一人一半吧，就算留个念想！"但是，王新眉坚定地摇摇头，说："不！房产都归你！我比你年轻，可以从头再来！这也是我做你12年妻子对你最后的善意！你多保重！"说完，王新眉起身背起包袱往电梯里走。叶知秋没有再说什么，也背起地上的包袱送王新眉下电梯。二人互道珍重，挥手作别！

车开出很远，叶知秋还站在小区门口呆呆地望着。王新眉泪流满面！

第五十一章

吴静、常凯正在婚内分居。吴静租住在单身公寓，每天除了上课就是读书、练书法，日子过得像闲云野鹤。她不像王新眉那样在学习上有毅力，也不像王新眉那样除了工作学习没有别的爱好。她妈妈对教育孩子很内行，在她很小的时候就让她学书法。小时候她很抵触，觉得太苦太枯燥，长大后才发现这个爱好是她抵御寂寞痛苦的秘密武器，帮助她逃离世事的纷扰，沉浸在自己的书法天地。她已经不再为常凯痛苦，也基本不见他。但是，暑假快到了，女儿马上就回来了。她搬出家生活的事一直瞒着女儿，看来马上就瞒不住了。这两天她正在为此事发愁，不知该怎么办。她听说了王新眉的事，心里为她难过，想着这个周末约王新眉、还茂霞聚一聚。

虽然伤痛的心渐渐平复，但吴静依旧默默地关注常凯。她了解他事业的发展情况，知道他最近连续赢了几个代理官司，被区司法局评为年度优秀律师，并且成为下届市律师协会会长候选人之一，知道他无偿代理了几个法律援助案件，为弱势群体免费代理维权诉讼。她还知道他最近更加沉醉于马拉松长跑训练，经常利用业余时间与跑友一起参加马拉松比赛。这个周六盐渎首次主办马拉松比赛，她估计常凯肯定会参加。这两天心里总想着这件事，她不肯承认依旧牵挂他，不住地对自己说：“只是好奇，看看他跑马拉松时是什么样子而已！”这样的心理暗示重复多遍，她自己也相信了。

周六，她起了一个大早，早早地来到比赛必经之路，选了个不起眼的位置站着，静静地等待选手们经过。她站了两个小时，几乎所有的选手都在眼前跑过，可是她并没有看到常凯。她甚至看到与常凯一起训练的几位跑友从她身边跑过，这些跑友以前曾到他们的别墅家里去聚会，都见过吴静。其中一位尽管已经非常疲惫，但是看到她后依然向她挥手致意。比赛宣布结束了，常凯并没有出现，吴静有些失望，但是她还是对自己说："只是来看看热闹，他来不来与我有什么相干！"

但是，整个下午她都无法排遣失望的情绪。她把刚买的一本西泠印社出版的《赵孟頫书〈洛神赋〉三种》拿出来细细欣赏，体味赵孟頫书法圆润灵秀的运笔和优美潇洒的字姿，但是看不了一会儿就放下了。不久前她听说法院刘庭长被"双规"了，据说是收了当事人和律师的钱财。常凯与刘庭长一向走得近，常在一起喝酒。以前吴静会提醒常凯，与法官交往还是要注意底线。

常凯不以为意地摇摇头，不再与吴静多话。

吴静这回做了"毒舌"，刘庭长真的进去了，而且真的把常凯也牵扯进去了！这位刘法官看上去像个老实人，平易近人，但实在是贪，借办案机会收取当事人钱财，胆子特别大，国家反腐力度这么大，他还是存着侥幸心理收钱。刘庭长因为收受其他当事人和律师的钱财被检察部门发现，监察部门对其调查过程中发现常凯不止一次向刘庭长行贿。常凯为了周六这场在家门口举行的马拉松比赛准备了很长时间，但是在周五下班前，他被有关部门留置了。这就是吴静整个周六上午都等不到他的原因。

很快消息就传到了吴静的耳朵。吴静震惊的同时又觉得似乎是意料之中，因为在冥冥中她早已预感到常凯会出事。他脑子活络能吃苦，业务娴熟，但是功利心太重，特别是这几年因为业务发展顺利人变得很"飘"，实际上就是狂妄。他的"飘"不仅表现在对婚姻的肆意背叛，也表现在对法律的敬畏之心的松懈。他终于栽在了他的狂妄上面！

吴静得到消息之后立刻退掉单身公寓搬回自己原先的家。她把被常凯一人生活里时弄得乱七八糟的家收拾得干净整洁，还买了一大束鲜花插在花瓶里放在餐桌上，很快家里呈现出温馨典雅的气氛。她这么做的目的是让女儿回家后感觉好些。吴静想:“女儿明天就回来了，必须把父亲涉案不能回家这件事对女儿的冲击降到最低点！要让孩子知道，爸爸不在家，但家里还有妈妈！妈妈是女儿的坚强后盾！”

她脑子里冒出一个疑问:“在这个时候，我是不是常凯的精神支柱？他不是爱黄淑慧吗？黄淑慧哪去了！不行！我必须告诉她！我要看她是什么反应。”

从澳大利亚回来一年多，吴静第一次打电话给自己的弟媳黄淑慧！

接到吴静的电话之前，黄淑慧已经得到常凯涉案的消息，对于吴静打电话给她并不吃惊，实际上她一直在等吴静的电话。以她在吴家生活20年对吴静的了解，她预料到吴静肯定会给她打电话。在她的眼中，吴静尽管读过很多书，自视甚高，但实际上为人单纯，没有心机，一直在高校的象牙塔里，社会经验少，遇事冲动情绪化，所以她一点也不怕面对吴静。坐在宽敞的办公室里，面对新换的最新型号苹果电脑，品尝着最新的龙井茶，黄淑慧气定神闲地处理公务。手机响了，她瞄了一眼，屏幕上显示吴静的来电，她并没有一丝慌乱，也没有犹豫，而是镇定自若地接通电话。她想:“该来的总会来的，兵来将挡水来土掩，有什么必要逃避！”

电话里传来了吴静激动的声音:“黄淑慧，常凯被公安控制了！你知道吗？”黄淑慧平静地回答:“我知道！”

电话里吴静的声音变得更加激动，她几乎是吼着说:“黄淑慧你还是个人吗？常凯他好好的时候，你插足我的家庭。现在他出事了，你像没事人一样！你还是个女人吗？”

黄淑慧依旧语气平和，在回答吴静的指责的时候，甚至还腾出手来在办公室秘书进来递上的文件上签了字。签完字后，她又慢慢喝了一口茶，这才慢悠悠地回答道:“常凯是你的丈夫，与我有何相干？他只是我儿子的姑父，别的什么也不是！”电话里吴静一直在沉默，一定是她想不出说什么！黄淑慧问吴静:“大姑，还有事吗？没事我挂了！对了，前几天爷爷生病了，你该回去看看！”

挂了电话，黄淑慧轻轻地舒了一口气。她想幸亏吴静还不知道常凯行贿刘庭长，其中一笔十万元的款项是为了她黄淑慧！因为黄淑慧的关系，常凯得以成为黄淑慧商场常年法律顾问，并代理商场所有讼事。去年，商场诉一家供货商收了货款却没有供给货物，商场诉这家供货商返还货款及违约金。当时，黄淑慧还是副总经理，负责催款和涉讼事务。但当时正值董事会确定总经理的关键时候。黄淑慧特别想做成一件漂亮的事，以此为进阶的资本。为此她与常凯商量，向刘庭长行贿。刘庭长收了这笔钱后，运作使商场的债权在董事会改选之前全部执行完毕，为商场挽回了巨额经济损失。这个功绩为黄淑慧最终当选总经理起了很大作用。这笔钱是常凯付的。黄淑慧向常凯表示，等她坐稳了总经理位置，以后会慢慢用变通方法让商场把这笔钱还给他的。常凯当时正代理一家大型企业资产重组业务，获得一大笔佣金，也正与黄淑慧热乎着，他潇洒地表示："这笔钱对我来说已经不是大钱了，只要你能继续往上走，我愿意付出！"

黄淑慧露出甜美的笑容，看着黄淑慧的甜笑，常凯有些陶醉。他并不仅仅陶醉于黄淑慧的妩媚，更是陶醉于自己的成功！当时，他想起了小时候过年时被他不小心泼在地上的那盆红烧肉，想起自己眼睁睁看着红烧肉被泼洒到地上时的心疼与绝望。他对自己说："穷光蛋，你发财了！"

黄淑慧已经拿定主意，就是绝不让自己牵扯到这个事情里来。对此她信心满满！常凯事发之初，她第一时间在心里进行了沙盘推演，一步步推导，确信自己可以成功脱身！她想："即使是常凯把我牵扯出来，我也绝不会承认！因为没有任何东西可以证明他是为了我去行贿！如果爆出我涉嫌行贿，对我的政治前途会产生极大的负面效应，有可能前功尽弃！绝不能让事情波及我！常凯，我爱你，但即使把我扯进去也救不了你，你涉案不是我这一件事！是你咎由自取！"

天黑了，她以为自己很镇静，但实际上还是不平静的，因为她竟然忘了开灯，不知不觉在黑暗中坐了很久。她突然笑了一声，这笑声更像是一声叹息。黑暗里，她问自己："黄淑慧，你的心是什么时候死的？"

她知道她的心死于20年前，她被郝翔抛弃，独自一人在乡镇私人诊所流产，躺在手术台上的那一刻，她的心已经死了。

第五十二章

常凯总觉得自己在做梦，对面办案人员在问询他，他觉得那声音不是从那个人嘴里发出，而是从窗外飘进来的。那个人的身影像是有重影有些模糊，他竟然看不清他的脸，听不清他说什么，只看到那个人的嘴在动。他下意识地掐一掐自己的大腿，努力让自己清醒一些。终于被允许躺下休息了，可是他睡不着。为了便于人观察屋内的动静，屋里有一盏灯始终开着，对他则是痛苦的折磨，不关灯他无法入眠。实际上自从失去自由以后，他从没有真正睡着过，有时甚至能听到自己的呼噜声，更多的时候是处于半睡半醒、似睡似醒状态。

躺在床上，闭着眼睛，他努力地让自己放松，可是大脑始终处于高度紧张状态。因为缺少睡眠，他全身酸疼。平躺着烦躁，想翻个身侧睡，但累得连翻身的力气都没有了。他睁开眼睛看到天花板，看到月光映在天花板上斑驳的影子，他想起了小时候睡在地上的芦柴席上，盯着梁头上那串妈妈留作种子的玉米棒棒，想起当时自己馋得直流口水的情形。此刻，他是那么渴望躲到妈妈的怀里，像年幼时一样，只有妈妈的怀抱才会让他感到安全，然而，妈妈早已不在了，不会有人来保护他。他太害怕了！

在办案人员心理攻势下，他只抵抗了半天就屈服了。他像竹筒倒豆子一样把自己这些年来向刘庭长和其他法官行贿的情形全部倒了出来，只是隐瞒了那笔10万元背后的黄淑慧。他唯愿有关部门能看在他态度老实的份儿上对他从轻处理。他最大的愿望是不要吊销律师执业资格。他是穷孩子出身，因缘际会进入吴家，但他心里清楚真正使自己实现草根逆袭的是他通过了律师资格考试获得执业资格。吴家父女固然对他情深义重，但他们难道不是以如炬目光购买必将大幅增值的潜力股吗？如果他永远是建筑工地上的搬砖小弟，纵使他品行端正、心地纯良，吴家会接纳他吗？

这么多年，成为大律师，做成功人士，是他活下去的精神支柱！他之所以会向刘庭长和其他法官送钱送物，隔三岔五宴请他们，陪他们喝酒，小心翼翼地伺候他们，目的是要通过这些法官的助力获得官司的胜利，使他在业界拥有更大的名气，从而拥有更多的案源，赚更多的钱！但是一旦他被判定行贿，而且达到一定数额，他必然会被吊销律师执业资格！想到这种可能性他在瞬间汗流浃背，不能自控。对于他来讲，终结执业生涯就等于生命的终结，剩下的只是选择什么方式结束生命而已！

因为配合办案态度好，他被释放回家了！在留置期间，他得不到家人的讯息，但是他坚信妻子吴静会回到家中等待他回家！这是基于对吴静做人品质的认识！他与吴静夫妻20多年了，了解吴静为人正直仗义，外表高冷内心却很炽热，堪称侠骨柔肠。正是因为他对吴静人品的敬重，才会在吴静提出离婚时本能地抗拒。是的！他承认自己一度迷恋黄淑慧，做了对不起吴静的事。但关于做人的品质他只对吴静有信心！对黄淑慧则没有！所以，他坚信在他落难的时候，已经分居的妻子吴静一定会回家！

他的感觉很准确！当他跨进家门时，女儿扑过来拥抱他，而吴静则站在女儿的身后眼含泪花看着他。这样的温馨场景家里已经很久没有出现了，没有想到当他落魄归来时，却重温了最令他沉醉的亲情！他把女儿搂在怀中，同时伸出手一把把吴静揽入怀中，一家人相拥而泣，许久都不愿分开！ 两个月来他终于可以好好洗把澡了！当他推开浴室门，发现浴室里平时很少使用的浴缸已经放满了热水，浴柜上放着干净的浴袍和内衣。他已经很多年没有这个待遇了。

他本能地回头寻找吴静，看到吴静正站在浴室门口看着他。见他回头，她突然低头回避了他的目光，脸上露出久违了的娇羞。常凯突然发现自己对妻子的温柔已经很不熟悉了，几年来他习惯于她的冷漠和孤傲，今天他发现原来妻子露出娇羞的模样还是很可爱的！他看她的目光变得炽热，吴静感觉到了，迅速地关上浴室门。躺在宽大的浴缸里，让流动的水在身体上不断冲击，忧虑再一次袭上常凯的心头！他对自己说："如果执业资格被吊销，就自杀！"这句话他在被控制时已经对自己说了不止一次，可是今晚，当他躺在自家浴缸里享受舒适的泡澡时，他的信念第一次发生了动摇！

不自杀，活着不能再做律师，我还能做什么？他闭上眼睛，努力地屏蔽掉心中的思虑，静心感受温水在胸前流淌的惬意。洗完澡穿上散发着清香的浴袍，他走上楼在主卧室的门口停下。他能感觉到吴静已经睡下了。吴静去国外两年，回国又快两年，他们已经四年没有夫妻之实。站在门前他感到惭愧，发现虽然自己已经快 50 岁，可是在心里住着个任性不羁的孩子，这几年这个孩子在不顾一切地撒野。他忐忑不安地对自己说："在外撒野的孩子回家，会有人开门吗？"卧室里传来了吴静的声音："进来吧！"吴静的话给了他勇气，他终于推开门。

吴静穿着睡衣坐在床头，她的目光从未像今晚这样温柔，没有了往日的高冷，仿佛是归田的将军卸下了沉重的铠甲，收起了战场上的嘶吼，面对田野和村庄，满眼是柔情和欣悦。常凯的心一下子回到 20 多年前，在人民公园门口那棵梧桐树下，她也是用这样的目光温柔地注视着他。今晚，常凯终于像 20 多年前初吻一样热烈地亲吻吴静，温柔的良夜对于他们来说是上天不寻常的眷顾！

律协的通知到了，通知里要求常凯暂停代理一切案件，等待处理结果。常凯的停权对于律协是很大的冲击，常凯是盐渎律师界标杆性的人物，他的成长过程激励了很多初入职场的年轻律师，而今这样的传奇性人物却涉及行贿案，这是给律协抹了重重一层黑；对于常凯则是毁灭性的打击！意味着他最终可能被吊销执业资格的厄运已经开始启动！虽然有妻女相伴的抚慰，但是他还是如秋草一般迅速枯萎，终日一言不发缩在沙发上，像古代等待秋决的刑徒。

吴静给家里地下室安装了投影仪和幕布，拉着常凯到地下室与她一起观影，但是常凯还是提不起精神。吴静打电话向王新眉诉苦，说自己也不知道怎么才能让常凯心情好起来。王新眉把自己前一阶段的经历告诉吴静，并且建议吴静像她那样，陪同常凯回乡！吴静没有犹豫，当即表示同意！与常凯结婚20多年基本不去常凯家的吴静破天荒第一次主动提出，在重阳节那天陪同常凯一起回乡祭母并看望父亲！常凯听了一下子激动起来，他先像不认识吴静一样盯着她，脸上露出怀疑的神情，接着突然跳起来赶紧收拾东西，他在潜意识里担心她变卦。

站在母亲的坟墓前，常凯流泪了，两个多月来的压抑在亲爱的妈妈的亡灵前再也控制不住。他抚摸着妈妈的相片嘤嘤低泣，就像是在对妈妈诉说他的痛苦与惶恐。而站在一旁的吴静则默默注视着墓碑上的立碑人名字，妈妈墓碑上立碑人只写有孝子常凯，并没有吴静的名字。吴静没有发火。她整理好衣服在墓前跪下，郑重地磕了三个头，然后开口道：“妈妈，原谅儿媳妇以前不懂事，很少来看您！以后儿媳妇会常来看您，请您保佑您儿子！”此时，常凯已经侍立在墓旁，吴静的话每个字都敲打在他的心上。沉默良久，他挨着吴静跪了下来，然后说道：“妈妈，请您起来再打我一顿吧！儿子以前不懂事，做了好多错事，对不起家人，儿子知错了，请妈妈原谅！”说完也磕了三个头。然后他转身面对同样跪着的吴静，深伏在地，一磕首，吴静随即磕头回礼；二磕首，三磕首，夫妻俩在母亲墓前，像是重新举行隆重的婚礼一样夫妻对拜，今生今世，无论穷达顺逆，不离不弃，生死相随！

当天，常凯雇请人把吴静的名字补刻在墓碑上。

吴静没有告诉常凯，她找过黄淑慧，更没有告诉他黄淑慧的冷漠态度。她觉得常凯与黄淑慧毕竟相爱过一场，不想粗暴破坏黄淑慧在常凯心中的形象。常凯也没有告诉吴静，涉案行为中有一笔10万元的大钱是为了黄淑慧，他以为吴静永远不会知道！尽管他与黄淑慧已经分手，但是在心中他留了一块干净的地方把这段情封存在里面。他知道黄淑慧已经不再需要他，对于黄淑慧来说，他的使命已经完成，新的助力者已经登场。那人便是黄淑慧曾经想撮合给吴静的区委副秘书长，黄淑慧曾经的语文老师赵振国。

第五十三章

天空碧蓝澄澈，纷纷落叶飘散在路边，秋意越来越浓了。一年前的这个时候，还茂霞约王新眉和吴静一起到黄海森林公园去踏秋。但是，张卫东出事了，谁都没再提起计划中的秋游。一年来，还茂霞带着张卫东起早贪黑打拼挣钱。开始的时候他们只做早点，后来，市政部门把老城区的次干道辟为夜市，每天傍晚六点夜市开市，各种各样的小商品应有尽有，夜市里人头攒动，热闹非凡。已经缓过劲来的张卫东恢复了脑子的灵活度，从夜市发现了商机。他决定在夜市里摆个小吃摊。张卫东从前是个吃货，曾经是吃遍山珍海味。败落下来以后，他回味自己曾品尝过的美食，想来想去觉得家乡的东西最好吃。

家乡灌口靠海近，寻常人家平时都爱吃海货，张卫东最爱吃灌口海边盛产的花蛤，爆炒花蛤价廉物美。于是，他就在夜市里支了个专门卖炒花蛤的小吃摊。他从网上批发了一次性纸杯和一次性手套，让客人买了拿着杯子边走边吃。刚开始他忐忑不安，怕卖不动，没想到特受欢迎。还茂霞呢，她在花蛤摊旁摆了个瓜摊。她卖西瓜、哈密瓜比别人家多一样服务，就是瓜称重后，她会帮客人把瓜去皮切块，整整齐齐地码在食品级透明塑料盒里，再送上几根牙签和一次性塑料小叉子。因为多了这道工序，省了很多客人吃瓜时的麻烦，再加上老板娘人长得漂亮、手脚麻利干净，热情周到，生意特别好。

夫妻俩早晨卖早点，晚上卖花蛤和水果，辛苦确实辛苦，主要是缺觉，但生意好日子有奔头，再苦他们都能忍受。经过一年的打拼，他们终于走出了最暗黑的日子。虽说还没有还清外债，但是那些债主们都看到他两口子尽力挣钱还债的情形，对他们的还债能力有了信心，也就少有人催债了。他俩每个月只留下一千五百元基本的生活费，其余的钱都存起来，存到一个整数就还给债主。还茂霞心里最大的压力是她发现已经负担不起女儿在英国的留学费用了，远在英国的女儿也渐渐知道了家里遭遇的困境，孩子心疼父母，又担心自己可能没有经济来源完成学业，终日焦虑不安。

女儿很懂事，为了减轻父母的经济压力，她课余时间出去打工挣生活费。因为焦虑和劳累，再加上远在异乡的孤独，她罹患了抑郁症，睡不着觉，上课昏昏沉沉，听不进课堂内容。还茂霞了解这个情况后也心急如焚，可是孩子远在千万里之外，自己又实在拿不出钱来给孩子。想到最后可能被迫让孩子中断学业回来打工，还茂霞心如滴血。女儿几乎是她唯一的希望，现在如果被迫无奈回国，她真的有死的心！她向债主说明情况，希望债主们能考虑到她女儿留学的实际情况，容他夫妇暂缓还债，先支付孩子的留学费用。但是没有一个债主同意。有债主明确对她说："你家这种情况，孩子已经不适合留学了，赶紧叫她回来打工吧！"吴静了解这个情况后打电话给她，表示可以借给她20万元，用作孩子最后一年的留学费用。

还茂霞知道常凯的事，想到吴静在如此困难时期还出手帮助她，心里的感激无法言表！一年前吴静就表示要借钱给她做生意，她拒绝了，可是这次她无法拒绝，这笔钱对还茂霞来说是真正的雪中送炭！盐渎的深秋有别样的美。盐渎的乡村道路两旁都长有高高的笔直挺拔的水杉树，入秋后水杉树金黄的叶子随着秋风飘落下来，行人走过，黄叶飘落在人头上身上，在树下铺上一层厚厚的地毯。就像每年三月盐渎人喜欢到西乡桃花园中赏春一样，每年秋天，盐渎人喜欢结伴到海边黄海国家森林公园踏秋。走在茂密的杉树林中，仰头看碧蓝的天空，感受秋气的飒爽和落叶纷纷的凄美。这次，还茂霞邀请王新眉和吴静，三个闺密一起到黄海森林公园去赏秋，这次成行了！

还茂霞提前在网上预定了公园里位于杉树林中的小木屋。小木屋屋顶有一块大大的玻璃，躺在木屋的床上可以看到挂在天空的星星。三个女人并排躺在大床上，像小姑娘一样认真地数着星星。数着数着，还茂霞睡着了。王新眉与吴静看着还茂霞熟睡中咂吧嘴的模样，心生爱怜，不忍把她闹醒，二人披上衣服走出木屋，在树林深处的水榭坐下。夜晚的树林特别静谧，如钩新月挂在杉树梢头，月色惨白，月影倒映在水塘里，偶尔有一只鸟"咕咕"叫着，贴着水面飞过，翅膀划过水面，把月影搅碎。已是深秋季节，却还有蝉声，只不过秋蝉的叫声显得沉闷和底气不足，仿佛叫完这一声便与人间永别。吴静似乎在出神，王新眉问她在想什么。吴静幽幽答道："寒塘渡鹤影，冷月葬花魂！"王新眉说："好像是《红楼梦》里的！"吴静答道："是的，是史湘云与林黛玉两人在深夜塘边对的诗联！"

王新眉没有再说什么，她在想："身旁的这个女人颇似《红楼梦》中人，是那群大观园女儿们中的一个。与史湘云一样大气倜傥，也像林黛玉一样看上去孤高，其实是外冷内热。常凯得意忘形时，她决然离去；常凯落难时，她却放下恩怨回归，撑起家的这片天，这是何等的胸襟与气量！特别是还茂霞如此窘迫之际，别人避之唯恐不及，她却不顾自己也在困境中，主动向还茂霞伸出援手。能有这样的朋友还是欣慰的！"王新眉能感受到吴静坚强的外表下内心的忧伤，她把手放在吴静的肩上，轻轻地拍打着，以此表达自己的安慰。过了一会儿，王新眉问吴静："你们下一步有什么打算！"吴静摇摇头，叹了口气，回道："不知道！只能被动地等待处理结果！"

二人陷入长久的沉默，好一会儿，吴静开口说道："我想带他离开盐渎，走得远远的，他不能做律师了，但他聪明好学，能吃苦有闯劲，到没人知道他过去的地方，到很远的地方，他一定能重新找到他的位置！"王新眉并不惊讶，以她对吴静的了解，她早就预感到吴静不会就这样顺从于命运的，她一定会抗争！只是没有想到她会以远离故土的方式来重新开始！她郑重地问："你已经决定了吗？"吴静带着点自嘲的意味说："幸好之前常凯律师做得不错，攒了不少钱，再把别墅卖了，可以有一大笔钱！"看得出来，吴静的这些想法不是心血来潮，她已经想了很久了！

王新眉沉思了一会儿，说出了自己的想法："重新开始，难道一定要离开盐渎，远离故土和熟悉的环境？不见故人，过去的那些事就不存在了吗？吴静，我认为你这是逃避！一个人不管在什么情况下最重要的是精神不垮！羞见故人，刻意逃避，我认为这其实是软弱！你们带着巨款到陌生的地方开公司，贸然进入不熟悉的行业，万一生意失败，那就真的没有回头路了！”吴静听了这话，陷入了沉默。过了很久，她抬头看王新眉，动情地说：“新眉！你说的有道理！逃避不是办法，就留在盐渎，在他摔倒的地方重新爬起来！”吴静笑了，月光下她的笑很柔美，令清冷的秋夜有了暖意。王新眉打了个哈欠，哈欠传染了吴静，二人这才觉得困倦，赶紧回到木屋，看到还茂霞依旧在熟睡。

第二天上午，三人驱车到县城，好不容易才找到那家有五十年历史的鱼汤面馆——迎春饭店，吃到了远近闻名的地方特色名吃——鱼汤面。吃面时，王新眉一直没有说话，若有所思。还茂霞发急了，嚷嚷道：“王大医师，你在构思博士论文吗？怎么一句话也不说？”王新眉终于开口了，她说：“你们看，其实这碗面并没有什么神秘的地方，无非用料更地道，也就是说，鱼汤比盐渎城里的更浓，更新鲜！这很难吗？只要用心做，我们也能做到！”吴静似乎明白了什么，追问道：“你想说什么？请说具体点！”王新眉激动地提高嗓音说：“你们看，卢超群、张卫东、常凯，三个原先都是牛气哄哄，结果怎样？他们都是能干人，只是不能脚踏实地，结果都摔了跤！我认为这几个人可以合作开一家正宗的灌口风味的土菜馆，做最正宗的苏北菜，像这家饭店一样，打‘土’字招牌，土得正宗，就能成功！”

吴静的眼中闪着星星，她非常认真地说道：“我同意，我做大股东，主要由我出资！”还茂霞沮丧地说：“我没钱……”王新眉连忙说话，既是安慰她，也是给出建议。“张卫东可以做厨师呀！他能把花蛤炒得那么好吃，别的菜也一定能做好！关键是他肯钻研！”还茂霞问：“卢超群有钱吗？”王新眉无奈地回道：“本来他已经攒了十万准备还给我的，现在我暂时不要他还，他可以用这笔钱投进来做小股东。”吴静高兴地拍手。她感慨道：“这个想法太好了！回去后，我就让常凯起草一个方案，然后我们就开始行动起来！”

第五十四章

一踏进院门，吴静就闻到厨房里飘来的香味，是常凯正在忙着做饭。饭桌上吴静向丈夫介绍她们这次秋游所见所闻，常凯笑眯眯地看着吴静眉飞色舞地叨叨，装出很羡慕的样子，哄着吴静开心。看到常凯听得认真，吴静说起来更带劲。当吴静把王新眉三家一起开土菜馆的提议说给常凯听时，常凯的笑容渐渐消失了。吴静发现了丈夫情绪的变化，直觉感觉是自己刚才的话有什么不妥，于是就停止絮叨，看着常凯，等待常凯说话。

常凯沉思了一会儿，很认真地说:“王新眉这辈子问题就出在做事凭着一腔热情，不考虑过程的复杂性，她才会在个人感情上一再犯错！”吴静听了有些生气，气哼哼地说:“你可以不愿意花钱投资，但你不能这么贬低我的朋友！”常凯急忙解释道:“我不是舍不得钱！但是，你想，我、张卫东、卢超群，都是餐饮业的门外汉。张卫东会炒个花蛤就能说是进入餐饮业了？卢超群送外卖就能开大饭店？隔行如隔山，做这一行是可以的，但不能贸然做大，必须从小店开始，积累经验，慢慢发展才能考虑做大做强！你说我说的有道理吗？”吴静有点不好意思地点头表示同意。

没等吴静开口，常凯又说:“老婆，我知道你担心我以后没事情做，失落感太强。你放心，我能把心态调整过来，即使以后不能做律师，我还可以做法律工作者，依然可以在这个领域里工作，可能不会像以前那样挣到大钱，但养家糊口没问题！我对餐饮业不熟，也没啥兴趣入行。我愿意投资给卢超群、张卫东，用我的资金优势帮助他们！你以前总是说我急功近利，我不以为然，认为你读书读迂掉了。但是经过这次我的事，痛定思痛，如果我还有机会做律师，我一定痛改前非，踏踏实实做事，挣良心钱！”听了常凯的一番肺腑之言，吴静既心酸又感动，她发现自己的丈夫变了很多，变得比以前成熟、稳重、深沉，对他不由得刮目相看。她隔着餐桌握住常凯的手，动情地说：“你比我想的要坚强！我回头与王新眉他们好好谈一下，我们既要积极进取，跌倒了不气馁，但也要脚踏实地稳稳地走路！”……

经过难熬的等待，常凯的处分决定终于下来了。盐渎市律师协会给予常凯中止会员权利十个月的行业处分，同时向市司法局提出给予其行政处罚的建议。市司法局经过调查认定常凯构成“以不正当手段承揽业务”行为，给予停止执业三个月处罚；构成“向法官行贿”行为，给予停止执业一年处罚，并处罚款人民币10万元整，决定合并执行停止执业一年、罚款人民币10万元整的行政处罚。

虽然受到处分，在盐渎法律界特别是律师界灰头土脸，有些抬不起头来，但是律师执业资格没有被吊销，比原先预想的好多了，常凯已经是谢天谢地。常凯决定以实际行动来表达自己洗心革面的决心。他每周都和律所同事一起到社区摆摊宣传法律知识，为群众现场解答法律问题，几个月下来，几乎跑遍了盐渎的各个社区。他还在律所开设了周末典型案件研讨学习班，把自己的辩护经验无私地传授给新入职的青年律师。他去旁听王教授在师院面向高年级本科生开设“律师职业伦理”课程，重新充电。

看到常凯的实际行动，吴静打心眼里感到欣慰！这一对经历惊风骇浪考验的夫妇终于渡过了人生的劫波！经过多次的商量讨论，最后，卢超群决定开一家名为“灌河春”的灌口土菜馆，张卫东夫妇则想发挥近两年来卖早餐积累的经验，开一家做蒸饺、包子、稀饭的粥店，名为“盐渎人家”，两家饭店都开在人流量比较大的商业街上，相距不远，既独立经营又互相补充。有时土菜馆客人想吃蒸饺，一个电话，还茂霞就让服务员送过来了；有时粥店的客人想要两个灌口风味的特色土菜，陈静雅会自己亲自送过来。常凯作为投资人偶尔会过来看一看，而王新眉只到粥店喝粥，从不到“灌河春”去，她不愿意见到卢超群夫妇！

一年一度的行业杰出人物表彰大会即将在京隆重举行，黄淑慧被推选为盐渎商业经营领域的杰出人士赴京参会。这么多年尽管她经常满天飞，但总是尽可能避免去北京，因为郝翔在北京！郝翔国防大学毕业后被选拔进入后勤部，在军中发展顺利，军阶不断上升。20年过去，她把这段经历压在心底的最深处，平时尽可能不去翻动它，因为那是她此生最深的痛。这些年随着事业的风生水起，终日被繁缛的事务缠身，她似乎不再像年轻时那样痛苦，但她知道自己从没有忘记过，自己必将永远背负这段经历造成的伤痛，直到死去的那一天！

郝翔之后，她经历了吴杰、常凯，现在还有赵振国，揽镜自顾，她会自问："黄淑慧，你怎么变成这个样子！"她在心里回答："如果没有郝翔，我不会变成这样！那个有着金子一样的心的黄淑慧早在郝翔离开那一刻就已经死了！黄淑慧，你现在有名有地位有钱有男人，可你不过是没有灵魂的躯壳！"她会自我谴责，但在自谴的同时，她会摸着自己的眼皮，感慨道："好像又往下耷拉了，真是年岁不饶人呀！该到韩国去拉皮了！"为了保有美貌，她每个季度都会飞到韩国去进行微整容，经过多年不懈的努力，她的脸越来越精致，再加上精心研究穿着打扮，越来越有风度。不仅在经营上，在时尚方面，也是盐渎的标杆人物！

在分手20多年后，黄淑慧接到了郝翔的电话！

电话里，郝翔的声音明显中气不足，感觉得出他很吃力。与郝翔重逢在黄淑慧的梦中曾无数次出现，在梦中，她会在听到郝翔声音的一瞬间痛哭；她会不顾一切地斥责他，表示自己不屑于与他再来往；她会向他诉说这些年来刻骨的思念。在梦中，郝翔总是穿着威武的军装，神采奕奕，面对她的责骂，她的倾诉，郝翔总是笑着不说话。她想抓住他的手，可是他转身离开，决绝地离开！这么多年无数次梦里见到他，从没想到真的重新联系上后，现实中的他会是这般模样——他罹患肝癌晚期，已经病入膏肓，在世上的日子屈指可数。

郝翔用尽力气对黄淑慧说："淑慧，我想在最后的日子里见到你！"仿佛是冥冥之中注定，就在黄淑慧走上人生巅峰之际，她要亲眼看到曾经在她心中高不可攀的人走向末路。她没有一丝犹豫就表示会尽快赶到北京去见他。几天后，黄淑慧进京参会接受表彰。会议期间，她来到郝翔住院治疗的301医院。当她在医护人员许可下走进那个设备考究齐全的单间病房，郝翔努力地睁开疲惫的双眼注视她。谁也没说话，大概他们谁都没有想到竟然会是在这种情形下重逢！豆大的泪珠从郝翔的眼中滚出，黄淑慧两步上前站到郝翔的床前，伸手为郝翔拭泪，但是没有用，泪水不停地流着，抹去又来。终于，黄淑慧的泪喷涌而出。

正在这个时候，有护士进来告知郝翔，有来自南方的两个朋友要见他。那两人进来后，郝翔像打了兴奋剂一样，人变得精神多了，他甚至推开黄淑慧，自己坐了起来。那两人误以为黄淑慧是郝翔妻子，并不避讳，一番问候之后，其中一人从随身带来的黑包中拿出厚厚的几沓人民币，放在郝翔床头柜抽屉中，然后告辞退下了。客人走后，郝翔像泄了气的皮球一样瞬间萎顿，瘫在床上痛苦地呻吟。黄淑慧睁大眼睛惊诧地看着这一幕，不知所措。过了一会儿，郝翔开口了，他断断续续，有气无力，声音微弱，但每句话都让黄淑慧极度震惊！他说："淑慧，你看到了吧！我不仅是将死的人，我还是个贪官！我即使不死，也会被剥夺军籍判刑坐牢，把牢底坐穿的！这样的话，还不如死！"

说着，郝翔突然伸手把抽屉拽开，一把抓出刚才那两人送的钱，把捆钱的纸条扯开，然后，用力地把钱抛向空中。钱雪片似的撒在床上、地上、郝翔的身上，钱在空中飞舞的时候，郝翔的脸上露出有些狰狞的笑。撒完钱后，郝翔收起了可怕的笑，直直地盯着天花板，似乎是在喃喃自语："钱有什么用，钱能买来命吗？"

黄淑慧默默地看着这一幕，自始至终没有说一句话。她快速地整理了一下衣裙，习惯性地拢了拢短发，腰板挺直，两腿并拢，两手在身前轻轻相挽，这种庄重优雅的姿态是她在商场对员工工作时仪态的要求。今天，她以最庄重优雅的仪态站在这个她一生最爱的男人面前，站在这个毁了她人生的男人面前，礼貌地点头致意，做今生最后的告别，然后转身头也不回地决绝地离开了！

第五十五章

2012年的岁末，郝翔离世。在他的家乡盐渎西乡，人们一边忙着准备年货，一边谈论着他，既对他的短命感慨唏嘘，同时又夸赞他有本事，说他不仅会做官，还“会死”。人们从非正规渠道听说他卷入贪腐案。听说他年近40才结婚，生有一女不足10岁。岳父为山西煤老板，曾以雄厚实力帮助他晋升。这大概也是他娶其女为妻的原因吧。这个禀赋过人的西乡才子，少小离家，最终客死异乡。不知在夜雨敲窗的时候，他的灵魂是否还记得回家的路，是否还记得水乡纵横的小河，小河岸边春风拂过后盛开的油菜花，还有一群晚归的鸭子。

在生命的最后时光里，他想起了那个放鸭子的姑娘。也许他想向她诉说他的悔恨和歉意，但是放鸭子的姑娘永远消失了。郝翔、黄淑慧，谁都找不到回家的路，找不回最初的自己。得知郝翔的死讯，黄淑慧正在集团总部主持会议，年关对于商场来说是血拼的战场，必须抓住这个关口进行年前最后一次促销。黄淑慧从表情上看不出任何异样，只是散会后，她把自己关在办公室里，坐在宽大的办公桌后，双手交叉在胸前，闭上眼睛，静静地默坐。她的经历给予她的教育是任何时候靠自己，你趴下没有谁会护佑你。所以，她也不相信会有惩罚。她不相信灵魂，所以她确信郝翔不在了。他永远离开了，没有来生，他们永别了！

这个除夕夜，对于盐渎的几家人来说将是永生难忘的。今年，还茂霞提议几家人三十晚上一起过。吴静说她家房子大，提议到她家去过年。王新眉本来就没地方去，她经历两次离婚，不想在自己快 50 岁的时候再作为单身闺女回娘家过年，准备过完年后回灌口给妈妈和兄嫂拜年，同时也想去看看荀晖。她记挂着他，也不知今年他是怎么过的年。吴静甚至想邀请卢超群一家，她认为王新眉不是个小鸡肚肠的人，但她想错了。在王新眉强烈的抗拒下，吴静打消了这个念头。

去年除夕，卢超群、陈静雅夫妇，一个忍着寒风守在大酒店门口等代驾的生意，一个在家宴班子里打下手，到人家家里的团圆饭宴席上端盘子。今年，他们自己开了一家土菜馆。土菜馆太小了，没有人订年夜饭，他们早早关门，终于能过一个暖和和的除夕夜了。张卫东已经戒酒一年了，经还茂霞特批，他在年三十晚上可以痛饮一场，所以，他迫不及待地等着与常凯好好喝上一回。除了还茂霞女儿仍在英国，吴静女儿、王新眉儿子都回来了。卢苇今年情绪特别好，虽然依旧两边跑，但终于不用在寒风中陪着爸爸做代驾了，也不用看叶知秋阴沉的脸了。

虽然住的是一室一厅的单身公寓，但为了儿子回家过寒假，王新眉专门买了一张厚厚的榻榻米，在卧室里为儿子做了一个时尚又温暖的床。窝在小小但温馨的家里，卢苇感受到了久违了的轻松安逸。

饭桌上最激动的是常凯，翻过年他离处分到期的日子更近了。律协年终开会时，会长口头表扬了他，说他这半年做了很多法律普及宣传工作，律协与司法局都看到了他的将功补过。他感到自己重新被律师界接受，对未来看到了希望。张卫东带来了最落魄时也没舍得喝的珍藏了二十年的茅台酒，与常凯推杯交盏之际，大谈自己的宏伟计划。他说想把“盐渎人家”粥店开成连锁店，在城南再开一家分店。

常凯很看好张卫东的经营能力，表示愿意继续投资支持他。两人越谈兴致越高，再加上酒精的作用，几乎当场就要签下投资协议。吴静无奈地摇摇头，说:“但愿他们酒醒以后不要把说过的话再收回去！”虽然屋外寒意甚浓，但王新眉还是走出房间来到吴静精心伺弄出的小花园，细心的吴静跟了出来。站在花园的小径，她们不约而同地抬头看天空，没有月亮的夜空黑得就像一块幕布，幸好到处都是张灯结彩，黑夜被灯光映照得分外绚丽。

看着王新眉若有所思的样子，吴静叹了口气，试探地问道：“你是不是在牵挂着一个人？”王新眉没有回答，吴静忍不住说：“你们都是单身，又是几十年的老同学。我能感觉到你其实在不知不觉中对他有了特殊的感情，只是你自己没有意识到而已！”王新眉苦笑了一下，摇了摇头，说：“我已经是心如止水了！这半生在感情上可以说是遍体鳞伤，不想再入围城了！”虽然除夕的钟声还没敲响，但已经有性急的人提前放起了焰火礼花，礼花伴随着啸叫声蹿到天空，在空中散开，真像传说中的天女散花。

望着远处天空正在散去的烟花，吴静感慨道：“人生其实就是一场烟花，绚烂之中稍纵即逝。你看，眨眼间一年又过去了。我们还来不及细数时光，它就已经走远了。所以我说，就是因为人生匆匆，我们才更要善待生活，善待自己。新眉，你这半辈子总是委屈自己成就别人，现在也该为你自己想想了！”王新眉感激地轻拍吴静的肩，轻叹一口气说：“你说得有道理！我会好好考虑的！”还茂霞跑出来激动地大喊：“怎么也不怕冷呀，新年就快到了！”电视机里，春晚主持人激动地高声宣布：“电视机前的朋友们，新年的钟声敲响了！”王新眉、吴静、还茂霞三人相拥在一起。远处，数不清的烟花几乎在瞬间冲向夜空，天空在烟花的映照下如同白昼，同时，鞭炮声响起，新的一年又开始了！

半年以后，还茂霞、张卫东夫妇在城南的分店马上就要开张了。为了培训新入职的员工和提高老员工素质，还茂霞决定带领新老员工一起到远离市区的专门接待企业团建的基地进行封闭培训。两天的培训结束后，她带领员工们到附近一家饭店聚餐同时对培训做总结。那个饭店坐落在集汉唐风韵和休闲美食于一体的网红街区，在饭店的对面有一个从江西某地原汁原味整体搬迁过来的古戏台。为了营造街区人文古韵，古戏台常年有演员演出，今天正在上演淮剧经典剧目《赵五娘》中的“蔡伯喈叹月思亲”一段。

还茂霞在即将跨入饭店大门时听到了远处飘来的演唱，瞬间她愣住了，好几分钟，她的手一直保持着拉门的姿势，就那么站在门口不动，完全不顾年轻的员工被她挡在门外不知所措。她听出了那个声音，那个熟悉的声音，那演唱声音有些沙哑却老到、苍劲，有一种独具特色的韵味。那人是任兴武！还茂霞站在饭店玻璃门后，目不转睛地看着对面戏台上的任兴武。台下几乎没有观众，只有五六位逛街逛累了的老者坐在那里心不在焉地听戏，但是任兴武依旧卖力地表演着。

长长的一段唱词唱罢，任兴武从戏台侧面退下了，没有再出来。听戏的老者见演员退场了，也都扫兴地离开了。还茂霞走出饭店走近戏台，从侧面远远地看到任兴武佝偻着上身独自一人坐在后台一张塑料凳上。他正低头啃面包，水杯放在身旁一张简陋的小桌上。还茂霞默默离开回到饭店，吩咐饭店做了一份青椒炒肉丝、一份西红柿炒鸡蛋，给对面那位演员打包送过去。饭店很快做好让服务员送了过去。不一会儿，服务员回来了，还茂霞问那演员说什么没有，服务员回答道："他很惊讶，也很感激！因为从来没有人主动送饭菜给他吃！他总是啃面包当饭的。他问我是谁送的，我说是'盐渎人家'老板娘还经理送的。他愣了一下，没有再问什么。"

饭后，还茂霞招呼员工们上车，准备回城。她始终没有去与任兴武正式见面，尽管她很想知道他骗了她50万元巨款，怎么会短短三年就全败了，落得个在这偏僻的地方卖艺糊口。

汽车启动了，越开越远，渐渐远离了他的视线，任兴武依然盯着汽车开走的方向看。他拿走还茂霞50万元之后，心里也觉得自己太不地道，太小人。他文化不高，但从小浸淫在戏文里。戏文里赵匡胤千里送京娘，义薄云天；卖油郎能独占花魁，是因为做人情深义重。那些德行高尚的戏剧人物自己也是心向往之的，但是关键时候自己坏了良心，黑了女人的钱，做人就像这口是心非的蔡伯喈！所以，他把钱投到刚刚兴起的网络贷款平台，想着赚到利息后，慢慢把本金还给还茂霞，结果赶上网贷平台爆雷，50万元血本无归。他既无颜见还茂霞，更无颜回家见发妻。年纪大了无处打工，生活无着，从网上看到此处招聘演员，就来试一试，管委会见他表演有些功力，要的工资也不多，就录用了。他这才有了落脚的地方。

在春暖花开的日子里，这里游人如织，一拨一拨的旅游者经过这里都会驻足欣赏他的表演。当他把小悲调唱得一波三折，丝丝入扣，兼具阳刚与柔美，如行云流水，舒卷自如。人们会情不自禁地鼓掌喝彩叫好，这时，他仿佛回到了30年前，在盐渎最好的剧院粉墨登场，场下观众席上冠盖如云，尽是城中贵客。他们待他一曲唱罢，齐齐起身鼓掌叫好。他真是太幸福了，觉得自己快成为淮剧艺术家了。突然，他的眼前一黑，大脑“嗡”的一下似乎有一股热流往上涌，热流冲破了堤坝，天地间血流成河！任兴武终年62岁。

第五十六章

2013年春，微信时代来了。王新眉被大学同学拉进了刚建的大学同学群。在群里，同学们纷纷献上点赞的大拇指、鲜花或者表情包，因为程家祥发了一张他在波兰驻中国使馆出席自己当选波兰科学院外籍院士证书颁发仪式的照片。当选外国科学院院士应该说是他们当中迄今为止最高成就，同学们毫不吝啬地献上各种溢美之词。对于同学们的夸赞，程家祥的感谢话语显得谦逊、低调，让人觉得他是一个多么有涵养，有学问的人。

王新眉默默地看着那张照片，照片上的程家祥西装革履，风度翩翩，沉稳得体，依旧像当初令她沉迷的样子，但如今在她的眼中这些都失去了光芒。因为她看到了他的内心，那里一片荒芜。对于她，那是一段几乎致命的迷途。当她从布满荆棘的沼泽里用尽心力爬出来后，今生永远不愿回首。她不想看见他，为此想退出同学群，又觉得这反而会让同学们诧异，甚至会让程家祥觉得她依旧在乎他，所以就勉强待在里面，只是异常地沉默，仿佛她根本不存在。

在与吴静、还茂霞的“三人行”群里，王新眉更加舒服轻松。吴静总爱发心灵鸡汤，或是晒自己的书法作品；还茂霞不是晒美食就是晒美衣。王新眉则喜欢每天随手发些别处看来的社会新闻，或医院里的即时所见，在这里她是话痨。只是当吴静、还茂霞提到荀晖时，她的话就会变少。荀晖远在陈家港岛上的化工厂里忙着他的工作，她会不时地转发自己觉得好的文章与他分享，荀晖则常常发给她自己拍的岛上风景照，照片中总是出现盐蒿草。当盐蒿开花时，他就会发来盐蒿花的照片，黄色的小花在他的镜头里有一种别样的清新之美！她会思念他，但她认为这种牵挂不是爱情，是最好的友情。

她觉得自己真的已经心如止水。这半生在感情上，幸福太少，伤痛太多。婚姻于别人可能是围城，于她堪称危城，她再不想涉此随时倾覆之险地！如今的她，更加专注于工作，对待病患更加尽心尽职。工作之余，她会去收养流浪狗的老朋友杨大姑的护生园，帮着喂狗，修缮狗舍，也会时不时地捐些钱给护生园，尽一己微薄之力做善事。还茂霞总是责备她不信佛，可她自己认为行仁义，辨义利，求仁得仁，向着理想的人格境界砥砺前行，这就是在修行！

她经常会想起上次回乡见到的发小李兰芬对她说的话："在盐渎过得不好就回老家来，跟着你小芬姐一起替人哭丧！心里有什么不痛快，替人哭丧时都说出来，就不难过了！"王新眉想李兰芬的日子看上去有些粗糙和不够体面，但细细想来，她活得真实、坦荡、朴实、大气，这样的人生比许多看上去体面，实际上猥琐、虚伪、苟且的人生不知好上多少倍！她暗自对自己说："说不定哪天我真的扔下盐渎的一切，回到故乡，跟着李兰芬一起替人哭丧！"

常凯的处分期限到期了，他又开始了律师执业生涯。经此一场挫折，常凯比以前沉稳多了。他经手的案子不仅代理水平高，而且收费合理，对生活困窘的当事人，他总是能主动减免代理费用。他的这些做法受到盐渎司法局和律协的好评。他依旧痴情于马拉松训练和比赛，与以往不同的是，现在常凯总是拉着吴静和他一起去运动场训练，不让她一个人下了课就待在家里。有时常凯开庭，吴静会坐在身后旁听。每当常凯自认为自己辩护得力时，会回头看一看吴静，仿佛小学生上课回答问题希望得到老师的表扬。

中秋节，吴静破天荒地主动邀请常凯父亲、继母以及两个妹妹全家，在盐渎最好的饭店一大家子吃了一顿热热闹闹的团圆饭。第二天上午她还开车带着公公婆婆一起到还茂霞的粥店去吃特别受欢迎的盐渎早点。公公婆婆大包小包满载而归，忠厚老实的老常看到儿媳的改变，顷刻忘记了她过去的种种不到之处，满心欢喜。他的要求很低，只要儿子媳妇过得好，自己就很满足了。如今看到儿媳妇懂得孝敬他们，竟觉得太过了！

还茂霞的连锁粥店生意相当红火。盐渎人历古以来爱喝早茶。特别是上了年纪的人，仿佛只有一笼蒸饺或一碗鱼汤面，再加一杯龙井茶，才能开启新的一天。卖早点的饭店竞争很激烈，但是，只要味道纯正地道，降服盐渎人的胃，总能生存下去。还茂霞的粥店名为粥店，点心做得却非常地道。张卫东在经营上确实有一套。他不惜重金挖来了盐渎城中最好的点心师傅，做出最地道的盐渎风味的蒸饺、烧麦、三丁包子，而且还大胆创新不断推出新品，比如他们用盐蒿菜与猪肉丁做馅儿做出盐蒿包子。这款包子一经推出便受到新老顾客的热捧，有人从很远的地方坐公交车找到他们店，就为了吃上一顿盐蒿大包。

除了实体店，他们还在淘宝上开了网店，真空包装的盐蒿大包供不应求。一年下来，还茂霞夫妇还清了债务，日子越来越好，夫妇俩开始商量再开一家分店，同时拓展淘宝店生意，打算网店业务从原先的包子点心扩大到盐渎其他土特产。在与张卫东一起研究如何发展生意的同时，还茂霞认为自己夫妻俩从逆境中走出来不仅仅是自身努力、朋友帮忙，还有佛祖的庇护！

还茂霞与佛友们一路自驾来到了山西五台山。在朋友圈里她不停地发路上见闻，晒美景。王新眉忙得脱不开身，在“三人行”小群里感叹：“还是自由职业好，说给自己放个大假，说走就走！哪像我忙得像陀螺，累成死狗！”吴静也跟着感叹，还怪罪还茂霞，说：“也不等等我俩，等我们把工作忙完了，跟你一起去呀！”还茂霞不服气地开撑：“阿弥陀佛！谁让你们不信佛！我要去禅修，不想与你们这两个不虔诚的家伙为伍！”

那场法会真的非常盛大，从全国四面八方赶来参加法会的人太多了，寺庙的客房早就被预订光了。法会结束后，还茂霞与佛友们只能入住半山腰的民宿。一路上风尘仆仆匆匆赶到五台山，白天又参加弘法大会，到了晚上，还茂霞太累了。她与另外一位一起来的佛友住一间房。隆冬腊月，夜晚北方深山里寒冷异常。屋里没有空调，也没有暖气，只有烧着蜂窝煤的煤炉。还茂霞冻得睡不着觉，她已经几十年没有侍弄过蜂窝煤炉了，但是为了驱寒，还是裹着羽绒服弯着腰起床把煤炉的火捅大。熊熊炉火燃烧起来，不一会儿，屋里就暖和了。她挨着煤炉烤火，心里默念经文，希望在依靠煤炉取暖的同时，依靠佛祖赐予的精神力量抵御住北方夜晚的严寒。

此刻她的心里充满了温暖，火光的映照下，她两颊绯红，显出与她实际年龄不相称的娇美。她想起了任兴武，想起了他们曾经的那些疯狂时光。她想到了张卫东。这一生，她爱他恨他怜惜他，也崇拜他依赖他，她知道任兴武是佛祖为考验她心志安排的。从今往后，她将与张卫东一起把往事清零，向前看，把日子过好！女儿还有半年就回来了，女儿已经23岁了，该有男朋友了！想到这里，她的脸上浮现出幸福而满足的笑。

她太困了，坐在炉边紧裹羽绒服，渐渐睡着了。炉火继续燃烧着，越来越旺，把屋墙都映红了半边。房间里真是暖和，她开始做梦。梦里，丈夫和女儿站在新开张的分店门口，向她笑着，身旁还站着许多店里新入职的员工，每个人都笑着。突然，她看见了祖母，那个曾经足不出户的大家闺秀祖母，那个曾经勇敢走出家门做工养活全家的祖母，那个古稀之年都保持着优雅和体面的祖母。祖母向她伸出手，她顺从地伸出手。祖母牵着她的手向前走，走向她从未去过的陌生的地方。还茂霞，这个美丽娇媚而豁达坚强的女子，在远离家乡的地方死于一氧化碳中毒。盐蒿花在寒冷的冬日里枯萎了！

第五十七章

还茂霞去世一年后，张卫东娶了“盐渎人家”粥店第二分店的女店长，结婚时女方已怀孕四个月。婚礼上，新娘挺着微凸的肚子依偎在新郎张卫东的身边，一脸幸福娇羞的笑。张卫东小心翼翼地搀扶着新娘，怕她闪了腰影响肚子里的儿子。他认定是儿子，这辈子一直遗憾没儿子，现在终于有儿子了！他暗暗下决心：“国家不是放开二胎了嘛，万一还是闺女，就接着生，我就不信生不出儿子！”

王新眉、吴静拒绝参加这场婚礼，但是常凯、卢超群，甚至叶知秋都去了。那天晚上，王新眉、吴静相约来到她们与还茂霞生前常去的咖啡馆，要了壶红茶。见服务生只送上两只杯子，王新眉要他再拿一只过来。但是服务生拒绝了，说：“这是店里的规定，一壶茶只能配两只杯子！再说你们本来就两个人，两只杯子不是正好吗？”王新眉沉默了一会儿，幽幽地说：“你没看见吗？我们是三个人！”坐在对面的吴静听此言瞬间湿了眼眶。领班小姐跑过来向王新眉点头致歉，赶紧命服务生再拿一只杯子过来。领班是咖啡馆老员工，对她们很熟悉，早就知道三人行已经少了一个。

王新眉对领班小姐说：“我知道店里的规矩，加一只杯子，我会额外付钱的！”领班小姐连忙摇头说：“不用！不用！我知道你们永远是三个人！服务生是新来的，请两位谅解！”王新眉低声道谢，并无多言。她向靠窗的座位看了看，希望能看到那位总是点两杯咖啡却永远只喝一杯的老者，但是那位老者没有来。王新眉想：“他已经很久不来了，也许是身体抱恙吧！或许已经不在了！生命是如此脆弱，正值盛年的人可以突然离世，何况风烛残年的人呢？”

还茂霞的墓地位于东郊福禄园公墓，墓碑上刻着“爱妻还茂霞”的字样，立碑人为张卫东。参加还茂霞的葬礼时，王新眉发现墓碑不是像朱雯芳的墓碑那样以孩子的名义立，而是以张卫东的名义立，开始时感到诧异，转念一想恍然大悟。她意识到，从得知还茂霞离世的那一刻起，张卫东就想到了再婚。不以子女名义立碑，是因为他并不准备在百年之后与还茂霞合葬。因为他还有人生的第二春！看着还茂霞的孤坟，王新眉与吴静抱头痛哭。以前三人在一起曾经感叹：明天和意外不知谁先到！一语成谶！命运是如此无常，人在命运面前是多么无奈与无力！王新眉与吴静很少再到咖啡馆去了。仿佛在一夜之间，她们都苍老了很多！不仅仅是容颜的衰老，更是心灵的苍凉！

王新眉比以前更加沉默，她没有家，热情似火、开朗大气的还茂霞死了，吴静性格高冷，本没有还茂霞随和亲切，还茂霞不在了，王新眉才意识到她对自己有多重要！她比以前更加孤独了。为排解孤独，她只能更加专心工作和科研。经过三年的一再延期，她终于通过博士论文答辩，在 50 岁的时候拿到了博士文凭，一年后又晋升为主任医师！她以敬业、善良、勤恳、踏实赢得了人们的尊重和包容！这个少年时受人欺辱自觉低人一等的孤独女孩，穷尽一生低头爬山，终于攀登上事业的巅峰。站在山顶俯瞰来时路，何其漫漫，荆棘密布，暗河汹涌。可欣慰的是，她凭借流淌在血脉里的坚韧顽强，熬过人生的至暗时刻，看到了只有站在山巅才能领略到的无限风光！

所有活着的人的生活都在继续。王新眉的儿子卢苇考取了研究生，还茂霞的女儿在英国继续深造，吴静的女儿本科毕业后到美国读研究生。荀晖的女儿考取了博士生。卢超群的饭店生意相当不错，他终于把王新眉的钱还清了。王新眉收了本金 40 万元，拒绝了 10 万元利息。卢超群一再坚持要给，王新眉提议把这 10 万元以儿子卢苇的名义存起来，作为儿子以后深造和结婚的储备资金。王新眉用 30 万首付买下了一套 120 平方米三室两厅的精装房，辛苦了大半辈子，她终于拥有了完全属于自己的房子。2016年的腊月，王新眉的妈妈以85岁高龄谢世！葬礼中，李兰芬闻讯赶来，为发小的老母亲歌哭一场。她声泪俱下，代王新眉道尽失母之痛。

在李兰芬歌哭的间隙，王新眉请李兰芬歌哭时代她向妈妈说："妈妈，你终于能见到奶奶了！50年了，奶奶一直在那边等你，你们情同母女，母女团聚了！"荀晖也来了，整整三天的丧礼中，荀晖每天傍晚下班以后就从陈家港开车赶到灌口王新眉哥哥家，前前后后帮忙打理，以子侄辈的身份迎来送往，一直到老人火化入土。告别时，王新眉送他出门。系上安全带准备启动，见王新眉依旧站在车旁，荀晖深深地叹了口气说："有父母在，自己年岁再大也是回家；父母不在了，再回来就是走亲戚了！伯母不在了，以后我们见面就更少了！"王新眉听他这么一说顿觉感伤，不由得泪如泉涌！好一会儿她才收住泪水，悲戚地说："我们都老了，你要好好的，保重自己！微信常联系！"

荀晖郑重地点头，先是启动车却又把车熄火，叮嘱道："你自己开车回盐渎，路上小心！这几天太劳累了，要记得每个服务区都要进去休息一下！"王新眉听话地点点头，荀晖这才真的把车启动，可是，车开出不远又转头回来了。王新眉正诧异不解，只见荀晖把车停在路边，走下车。王新眉赶紧迎上去，打算问缘由。没等王新眉开口，荀晖便说道："我想想还是不放心！你几天基本没睡觉，开车很危险的。我送你回去，回头再乘汽车回来！"可能担心王新眉不同意，他急切地说："你看你，眼里全是血丝，通红的，你这样哪能开车呀！"见荀晖如此诚恳，王新眉无法拒绝。她温顺地点头，从包里掏出车钥匙，递给荀晖，默默地跟在他身后，坐上自己车的副驾。

正是正午时分，冬日的暖阳照在身上，暖融融的，再加上车内开了空调。虽然王新眉很想陪荀晖说说话，但困意袭来不可阻挡，她很快进入梦乡，醒来时已经进入盐渎市区了。如果不是荀晖叫醒她，估计她还能再睡上几百公里！荀晖不得不叫醒她，因为他知道王新眉搬了新居，但是他没有去过，不知怎么走。王新眉打起精神为荀晖引路，终于到家了！想起三年前荀晖送她一包鱼虾，而那时她竟然没有做饭的地方，而今终于有了自己的家，再也不会有人赶她出门了！想到这些王新眉有些激动，她说什么也要请荀晖到家里来，她想为荀晖好好做一顿饭！

屋外寒风飕飕，屋里开着空调，暖和舒适。她在厨房做饭，荀晖在拖地。这种家的感觉已经久违了！在灌口临走时，嫂子为她准备了一大包食物，都是这几天办丧事做家宴剩下的半成品。很快一桌丰盛的午餐就做好了！因为担心自己厨艺不精，王新眉忐忑地看着荀晖，研究他的表情，期待他能给出肯定的意思。但是荀晖一直皱着眉头不说话，王新眉沮丧地解释道："我以前可会做饭呢，但是这些年我武功尽废，只会炒蛋炒饭了！"

看出王新眉掩饰不住的失望和自责，荀晖连忙说："很好吃的！我是故意装的，其实做得很好！"王新眉终于松了口气，脸上不自觉地露出了笑容。荀晖感慨道："已经很久没看到你的笑容了！亲人离开了，但是生活还要继续，无论多艰难，都要乐观，相信未来！"王新眉很少有机会这么近距离看荀晖。这几年只有荀晖到盐渎出差，或是王新眉回乡探母，他们才能见上一面，而每次都是匆匆忙忙。荀晖已经两鬓斑白，面色黝黑，55 岁的人，显得比实际年龄要苍老多了。他在鼓励她，让她乐观，可是他的眼神疲惫而忧伤。这种忧伤也许其他人不注意，但王新眉总是能看到他眼中不经意间流露出的痛苦。不仅是眼神，从他早生华发，从他已经明显的驼背，从他瘦削的身形，她都能感受到一种入骨的孤独凄清。

她想："也许是因为自己也是这样，才会这么敏感吧！这么好的人，上天却对他如此不厚！"她想起了吴静不止一次对她说的话："你在不知不觉中对他有了特殊的感情，只是你自己没有察觉，或者察觉到了却不愿承认罢了！"此刻，坐在他的面前，她承认自己确实在不知不觉中对他有了不一样的感情！饭后，荀晖着急要赶回去，但是王新眉逼着他休息一下。现在轮到她担心他太累了！荀晖在沙发上睡着了，怕他感冒，她拿了床毛毯给他盖上。坐在客厅餐桌旁，看着熟睡中的荀晖，王新眉默默地对自己说："这么多年来，一直把他当兄长。现在对他的这份感情，是亲情，还是爱情？是爱情！可是，王新眉，你还有资格拥有爱情吗？"

第五十八章

下午三点了，荀晖要回去了，他需要赶回灌口取车再开车回陈家港。他不让王新眉开车送他去汽车站，要她好好休息，说这样明天上班才有精神。王新眉只得把他送到楼下，看着他上了出租车。临别时，二人竟不再像以往那样说一些互道珍重的话。王新眉低着头看自己的脚，荀晖则直直地看着前方，一时间都沉默着。出租车司机问了两遍目的地是哪儿，荀晖才想起告诉他去长途车站。二人都觉得自己有些失态，随后都尴尬地笑了。还是荀晖先开口说：“你要好好的，把自己照顾好！”王新眉点点头，依旧没有看荀晖，只是低声说：“回去后记得报个平安！”荀晖从车窗伸出手想与王新眉握手告别，但是王新眉拒绝了，荀晖只得有些难堪地把手缩了回去。

出租车终于开走了，王新眉心里空落落的。很晚，终于等来了荀晖报平安的微信。微信只有短短的一行字：“已回厂里，你早点睡觉，晚安！”坐在床上，王新眉把荀晖的这则微信看了好多遍，她把荀晖的微信朋友圈向前翻，浏览他以前发的图文，发现他发得最多的是陈家港那片海滩，那片长满盐蒿草的海滩。他从不说明那片盐蒿滩上埋葬着他的妻子，也不拍妻子坟墓的近景，更不放出自己在妻子墓旁流连徘徊的照片。王新眉明白这是因为真正的深哀剧痛是难以言说的，只能默默地藏在心里。

看着荀晖发的这些照片，王新眉对自己白天心里泛起的感情涟漪感到难为情，她想：“也许是自己想多了，他只是把我当成好朋友。他那么爱朱雯芳，心里还能装下别人吗？”想到这，王新眉无奈地摇摇头，对自己说：“王新眉呀，你已经是快要做婆婆的人了，还有这些想法，是不是有些可笑！”那以后，王新眉与荀晖的关系竟然变得冷淡下来。王新眉只是在过节的时候给荀晖群发一个节日问候，而荀晖也会回复一张问候的图。仅此而已。他们的关系莫名地向后退，退回到普通同学都不如的程度。

孩子们都长大了。还茂霞的女儿张雯雯从英国学成回来后在南京的一家外企销售部门工作。因为她妈妈不在了，王新眉自感身为她妈妈生前最好的朋友，对孩子有一份责任。所以再三叮嘱已经土木工程专业研究生毕业在南京一家建筑设计院工作的儿子卢苇，要主动关心照顾张雯雯。两个孩子一样大，在来来往往中迸出了爱情的火花。对于这个结果王新眉感到特别欣慰，也觉得足以告慰九泉之下的还茂霞。她想还茂霞的在天之灵一定也会非常同意这门亲事的。对于他们来说，这应该说 2017 年夏天最好的事情。

为了孩子们的婚事，王新眉与卢超群时常联系，商量在南京为儿子购婚房。卢超群尽管自己年轻时曾经背叛婚姻导致离婚，但是他对于张卫东在还茂霞去世后迅速再婚这件事感到反感，认为这人非常薄情。张卫东则沉浸于再婚的幸福生活中，每天有空就抱着胖儿子舍不得撒手，娶了年轻 20 岁的小娇妻又老来得子的他比以前显得年轻多了，本来已经花白的头发现在染得黑里透亮，穿衣服也比以前花哨，总之尽量地在外表上拉近与二婚妻子的距离。不知午夜梦回时，他是否还能想起那个年轻时陪他从一穷二白开始打拼，中年时把他从人生的深谷中死拖硬拽出来的还茂霞。

不过张卫东对女儿还是说得过去的。他与卢超群各出 40 万元，再加上王新眉拿出的 30 万元，合力把孩子的婚房付了首付。张卫东在这件事上的表现稍微抵消了一些王新眉对他的厌恶之情。 2018 年的元旦，卢苇与张雯雯的婚礼在盐渎驿都大酒店举行。婚礼是卢超群主办的，他犯难了，因为他不知道该如何处理婚礼上卢苇的生母与继母的问题。但是他多虑了！王新眉主动提出自己不出席卢苇的婚礼，在正式婚礼后再邀请自己的朋友同事们举行一个感谢晚宴。这样既解决了卢超群的难题，也成全了陈静雅的面子。

卢超群怀着愧疚答应了。面对如此大度大气的前妻，他只有惭愧汗颜！盐渎人的婚礼大多数时候放在晚间，但是卢、张两家都来自灌口，他们的亲朋大多数都需要从灌口赶到盐渎，为了方便亲朋当天下午能回去，卢家婚礼在中午举行。当天，亲朋们齐聚一堂，婚礼的热闹隆重可想而知。与此同时，王新眉独自开车来到城西的大马沟森林公园。她本想去公墓看望还茂霞，但转念一想，今天是孩子大喜的日子，按照风俗去墓园不太吉利，于是改为到大马沟森林公园。之所以到这里来，是因为还茂霞生前曾经与她和吴静约定，要找时间一起到这里来。但是还茂霞永远来不了了！

大马沟森林公园离盐渎市区不到10里路，虽是冬季，但因为天气晴朗，来公园散步游玩的游人还是很多。风儿吹过高高的杉树梢头发出“沙沙”声，树林里不时有叫不出名字来的鸟儿飞来飞去。在这个离儿子婚礼现场不太远的地方，在充满生机的树林里，她的心境变得敞亮平和，不再像做不参加儿子婚礼决定时那样压抑、忧伤。坐在湖边长凳上，她低声地对还茂霞说：“嗨！还茂霞！我们又多了一层关系！现在是一家人了！等他们有了孩子，我是奶奶，你是外婆！”她是多么希望再一次听到还茂霞那爽朗的笑声，但是四周一片寂静！不知坐了多久。手机响了，她拿起手机一看，竟然是荀晖打来的电话！电话里荀晖急切地问她现在在哪儿，她告知在城西的森林公园。荀晖不由分说地告诉她：“你在公园靠近大门的地方等我，我去找你！”没等王新眉再说话，荀晖已经把电话挂了。王新眉只得等着他。大约半小时，正在看手机浏览微博的她听到熟悉的脚步声，抬头看，是荀晖正向她走来！

她已经一年多没见到他了！她想到他可能会来参加这场婚礼，但是她无论如何都想不到他会一路来寻她。她起身看着他，瞬间眼泪不争气地涌了出来。不想让他看到自己因为激动而失态，她转过身去背对着他，但是因为激动和悲伤，她的双肩忍不住微微颤抖。荀晖站在她身后，深深地长叹一声，低声说：“我去参加婚礼，吴静告诉我你到这儿来了。我不放心，没等婚宴结束就过来找你。”王新眉转过身来，目光交接时，发现荀晖眼中与她一样泛着泪光。他们重新回到湖边长椅坐下，荀晖语含忧伤地说："抱歉！我不知道你不能参加孩子的婚礼，早知道是这样，我就不来了！"王新眉凄然一笑，无奈地叹了口气说："不这样又能怎样呢？"荀晖摇着头说："新眉，你太苦了！你一辈子总是让着别人，别人又什么时候为你着想过！"

这一声"你太苦了"击中了王新眉内心的痛处，她再也控制不住自己的情绪，眼泪"簌簌"地流下来，好一会儿，她自我解嘲地说："孩子大喜的日子，我不该流泪，该高兴！"荀晖又一次道歉："抱歉抱歉！是我不好！我话多！你看，我又变成话痨了！"王新眉被他这么一说不由得破涕而笑！渐渐地，他们又开始沉默，王新眉感到有些局促不安，便说："你为什么不说话？"荀晖的声音变得异常低沉，甚至有些沙哑，他看着面前的湖水，几乎是在自言自语地说："朱雯芳走了七年了，我一直独自生活，很孤单。你恢复单身以后，我在不知不觉中对你有了想法。但是我文化不高，没上过正规大学，你是博士，主任医生，我感觉自己配不上你！这一年来，我一直克制着自己的念头，刻意地疏远你，希望用这种方法慢慢忘记你，但是，我承认我失败了！"

说话的时候，他的胸膛明显地大幅度起伏，说出这番话仿佛需要用尽平生的力气！听了荀晖这番话，王新眉愣住了，这些年来，她早就发现自己也在不知不觉中爱上了他。但是面对着这份感情，她退缩了。她没有信心还能拥有真正的爱情！所以，当荀晖疏远她以后，她虽然感到痛苦，但努力地让自己释怀。她不断地自我宽解："这是这一生遇到的最美好的感情，即使无疾而终，也会把这份最珍贵的感情永远深藏在内心，只要我知道他好好地活着，就已经很满足了！"没有想到，此刻能亲耳听到所爱的人向自己做最真诚的表白。王新眉笑了，流着泪笑了！

天渐渐晚了，公园里人越来越少，鸟儿也纷纷归巢了，四周空旷而寂静，天边的晚霞在夕阳映照下五彩缤纷，湖面、树林都笼罩在余晖中，一片宁静祥和的景象。荀晖迟疑了一下，然后伸出手来果断地握住王新眉的手，这一次，王新眉没有拒绝！

第五十九章

吴静得意地对王新眉说："让我说中了吧！我不止一次说，你前面感情上有过那么多挫折，上天是公平的，一定会赐给你最好的！你看，荀晖多好！你们以后的日子一定会顺顺当当的！"王新眉有些不好意思地笑了。尽管已经年过半百，青春不在容颜渐老，但说到感情问题，她依旧会像青春少女一样害羞。荀晖在化工厂分管生产安全，责任重大，每天都在厂里忙碌。但是只要有时间，他就会开车到盐渎来看望王新眉。对这份迟来的爱情王新眉分外珍惜，如果是周末，荀晖从陈家港刚出发，她这边就开始准备饭菜。荀晖踏进家门，正好赶上热腾腾的饭菜端上桌。为了荀晖，王新眉重拾荒疏了多年的厨艺，不仅烧菜神功迅速恢复，而且技艺见长。荀晖发妻朱雯芳去世八年，八年来，他不是在单位食堂吃，就是在镇上小饭馆吃，回到家里形单影只、冷锅冷灶，如今终于能吃上一口家里的饭了。王新眉已经是主任医师，又拥有博士学历，是医院当仁不让的业务骨干，工作比以前更加忙碌。但是她总是尽可能挤出时间与荀晖相聚。

就像森林公园深处那一泓清澈湖水一样，微风吹过，一池春水皱成细细的波纹。王新眉、荀晖这两个年过半百的人终于在历尽生活的磨难之后享受到宁静温馨的感情生活。荀晖恢复了话痨的本色，每次见面，荀晖会把分开的这段日子所见所闻、所思所想向王新眉描述，不说他就难受。王新眉会笑话他，说自己在研制一种药，荀晖会很认真地、怀着无限崇拜地等待王新眉告诉他，她近来又在科研上有什么重大发明。但是，王新眉会笑着告诉他:“我发明了一种让你从此不说话的药！”荀晖不好意思地笑了，然后自责自己话多。但是，几分钟之后，他又开始叨叨。

王新眉觉得这种烦恼幸福而甜蜜，也知道这是因为这些年来荀晖太孤独了，很少有地方让他无拘无束地说心里话。现在他终于又有家了，又有一位自己钟爱的女子，一个他愿意说给她听的女子，所以他才有那么多没完没了的话。只是到了晚上休息时，王新眉总是把自己卧室门关上，荀晖明白她的意思，她不想让荀晖觉得自己是个很随便的女人。对这份感情她看得太重了，就因为看得太重，她格外认真。在与卢超群离婚后自己与叶知秋草率成婚，在与叶知秋感情破裂后又一度情迷程家祥，这半生情路坎坷屡遭打击，她痛定思痛，决心再不能像以前那样草率。她决定给自己和荀晖一些时间，让双方的想法完全成熟再正式走进婚姻。荀晖也尊重她的意愿，所以二人情感融洽亲密又克制理性。

有两次，荀晖在回自己卧室时，哀怨地看着王新眉，眼中闪烁着星光，但是王新眉总是无情地关上门。顺遂的日子总是过得很快，转眼间2018年结束了。2019年元旦那天，王新眉做了好几样菜，都是荀晖爱吃的。他们还专门开了瓶红酒，荀晖举杯欲言又止，眼中尽是温柔。荀晖的相貌平平无奇，但他有着长长细细关云长似的眉目。每当他温柔地看着王新眉，王新眉总是心中泛起春水涟漪般的美好感觉。王新眉说:“平日里都嫌你话多，今天怎么想说又不说了？”“新眉，我们结婚吧！”原来荀晖要正式向王新眉求婚！没有犹豫，王新眉答应了！他们决定在2019年五一举行婚礼。他们打算婚礼低调、简朴，只邀请最亲近的亲朋见证，婚礼过后利用小长假，夫妇俩出去度一个短暂的蜜月。

荀晖的女儿看到孤独多年的父亲终于有了这么好的归宿，自是非常赞同。一切都那么顺理成章，一切都那么完美！ 2019年3月20日，那天是周三,一周过半，再有两天就是周末。与荀晖相恋以来，王新眉总是盼着周末早点到来。因为只要没有特殊情况，荀晖都会在周五下班以后开车到盐渎来与她相聚。当晚，他们用微信视频见面。在视频里，荀晖装作沮丧的样子说:“你知道吗？女儿批评我了！”王新眉有些诧异，问为什么。荀晖答道:“女儿批评我情商低，说我到现在还没给王阿姨买结婚戒指，真是又傻又抠门！女儿说你好，说爸爸这么不会哄人，王阿姨也没意见！”视频里荀晖说着说着笑了起来，看得出他心情很好！

听他这么说，王新眉也笑了，故意也装作沮丧的样子说:“其实我早就生气了，只是你没看出来！”荀晖连忙赔不是，忙不迭地道歉:“对不起呀，对不起呀，新眉！我周五晚上到，周六我们就去买戒指！”王新眉的眼眶湿润了，她把头侧向一边，沉默了好一会儿。荀晖看她走神，疑虑地看着她。王新眉凄然一笑，缓缓地说:“你知道吗？我从来没有过结婚戒指！第一次是穷，买不起；第二次是没心情，不想要叶知秋买。”荀晖隔着屏幕盯着王新眉，音量变大，语气却很温柔。他说:“这次，我一定让你第一次戴婚戒！”王新眉没有回答，只是含泪点头。已经很晚了，但荀晖还要回厂里去。最近一段时间，市里、县里都刚开过生产安全会议。明天有几位市安全局派来的专家要到厂里来现场检测，他再去检查一下，防止有安全漏洞。

第二天，2019 年 3 月 21 日 14 时 48 分许，陈家港镇天嘉宜化工有限公司化学储罐发生爆炸事故，并波及周边 16 家企业。荀晖所在化工公司与天嘉宜公司相隔一条马路。爆炸发生时，荀晖正在车间里等待市里安全专家现场检测。扑面而来的巨大的冲击波在瞬间把他掀翻在地，紧接着，车间靠近爆炸中心的那面墙整体倒塌，碎玻璃渣像子弹一样向他袭来，一块玻璃斜插进他的右眼，钢结构墙体山崩一样压在了他的身上。

几乎是在瞬间，陈家港大爆炸的消息传遍了天下。当时，王新眉正在门诊接诊。正低头看手机待诊的病人惊呼:“不得了！出大事了！陈家港化工厂爆炸！”王新眉一下子站了起来，她茫然地看着那位惊呼的患者。因为受到突然刺激，她的大脑一片空白，豆大的汗珠从额头渗出来。病人发现了医生的异样，连忙把她搀扶重新坐下。她这才想起打开微信群，几乎所有的微信群都是关于陈家港爆炸的消息。她开始拨打荀晖的电话，一次又一次地拨打，但是始终没人接。再次打开中学同学群，她看到了中学同学发出的消息：寻找我们的同学荀晖！

电话铃响了，她触电一样跳起来。是荀晖女儿荀航的电话，电话里荀航哭着说:“阿姨，我打不通爸爸的电话！”王新眉不知该怎么回答她，心口像有一块大石头压着，压得她无法呼吸。过了一会儿，才缓过劲来，她努力克制自己的震惊和痛苦，安慰荀航道:“孩子，别紧张，你马上回来！我们一起找！”这时候，科室的电话来了，通知她立即到医院大会议室集合。她知道一定是医院第一时间组成了医疗队投入伤员的抢救。医院的大会议室就在门诊楼的顶楼。电梯外站满了人，大家不约而同地选择从步梯跑上楼。

在往顶楼跑的路上，王新眉已经下定决心一定要申请到灌口去。医院考虑到王新眉年龄偏大，要她留守医院待命，随时参加抢救从陈家港转送来的伤员。但是王新眉坚决要求到第一线去。见她态度坚决，又考虑到她医术精湛，到第一线能起到稳定人心的作用，医院最终同意她与其他同事一起奔赴灌口。

就这样，王新眉在爆炸发生后第一时间赶到灌口医院，迅速投入伤员的抢救。伤员从事故现场不断送来，有的送来时还活着，但很快就伤重不治死亡。太惨烈了！在抢救伤员时，每一位送到她身边的伤员她都会下意识地辨认一下是不是荀晖，但她根本不能脱身专门寻找他，只能在心中默默祈祷，但愿他平安无事。

连续工作八个小时之后她终于累瘫了。同事们把她扶到临时休息室坐下，给她倒了一杯热咖啡。喝了咖啡之后，她稍稍缓过一口气，这时她才能像普通人一样寻找她的亲人。她不敢往最坏处想，可是又不能不面对残酷的现实。“荀晖，你在哪儿？”在嘈杂拥挤、笼罩着悲伤与惶恐气氛的灌口医院，她找遍每一个接收事故伤员的病房，始终没有荀晖的身影。她不得不去了解死难者的讯息，也没有荀晖的名字。正在她茫然无措之时，一个女人一把拉住她的胳膊，她回头看那女人，似曾相识，但不记得在何处见过。那女人拉着她急切地说:“你不记得我了吗？我是陈家港小饭馆老板娘呀！荀厂长受了重伤，腿被砸烂了，可能需要截肢，被直接送到盐渎医院了！”“啊！”

王新眉从盐渎坐专车赶往灌口时，看到一辆一辆救护车迎面开往盐渎方向。现在她恍然大悟，原来荀晖已经在路上与她擦肩而过！她恨不得插上翅膀飞回盐渎，但身为医生，救死扶伤，她重任在肩，这个时候是不可能考虑回盐渎寻找荀晖的。她只能立即打电话给荀航，通知她赶紧到盐渎去找爸爸。而她自己稍事休息之后，再次投入抢救工作！

凌晨时，荀航的电话到了。她告诉王新眉，父亲荀晖摘除一只眼球，右腿截肢，目前尚未脱离危险，玻璃碎片插进颅脑，还处于深度昏迷，随时都有可能死亡。

第六十章

从苏醒那天起，一向话痨的荀晖异常的沉默，只是默默地配合治疗，按照医生的嘱咐，努力地站起来，用单脚落地，在病床旁边站一站，算是活动活动。女儿荀航攻读的博士由中国与美国实验室联合培养，最后一年需要在美国实验室担任研究助理，一边工作一边完成博士论文。本来正准备启程赴美，但为了照顾父亲，她想向校方说明情况延迟赴美。荀晖坚持要女儿按计划到美国继续学业。他也拒绝王新眉的照顾，而是请了自己的弟弟来照顾。

王新眉每天下班后第一时间赶到病房探视，荀晖虽不拒绝却格外客气，客气得让王新眉很不自在，仿佛自己是个外人。上午查房结束后，王新眉抽空来到荀晖的病床前，荀晖正在小憩，荀晖的弟弟在病区内的公共活动室与其他病人家属闲话。五月晌午温暖而明媚的阳光洒在病床上和荀晖的脸上，房中静谧安宁。他的右眼上的纱布已经拿掉了，即使是睡觉，他也依旧坚持戴着变色墨镜。见荀晖已经睡着了，王新眉悄悄地在他床旁的方凳坐下，静静地看着他。变色墨镜在房间里因为光线不太强烈呈浅茶色。所以，隔着墨镜，依然能看到荀晖右眼深陷的眼窝。

看着自己深爱的人变成现在这个样子，王新眉心如刀割。荀晖对她的刻意疏远她已经感觉到了，她痛苦更委屈。她觉得一直以来认荀晖是知己，但真正遇到事情，他还是看低她了。她不止一次自问：“王新眉，荀晖现在这么严重的残疾，你还爱他吗？”她的心回答道：“爱！只要他还活着！”“他只有一只视力极差的眼睛，只有一条腿，往后余生，你能承担起这份生活的重担吗？”她的心回答道：“能！只要我还活着！”与荀晖相爱以来，一直被巨大的幸福感笼罩着，她已经很少流泪。但是，现在她又开始像以前那样经常躲起来独自流泪。

每次去看荀晖，她都必须承受荀晖刻意疏远与冷淡对她的冲击。他不让她为他做事，不接受她的照顾。她做了荀晖爱吃的菜送到病房，荀晖感谢她，却让她以后别做了。他说：“你是医生，这么忙，责任这么重，不能把时间浪费在做饭上。病区配送的饭菜挺好的！”以前他对她做的每道菜都赞不绝口，边大口地吃边连声说：“好吃！好吃！”可是现在他用客气来拒她于千里之外！她想起那天荀晖刚刚从昏迷中醒来时的情形。那是在他昏迷六天之后，他终于用微弱的声音轻轻呼唤：“雯芳！雯芳！”尽管荀晖醒来后第一声呼唤的是朱雯芳，但是她依旧喜极而泣。这六天六夜，她已经不记得是怎么熬过来的。

她轻轻地把滴在荀晖脸上的泪水拭去，但是泪水再次滴落下来。她把脸贴在荀晖的脸上，轻声回答：“我是雯芳，我在等你！”说着紧紧地抱着荀晖，仿佛一撒手他就会消失。过了好一会儿，荀晖伸出一只胳臂轻揽王新眉，声音依旧微弱却清晰地唤道：“新眉！”王新眉激动地回应：“是，我是新眉！我在这！”劫后余生的爱侣拥抱在一起，脸贴脸，任泪水和在一起尽情地流淌，直到意识到女儿荀航正站在旁边。但是，清醒过来的荀晖意识到问题的严重性。首先他发现自己只有一只眼睛有视力！他伸手去摸自己的右眼，发现右眼上覆盖着厚厚的纱布。他凄恻地问道：“我是不是只剩一只眼？”王新眉不得不点点头。荀晖没再说什么，只是重重地叹了一口气。

但突然，他那仅剩的一目睁得很大，眼中充满恐惧，像是受到惊吓。王新眉知道他一定是发现自己不仅仅失去了一只眼，还失去了一条腿！受到巨大的刺激，荀晖的额头豆大的汗珠往外冒，全身发抖，很快再次失去知觉。这时，负责荀晖抢救工作的医生再次投入抢救。王新眉与荀航痛苦地相拥在一起。尽管她们早就预料到他醒来后发现残酷的事实会非常痛苦，但是受刺激再度昏迷的结果还是超出她们的想象。好在经过一番救治，荀晖再次苏醒过来。经过责任医生允许，王新眉重新来到他的身边。她坐在床头的凳子上，抓着荀晖的手，想给他安慰。但是荀晖吃力地想把她推开，他太虚弱了，可是他明显是在用全部的力气想推开她。

他用虚弱的、微弱的声音说："以后不要再来看我了！"她痛苦地摇头，感觉到荀晖要把手从她的手中抽出，她把他的手攥得更紧，无论他怎么推她，她都不松手。那以后，他变得沉默寡言，以前那个一见到她就说个不停的话痨消失了。她理解他，心疼他！恨他！他的拒绝与疏远在她本来已经流血的心再戳上一刀！

突然手机铃响了，荀晖被手机铃声叫醒。手机就在枕边，当荀晖拿起手机接电话时，王新眉看到手机的屏保图片由原先厂家预设的画面改为一张风景照片，这张照片王新眉看到过不止一次，那是荀晖自己拍摄的陈家港海边风景。

图片里远景是一片无垠的大海，近景则是一片滩涂，滩涂上长满了红色的盐蒿草。王新眉知道那片盐蒿滩下埋着他的发妻朱雯芳，盐蒿花丛中有他与朱雯芳的合葬墓。电话是荀晖女儿荀航打来的。美国此时正是晚间，荀航刚从实验室下班出来赶地铁。她在电话里激动地告诉父亲，自己的木质纤维原料高值化利用研究取得了关键性进展。王新眉坐在旁边能听到荀航激动的声音。荀晖也非常激动，他说话的中气明显比平时要强。只听他一个劲地赞叹："女儿呀，你看咱们地里庄稼收上来后玉米芯多了去了，从前拿来当柴火烧，火都烧不旺，现在到你这里变成宝贝了！好！好！你妈妈要是知道不晓得该有多高兴！"

荀晖隔着电话与女儿热聊着，自始至终，没有提一句王新眉，仿佛王新眉从来不存在，这让王新眉有些手足无措，感觉自己似乎是个多余人。荀晖与女儿的越洋电话结束了，他没有转头看王新眉，更没有与她说一句话。房间的气氛变得有些尴尬。半晌，王新眉忍不住说："你是不欢迎我来看你吗？"荀晖冷冷地回答："是的！"尽管理性上她知道他是不想拖累她，但是听到这样的回答，她还是感到很受伤，一个多月来的委屈、痛苦终于爆发。她起身头也不回地离开病房！她回到门诊准备开始工作，刚坐下，手机电话响了，是荀晖的主治医师的来电。

电话里主治医师急切地说：“王主任，请你过来一趟，荀晖出现新的情况，情况很严重，可能是癫痫！”“啊！”多年的行医经验让王新眉很快就意识到，是爆炸时玻璃碎片插入颅脑造成脑部损伤促发了荀晖的癫痫症状。瞬间，她忘记了刚才受到荀晖冷落的刺激，连忙起身赶往荀晖的所在病区。她站在病房门口就看见荀晖眼睛紧闭，牙关紧咬，口吐白沫，同时身子在不停地抽搐。这是典型的癫痫症状。她冲过去协助主治医师进行急救。为防止荀晖咬伤舌头，她把一块厚厚的纱布塞到他的牙齿之间，然后抓住他的手，一声声呼唤：“荀晖！荀晖！是我，我是新眉！你放松！放松！”随着护士把镇静药物注射进荀晖的身体，他僵直的身子渐渐松弛，牙关也松开了。

王新眉轻轻抚摸他的脸，再一次呼唤他，语调温柔。“荀晖！荀晖！我是新眉！我在你身边！”荀晖突然握紧她的五个手指，用力地说：“新眉！别离开我！新眉！别离开我！”这一声“别离开我”让王新眉瞬间泪崩，她情不自禁地把头贴在荀晖的胸口，低声啜泣。荀晖伸手轻抚她的脸庞，流下了泪水。他凄楚地说：“新眉！我怕连累你！”王新眉坚决地回答道：“你以为你把我赶走，我就能幸福？你忘了你曾经说过，你说我们的命运是相连的，你怎么说话不算数了！”听到王新眉如此深情的表白，荀晖没有说什么，只是把她的手攥得更紧。

王新眉含着泪继续说：“我们的命运是共同的。你不是只有一条腿，加上我的，我们有三条腿呢！还有三只眼呢！”荀晖终于露出了笑意，虽然很虚弱，全身出了一场大汗，但他仅剩的一只眼中星光闪闪，特别明亮。他看着天花板缓缓地、一本正经地说：“三条腿，那是项羽举的大鼎！三只眼，那是灌河的河神二郎神！幸亏我们有四只手，如果是三只手，那就要坐牢了！”王新眉被他的话逗笑了。她的爱人终于又恢复了惯常的幽默，相信过不了多久，他又会成为话痨！她幸福地笑了！

……

三个月以后，荀晖出院回到了王新眉的家。回家一周以后，王新眉推着坐在轮椅上的荀晖到民政部门注册结婚，有情人终成眷属！

荀晖安装了假肢和义眼，为了重新像正常人一样行走，他以常人难以做到的决心和毅力，风雨无阻地进行艰苦的锻炼。每天傍晚，王新眉都会陪着丈夫一起下楼散步，鼓励他重新走路。在妻子的精心照料和陪伴下，荀晖身体状况越来越好。不久之后，他就能独自行走，甚至能独自上菜市场买菜了。

第二年的清明，他们回到了陈家港。陈家港劫后重生，所有的化工企业永远停产撤出，花园一样的生态环保的陈家港已经初现。荀晖、王新眉拨开已经长得很高的盐蒿草，找到了朱雯芳的墓碑。他们一起把覆盖在坟墓上的盐蒿草清理掉，再把墓碑擦干净。站在朱雯芳的墓碑前，荀晖、王新眉三鞠躬。海浪拍岸，发出“哗哗”的声响，海风带着春天的暖意轻轻吹拂，遍地的盐蒿花在绿色的草滩上随风摇曳，黄色的花朵在蓝天白云绿草的映衬下，格外鲜艳美丽。